신서로
장편소설

피어
클리벤의
금화 4

황금가지

피어클리벤의금화 *4* 목차

제 1장

"모두에게 어떻게든 알려야 하지 않겠어요?"

울리케와 모두가 이 이변에 대해 당황하던 그 무렵, 미스미르드의 본진 경계 바깥에서 여전한 눈 폭풍의 위협을 온몸으로 받아내는 두 사람이 있었다. 여태껏 그림자에 숨어 피어클리벤 선발대를 뒤쫓아온 에파와 브륀힐데였다. 그리고 그들이 이렇듯 본진 내부로 접근하지 않고 있는 이유는 지금 울리케에게 일어난 재난과 그 맥락을 같이한다. 브륀힐데가 걱정스레 위와 같이 물었으나, 추위에 시달리는 나귀 유슬리스의 목을 어루만지며 달래고 있던 에파는 그저 여전히 진지 쪽을 응시할 뿐 어떤 대답도 없었다. 브륀힐데는 그 천부적인 눈치로 에파의 이 묵직한 당혹감을 포착하였다. 여태껏 이 추적에서 그가 한 번도 보여주지 않았던 기색이다.

"……시그리드를 불러볼까요?"

때문에 브륀힐데는 다시 이렇게 물어본다. 마냥 이대로 좌시할 수만은 없는 일이었으므로.

"그에게 알리는 것은 필요한 일이겠어요. 하지만 그도 다른 도리는 없으리라 생각합니다."

침묵 끝에 에파는 가까스로 이렇게 대답했다. 브륀힐데는 곧바로 나귀 유슬리스 앞으로 다가와 그 정수리를 손으로 쓰다듬었다. 이것은 특별히 사전에 약속된 호출 신호였다. 기다림이 길 필요는 없으리라.

"어떤 상황이야?"

안 그래도 지금쯤이리라 예상하던 시그리드의 목소리가 나귀의 입으로부터 터져 나온다. 난데없이 자신을 둘러싼 이 추위와 눈보라에 불평 한마디를 얹어볼 수 있으련만, 매사에 군더더기를 혐오하는 그답게 이런 말로 첫인사를 대신 한 것이다. 그의 성미를 아는 브륀힐데가 빠르게 입을 열어 설명을 시작했다.

"여기서 육안으로는 보이지 않지만, 저 앞 가까이에 흐리눌 진영이 있어요. 이 눈보라는, 아시겠지만 저쪽 서리심의 소행이고요. 선발대원 모두가 안으로 들어갔는데 우리는 여기 발이 묶였어요."

"……이유를 들을 차례군."

"결계가 있어요."

이 대답은 에파의 것이었다. 시그리드가 나귀의 고개를 기울여 그를 보자, 꼿꼿하게 선 채 계속 북쪽을 바라보던 에파도 몸을 돌려 눈을 맞춰왔다. 그가 말한다.

"여기 오는 내내 저 안의 실체가 뚜렷하게 파악되지 않는 것을 느끼고 염려했지만, 예상대로군요. 이건 파마의 결계예요."

"파마의 결계라고요?"

시그리드의 뾰족한 음성이 윙윙대는 삭풍을 뚫고 에파에게 달려든다. 마치 어떤 추궁인 양. 에파는 대답했다.

"네. 알고 계시는 파마의 화살과 근원이 같죠. 좀 더 복잡하게 작동하지만, 파마의 화살처럼 마법사가 아니라도 사용할 수 있어요. 그것이 저들의 진영 전체를 감싸고 있군요. 즉, 저 안에서는 마법이 제대로 작동하지 않아요. 그보다는 안팎의 연결을 끊는 쪽이 좀 더 중점적인 목표이리라 생각되지만요……. 그래서 지금 울리케 아가씨는 빙의가 강제로 끊어졌으리라 짐작합니다만."

"아뇨, 제가 오기 전까지 아가씨는 빙의 상태에 있었습니다."

시그리드가 이렇게 말하자, 에파의 얼굴에 처음으로 어떤 역동적인 표정 변화가 일어났다. 심상치 않은 얼굴로 생각하던 에파가 말했다.

"……그럴 리가……? 만일 그렇다면 빌러디저드 님이 어떤, 일종의 안전장치를 해 둔 것일까요? 하지만 그건 너무……."

"너무 위험하죠."

그리고 둘은 무거운 침묵에 빠져든다. 곁에서 조용히 듣고 있는 브륀힐데로서는 천재라 평가받는 인간 마법사와 더불어 스스로 초월적인 존재인 류그라 드라우그르의 이 공감대를 전혀 이해할 수 없었다. 그래도 참을성 있게 기다린다. 먼저 입을 연 것은 시그리드였다.

"……전부터 묻고 싶은 게 있었어요, 나슐라시에."

"에파라 부르세요."

"그래요, 에파. 당신……, 아니 당신들은, 파마의 화살에 대해 알고 있었나요? 당신과 아이비레인에게 치명적인 그 무기를, 당신의 아이들이 손대도록 정말로 허락했다는 말인가요? 아니면 그것조차 방관했다고 말할 건가요?"

브륀힐데는 미처 생각하지 못하던 부분이었다. 놀란 얼굴로 쳐다보니, 에파는 슬픈 표정이었다. 그는 말한다.

"오히려 그래서였으니까요. 황실에 용이, 스미드레드가 살아 있었다면 고려하지 않았을 방편이었겠지요. 하지만 마법사를 상대하는 데는 그만한 무기가 없으니까요. 유세트 경은 불쾌하시겠지만……."

"아니, 그런 문제가 아닙니다. 나는 이해할 수가 없어서 그래요. 아니면, 감히 이해해보려 하는 제가 오만한 것일까요?"

"그래요."

듣고 있던 브륀힐데는 부지불식간에 입을 딱 벌렸다. 저렇게 조신한 어투로 딱 잘라 시그리드에게 오만하다고 대답할 수 있다니! 하지만 정작 이 담백한 선언을 들은 시그리드는 별로 놀라지 않은 것 같았다. 물론, 나귀의 얼굴로 어떤 미묘한 표정을 짓기란 불가능했겠지만 말이다.

"⋯⋯그렇군요. 그건 넘어가도록 하죠."

순순한 시그리드라니, 이건 더 놀랍다. 게다가 에파는 아무런 합리적인 설명도 하지 않았다. 브륀힐데가 아는 한, 시그리드는 이런 경우 납득하고 넘어가는 사람이 결코 아니다. 하지만 이런 브륀힐데의 놀라움이 무색하게도, 정말로 둘은 이 문제에 대해 더 이상 거론하지 않는다. 이야기는 빠르게 마법사들의 영역으로 넘어간 것이다. 에파가 말한다.

"은형의 술을 유지한 채로 경계를 넘는 건 확실히 불가능해요. 그리고 저 안에서도 가능한지 불확실하고요. 당연히 일체의 초계도 먹히지 않습니다. 장님이 된 기분이군요."

"결계의 매개물⋯⋯, 아니 그것들도 찾지 못하겠군요. 그 자체로 파마의 물건이니 수탐이 먹히지 않겠지요."

"맞아요. 아마 말뚝 형태의 물건이리라 예상해요. 위치를 모르는 한, 일일이 이 일대의 눈밭을 뒤져야 합니다. 불가능하죠."

"⋯⋯이들이 이런 기술을 자체 개발했을까요?"

"아뇨. 이 또한 사막의 기술이겠죠. 그들로서는 꽤 중요한 지역방위술이었을 텐데, 아이들이 어찌 협상해서 유출했는지 모르겠어요. 솔직히 뜻밖이랍니다."

에파는 담담한 어조로 꽤나 이런 중차대한 정보들을 말한다.

그리고 그 이야기의 전략적 중요성을 아는 시그리드는 나귀의 얼굴에 한껏 진지함을 드리우며 경청하였다. 둘은 이후로도 한동안 이 문제에 대해 여러 가지로 논의했으나, 에파의 이야기처럼 이렇다 할 접근법이 돌출되지는 못했다.

"결국 후속대가 당도할 때까지 기다려야 할 것 같군요."

"후속대요……?"

시그리드의 말에 브륀힐데가 물은 것이다. 에파도 무슨 말이냐는 표정으로 유슬리스를 바라보았다. 나귀는 말한다.

"탈출했던 이들과 합류한, 우리 측 파견대입니다. 고블린 오백장 아우케트와 서리심 뉘르뉴죠. 빌러디저드가 이르길 그들이 피어클리벤으로의 귀환 대신 선발대를 뒤쫓기로 했다더군요. 그들의 속도라면 오늘 저녁 무렵 여기 당도하지 않을까 생각해요."

"그들이 어떻게 도움이 되는데요? 싸우자는 건 아닐 테고요."

다시 브륀힐데의 물음이다. 그리고 이 지적은 적확하다. 기실 싸우려 드는 입장이라면 에파가 이 결계의 밖에서도 얼마든지 그들을 끌어내 괴롭힐 방법이 있을 테니까. 현재 이들이 봉착한 난관은 싸우지 않으려 하기 때문에 선명한 것이다. 이에 시그리드는 대답했다.

"여전히 싸울 필요가 없어. 뉘르뉴가 있잖아. 서리심 무녀의 위계는 꽤나 단순하면서도 확고부동한 듯해. 아힌달의 이야기에 의하면 현재 저들이 보유한……, 아니, 보유한다는 표현은 좀 그렇군……. 모시는 서리심 무녀의 내력은 그렇게 길지를 않아."

"그렇게 간단한 이야기예요?"

"아힌달은 자신하던걸. 하지만 우려하기도 하더군. 저들 내부의 사정도 복잡한 모양이야. 뭐……, 이웃 나라의 제후를 암살하려는 시도가 있었을 정도니 응당 짐작할 수 있는 이야기지만."

"……그럼 만일, 저쪽에서 뉘르뉴에 대해 순순히 굽히지 않고 대들면 어찌 되는데요? 서리심끼리 싸우나요?"

"그게 또 그렇지는 않대."

시그리드는 브륀힐데에게 설명하기 시작했다.

"서리심들끼리는 원천적으로 겨룰 수가 없는 모양이야. 마법사랑은 다른 것이거든. 말하자면 사제잖아? 어느 쪽이 조금이라도 더 높은 권능을 가진 한, 일방적으로 한쪽이 겨울의 통제권을 모두 가져간대. 마수들 또한 더 높은 쪽에 복종하는 거지. 그러니까, 만일 뉘르뉴가 정말로 저들의 어떤 서리심보다도 강하다면……, 어떻게 되겠어?"

"저들의 가장 강한 무기를 완전히 빼앗는 것이죠."

듣고 있던 에퐈가 놀란 브륀힐데를 대신해 조용히 대답했다. 그는 이 이야기를 듣고도 그리 놀라지 않은 것 같았다. 이미 뉘르뉴와 한번 맞섰던 경험 때문일까? 에퐈의 표정엔 당연하다는 기색마저 어려 있었다. 하지만 다음 순간, 약간 걱정스러운 얼굴을 하며 그는 말했다.

"저는 상관없지만……."

그는 자신의 몸을 점하는 또 다른 주인, 백룡 아이비레인에 관해 염려하는 것이다. 이미 한번 그 둘을 말리느라 스스로 몸을 던졌던 에파인만큼, 이 예정에 없던 두 번째 만남이 또 어떤 사태로 치닫지 않을까 하는 걱정이었다. 더구나, 이번에는 지난번 불발에 그쳤던 아우케트와의 만남이 더해진다. 이를 이해하는 시그리드가 말했다.

"전 모두에게 분별력이 있다고 믿어요."

"……그러길 바랍니다."

에파는 한숨 쉬듯 대답했다. 잠시 그들 사이에 적막이 흘렀다. 마냥 기다리기만 하는 걸 좋아하는 이는 이 가운데 아무도 없었다. 특히나 영문을 모르고 당황하고 있을 울리케와 그 동료들을 생각하자면 더더욱. 한동안 생각하던 시그리드가 말했다.

"에파가 파악한 이곳의 상황은 내가 용을 통해 다시 후속대에 알릴 수 있어요. 이 대면이 껄끄러운 데가 있다는 염려는 나도 가지고 있으니까, 그렇다면 차제에 뉘른스에크 본성 쪽에 관한 접근을 시도해 보는 건 어떨까요? 생존자들에 관해 우리가 독립적으로 알아낼 수 있다면, 앞으로 저들과 어떤 교섭에 임하든 좋은 패가 될 수 있겠죠."

"……좋은 생각이 아닐 것 같군요."

에파가 이렇듯 곧바로 반대하리라 생각하지 못한 브륀힐데는 무심코 눈을 크게 떴다. 나귀는 고개를 살짝 갸웃거리더니 묻는다.

"어째서요?"

"물론, 본성 쪽은 결계의 바깥이니 제가 지금처럼 마법을 사용할 수 있지요. 하지만 접근 과정에서 어떤 충돌도 없으리라 생각하긴 힘드니까요. 발각당할 수도 있고, 그 과정에서 저들에게 작은 피해라도 끼친다면 교섭을 시작하기도 전에 신뢰를 잃을 겁니다. 저는 유사시 명백한 위력을 제공하기 위해 왔지만, 화친의 가능성을 훼손할 우려가 있다면 차라리 모색을 그만두는 편이 낫다고 여겨요. 더구나……."

에파는 잠시 말을 멈추고 생각하더니 다시 이었다.

"……껄끄러운 대면을 피하는 건 능사가 아니지요. 해야 할 일이라고 생각합니다."

과연. 시그리드는 생각했다. *언제나 얌전해 보이는 그이지만 가진 힘만큼이나 냉철한 데가 있군.* 시그리드는 이런 생각을 하는 자신이 역시 그의 평가대로 퍽 오만하다고 생각하며 속으로 웃었다. 마법사의 격으로 보나, 살아온 세월로 보나, 시그리드는 그에게 미치지 못한다. 검은 용 빌러디저드와는 명백히 다른 어떤 종류의 권위가 그에게 있었다. 시그리드는 승복한다.

"좋습니다. 그러면 괴롭겠지만 조금 기다리도록 할까요. 나는 잠시 여길 물리고 백작부인께 상황을 알리겠어요."

"부탁합니다."

크누드는 심각한 얼굴로 말했다.

"고집 피우실 일이 아닙니다. 어떤 문제로 빙의가 풀리지 않는지는 알 수 없지만, 아가씨는 아가씨 나름의 의무를 하셔야지요."

모두가 조용히 불가에 둘러앉아 식사하는 중이었다. 크누드의 손에 들린 모이 쌈지를 절망적인 눈으로 쳐다보며, 까마귀 울리케는 말한다.

"이건 굴욕이에요!"

"아닙니다. 생존입니다."

"말라빠진 나무 열매 따윈 먹지 않을 거라고요!"

"마침, 그건 다 떨어졌습니다만."

울리케는 크누드가 가죽 쌈지 속에서 꺼내 들어 올린 물체를 확인하고 비명을 질렀다.

"말린 굼벵이라고요?!"

"이것뿐이로군요……."

울리케는 눈을 돌려 다른 이들이 먹는 식사를 보았다. 크누드는 그 시선을 눈치채고 말한다.

"취사를 하지 못해 모두가 먹는 건 육포가 전부입니다. 아시다시피 부리로 씹을 재간은 없는 물건이지요."

"건병은?"

"거긴 보통 살아있는 바구미가 있는데요?"

울리케는 절박하게 헐떡이며 소리쳤다.

"육포를 잘라서 물에 불려줘요!"

"행정관님."

크누드는 진지한 얼굴로 그를 부른다. 그가 말한다.

"그림니르는 평소 먹던 걸 먹는 게 몸에 가장 좋습니다. 여기서 탈이라도 나면, 빙의가 일시적으로 안 풀리는 정도는 문제도 안 될 겁니다. 시야의 지팡이도 없은 이상, 아가씨가 까마귀의 몸으로 탈이 나면 구원할 재주가 저희에겐 없습니다."

끔찍할 정도의 정론이다. 울리케는 말했다.

"……차라리 굶겠어요. 조금 굶는다고…….."

"위험합니다."

이제 크누드의 진지함은 어떤 종교적인 경건함까지 드리우고 있었다. 그 눈 너머에 모종의 열정을 억누르며, 그는 말한다.

"도래까마귀는 체질상 다른 길짐승이나 날짐승들과는 다릅니다. 마치 땃쥐처럼, 땃쥐 아시지요? 그놈들은 하루만 굶으면 죽습니다. 도래까마귀도 이와 같지요. 이미 한 끼 굶은 상태이니 무척 위험합니다. 죽는다는 말씀입니다. 그러니, 아가씨는 이걸 꼭 드셔야만 합니다."

울리케는 죽음 같은 신음을 흘리고 말았다. 그는 가까스로 묻는다.

"그게……, 그게 정말이에요?"

"정말입니다."

거짓말이다.

미스미르드의 상서령 앗슈레드의 전용 천막 안은 넓었다. 기실 그것은 피어클리벤 선발대 전원이 안내된 천막과 완전히 같은 크기였다. 그는 그 안을 완전히 혼자 쓰고 있었고, 때문에 휑했어야 할 공간은 그러나 갖가지 물품들로 채워 넣어져 보기에 호사스러웠다. 반강제로 끌려 오다시피 안내된 시야프리테는 안에 들어서자마자 그 따스한 온기와 꾸며진 모양에 조금 놀라 저항을 잊어버리고 말았다.

"앉으렴."

그가 가리킨 것은 이런 진중에 있으리라 기대하지 못했던, 제대로 만들어진 의자였다. 현장에서 급조한 게 아닌, 심지어 백동 장식까지 붙어있는 호사스러운 나무 의자다. 그러고 보니 침상은 물론이고 여러 장식장에 궤짝들이 즐비하였다. 이것들을 모두 실으려면 수레가 몇 대 필요했을까? 시야프리테는 뻘쭘하게 의자에 앉아 무심코 고개를 돌렸다가 커다란 경대를 보고 급기야 어이가 없어졌다. 그렇게 크고 맑은 거울은 처음 보는 소녀였다.

"마음에 드나? 모두 내가 이룬 것들이다."

"배신으로요?"

시야프리테는 뾰족하게 묻는다. 앗슈레드는 웃지 않았지만 기분 나쁜 기색도 아니었다. 그는 말없이 오른손을 탁 털어 소매를 늘어뜨리곤 그것으로 손을 감싸 중앙의 화덕 위에 걸려있던 주전자를 기울여 뜨거운 물을 받아내었다. 이어 탁자 위에 있던 다기들을 만지작거리기 시작하더니 잠시 뒤, 뜨거운 차를 내와 시야프리테에게 권했다.

"마셔라. 내내 추웠을 텐데."

시야프리테는 받아들지 않고 여전히 도끼눈으로 그를 쳐다보기만 한다. 그는 말했다.

"수상한 건 넣지 않았어. 고집 피우지 마라."

"절 어쩌려는 거죠?"

"너야말로 앞으로 어쩔 생각이지?"

그는 의자를 가져와 시야프리테의 앞에 앉으며 물었다. 시야는 순간 말문이 막혔다. 애초에 크누드의 난데없는 거짓말로 여기까지 온 상황, 지팡이와 에파의 존재를 비밀로 하려 한 그의 의도는 명백하다. 시야프리테 역시 여기까지 안내되는 도중 문득 뒤늦게나마 그 사실을 깨달았다. 하지만 즉석에서 현란한 거짓말을 지어낼 재주는 소녀에게 없다. 그래서 대신, 이렇게 그를 몰아붙이기로 한다.

"대체, 서피바리가 왜 이 흉악한 놈들 사이에 있는 거죠?"

"가지를 잃었으니까."

담담하게 대꾸하는 앗슈레드의 태도는 부드럽다. 그는 뜨거운 차로 입술을 축이고 눈썹을 추켜세우며 말했다.

"마시지 않겠나? 향이 좋다니까."

안 그래도 이 이름 모를 차의 향기는 이미 천막 안에 가득하다. 시야프리테는 언짢은 기색을 감추지 못하면서도 더 이상 고집 피우지 않고 찻잔으로 손을 내밀었다. 실은 마시고 싶어 죽을 지경이던 참이다.

"이들은 흉악하지 않아. 그렇게 알려졌을 뿐이지. 그편이 나으니까. 최소한 이들은 아우스뉘르의 너리서니들처럼 우릴 핍박하진 않는다. 우리의 문화와 재주를 인정해주고, 그에 따른 대우를 해주었지. 그리고 몰랐던 사실이지만, 이들은 우리와 긴밀하게 연관된 문화를 갖고 있었다. 안그라네스에 관해 알고 있나?"

"몰라요."

"역시 그렇겠지."

하지만 그는 그렇게만 말하고 쉽사리 어떤 설명도 붙이지 않았다. 선발대가 걱정되는 시야프리테로서는 초조하다 못해 급기야 분통이 터질 지경이다. 하지만 소녀가 그 거침없는 입을 막 터트리기 직전, 앗슈레드는 찻잔을 내려놓으며 말했다.

"가지를 잃었다고는 했지만, 정확히는 가지를 포기한 것이다. 그 재건의 의무와 더불어 권능을 말이야. 우리의 가지 자체는 여전히 무사하지만 충성의 서약으로 미스미르드의 황실에 바쳐졌다. 그건 잘 보관되어 있지."

"뭐라고요?"

시야프리테는 놀라 소리쳤다. 늘 외할아버지 네그레즈에게 전통 쌈 싸 먹으라고 반항해온 소녀였지만, 류그라가 류그네라스 가지를 스스로 내려놓다니? 그것만큼은 시야프리테조차 상상해본 적 없는 일이었다. 앗슈레드는 계속 말한다.

"어머니 류그네라스는 우리에게 있어 분명 민족적 정체성이고 은혜이다. 하지만, 어떨까? 그것이 만일 세상 한쪽에 재앙을 드리우는 그늘을 갖고 있다면? 우리의 번영이 필연적으로 어떤 희생을 담보하고 있다면? 너는 그들의 비극을 못 본 체할 수 있어?"

"무슨 헛소리예요?"

그제야, 앗슈레드는 진지한 얼굴로 류그네라스와 안그라네스에 관한 이야기를 시작했다. 이는 앞서 울리케가 아힌달에게 들은 설명과 그다지 차이가 없었다. 그 지식 또한 본래 앗슈레드가 알고 있던 바가 아니었으므로. 차차 하얗게 질리는 시야프리테의 표정을 보며, 설명의 끝에서 그는 이렇게 덧붙였다.

"우리는 이 이야기의 진위를 확인하기 위해 백방으로 조사하였다. 미스미르드 황실의 안그라네스도 보았고, 그것이 우리의 지팡이와 일으키는 공명도 느꼈어. 아울러 남쪽으로 먼 길을 떠나 데아람의 아들들과도 접촉하였지. 이건 모두 사실이야. 어머니 류그네라스는 남쪽 대륙의 정기를 퍼 올려 우리에게 나누어 주셨던 것이지. 그토록 지극한 편애는, 하나의 악이라고 생각하지 않아?"

"악이라고요?"

시야프리테는 어떻게 감히 그렇게 이야기할 수 있느냐는 듯, 벌떡 일어나 소리쳤다. 하지만 앗슈레드는 소녀의 노한 눈길을 피하지 않았다.

"악이 아니라는 거야? 저희만 잘살겠다고 이웃 마을의 우물 줄기를 끊을 수 있어? 지금도 어딘가에서, 누군가 지팡이의 힘을 행사할 때마다 적도에선 우물에서 모래가 날리고, 초목 한 그루가 말라 죽어. 그들, 사막의 모이리들과 서피바리 사이에는 본래 어떤 은원관계도 없어. 너는 그 참상을 못 봐서 그래."

시야프리테는 몸을 떨었다. 그가 아무 생각 없이 휘둘러대던 가지의 힘이 문득 떠올랐던 탓이다. 그의 말이 사실이라면, 고기 막대기는 조금도 웃기는 이야기가 아니었던 것이다.

"……물론, 원래 사람들은 그렇게 살지. 조금 더 가질 수 있다면 착취를 일삼는 많은 이들이 있어. 하지만 우리는 그렇지 않잖아? 나는 우리가 얼마나 이타적인 민족인지에 대한 자부심이 있다. 그래서 우리 부족은 그 이름과 가지를 내려놓았지. 그리고 미스미르드 인들은 그게 어떤 의미가 있는지 이해해주었어. 그 결기를 말이야. 너리서니들이 이걸 이해할 것 같아? 분명 어리석다고 비웃을 것이다."

조용하지만 선명한 그의 목소리엔 힘이 있었다. 그것은 오랜 숙고와 통찰, 그리고 깨달음에 기반한 확신이었다. 미처 어떤 말도 하지 못하고 선 채 창백해 있는 시야프리테를 향해, 그는 말했다.

"지팡이가 없다면 너희 일족들의 대는 끊어지지. 하지만 우리와 섞이면 자손을 볼 수 있다. 아니면 피어클리벤을 떠나 계속 그렇게 살아갈 것이야? 길에서 맞아 죽어도 도와주지 않는 그 땅에서? 그러니 부디 이쪽으로 건너와라. 내 권한 하에, 너와 너희 일족 모두를 거두어주마. 용이나 아우스뉘르에 관한 것들은 잊어버려. 신목의 재건에 관한 것들도 말이야. 더는 해침당하지 않고, 또 남을 해치거나 속이지 않고 살길을 알려주마."

시야프리테는 멍하니 그를 보았다. 그가 아버지 류프리그데와 같은 연배라 그럴까? 아니면 그가 내내 보여준 한결같이 너그러운 태도 때문이었을까? 거기에 이 일련의 엄청난 이야기와 그의 설득이 더해지니, 시야프리테로서는 더 이상 그에게 대들 어떤 무기도 남지 않았다. 언제나 천방지축 날뛰어온 소녀이지만 그의 말에는 그걸 누를 진실함과 절박함, 무게가 있었다. 아버지나 외할아버지에게는 없던 것이다.

"……나는, 나는 모르겠어요."

"이름이 뭐지?"

그제야 시야프리테는 통성명조차 안 했음을 떠올린다. 정말이지 놀랍게도, 시야프리테는 스스로 무례했다고 여기며 대답한다.

"시야프리테 일 길가네스여요."

"아, 길가네스의 가지였구나……. 그렇다면 지팡이를 잃은 것은 최근 일이겠군? 나는 절기마다 황궁의 수장고를 방문해 우리의 가지를 다시 쥐어보며 일족의 남은 운명을 파악해보곤 하거든. 지난여름만 하더라도 길가네스는 살아있었다. 분명 그렇게 기억하는데."

진지하게 기억을 더듬으며 이렇게 말하는 앗슈레드의 표정을 보고 있자니, 본질적으로 선량한 류그라 소녀의 죄책감은 어마어마해지고 만다. 이 이상 속여도 되는 것일까? 우물쭈물하며 입술을 달싹이던 시야프리테는 마침내 더 이상 참지 못하고 말했다.

"미안해요! 가지는……, 길가네스의 가지는 정말로 내가 갖고 여기까지 왔어요. 정말로 쪼개져 버렸고요!"

"……뭐?"

앗슈레드가 놀란 눈을 치켜뜬다. 시야프리테는 자신이 또 뭔가를 망치는 게 아닌가 두려워하면서도, 어쩔 수 없이 실토하였다.

"하지만 중간에 바꿔치기해둔 것뿐이라고요! 그 이상은 말할 수 없어요!"

말을 마친 시야프리테는 다시 의자에 주저앉았다. 마치 어떤 거대한 존재에게 들을 꾸중을 두려워하듯이. 하지만 한동안 조용히 소녀를 쳐다보던 앗슈레드는 말했다.

"······그렇군. 대단하군. 날 속이다니? 저 피어클리벤 소속 사람들은 분명 재간을 갖고 있군그래······. 하지만, 그다지 상관없다."

시야프리테는 슬쩍 고개를 들어 그를 보았다. 다시 차를 마시며, 상서령은 말한다.

"가지가 있고, 또 설령 그게 무사했다 하더라도 내 입장은 바뀔 것이 없다. 우리에게 와라. 가지가 깨진 것은 분명 비극이지만, 그 덕에 너희를 피어클리벤에 묶어둘 어떤 이유도 피어클리벤엔 없어진 셈이니 차라리 다행한 일 아닌가? 가지가 여전히 힘을 행사할 수 있었다면 저들이 너희를 내주려 하지 않았을 테니 말이야. 쪼개진 가지로 저들이 뭘 어쩔 순 없지."

"······제가 결정할 수 있는 게 아니어요."

"그렇겠지. 그것은 이해한다. 때문에 나는 다소 강제적인 방법을 취할 생각이야. 너와, 너의 일족의 처우를 교섭 조건으로 올릴 거야."

"······저는 피어클리벤이 우리 길가네스를 내주지 않을 거라고 생각해요."

그러자 앗슈레드는 처음으로 웃었다. 조금 냉소하듯이, 그는 말했다.

"내기할까, 시야프리테?"

"그렇군요. 안그라네스라…….'"

다시 피어클리벤 선발대들이 머무는 천막 안, 한바탕의 소동과 같은 식사가 끝난 이후 사람들은 불을 쬐며 몸을 쉬고 있었다. 대부분은 모포를 덮고 누운 채 나름의 불안감을 삭히는 가운데, 라그나와 크누드, 순찰대장 길핀과 랄로프는 까마귀 울리케와 함께 모여 장차를 대비해 이야기하던 중이었다. 울리케는 아힌달로부터 들은 정보들을 간추려 전했고, 이를 들은 모두의 얼굴이 매우 진지해졌다. 크누드는 다시 말했다.

"정말 흥미롭군요. 신목에 수그루가 있었고, 그게 서리심과 연관되어 있었다니."

"류그네라스가 황무지를 만드는 주범이었다는 게 나는 가장 충격이었어요. 그리고 대부분의 류그라들이 이걸 전혀 모른다는 것도. 도대체 시야프리테는 어떻게 생각할까?"

울리케의 말이다. 크누드는 물었다.

"피어클리벤은 공식적으로 류그네라스의 재건 모색에 도움을 주려는 입장이었지요?"

"그래요."

"……지금도 그럴 수 있겠습니까?"

울리케는 부리를 다문다.

피어클리벤이 길가네스의 류그라들을 거둔 것은 여러 실리적인 이유들이 동반된 일이었지만, 거기엔 분명 그들을 긍휼히 여기는 울리케의 마음이 가장 강하게 작용하였다. 아무리 가난

해도 귀족인바, 이러한 그의 태도에 시혜적인 면이 없었다고는 말할 수 없지만 놀랍게도 울리케는 스스로 그 점을 자각하고 있었다. 그리고 내내 류그라들이 겪어온 수난의 역사를 부당하다고 여겨온 울리케이다. 하지만 이렇게 류그네라스의 진실을 알게 되니 한편으로는 그들 민족의 응당한 업보가 아닌가, 결코 입 밖으로 낼 순 없는 말이었지만 어쩔 수 없이 그런 생각이 들고 마는 것이다.

"오시기 전에, 여기에 대해 용과 이야기하시진 않았습니까?"

라그나가 묻는다. 그러나 도래까마귀는 고개를 털었다.

"내내 바빴어요. 겨우 짧게 이야기를 걸어보긴 했었지만……, 여기에 대해 모른다고 했어요."

"용이 정말 몰랐을까요?"

다시 이어진 라그나의 물음이다. 하지만 아무도 대답하지 못했다. 울리케는 용이 거짓말을 하지 못하는 생물임을 잘 알고 있다. 하지만 분명 어떤 것을 임의로 말하지 않을 수는 있겠지. 그가 내내 지금껏 용과 대화하면서 언제나 느껴왔던 그의 화법으로 미루어보건대, 빌러디저드가 알고도 함구했을 가능성이 없지 않다.

"이 상황에 하필 아무 연락이 안 되다니……."

울리케는 중얼거렸다. 답답함과 초조함이 동시에 차오른다. 진지하게 생각에 잠겨있던 크누드가 입을 열었다.

"빙의의 부작용 같은 것은 아닐 테니, 걱정 마십시오."

"……어, 실은 부작용은 진즉부터 있었는걸요?"

"뭐라고요?"

울리케는 그가 빙의를 해제하고 있을 때도 살기를 포착하게 된 것, 그리고 상대방 말의 진위를 간파해낼 수 있게 된 것, 멀리 떨어져서도 임의대로 용과 대화할 수 있게 된 것 등을 말했다. 듣고 있던 크누드의 표정이 괴상해졌다.

"……처음에 말씀드리지 않았습니까? 도래까마귀는 빙의의 부작용이 없는 유일한 생물이라고요. 아가씨, 그건 결코 부작용일 수 없습니다. 더구나, 빙의의 부작용이 그런 식으로 발현한다는 이야기는 들어본 적도 없군요. 여기에 대해 유세트 경과 혹시 이야기하신 바는 없으십니까?"

"……역시 내내 경황이 없었으니까요. ……이게 부작용이 아니라고요?"

크누드는 심각한 얼굴로 단언했다.

"저는 마법사는 아닙니다만, 도래까마귀에 대해서만은 나름 전문가입니다. 이건 마법적 부작용이 결코 아닙니다. 용이 추가적으로 아가씨께 건 어떤 술수겠지요."

울리케는 망연히 그를 쳐다보다 말했다.

"……하지만, 그는 부작용이라 말했는걸요?"

"거짓말이죠."

용이 할 수 없다던 거짓말을 했다. 고향으로부터 멀리 떨어져 적들의 진중 한가운데서 까마귀의 몸에 고립된 현재, 이 결론

만큼 그를 두렵게 하는 것은 없으리라. 울리케는 처음으로 용에 관한 의혹을 느꼈다. 하지만 그렇게 단언한 크누드는 문득 흠칫하더니 말한다.

"잠시만요, 그런데 그 능력들은……, 현재도 발휘되고 있는 게 맞습니까?"

"아까 앗슈레드와 이야기할 때 그가 진실을 말하는 걸 느꼈어요."

"그래요? 이상하군요……."

크누드는 한결 모르겠다는 얼굴로 울리케를 바라본다. 순간, 무언가 깨달은 그가 묻는다.

"……나한테 무슨 거짓말했어요?"

크누드는 정색을 하였다.

"아닙니다. ……자, 이 대답의 진위를 아시겠습니까?"

모르겠다. 아까는 분명 앗슈레드의 말과 행동에서 분명한 진실의 기운을 볼 수 있었던 울리케다. 하지만 대놓고 뻔뻔한 얼굴을 하는 지금 이 남자에게서는 어떤 것도 읽어낼 수 없었다. 왜지? 그는 자신이 평범한 시야밖에 갖고 있지 못하다는 걸 그제야 깨달았다.

"이 진지에 마법을 파훼하는 어떤 술이 걸려있는 게 아니겠습니까?"

크누드를 나무라듯 헛기침을 하여 끼어든 라그나의 말이었다. 모두가 그를 보았고, 그러자 그는 좀 민망하다는 듯 덧붙인다.

"그저 추측입니다. 용과 연락이 끊기고, 아가씨가 빙의를 풀 수 없게 된 것을 생각해보자면……."

"생각해볼 수 있는 일이겠군요."

울리케의 말과 함께, 그들의 이야기는 거기서 끊겼다. 마법에 조예가 있는 이들이 없으니 더 이상 고민해봐야 무리였다. 울리케는 다만 우울한 기색으로 크누드를 찜찜하게 노려본다. 그러자 크누드가 말했다.

"왜 그러십니까?"

"……빌러디저드 님은 단지 부작용이라고만 말했어요. 빙의의 부작용인지 아니면 어떤 다른 마법의 부작용인지 확실치 않죠. 어째서 그렇게까지 거짓말이라 단정한 거죠?"

크누드는 잠시 생각했다. 그가 묻는다.

"부작용에 관한 그 대화를 면전에서 했습니까?"

"아뇨. 늘 그렇듯 원화 마법으로요."

"그렇다면……, 네. 확실하게 무엇에 관한 부작용이라 지칭하지도 않았다면 거짓말이 아닐 수도 있겠지요. 하지만 그것이 마법을 통해 이루어진 대화였다면 오히려 의심을 둘만 합니다."

"무슨 말이죠?"

크누드는 마법사가 아닌 자신이 이런 이야기를 한다는 데 대해 조금 난처한 듯, 살짝 뺨을 긁더니 말했다.

"마법을 통해서 하는 대화는 좀 더 수월하게 거짓을 섞을 수 있다고 알고 있습니다. 표정이나 어조 같은 것들이, 실재하는 것이 아니니까요. 여기에 대해서는 유세트 경에게 다시 자문을 구해보시죠. 제가 잘못 알고 있을 수 있으니까요. 단언한 것은 사과드립니다. 역시 너무 이르군요."

하필 이런 상황에 용이 부여한 눈으로 그를 볼 수 없다는 게 안타깝다. 울리케는 머리를 까닥이며 그를 보았다. 이 남자는 다소 경솔한 데가 있다고 항상 생각해 왔지만, 정말로 그렇다고 생각했다면 애초에 이 선발대에 끼우지도 않았으리라. 울리케는 일정 부분 그를 인정하고 신뢰하는 구석이 있었다. 하지만 이런 상황에, 그리고 이런 자리에서 불확실한 근거를 가지고 냅다 용에 대한 의혹을 제기하다니? 오로지 용에 대한 믿음 하나로 이 위험천만한 임무를 버티고 있을 다른 선발대 대원들이 듣는 자리이다. 울리케의 부재중 결정 권한을 가진 그가 할 만한 말이 아니었다. 때문에 앞서의 사과를 그저 그런가 보다 하고 받아들일 수가 없다.

"……나는 납득할 수가 없군요, 서리엇 경."

"그러시다면 잠시 바람 좀 쓸까요?"

크누드는 이렇게 말하더니 왼팔을 내민다. 본래 도래까마귀 그림니르를 위해 늘 가죽아대를 차고 있는 그였으나, 이번 원정에서는 좀처럼 그것이 제 기능을 할 기회가 없었다. 울리케는 한순간 질색하는 눈으로 그를 보았지만, 더 투덜거리지 않고 총총거리며 팔 위로 새침하게 올라탔다. 나는 것은 여전히 싫은 데다, 천막 안이라 채신머리없이 보일 것이므로.

그렇게 크누드와 까마귀 울리케는 단둘이 천막 밖으로 나섰다. 서쪽의 눈 장벽 너머, 희끄무레한 뉘른스에크 본성의 그림자가 바로 보였다. 천막 주변에는 그들을 감시하는 미스미르드 측 초병들이 서 있었지만 딱히 크누드와 울리케를 보고 참견해 오진 않았다. 날은 여전히 추우나 이미 서리심의 눈 폭풍을 뚫고 온 그들에겐 아주 견딜만하다.

"왜 그런 말을 했어요? 무슨 도움이 된다고?"

울리케의 뾰족한 추궁에, 한동안 뉘른스에크 쪽을 바라보던 크누드가 말했다.

"대원들의 사기가 문제입니까? 아니면 아가씨께서 용에 대한 의심을 하시는 게 문제입니까?"

"……뭐라고요?"

"이런 저도 물론 용의 위상에 기대기 위해 온 인간입니다만……."

크누드는 울리케를 똑바로 내려다보며 조용히, 하지만 힘주어 말하기 시작했다.

"용은 아가씨께 어떤 존재입니까? 전략적 자산입니까? 숭배의 대상입니까? 아니면 속 모를 말벗입니까? 혹은 이 모든 재앙의 근원입니까? 이것들 전부라 말하기는 쉽겠지요."

"도대체 무슨 말을 하려는 거예요?"

"너무 불안해하지 마시라는 것입니다."

크누드는 자신의 그림니르에게 평소 하듯 무심코 오른손으로 까마귀의 머릴 쓰다듬으려다가 스스로 깜짝 놀라 흠칫하고 말았다. 그리고 이 부지불식간의 수작에 대해, 울리케는 마치 뱀이라도 보는 듯 아낌없는 혐오를 담아 크누드와 그의 손가락을 번갈아 본다. 조금만 자제가 늦었다면 당장 쪼았을 기세였다. 크누드는 아무 일도 없다는 듯 시치미를 떼고 의뭉하게 말을 잇는다. 이 모든 것이 아주 짧은 순간 일어났다.

"제가 용에게 서투른 혐의를 씌우기 이전부터, 아가씨의 불안은 우리 모두에게 확실히 전달되고 있었습니다. 까닭 모를 불안보다는 구체적인 의심이 더 낫지 않습니까? 아니면 경솔한 의혹을 제기함으로써 제가 모두의 눈총을 받거나요. 어느 쪽이든 이런 상황에서는 차라리 분명한 게 좋죠."

이 남자는 공공연하게 욕을 먹는 것이 이토록 자연스러운 일인 걸까? 긍정적인 면을 이끌어 낼 수 있다면 상관없다는 거야? 울리케는 조금 어이가 없어 하며 그를 본다. 크누드는 별일 아니라는 듯, 평온한 표정으로 그를 보다 물었다.

"용을 믿으십니까?"

울리케는 질문 자체가 당치 않다는 듯 말했다.

"저는 빌러디저드 님을 믿어요!"

"왜요?"

그러자 울리케는 기가 딱 막힌다는 듯 그를 향해 말했다.

"왜냐니요……? 그게 무슨……."

하지만 이어질 말이 채 생각나질 않는다. 왜지? 순전히 언약을 했기 때문에? 아니면 용이 선할 거라는 믿음 때문에? 혹은 그가 강대하기 때문에?

울리케는 언짢음과 억울함을 담고 그를 본다. 아마 같은 이야기를 다른 누군가가 했다면, 울리케는 보다 순순히 그 이야기를 경청했을지 모르겠다. 하지만 이 크누드 서리엇이다. 이야기들이 있는 그대로 귀에 들어와 박히지 않았다. 울리케는 고개를 털며 생각을 정리하려 애썼다. 하지만 좀처럼 생각이 바르게 이어지지 않는다. 초조함과 걱정에 더해, 그의 곁에 선 그는 존재 자체가 생각을 헝클어뜨리는 하나의 요소인 것만 같았다.

그리고 크누드는 아무 말도 하지 않고 기다렸다. 한참이나 고개를 주억거리며 생각하던 울리케는 마침내 중얼거렸다.

"……용을 만난 지 이제 겨우 두 달이라는 게 믿어지질 않아요. 내게 지속적으로 요구되는 변화의 폭이 얼마나 큰지, 경은 모를 거예요."

"네, 제가 감히 안다고 말할 수 없습니다."

"좀 입 닥치고 들어요."

"분부대로."

크누드는 다시 뉘른스에크 방면의 그림자를 바라보며 섰다. 싸늘한 바람이 불어 까마귀의 깃털 사이를 후벼대었으나, 이미 깊은 생각에 사로잡힌 울리케에게 그건 아무런 방해도 되지 않았다. 그는 말한다.

"나는 오로지 용의 접촉자, 그의 교섭인, 그의 대리자로서만 지내오고 있어요. 실제로는 그렇지 않을지라도, 피어클리벤 안팎에서 나는 계속 그렇게 취급되지요. 앞으로도 더 심해질 테고요. 이제 용을 빼고 나면 피어클리벤과 내게 무엇이 남죠? 설령 남더라도, 내가 그것을 어떻게 증명하고 인정받죠?"

"……말해도 됩니까?"

"물었잖아요."

"우리가 가진 것들과 처한 환경이 우리 자신을 잠식하는 것은 흔한 일입니다. 도리어 억지로 그것들을 구분하려는 시도가 위험한 게 아닐까요. 우리가 스스로 가졌다고 믿어 의심치 않는 능력들조차, 그것이 정말로 본래 우리의 것이었다고 말할 수 있습니까? 아가씨는 용의 이름을 빌려 여태껏 해온 일에 대해 그것이 자신의 참된 업적이 아니었다 여기시는 것 같군요."

"사실이잖아요?"

"아가씨."

크누드는 진지하게 그를 불렀다. 까마귀와 눈이 마주치자, 그는 말했다.

"제가 참 잘생겼습니다."

도래까마귀는 너무 어처구니가 없어서 그대로 얼어붙었다. 아마 지금 처한 상황이 아니었다면 울리케의 정신은 순간적으로 까마귀와 분열하여 자연스레 빙의로부터 박탈되었으리라. 하지만 유감스럽게도 그런 일은 일어나지 못했다. 크누드는 이런 그의 당황을 아는지 모르는지, 천연덕스럽게 이야기를 계속했다.

"하지만 그건 제가 노력해서 얻은 게 아니지 않습니까? 이건 꽤 쓸만한 자산이며, 저 자신의 것이라고 분명히 말할 수 있고, 모두 그렇게 여기겠지만 따지고 보자면 느닷없고 임의적인 능력이죠. 용의 후견도 그와 같지 않겠습니까? 더구나, 그가 언약을 결심했던 것은 틀림없이 아가씨에게서 무언가를 봤기 때문일 테니까요. 최소한 제가 잘생긴 것보다는 개연성이 있지요. 저는 그렇게 확신하고 있습니다."

"……뭘 보고 그런 확신을 하죠?"

"전 안목이 있는 사람입니다."

스스로 잘생겼다고 말한 것도 그렇고, 이런 말들을 전혀 자랑하지 않는 듯 말할 수 있는 것도 그의 재주라면 재주다. 표정을 지어 보일 수 없는 까마귀의 처지라는 것이 안타까울 지경이었다. 그런 울리케를 꿰뚫어 보듯, 그는 다시 말을 더한다.

"아가씨가 까마귀의 형태를 하고 있다고 해서, 그것이 아가씨의 본질을 결정하지는 않잖습니까? 용이 있든 없든, 아가씨는 아가씨입니다."

"……전 이미 벌레를 먹었어요."

"……네, 때로는……, 형태는 취급을 결정합니다. 전에도 드린 말씀이지만."

이제 약간의 농담을 할 만큼 불안이 가신 것일까? 물론 말린 굼벵이를 먹은 것이 농담거리가 되어야 하는 작금의 처지가 기막히기는 했지만. 게다가 까마귀의 몸을 빌고 있기 때문인지 몰라도 그건 생각보다 먹을 만했다. 그 사실을 입 밖에 내어 인정할 날은 올 것 같지 않지만 말이다.

"에파와 브륀힐데는 이 상황을 깨닫고 있겠죠?"

울리케가 미스미르드 진지 남쪽을 바라보며 묻자, 크누드는 화제가 돌려진 것을 반가워하는 듯 곧장 답했다.

"그러리라 생각합니다."

"만일 이 진중에 마법을 파훼하는 어떤 힘이 있다면, 에파 역시 그것에 영향받겠군요."

"그렇겠지요."

"제아무리 대단한 군대가 몰려와도 서리심의 눈보라와 마수 떼로 이를 막고, 일체의 전술 마법 또한 무효화할 수 있는 영역으로 보호된다면, 이 흐리뉼……, 아니 미스미르드의 군대는 너무나 위협적이에요."

"저도 그렇게 생각합니다. 용이라면 몰라도, 이런 수단들을 정면에서 다루는 건 너무 많은 희생을 야기합니다."

"……최소한 이 정보라도 한시바삐 피어클리벤과 황실에 알려야 해요."

울리케는 염려 어린 목소리로 말했다. 그때, 진지의 서쪽 뉘른스에크 방면의 눈보라 장벽으로부터 일단의 기병대가 쏟아져 들어왔다. 온통 눈투성이인 그들은 속도를 늦추지 않고 곧장 진지의 한중간을 가로질렀고, 때문에 크누드와 울리케가 서 있는 피어클리벤 선발대 천막 곁을 우르르 지나치게 되었다. 이 갑작스러운 등장과 움직임에 진영 전체가 소란스러워지고, 크누드와 울리케는 어떤 심상치 않은 기운을 감지한다. 상서령 앗슈레드가 호위들을 이끌고 굳은 얼굴로 다가온 것은 그로부터 잠시 뒤였다.

"조금 더 여유가 있으리라 생각했는데, 하필 오늘이오."

"무슨 일인가?"

까마귀 울리케가 소리높여 물었다. 앗슈레드는 침착하게 대답한다.

"뉘른스에크 본성 서쪽 방면에 대군의 출현이 확인되었소. 아우스뉘르 중앙군이 드디어 당도한 것이지."

이제야? 울리케는 늦다고 여기면서도, 자신이 떠나올 때까지 피어클리벤은 어떤 징집령도 못 받았었음을 기억해내어 의아해졌다. 크누드도 같은 부분을 생각했던 것일까, 둘의 시선이 짧게 교차된 가운데 상서령은 말했다.

"저들이 바보가 아닌 이상 곧바로 격돌진 않으리라 생각하오. 어차피 공식적인 자리를 만들 테지만, 그 전에 약식으로나마 피어클리벤 측의 입장을 듣고 싶군."

"그대가 이 군대의 지휘권을 갖는가?"

울리케가 묻자, 그는 피식 웃으며 대꾸했다.

"아니요. 상서령은 다만 황실의 목격자이지. 전시에 문관은 무시되는 존재이지만, 그 전공이 전후에 공정히 평가받고자 한다면 결코 나를 배제할 수 없는 것이오. 그러니 나름의 권한은 있소."

"피어클리벤은 그저 그 가주와 가신 모두의 생환을 요구할 뿐이다."

앗슈레드는 예상했다는 듯, 표정 변화 없이 담담하게 들었다. 잠시 생각하던 그는 말했다.

"그를 위해 어떤 것을 지불하겠소?"

"이미르의 팔왕으로 안 되겠는가?"

"유감이지만 그건 너무 약하오."

아힌달이 말했던 대로다. 울리케가 그를 노려보는 가운데, 상서령은 숙고해왔던 바를 끄집어내듯 조심스러우면서도 단호하게 말했다.

"이 사태에 대해, 피어클리벤과 그 언약한 용의 참전 포기를 거시오. 그 정도는 되어야 하오."

그는 그렇게 담담한 어조로 피어클리벤의 황실로부터의 분리를 종용하였다.

제 2장

눈처럼 새하얀, 허리까지 내려오는 긴 머리카락을 흩날리며
소녀는 종알거렸다.

"이게 무슨 조잡한 날씨냐?"

"……송구하옵니다."

소녀의 곁에 시녀처럼 서 있던 스레이야가 민망함과 기대가
교차하는 표정을 지으며 대답하였다. 미스미르드의 본진 눈 폭
풍의 경계 가장자리, 선명하게 휘몰아치는 그 장대한 인위의
겨울을 이렇게까지 일축해버릴 수 있는 감상자가 뉘르뉴 말고
달리 있을까? 뒤편에 서 있던 스레이야의 친위대들 역시 그 얼
굴에 살짝 경이와 감탄을 띠었다. 불만스러운 얼굴로 이제부터
진입해야 할 눈보라의 장막 너머를 응시하던 고블린 오백장 아
우케트가 물었다.

"문제없겠는가?"

"무슨 문제 말이야?"

뉘르뉴가 돌아보며 되묻자, 숲흑늑대 칸 위에 타고 있던 아우케트는 투구의 면갑을 내리며 대꾸했다.

"전략적으로 말이다. 뚫고 가기에 어려움은 없는지, 그리고 저들에게 우리의 존재를 감지당하는지 등등 말이다."

"그 둘은 같은 문제다. 내가 저 귀여운 눈보라에 손을 대는 순간 나의 아득한 자매들이 눈치채겠지. 그것이 싫다면 맨몸으로 견뎌라. 어쩔 셈이지?"

아우케트는 얼른 대답하지 않고 좌중을 훑어본다. 이미 그들 기랑대를 따라잡은 이백여 보병대가 후미에 있었고, 다시 소발의 추적대들 수십을 더해 그들 무리의 숫자는 얼추 삼백에 달했다. 그러니 어차피, 이 이상 숨죽이며 접근하는 것도 의미가 없으리라. 그렇게 생각한 아우케트가 말했다.

"우리의 병력이 적지 않긴 하지만 저들의 규모에 비하면 무의미하지. 또한 저 너머에 백룡의 대리인이 있음을 알고 있지만, 현재 우리에게 가장 중요한 전술적 자산은 그대다."

"말을 조심해라, 고블린!"

뉘르뉴의 곁에 서 있던 스레이야가 아우케트를 향해 꾸짖었다. 뉘르뉴는 자신을 그런 식으로 취급하지 말라며 볼멘소리를 하려다 그가 대신 이렇게 나서자 할 말이 없어지고 말았다. 아우케트는 아무렇지 않은 눈길로 그를 쳐다보았으나, 그의 곁에 선 다른 고블린 기수들은 한결같이 투구 속의 눈빛들을 형형하게 하고 스레이야를 쏘아본다. 이에 굴하지 않는 스레이야는 노여움이 팽배한 표정과 어조로 말을 이었다.

"전술적 자산이라니? 오로지 경외와 경배만이 제주께 바칠 것이다! 그런 무엄한 취급을 그만둬라!"

"너희는 아니라는 것인가? 그들을 전장에 끌고 와 살육에 힘을 보태게 하지 않았는가? 예식과 위엄으로 체계화되어 있을 뿐, 서리심의 무녀를 전술 무기 취급하는 것은 너희도 똑같지. 오히려 나는 우리의 이웃에게 청하는 것이다."

"무의미한 다툼은 그만둬라."

아우케트의 지적에 얼굴이 창백해진 채 부르르 떠는 그를 힐끔 보며, 뉘르뉴가 서둘러 말했다. 그렇게 은근히 스레이야를 보호한 뉘르뉴가 아우케트에게 말한다.

"그래서? 결국 내가 손을 써도 되겠느냐?"

"그렇다. 다만……."

아우케트는 다시 북쪽의 눈보라 너울을 본다. 한동안 생각하던 오백장은 진지하게 말을 꺼냈다.

"염려할 것은, 그대가 저들에게 드러남으로써, 향후 그대가 그대의 뜻대로 하지 못할 곡절들이 따르리라는 점이다. 거기 스레이야나 앞서 투항했던 저쪽 기병들의 태도 모두를 미루어 볼 때, 그렇지 않은가? 오히려 그대가 저들에게 경배의 대상일수록, 저들은 그대에 관한 집착을 강하게 할 것이다. 그리고 마땅히 물려받아야 할 유산이라 여길지도 모르지. 이러한 나의 예상이 틀린가?"

아우케트의 마지막 질문은 스레이야에게 향한 것이었다. 그때까지 여전히 이 '건방진' 고블린을 향해 노기 띤 얼굴이었던 그는 생각지도 못한 통찰 앞에 순간 어안이 벙벙해졌다. 그는 아무렇지 않은 표정의 뉘르뉴나, 심지어 고개를 끄덕이고 있는 하슈펠을 보고는 결국 이렇게 묻게 된다.

"……너는 고블린이 맞는가?"

"도대체 내게 그 질문을 하는 자가 왜 이리 많은 건지 모르겠군."

아우케트의 이 푸념엔 실제로 한숨이 섞여 있기까지 했다. 스레이야는 자신에게 묻는 표정을 하는 뉘르뉴를 살짝 쳐다보곤 얼굴빛을 가라앉히며 공손히 말했다.

"제주께서 나서시는 이상……, 미스미르드는 모든 예를 다해 모실 것이옵니다."

뉘르뉴는 빙빙 돌려 말하는 그의 화법에 이맛살을 찌푸리고 만다. 결국 아우케트의 이야기가 옳다는 시인에 지나지 않잖은가? 천년의 세월이 부여한 자신의 강대함을 단 한 번도 의심하지 않아 온 소녀다. 고개를 숙인 스레이야와 늑대 위의 고블린을 번갈아 쳐다본 뉘르뉴는 다시 북쪽의 눈보라를 향하더니 문득 물었다.

"내게 그것을 압살할 권위가 있느냐?"

스레이야의 눈빛이 살짝 흔들렸고, 그가 말한다.

"제주께서는 원하시는 모든 것을……."

"내가 너희에게 경배받는 것도 거부할 수 있겠느냐?"

"……어찌 그런 말씀을 하시옵니까? 거두어주소서."

"그것 보아라."

뉘르뉴는 냉소하며 말했다. 그 내력과 외양에 의해서일까, 참으로 찌르듯 어울리는 냉소 그 자체였다. 이처럼 빙하의 총애를 받는 소녀는 말한다.

"어쩔 수 없지. 관여란 그런 것이다. 내가 흰 숲에 숨어 얼어붙은 나무들 사이로 세상을 훔쳐보던 시간은 길었다. 내게 부여된 권한으로 너희에게 참견하려거든, 나 또한 감수해야 하는 부분이 있을 수밖에 없지. 이미 용은 내게 그것을 조언한 바 있노라."

"그랬는가?"

아우케트가 조금 의외라는 듯 물어온다. 뉘르뉴는 그를 돌아보며 말했다.

"그렇다. 이는 용들이라 하더라도 결코 피할 수 없는 일이지. 관여하고 싶지 않다면 늘 그래왔듯 얼어붙은 숲속에서, 그리고 험준한 산꼭대기에서 각자 재해와 야수의 노릇을 이으면 될 일이다. 하지만 아무리 강대한 신력이라도 인격을 드러내는 순간, 마땅한 도리와 인과, 율례에 얽매일 수밖에 없지. 나는 그 이치를 알 만큼은 살았다."

"……다른 이라면 몰라도, 그대가 그 고령(高齡)을 운운하면 대개의 필멸자들은 대꾸할 말이 없어진다."

이제 제법 아우케트식 농담에 익숙해진 뉘르뉴는 피식 웃었고, 이 반응에 스레이야의 눈이 동그랗게 치떠지고 말았다. 겨울의 무녀는 냉엄히 말했다.

"너희야 나이를 두고 자신의 권위를 높이려 다투곤 하지만, 내게는 해당이 없는 이야기다. 기껏 수십 해의 격차는 내게 없는 것이나 마찬가지지. 매해 겨울의 끝은 언제나 오지만, 사람의 통찰과 현명함은 결코 나이에 비례해 쌓이지 않는다."

"동감한다. 그걸 깨닫기 위해서는 그리 늙을 필요가 없더군."

언제나 그 정체성을 끊임없이 의심받는, 불행한 고블린 오백 장과 천년 묵은 겨울의 소녀가 적진을 목전에 두고 이런 대화를 나눠버리자 분위기가 다소 묘해지고 만다. 스레이야는 지금껏 뉘르뉴를 따르면서 어떻게든 서리심의 대리자 노릇을 꿰차려 노력해 왔지만, 이 둘이 매번 이렇듯 너무나 기묘한 대화들을 나누는 통에 조금도 성공하지 못하고 있었다.

"울리케가 기다린다. 가자!"

일찌감치 떨어지기 시작한 해가 서쪽 들판의 지평선 너머로 식어가는 시각, 더는 지체할 필요가 없다고 느낀 뉘르뉴가 소리치며 그 작고 흰 손을 쳐들었다. 순간 그들의 눈앞에서 냉기를 폭포처럼 떨구며 절벽마냥 도사리고 있던 눈보라의 경계가 확 물러났다. 그러고는 마치 거대한 골짜기처럼 패여 갈라지며 좌우로 흩어지기 시작했다. 그 사이로 드러난 길바닥이 북쪽으로 쭉 곧아 평탄하다. 뉘르뉴가 말했다.

"저 끝까지는 걸어서 반나절 거리쯤 되겠다."

"그렇군. 출발한다!"

아우케트는 그의 말을 받으며 후방을 향해 이렇게 외쳤다. 앞서 투항했던 소발의 기병대가 먼저 선두에 치고 나갔고, 그 뒤를 뉘르뉴와 하슈펠, 스레이야와 그 친위대들이 따랐다. 고블린 기수들과 보병들은 그다음이었다.

이 기묘한 무리는 그렇게, 앞서 피어클리벤의 선발대들이 맹추위에 시달리며 지나온 길을 그대로 따라 올라갔다. 다른 점이라면 뉘르뉴에 의해 발톱을 감추고 물러난 겨울의 공손한 주시가 양옆으로 따른다는 것이겠다. 저물어가는 날빛에 더해, 서쪽으로 물러난 눈구름이 드리운 그늘 길을 그대로 따라 걷는 것이라 아까보다 한결 추워졌으나 눈 폭풍을 뚫고 가는 것에 비할 바는 아니었다. 서리심의 힘을 익히 잘 알고 있을 소발의 부하들조차 양옆으로 물러나 깎아지른 절벽의 단면처럼 으스스하게 버티고 선 눈구름의 위용이 꽤 신기하게 보이는 눈치였으니, 나머지 고블린들과 하슈펠은 말할 것도 없었다.

"……제가 이런 쪽에 견문이 좁긴 합니다만, 경이롭다 못해 어처구니없군요."

하슈펠의 솔직한 감상이었다. 딱히 누구에게 던지는 말이 아니었으나, 대답할 필요를 느낀 스레이야가 돌아보며 대꾸했다.

"그대는 진귀한 것을 보는 것이다. 이런 건 우리조차 구경해 본 바가 없으니까."

"이건……, 마법입니까?"

그러자 스레이야의 표정이 찌푸려졌고, 앞서 걷고 있던 뉘르뉴도 고개를 홱 돌리고 말았다. 소녀가 말한다.

"마법이라니? 무지한 소리 말거라! 이는 신력이니라."

뉘르뉴가 직접 말을 걸 것이라 예상하지 못했던 하슈펠은 흠칫하며 입을 다물었다. 이미 피어클리벤에 내부 고발자로서 스스로를 자청하며 일정 부분 신세에 대한 체념했던 바 있지만, 익숙한 도시를 떠나 북부의 설원을 가로지르며 생각지도 못한 존재들과 엮여버린 그는 짐짓 위축되어 있었다. 그가 조합장 라스와 동료들에 대해 진심이 아니었다면 결코 여기에 다다르지 못했으리라. 마음만 먹었다면 이미 몇 번이나 달아날 기회를 포착했던 하슈펠이다.

"멈추어라!"

얼마나 걸었을까? 말했던 반나절에는 아직 채 미치지 못한 어느 즈음, 뉘르뉴가 불현듯 멈춰서며 추상(秋霜)같이 호령하였다. 쩽하니 얼어붙은 저녁 공기에 실려 울려 퍼진 소녀의 음성은 단순한 외침이 아닌, 허락된 신력을 휘두르는 자의 권능으로 증폭되어 있어 삼백여 무리의 일원들 모두의 귓가를 선명하게 두들겼다. 고블린과 인간, 미스미르드 인은 물론이고 말 못 하는 숲흑늑대들과 털사슴들까지 움찔하며 일제히 멈추어 선다.

"……들리는가?"

뉘르뉴의 이어진 물음이 다시 모두의 귀에 울려 퍼졌다. 사방이 고요한 가운데, 술렁이는 바람 소리 너머로 투박한 아우성이 들려왔다. 그들의 왼편, 서쪽 눈보라 장벽의 너머에서 들려오는 소음이었다.

"아무래도 싸움인듯하다."

"역시 그런가?"

아우케트의 말에 불쾌하다는 듯 묻는 뉘르뉴였다. 소녀가 말을 잇는다.

"내 나름 예의를 차리느라 더 손대지 않으려 했지만, 아무래도 부근의 겨울에 대한 일체의 장악권을 가져가야겠다."

"뜻대로 하소서."

그의 말이 무슨 의미인지 알아들은 스레이야가 얼른 대답했다. 겨울의 장악권을 가져간다는 것은, 서리심이 일정한 반경에 대해 완전 영향력을 행사한다는 말이다. 그것으로 모든 추위와 바람, 아울러 속한 짐승들의 통제도 가져가며 시야도 넓어지게 된다. 다음 순간 뉘르뉴가 단지 한 발을 떼어 나섰을 뿐 겉보기엔 아무런 행동도 취하지 않았으나, 삼백여 무리는 일제히 순간적으로 바뀐 공기의 기질과 흐름을 감지할 수 있었다. 실로 설명하기 어려운 감각이었으나, 마치 그들을 둘러싼 대기의 밀도가 훨씬 더 촘촘해지고 까탈스러우며, 그러면서도 엄격한 통제력으로 그 움켜쥔 냉기를 옥죈다는 느낌이 든다. 말하자면 뉘르뉴의 평소 성격 자체가 그들 사이의 바람결 하나하나에 스며든 것 같았다. 아니, 이것은 착각이 아니라 문자 그대로의 사실이리라.

"이게 뭐 하는 거야?"

여전히 그들을 둘러싼 풍경에는 딱히 아무런 변화도 없건만, 뉘르뉴는 눈의 장벽 너머로 뭔가를 본 듯 다소 사납게 소리쳤다. 아우케트가 묻는다.

"무슨 일인가?"

그러자 뉘르뉴가 손을 들어 한 방향을 가리키며 말했다.

"전쟁이다! 저편에서 흐리뉼, 아니……, 미스미르드의 군사들과 아우스뉘르의 군사들이 서로를 죽이고 있군. 와이번과 눈트롤들도 있다! 이게 무슨 짓이지? 무익한 죽음을 끝도 없이 일삼는구나!"

뉘르뉴의 마지막 외침은 서슬 퍼렇기 이를 데 없어, 그 위압을 느낀 늑대들과 사슴들이 일제히 부르르 몸을 떨며 술렁였다. 칸의 고삐를 그러쥐고 달랜 아우케트가 서둘러 말했다.

"아우스뉘르의 군대라고? 군사 스레이야, 뭐 아는 것 있는가?"

"나도 모른다, 고블린!"

스레이야는 당혹하면서도 짜증 내듯 대꾸했다. 그가 알 리 없는 일이었다. 불과 반나절 전에 나타난 아우스뉘르의 중앙군이었으니까. 아우케트는 정보가 부족할 때 드러내는 그 특유의 언짢음을 숨기지 않으며 뉘르뉴에게 채근하기 시작했다.

"맞붙은 군대의 수가 얼마나 되는가?"

"일, 이백? 아이들을 제하고 그 정도다."

여전히 마수들을 아이들이라 부르는 뉘르뉴다. 아우케트는 잠시 생각하더니 곧바로 말했다.

"그렇다면 본격적인 전면전일 리 없지. 우발적인 접촉일 수도 있겠군. 눈보라 안에서 벌어지는 싸움인가?"

"그렇다. 내가 어쩌길 바라지? 내가 누구 편을 들어야 하느냐? 혹은 방관할까?"

이 상황 자체가 불쾌하다는 듯, 아우케트에게 던져진 뉘르뉴의 질문은 그가 어떤 대답을 고르듯 맘에 들어 하지 않겠다는 태도였다. 곁에 서서 눈치를 보던 스레이야는 당연히 자신들을 도와야 하는 게 아니냐는 얼굴이었지만, 불행히도 그의 표정을 고려하는 이는 지금 이 자리에 아무도 없었다. 오로지 한 가지만을 생각하던 아우케트가 말했다.

"난처하군. 나로서는 그저 피어클리벤에 해가 될 선택을 제해야 한다. 하지만 그대는, ……아마도 아우스뉘르의 이름 아래 죽어가는 이들을 수수방관하는 게 마뜩잖을 것이다."

"……아주 잘 보았다, 오백장."

뉘르뉴는 그의 신중한 말에 조금 울컥하듯 대답했다. 아우케트는 소녀의 표정을 물끄러미 쳐다보더니 결심한 듯 말했다.

"그렇다면 저 싸움을 뜯어말리자. 최소한의 피해로."

바보가 아니라면 곧바로 격돌하지 않을 것이다. 이것이 상서령 앗슈레드의 앞선 예상이었다. 그러니 이 사태는 저들이 바보라는 뜻이 될까? 아우스뉘르 황실의 붉은 기를 세우고 나타난 제국군은 뉘른스에크 본성의 서남쪽에 진을 치는가 싶더니 늦은 오후 느닷없이 백여 기의 기병대를 발트부름 산자락의 눈보라 안으로 출격시켰다. 척후를 통해 이를 보고받은 앗슈레드는 얼굴 가득 한심하다는 표정을 감추지 못했다.

　"상대의 역량을 가늠도 해보지 않고 달려들다니, 아이들 패싸움도 이러지는 않겠군."

　명백하게 빈정거리는 상서령의 태도는 그러나, 바로 그렇기 때문에 조금 신기하게 보인다. 그가 아무런 지시도 내리지 않고 보고하러 온 척후병을 돌려보내자, 그와 마주 보는 자리 탁자 앞에 앉아있던 크누드가 물었다.

　"당신에게 지휘권은 없나 보군요?"

　"나는 문사(文士)요. 하지만 무슨 일이 벌어지는가는 항상 알고 있어야 하는 자리지."

　지금 그들이 위치한 곳은 앗슈레드의 천막 안이었다. 피어클리벤 측의 참석자는 크누드와 까마귀형 울리케가 전부였다. 앗슈레드의 곁에 앉아있는 시야프리테도 피어클리벤 측이라 말할 수 있을까? 상서령에게 불려간 이후 내내 그의 천막 안에 머물던 류그라 소녀는 크누드와 울리케를 다시 보자 반가워했으나, 한편으로는 말 못 할 어색함을 감추지 못했다. 무슨 이야기를 나눴는지 궁금한 울리케였지만 지금 당장 물을 형편은 못되었기에 참는다. 울리케는 회담이 채 시작되기도 전 날아온 이 갑작스러운 보고에 대해 앗슈레드가 보여준 태도를 내내 주의 깊게 지켜보았다. 이제 그가 부리를 연다.

"적들이 멍청할수록, 그대에게는 다행한 일이 아닌가?"

"행정관도 멍청하오?"

탁자 위에 크누드가 가져온 필사계보 두루마리를 펼쳐놓고, 울리케의 인장 반지를 손에 든 앗슈레드의 반문은 울리케의 시험하듯 떠본 이 물음을 정면으로 공격했다. 반지의 각인과 계보도의 대조를 통해, 그는 이제 울리케가 피어클리벤의 여덟 번째 영애이자 진흥행정관임을 공식적으로 확인한 직후이다. 무언가를 짐작한 울리케는 조금도 화내지 않고 물었다.

"어째서 그렇게 묻는가?"

"이런 앞뒤 없는 공격은, 더구나 우리 측의 압도적인 승리로 끝날 게 자명한 이상 향후 협상에선 오히려 빚이 될 수가 있지. 전위대를 투입해 이쪽의 대응을 떠보려는 수작이라면, 이미 몇 백 년 전에 폐기된 고루한 전술이오. 이쪽에 겨울의 힘과 마수 병단이 있는 이상, 순수한 인간의 군대는 아무리 많아봤자 별 의미가 없으니까."

그의 말은 울리케와 크누드의 생각과 일치한다. 도래까마귀는 조금 신기하다는 듯, 검은 눈을 빛내며 그에게 말했다.

"그대는 어쩐지, 꼭 남의 싸움을 말하고 있는 것 같군."

"맞소. 관조는 내 자리가 요구하는 미덕이오."

여태 내내 인장 반지와 필사계보에 눈을 두고 있던 그가 시선을 들며 말했다. 그러고는 정중하게 반지를 내밀어 크누드에게 돌려주었다. 곧바로 팔짱을 낀 앗슈레드는 다시 힐끔, 계보도를 내려다보더니 말했다.

"……고블린 대사가 뭐요?"

"고블린 대사지. 더 이상 무얼 설명하겠는가?"

"……행정관이 까마귀의 몸을 하고 있지만 않았어도 조금 더 믿음직하게 들렸을 것이오."

"형태는 취급을 결정하는가?"

울리케는 무심코 이렇게 크누드의 말을 인용해 물었다가 스스로 낭패한 낯이 되고 말았다. 물론 까마귀의 표정 변화를 읽어낼 재주를 가진 이가 지금 이 자리에 있을 리 없다. 크누드에게조차 그건 무리였으니까. 대신 그는 말없이 히죽 웃으며 탁자 위 까마귀의 등 뒤에서 울리케의 울화를 돋운다. 이 묘한 내막을 알 리 없는 앗슈레드가 가만히 울리케를 보고 있다가 말했다.

"뭐, 됐소. 새로운 용이 나타난 것부터가 충분히 놀라운 일이었으니까, 그에 비하면 고블린 대사쯤이야……, 고블린 왕이 등극했다 하더라도 별반 놀랍지 않겠지."

역시 꽤나 관조하는 듯한 태도가 은연중 읽힌다.

아마 그가 여느 미스미르드 인이었다면, 이 자리는 시작부터 다소 험악하고 딱딱한 자리였을 것이다. 앗슈레드가 적의 소속임은 분명했지만, 그가 류그라라는 점은 이 자리의 분위기가 어느 이상으로 악화되지 않게끔 역할 하고 있었다. 그가 때때로 시야프리테에게 던지는 눈빛은, 명백히 일족을 향하는 우호의 기색이 또렷했으며 이는 소녀를 아끼는 울리케에게 목전의 이 인물에 대한 가산점을 주게 이끈다. 그가 앞서 소발과 그 부하들을 처리한 태도에서도 이미 상당 부분 울리케에게 호감을 샀던 것이지만.

"이런 것을 우리에게 이야기할 필요가 있는가?"

미스미르드의 체계에 대해 별반 아는 것이 없는 울리케였건만, 오히려 이렇게 물어보게 된다. 앗슈레드는 미간을 살짝 찡그리고 턱을 긁더니 말했다.

"행정관은 계속 바보 행세를 하는 거요? 아니면 나를 시험할 생각이오? 혹시 여기까지 생목숨들을 끌고 오면서, 단지 아버지를 걱정하는 딸의 입장만으로 운신할 생각이었다면 나는 이 자리를 작파하겠소."

이 말을 그대로 받아들인다면 울리케에게 있어 충분한 모욕이었으리라. 하지만 그는 그가 이런 말을 내미는 이유를 짐작하고 있었다. 때문에 오히려, 수그러든 기세로 정중히 말했다.

"상서령을 시험하려던 셈이 없지 않았다. 사과하지. 하지만, 그대가 어떤 자격과 권리, 그리고 입장을 가지고 이 자리에 임하는지 우리가 잘 모르는 이상 다소 어쩔 수 없는 일이다. 일단 그대는 명백히 적국의 신하이니까."

"적국이라."

앗슈레드는 재미있다는 듯 빙긋이 웃었다. 그러고는 그때까지 펼쳐져 있던 계보도 두루마리를 말아 크누드에게 내밀더니, 자리에서 일어나 다른 큰 두루마리를 서가에서 꺼내와 탁자 위에 펼쳤다. 그것을 본 크누드가 살짝 숨을 들이켜는 소리를 낸다.

"……지도로군."

울리케의 말이었다. 앗슈레드는 눈을 빛내며 물었다.

"그게 다요?"

"……아주, 상세한 지도로군. 분할 정도로."

그의 말대로였다. 그들의 눈 앞에 펼쳐진 지도는 딱 뉘른스에크의 발트부름 산을 중앙에 둔, 북방경계 너머의 권역과 아래로 피어클리벤-아우셀바프를 아우르는 지도였다. 지형의 정밀한 묘사는 말할 것도 없고, 도로와 수원, 촌락의 규모와 지역의 산출물, 심지어 대략적인 인구와 공출 가능한 재물의 기대치까지 표시되어 있었다. 바로 지난달 울리케가 만들고자 했던 지도의 완성형이랄까, 그런 것이 눈앞에 펼쳐져 있었다.

"미스미르드는 아우스뉘르를 무너뜨리는 데 아무 관심이 없소. 오히려 그대들의 내부에서 혼돈을 일으키는, 저 '실록의 폐장'들이 진정한 적이라 할 수 있지 않을까? 하지만 그것조차도 실은 아우스뉘르 황실의 입장일 뿐, 그대 같은 지방 토호의 관점에서 보면 그들조차 진짜 적이라 말할 수는 없게 되지. 말해 보시오, 피어클리벤의 행정관 좌하(座下). 피어클리벤은 황실에 충성을 바쳐 복무하기 위해 움직이고 있소? 아니면 다만 영지 내의 안녕을 위해 애쓸 뿐인가? 이 둘을 구분할 수 없다는 딱딱한 소릴 하지는 않으시겠지?"

"실록의 폐장……, 그 거만하고 민망한 자칭을 기억한다. 미스미르드는 그들과 협력한 게 아닌가? 그런데 적이 아니라고?"

"질문을 한 건 나요."

앗슈레드는 불만스레 말했지만 여전히 너그러운 태도였다. 그는 곁에서 이 자리가 불편해 죽겠다는 표정을 짓고 있는 시야프리테를 힐끔 쳐다보더니 선선히 말을 이었다.

"그들에 관해 얼마나 알고 있소? 그들은 우리에게 아우스뉘르 황실의 용이 이미 오래전에 죽었음을 알리고, 파마의 기술들을 매매할 수 있도록 연결해 주었지. 작금의 이 뉘른스에크 사태는, 결국 그대의 황실에 용이 없음을 만천하에 드러내기 위한 작전이었소. 또한 동시에, 우리 내부의 사정으로 구해야 할 것들이 있었으니 서로 이해가 맞았던 것이지. 하지만 예상치 못한 두 가지 문제가 일어났소."

말을 끊은 앗슈레드는 중앙 화덕으로 가더니 잠시 동안 차를 내오기 위해 바스락거리기 시작했다. 그러자 시야프리테가 벌떡 일어나 그에게 다가갔다.

"제가 하겠어요! 이야기나 나누세요."

"……그러지."

앗슈레드는 물러나 탁자로 돌아왔다. 하지만 자리에 앉지 않은 채, 지도를 물끄러미 내려다보며 이야기하였다.

"첫 번째 문제는 피어클리벤에 난데없이 용이 나타났다는 것. 아우스뉘르 제국이 용과의 언약으로 시작된 만큼, 언약된 용은 그대들 민족에게 일종의 건국 신화적, 신앙적 성격을 갖는다고 이해하고 있소. 물론 황실의 거짓말은 결국 알려질 테고 그로 인한 혼란은 발생하겠지만, 이미 그것을 대체할 수 있는 새로운 용이 나타난 이상 저 반란자들의 목표는 달성하기 어렵게 되었소."

"저들의 목적이 무엇인지 아는가? 아힌달조차 그를 제대로 알지 못하는 눈치였다."

울리케가 날카롭게 묻는다. 앗슈레드는 도래까마귀를 똑바로 마주 보며 말했다.

"글쎄……, 거짓에 기반한 황실의 정통성을 파쇄하고, 제국의 근간을 재구축한다는 어떤 이상이 있다는 것만을 알고 있소. 하지만 저들이 정녕 무너뜨리려 하는 것은 황실의 허울이 아니라 강대한 권신들의 결속이지. 용이 없다는 거짓을 백 년 가까이 철통같이 지켜온 것은 바로 그들이니까. 멸문당한 헤르펠 일가가 꿈꿨던 것은 건국신화의 해체였다고 들었소. 진정한 인간의 제국을 이루고자 했던 것이지."

"맙소사, 그랬군요. 이제 이해가 갑니다."

크누드의 신음 같은 말이었다. 울리케가 휙 뒤돌아보자, 그가 설명을 시작한다.

"……너무 급진적인 생각이잖습니까? 용의 언약이 부여한 황권의 정통성이란 말입니다. 아가씨, 제국법전을 보셨으니 아시겠지요? 첫머리가 어떻게 시작합니까?"

"……, '아우스뉘르 황가는 개국용 스미드레드와의 언약으로부터 그 무한하고 불가침적인 정통성을 인정받는다.' 이죠."

"정확합니다. 더 설명해야 합니까?"

필요 없다. 울리케도 지극히 동의하는 바였다. 그야말로 아우스뉘르 제국의 모든 기반과 정통성은 용과의 언약으로부터 출발하는 것이었으니까. 용이 없었다면 제국은 통일되지 못한 채, 여전히 지방 영주들의 분할된 권력이 휘몰아치는 이합집산의 아수라장이었을 것이다. 헤르펠의 이상이 옳은가를 따지기 이전에, 그것을 부정하는 행동이 용납될 리 없었다.

조용히 듣고 있던 앗슈레드가 다시 입을 열었다.

"그리고 두 번째 문제는, 뉘른스에크의 방비가 우리 예상보다 너무 허약했다는 것이오. 우리는 우리의 힘을 제대로 드러낼 요량이긴 했지만, 공격한 우리 입장에서도 이해가 가지 않을 정도로 너무나 빠르고 허무하게 무너지더군. 그리고 결과적으로 대량 학살로 이어지고 말았지. 어찌 생각할지 모르겠지만, 나 개인으로서는 실로 매우 깊은 유감을 느끼고 있소."

잃어버린 용의 통찰력이 필요하지도 않았다. 울리케는 그가 진심을 말하고 있다고 느껴졌다. 물론 그 수많은 죽음들에 분노와 슬픔을 느끼지 않는 것은 결코 아니었다. 하지만 울리케는 그것을 참고 감출 입장과 상황 아래 놓여있다. 앗슈레드의 말이 이어졌다.

"우리가 아우스뉘르 제국과 전면전을 벌일 생각이라면 모를까, 일부 지역에 한한 거래와 협상의 빌미로 쓰기 위해 침공한 이상 적정 수준 이상의 피해는 오히려 많은 보상을 따르게 하니까. …… 부디 이런 식으로 말하는 것을 용서하시오. 그래야 하는 것이 나의 직무요."

"이해한다. 나 또한 그렇다."

울리케는 조금 잠긴 목소리로 대답했다. 앗슈레드는 울적한 낯에도 살짝 눈빛을 밝히더니 말했다.

"예기치 못한 이 사태 직후, 실록의 폐장은 우리와 연락이 끊어졌소. 그 주요 인물인 아이슐리드가 모습을 감추었지. 거기다 우리들 제후 대부분은 이 승리에 지나치게 고무되어, 애초 작정했던 행동 범위 이상을 벌이려는 분위기요. 육왕이 팔왕을 암살하려 한 것도 그 연장선상의 일이겠지. 멍청한 것들."

거리낌 없이 제후들을 욕하는 앗슈레드다. 그는 머리가 아프다는 듯, 미간을 찌푸리곤 때마침 시야프리테가 내온 찻잔에 손을 뻗었다. 한숨 돌린 그가 말했다.

"나는 뉘른스에크 내부에서 어떤 내부 반란이나, 방해 공작이 있었던 건 아닐까 의심하고 있소. 우리가 사전에 파악한 저들의 병력 규모나 인사의 면면을 보아도, 이렇게까지 대패한 결과는 절대 말이 안 되니까. 다만 그 방해 공작을 주도한 게 실록의 폐장들인지, 아니면 다른 아우스뉘르 권신들 가운데 일부인지, 그것은 아직 모르오. 뉘른스에크 변경백의 죽음조차 결코 우리의 상정범위가 아니었소. 가장 중요한 협상 대상자를 살해해서 어쩌겠다는 거야? 그러니 지금의 이 상태는 내게 완전히 혼돈이오."

"……우리도 내부의 의심 가는 권신이 있다. 발리위그 드레스바르프 후작이다."

울리케가 말했다. 그러고는 닐뵤른 마을에서 벌어졌던 의문의 습격 사건에 관해 이야기하기 시작했다. 조금 놀란 얼굴로 흥미롭게 듣고 있던 앗슈레드가 턱을 긁으며 말했다.

"맹목산을 사용했다고? 수단 방법을 가리지 않는군……, 왜 그런 짓을 했다고 생각하오?"

울리케에게 던지는 앗슈레드의 물음과 표정은 다분히 도전적이다. 울리케는 크누드를 살짝 돌아보곤 그에게 대답했다.

"그대의 이야기를 듣다 보니 확신이 선다. 만일 그 흉계가 성공했다면, 닐뵤른을 도륙한 '흐리눌'에 대해 소문이 퍼졌겠지. 이는 뉘른스에크의 예기치 못한 대패의 연장선상에서, 향후 교섭에서 그대들을 압박할 피해 보상의 패로 사용될 수 있지 않을까? 그대들이 아무리 자신들이 한 일이 아니라 말한들, 소용없을 것이다."

"그렇소."

앗슈레드는 동의한다는 듯 팔짱을 끼고 고개를 끄덕거렸다. 분위기가 심각한 가운데, 곁에 앉아 차를 마시려던 시야프리테가 너무 뜨거운 찻물에 혀를 데었는지 별안간 쭈루룩 하는 소릴 내버리고 말았다. 그러고는 뒤이어 오만상을 찌푸리고 혀를 날름날름거린다. 멍하니 소녀를 보던 앗슈레드가 말했다.

"하지만 후작이 그런 의도를 갖고 뉘른스에크를 사실상 포기하고, 동족에 대한 학살을 명령하였다면, 그는 이 개전이 어느 이상으로는 결코 확전되지 않으리라는 확신을 갖고 있어야 하오."

"그렇겠다."

"그가 도대체 어디까지 보고 있는지 궁금하군."

앗슈레드는 미지의 호적수에 대한 기대마저 내보이는 것 같다. 울리케는 조금 숨이 막혀오는 것을 느꼈다. 이런 거대한 이야기들이 정말 그와 관계있는 것일까? 당장 아버지와 가신들을 구해 되돌아가기만을 바랄 뿐이건만, 들어야 하는 것과 알아야 하는 것들이 너무나 많다. 실록의 폐장과 황실, 후작을 위시한 아우스뉘르의 권신들, 그리고 미스미르드. 북동쪽의 조그만 영지 피어클리벤이 이 소용돌이 속에 있어야 하는 이유가 무엇일까? 그저 용이 있기 때문에? 불현듯 한숨을 쉬고 싶었지만, 도래까마귀의 신체구조가 그것을 허락하지 않는다.

"보고 드립니다, 상서령!"

천막 바깥에서 이런 외침이 들리더니, 숨을 헐떡이며 창백한 얼굴의 전령이 들어왔다. 앗슈레드는 곧바로 묻는다.

"싸움은 어찌 되고 있나? 누가 나가 있지?"

"육왕야의 기병대 둘입니다."

앗슈레드는 육왕이라는 말을 듣자마자 미간을 찌푸렸다. 하지만 일개 병사의 앞에서 그의 험담을 늘어놓을 만큼 분별력이 없지 않은 상서령이다. 병사는 곧바로 덧붙였다.

"접전은 예상대로 아군의 일방적인 기세였습니다만, 예기치 않은 사태가 벌어졌습니다!"

"무슨 일인가?"

그제야, 앗슈레드는 병사의 급박한 태도에서 무언가 특이한 일이 벌어졌음을 깨닫고 추궁한다. 병사는 눈을 한 바퀴 돌려 시야프리테와 크누드, 그리고 탁자 위의 까마귀를 보더니 입술을 몇 차례 달싹였다. 마침내 그가 내뱉는다.

"그……, 웬 고블린 부대와 아군 일부가 뒤섞여 전장에 나났습니다! 아군은 육왕야 휘하의 전위충격대 일부로 파악됩니다."

"고블린……?"

되묻는 앗슈레드의 시선이 반사적으로 울리케에게 가 닿는다. 하지만 그들이 뭔가 이야기를 나누기도 전, 병사는 다급하게 다시 말했다.

"거기다 그쪽 전장의 겨울을 통솔하고 있던 육제주(六祭主)께서 당황하여 말씀하시길, 아무래도 정말로 그분이 오신 모양입니다. 일대의 겨울이 모두 그분께 복종합니다!"

"……뭐?"

앗슈레드가 놀라 묻는 순간, 울리케가 소리쳤다.

"뉘르뉴! 아우케트와 뉘르뉴가 왔구나!"

서리심의 겨울. 훗날 에인달케의 저술에서 묘사된 바에 따르면 이는 단순한 추위나 눈보라가 아닌, 그 바람결 하나하나에 신력과 의지가 실린 것이라 한다. 전장의 시계를 틀어막는 냉기의 농무(濃霧)와 세빙, 순간적으로 끝도 없이 강하하는 기온이라는 물리적 장애는 결코 이 권능의 핵심이 아닌 것이다. 무녀의 권역 안에 들어간 모든 이들은 뺨을 스치는 바람결 마디마다 자신을 향한 적대감의 환상에 사로잡히며, 개인의 용기와 판단력을 사정없이 깎이게 된다. 오직 무녀가 허락한 존재들만이 그 안에서 기를 펴고, 마치 눈보라가 자신의 등을 떠밀어주는 듯한 기세에 힘을 받는 것이다.

때문에 뉘르뉴가 장악한 이 공간 안으로 늑대들을 다그쳐 내달린 시우부름의 고블린 기수들은 이 처음 느껴보는 감각에 일순 당황하지 않을 수 없었다. 아우케트가 청한 상세한 전략적 논의를, 귀찮다는 듯 일축한 뉘르뉴는 단지 이렇게 말하며 그들을 출격시켰으니까.

"그냥 가라! 그걸로 충분할 것이다!"

눈보라의 너머에 어떤 병력이 정확히 얼마이며, 어떤 상황인지도 전혀 보이지 않는 가운데 부하들을 집어넣는 것은 결코 아우케트의 방식이 아니었다. 뉘르뉴가 아니었다면 아우케트는 손가락 하나도 이 안으로 집어넣을 생각을 하지 않았으리라. 하지만 이 매우 특수한 아군이 이미 완전하게 지배하는 전장, 신중한 고블린 오백장은 한번 그를 믿어보기로 했고 그 과감함은 결코 도박이 아닌 것으로 판명 났다.

숲흑늑대들이 바람처럼 질주해 들어간 순간, 모든 고블린 기수들은 자신들이 가르고 들어가는 눈보라가 그 어떤 장애물도 되지 않음을 깨달았다. 파멸적으로 휘몰아치는 수억 수천의 눈송이 하나하나가 의지를 가진 듯, 고블린 기수들의 움직임에 맞추어 곁을 내주며 일체의 저항도 냉기도 거슬리게 하지 않는 체험이란 정말이지 경이적이었다. 더구나 여전히 틀어막힌 시야임에도, 마치 시각과 청각이 확장된 듯 무수한 눈송이들 사이로 전장 구석구석 또렷하게 느껴진다. 이 압도적인 감각이 고블린 전사들에게 일으키는 고양감이란 그 어떤 전투의 함성이나 노래보다 강력하였다.

"선공은 금한다!"

하지만 이 짜릿함은 오히려, 불필요하게 기세가 올라 덤벼들 가능성을 초래하리라. 이를 깨달은 아우케트가 가장 먼저 내린 명령은 이것이었다. 안 그래도 저마다 칼자루를 쥔 손에 불현듯 힘을 불어넣고 있던 기수들이 움찔한다. 아우케트는 재차 소리쳤다.

"목적을 잊지 마라! 단지 저들의 예기를 꺾고 창을 거두게 한다!"

숲흑늑대들이 눈보라를 가르며 질주하는 가운데, 아우케트의 목소리는 마치 마법처럼 확성되어 일대에 선명히 울려 퍼졌다. 하지만 뒤엉켜 싸우던 전장의 양군, 아우스뉘르의 돌격대들과 미스미르드 육왕의 기병대들은 이 새로운 군대의 출현을 제대로 감지하지 못하고 있었다. 방금 전까지 자신들의 편이었던 겨울이 기세를 뒤집어 공격해오자 육왕의 부하들은 당황하여 우왕좌왕하고 있었으며, 완전히 수세에 몰려있던 아우스뉘르 측 돌격대들은 뭔가를 파악할 여유 자체가 없었던 것이다. 거기다 전장 여기저기 흩어져있던 눈트롤들과 와이번들은 일제히 썰물처럼 빠져나가 그들에게서 벗어나고 있었다.

"창을 멈추어라!"

아우케트의 고함이 일대를 가르는 순간, 혼란스러운 전장 한가운데로 쾌속 진격한 숲흑늑대 기수들이 그 관성에 힘입어, 얽혀있던 적들 가운데를 꿰뚫기 시작했다. 방향감각을 완전히 잃어버리고 달아나지도 못한 채 도륙당하고 있던 아우스뉘르 측 기병대들이 차례로 나가떨어졌고, 미스미르드 육왕의 기병대들도 이 갑작스러운 적들의 출현에 기겁한다. 특히 늑대 칸의 선창이 이끌자마자 쏟아진, 수십 마리의 거대하고 검은 늑대들의 길고 공포스러운 울음은 무엇보다 탁월하게 이 새로운 세력의 출현을 만방에 알렸으며, 미스미르드 측 털사슴들을 겁에 질려 날뛰게 했다.

"……아주 인상적이군."

앗슈레드가 말했다. 그는 지금 진중 한가운데 나무로 세워진 간이 감시탑 위에 있었다. 늑대들의 울음소리가 미스미르드 진영 전체에 울려 퍼진 직후였다.

"서리심의 겨울에 고블린 기수를 섞다니? 한 번도 상상해보지 않은 그림이오. 보통 저들은 너리서니나 어르매 양편 모두에게 쉽사리 고등 마수로 치부되는 종족이지만, 실상은 명백히 한 인종이지. 그래서 우리는 저들을 어둑발이라 불러왔던 것이니까. 모든 마수를 통제할 수 있는 서리심이 저들을 지배할 수 없다는 점만 보더라도, 일반적인 마수의 분류가 얼마나 허술한 개념인지 알 수 있소. 그런데 저 둘이 협력하다니……? 피어클리벤에 무슨 일이 벌어진 거요?"

앗슈레드는 다소 흥분한 것 같았다. 명백히 이상 사태이건만, 남의 싸움을 구경하는듯한 그의 태도가 한결 뚜렷하게 다가온다. 그와 함께 감시탑 위에 올라있던 크누드와 그 어깨 위의 울리케는 조금 어이가 없었다. 울리케는 묻는다.

"손에 든 그게 뭔가? 그걸로 저 눈보라 안이 보이는가?"

"……질문은 내가 먼저 하지 않았소?"

앗슈레드와 도래까마귀는 누구의 호기심이 더 강렬하고 타당한지를 겨루는 듯 마주 쏘아보기 시작했다. 하지만 결국 조금 더 흥분하고 몸이 달은 상서령이 지고 만다. 그는 순순히 손에 들고 있던 조그만 원통형의 물건을 들어 올리며 말했다.

"이건 투시경이오. 멀리 볼 수 있게 하고, 악천후도 뚫고 보지."

"마법인가?"

"미스미르드 인들은 에다의 도리를 모르오. 하지만 긴 시간 속에서 나름 유용한 지혜들을 축적했지. 자세한 기술적 설명까진 나도 알지 못하오. 일종의 국가 기밀 기술이니까."

그는 말을 마치며 투시경을 들어 한쪽 눈에 갖다 대었다. 울리케가 신기하게 쳐다보는 가운데, 한동안 집중하던 앗슈레드가 말했다.

"뭐, 저러면 도리가 없지. 사실 고블린들을 투입할 필요도 없을 것이오. 겨울과 마수를 지배하는 것만으로 족할 테니까…….소발의 부하들이 뒤따르는군? 육왕 휘하의 기병대들과 접촉했소. 아마 이 이상 피해가 발생하지는 않겠지."

"이 진중에서 그걸 바라는 건 오직 그대뿐인가?"

울리케가 묻자, 앗슈레드는 투시경에서 눈을 떼더니 대답했다.

"제후들 각각이 각각의 목적대로 움직이오. 나는 가급적 참견하지 않지."

"그래서야 군령이 유지됩니까?"

이번엔 크누드의 물음이다. 앗슈레드는 조금 눈을 치켜뜨더니 대꾸했다.

"정말로 우리에 대해 아는 게 없군? 제후들은 독자적인 군권을 갖소. 글쎄, 이게 어떻게 통일된 흐름을 유지하는가를 이해하려면, 이 어르매들의 문화 자체를 깊이 이해해야 하오. 이 자리에서 그걸 설명하긴 적당하지 않겠소."

말을 마친 앗슈레드는 진심으로 그걸 설명 못 해 아쉽다는 표정을 지었다. 그의 일족이 역경의 끝에 도달한 이 해법에 대해, 그가 가진 자부심 때문일까? 그는 자신이 아는 바에 대해 설명하는 게 즐거운 모양이다. 울리케 또한 이런 자리만 아니었다면 그에게서 듣고 싶은 것들이 정말 많았다. 나중에라도 꼭 기회가 있기를, 울리케는 내심 그렇게 바라고 마는 것이다.

"아까 말한 육제주란 무슨 뜻인가? 서리심 중 하나?"

그런 한편 문득 생각난 것을 묻는 울리케다. 앗슈레드는 다시 투시경에 눈을 갖다 대며 말했다.

"그렇소. 모든 제후들은 그들 나라에 최소 하나 이상의 서리심 무녀를 두며, 그것이 왕의 책임이자 증명이지. 서리심을 갖지 못한 왕가는 권위를 잃소. 정확한 비유는 아니겠지만, 아우스뉘르 황가의 황권이 용에게서 비롯된 것과 맥락이 같달까. 미스미르드도 다분히 제의적인 이유에서 이 풍속을 유지하고 있지만, 서리심은 실질적으로 이득을 주는 존재이기도 하니까."

"날씨와 마수의 조종 말인가?"

"그렇소, 행정관. 또한, 보다시피 전력으로서도."

상서령은 계속해서 투시경으로 눈보라 너머를 보며 말했다.

"그대는 운이 좋소. 내가 아니라 여느 어르매들이었다면 지금 이와 같은 이야기를 함부로 하지 못할 테니까. 온갖 미사여구와 돌려 말하기로 핵심을 감출 거고, 그대는 기어코 진절머리를 냈을 테지. 나는 외인이기에, 그러면서 동시에 상서령이기에 이런 이야기를 할 수 있는 것이오."

"운이 좋다는 점은 나도 동의한다."

울리케가 새침하게 대꾸했다. 그건 사실이었다. 류그라 앗슈레드가 아니었다면 피어클리벤 선발대들과 울리케는 어떤 대접을 받게 되었을까? 다른 미스미르드 인들은 피어클리벤에 관심이 없는 것인지, 아니면 앗슈레드가 그들의 접촉을 막고 있기 때문인지 여태껏 별다른 일이 없었다. 분명히 이 남자는 말이 통하는 사람이다. 울리케는 그렇게 느꼈다.

"일단락된 모양이군."

앗슈레드가 투시경에서 눈을 떼며 말했다.

"눈보라가 옅어지고 있소. 이제 내려가 맞이해볼까? 이 사태에 대해 제후들이 어찌 나올지 기대되지 않소? 특히 육왕야 말이오."

앗슈레드는 못내 즐거운 듯 말한다. 뒤이어 상서령과 크누드는 사다리를 타고 아래로 내려갔다. 울리케는 여전히 질색하면서도 크누드의 어깨에 단단히 발톱을 걸어 넣는다. 바닥에 도착한 크누드가 그에게 물었다.

"좀 날아보실 생각 없습니까?"

"없어요."

이미 울리케의 이와 같은 단호한 대꾸를 예상했던 크누드라, 별말 없이 앗슈레드와 나란히 걷기 시작한다. 진지의 서쪽 눈보라 속에서 서리를 뒤집어쓴 기병대들이 나오는 게 보였다. 그리고 잠시 뒤, 그 뒤를 따라 한 무리의 익숙한 고블린 기수들이 천천히 눈보라의 열병(閱兵)을 받으며 모습을 드러내었다. 신기하게도 그들에겐 단 한 송이의 눈도 몸에 붙지 않았다.

"이건 너무 관록의 차이가 심하군……."

상서령이 무심코 중얼거리자, 잠시 그 의미를 파악하지 못하던 울리케는 불현듯, 앞서 크누드와 보았던 정찰대들이 눈을 뒤집어쓰고 나타났던 것을 기억해냈다. 그가 묻는다.

"겨울의 장악력 말인가?"

"그렇소. 저렇게까지 섬세한 기예를 본 적이 없군. 천년 제주라, 그 장엄한 호칭이 아깝지 않겠소."

아마 그 자신이 미스미르드 인이었다면 주변의 다른 병사들과 똑같이 경외와 공포를 느꼈을 것이다. 하지만 류그라 귀화자인 앗슈레드는 이렇게 객관적인 평가를 내릴 뿐, 그들 민족의 감동에 동화되지 않았다. 그가 앞서 시야프리테의 지팡이에 대해 보인 격정과는 사뭇 대비되는 지점이었다.

"상서령!"

별안간 그들 뒤에서 비명 같은 고함이 들려와 모두를 깜짝

놀라게 했다. 크누드만이 움찔하지 않고 차분히 돌아보았기에
망정이지, 그조차 앗슈레드마냥 어깨를 들썩였다면 울리케는
떨어지고 말았을 것이다. 모두가 불쾌하게 돌아보자, 소식을 들
었는지 예의 육왕이 호위무사들과 서둘러 다가오고 있었다. 이
번엔 기승하지 않은 채였으나 검은 찰갑의 무구만은 여전히 거
만하게 절그럭거린다.

"이게 무슨 일인가! 시니르 육제주께서 진노하셨다! 어느 무
엄한 진영의 간섭이지? 서쪽 전위는 언제나 우리가 맡는다 하
지 않았는가!"

가까이 채 다가오기도 전, 육왕은 침을 튀기며 이렇게 소리
질렀다. *정말 귀가 따갑군.* 울리케는 생각했다.

"소신은 왕야의 그와 같은 기백을 늘 흠모해 마지않았습니다."

침착하면서도 웃는 낯으로 정중히 말하는 앗슈레드의 이 대
답은 그러나, 울리케가 보기에 마치 '좀 닥치시지요.'라고 말하
는 것처럼 보인다. 그의 정중함이 마치 자신을 모욕하기라도
했다는 듯, 빠르게 화난 얼굴이 되는 육왕을 보자니 비단 울리
케의 덧없는 망상만은 아닌 모양이었다. 곧바로 무어라 소리
지르려는 육왕에게, 앗슈레드는 재빨리 다음과 같이 이어 말하
며 그의 입을 틀어막았다.

"기뻐하소서, 육왕야. 마침내 미스미르드의 유구한 소망이 실
현될 찰나입니다. 천년 제주께서 몸소 행차하시었으니까요."

"……뭐?"

쏟아내려던 한바탕의 욕설이 목구멍으로 굴러 들어간 까닭일까, 그는 이제 소화불량에 걸린 낯빛이 되고 말았다. 뒤이어 그가 말했다.

"······전설이 아니었는가? 허튼소리 마라!"

그 순간 딱, 세상이 믿을 수 없을 만큼 고요해졌다. 미스미르드 진지의 사방 경계에서 저마다의 역할에 충실하던 눈보라들이 일제히 스러졌고, 모든 바람은 숨죽이며 그 자리에 멈춰선 채 언제든 그들을 복종시킬 권능의 도래를 기다린다. 이 충격적인 대기의 변화는, 침묵의 폭발이라는 모순적 표현으로밖에 형용 불가능한 현상이었다. 모두가 영문을 모르고 눈을 휘둥그레 뜬 채 사방을 둘러보았으며, 어느 누구도 섣불리 입을 열어 무어라 소음을 보낼 용기를 내지 못했다. 말 못 하는 사슴들과 숲흑늑대들조차 침묵했으며, 각 부대의 천막 안에 머물던 이들은 각자 고개를 내밀고 이 침묵의 연유를 헛되이 찾았다. 그런 가운데, 마침내 이 정적의 지배자가 어느샌가 그들 사이에 나타났다. 도열한 숲흑늑대 기수들의 사이에서 나타난 흰머리 소녀는 마치 그 새 옷을 자랑하듯 펄럭이며 똑바로 울리케와 크누드, 상서령에게로 걸어왔다. 마치 그 자신만이 유일하게 이 공간 안에서 움직일 권리가 있다는 듯이.

"네가 감히 내게 약속된 바를 부정하느냐!"

그리하여 육왕의 앞에 선, 뉘르뉴는 말하였다. 그 앳되나 강대한, 지금 이 공간을 채운 침묵처럼 모순된 목소리가 미스미르드 진영의 전방위에 선명하게 울려 퍼졌고, 그것은 그들 가운데 가장 어리석은 자라 하더라도 느낄 수 있는 아득한 권위가 있었다. 지금껏 한결같이 오만하던 육왕조차 새파랗게 창백한 얼굴을 하더니, 이윽고 입술을 달싹이며 천천히 그 자리에 부복하였다.

다음 순간, 울리케는 진영의 전 병력이 그와 같이 이쪽을 향해 엎드린 것을 보았다. 평생 잊지 못할 장관이었다.

제 3장

해가 저물었다. 평소 이 계절이라면 웅대한 발트부름 산의 남쪽 기슭 아래, 뉘른스에크 성하촌이 멀찌감치 보이는 이 벌판은 그저 아무것도 없는 설원에 불과했으리라. 하지만 지금은 백여 개가 넘는 천막들이 어떤 규칙에 따라 정연하게 쳐지고, 곳곳에 타오르는 거센 화톳불들과 말들의 투덜거림, 병사들의 호령과 외침으로 정신없는 북새통을 이루고 있었다. 사흘 전 이실바프에서 출발해 이곳에 당도한 이 군대는 아우스뉘르 황실의 명령 아래 북방 곳곳에서 징집되어 달려온 각지의 용병들과 영지군들, 그리고 그들을 수발하는 하인들로 이루어졌다.

"비켜!"

진영의 동쪽에서 말을 달리며 가로지르던 병사 하나가 고함을 지르며 지나갔고, 땔나무를 지고 나르던 하인들 가운데 하나가 그만 이것에 놀라 나자빠지고 말았다. 수많은 이들이 밟아대 진창이 된 바닥이건만 여전한 추위와 단단해진 눈들이 남아있어 종종 벌어지는 일이었다. 넘어진 사내는 옷이 더러워진 것도 상관 않고 부산히 바닥에 떨어진 장작들을 주워 모았다.

"여기요."

자신의 발치로 떨어진 장작을 주워든 한 사람이 사내에게 그것을 내밀며 말한다. 정신없이 할 일에 몰두해있던 그는 깜짝 놀라며 받는다.

"고맙습......, 아, 아가씨도 병참조야?"

대뜸 말본새를 낮추는 사내의 태도건만, 여자는 별달리 불쾌해하지 않으며 말했다.

"그래요."

"어디 속해 있어? 나는 '은가시찔레' 용병단인데."

묻지도 않는 말을 하는 건 이 무슨 하찮은 수작일까? 게다가 그 스스로 기사는커녕 용병도 아닌 삯일꾼이건만, 속한 집단의 위명이 그에게 어떤 가치를 지니는지 모르겠다. 그러나 이미 그는 요 며칠 이와 같은 사내들을 서넛 마주쳐왔다. 때문에 어느 정도 이해를 끝낸 그는 조용히 되묻는다.

"은가시찔레단이요? 거긴 몇 명이나 왔나요?"

"......어, 칠백 명 정도. 모두 중보병이지."

"그렇군요. 조심히 가세요."

"어......? 어어, 아가씨 이름이나 알려주고 가!"

그러나 그는 무시한 채 몸을 돌려 총총히 어둠 속으로 사라진다. 곧이어 시끌벅적 오가는 병사들과 병참근로자들의 사이로 섞여 들어간 그는 그 비범한 청력의 귀를 기울이며 곳곳의 천막과 오가는 사람들에게서 흘러나오는 갖가지 이야기들을 빠짐없이 주워섬기며 걸었다. 대개는 시답잖은 이야기들이지만, 각 소속의 병력이나 보급 상황에 대한 이야기들도 더러 섞여 있어 그로 하여금 신경 쓰게 만든다.

"펠윈."

그가 속한 천막에 다다르자, 모포를 뒤집어쓰고 천막 앞 불가에 앉아있던 한 사내가 불렀다.

"한스, 안에 들어가 있는 게 낫지 않아요? 안색이 그렇게 나쁜데."

"이건 감기 같은 병이 아니니까요. 몸을 추스른다고 낫는 게 아닙니다."

펠윈의 지적처럼, 불 가에 앉은 한스의 인상은 수척하기 이를 데 없어 누가 보더라도 병색이 완연한 환자였다. 하지만 다시 그의 말처럼, 이것은 어떤 질병이 아니었다. 그저 아이슐리드가 그에게 걸어두었던 저주의 작용인 것이다.

아우스뉘르 중앙군이 뉘른스에크에 도착한 이 날은, 이실바프의 뒷골목 여관 '다정한 잿더미'가 불탔던 날로부터 열이틀째였다. 본래 일주일마다 저주의 갱신을 받아야 했던 한스인지라, 사실은 이미 죽었어야 마땅했으나 모종의 조치가 그를 살려두고 있었다.

"좀처럼 산뜻하게 해결되진 않는 건가요?"

펠원은 걱정스러운 얼굴을 감추지 않으며 불가로 다가와 부지깽이를 잡았다. 한스는 기침을 두어 차례 뱉더니 말한다.

"견딜만합니다. 뭐……, 언제든 제가 가진 걸 쓰면 되긴 하지만……."

"왜 안 쓰고 버티는데요?"

펠윈이 나무라듯 묻자, 한스는 떫은 미소를 지었다.

"……아플 테니까요? 겁나잖아요? 심장에 화살을 박아넣으라니, 펠윈 같으면 쉽사리 하겠습니까, 그걸?"

펠윈은 동의하듯 한숨지었다. 아무리 구급의 영약이 있다곤 해도 선뜻 손이 가는 해결책이 아니다. 하지만 정말로 단지 그 이유 때문에 한스가 파마의 화살 쓰길 꺼리고 있는 것일까? 그의 현재 고통이 어느 정도인지 알 수는 없어 속단하긴 이르지만, 펠윈은 어쩐지 그가 다른 이유로 화살을 아껴둔다는 느낌을 받는다. 그런 생각을 하며 그가 말없이 잉걸들만 뒤적이고 있자, 한스는 다시 말했다.

"좀 들은 거 있어요?"

"네, 대충요."

"그럼 안으로 들어가시죠. 다들 기다립니다."

그리고 둘은 일어서 천막 안으로 들어섰다. 튼튼하게 기름을 먹여 외풍을 차단하는 천막 안으로 들어서자, 차 향기를 실은 온기가 그들을 왈칵 반겼다. 그 정중앙, 작은 화덕을 놓고 찻물을 끓이고 있던 홀게르손이 고개를 든다.

"⋯⋯아트뤼드 경은요?"

"아직 안 왔다."

펠윈의 물음에 대답한 것은 널찍한 천막의 안쪽, 휘장으로 가려진 침상으로부터 흘러나온 황녀 닐스그림의 목소리였다. 이윽고 두툼한 방한 외투를 걸친 그가 모습을 드러내었다.

"들킬 위험이 있으니 조심하라 일렀건만⋯⋯, 뭐, 아룬드도 따라붙었으니 사고는 치지 않겠지. 하지만 대강 둘러보고 들어왔으면 좋겠는데."

황녀는 약간의 짜증과 염려가 반씩 섞인 목소리로 그렇게 말하며 홀게르손의 곁 의자에 털썩 주저앉았다. 펠윈과 한스도 구석의 의자를 내와 화덕 앞에 마주 앉았다. 감히 황녀의 면전이건만, 지난 열이틀의 여정이 그들에게 번다한 격식을 그만큼 버리게 해주었던 것일까? 바깥에 비하면 충분히 따스한 천막 안이었지만 닐스그림은 성이 차지 않는 듯 외투의 매무새를 조였다. 그런 황녀가 묻는다.

"어땠지?"

이렇게 거두절미한 물음이건만, 펠윈은 준비한 것처럼 냉큼 입을 열었다.

"오후 늦게 벌어졌던 의문의 공격부터 말씀드릴까요? 그건 지휘부의 명령 없이 이루어진, 한 용병대의 돌발행동이었어요.

그들이 돌아오자 분노한 지휘부 기사들의 쩌렁쩌렁한 고함이 들리더군요."

"돌발행동이었다고? 왜 그런 미친 짓을 한 거야?"

닐스그림이 믿을 수 없다는 듯 물었다. 펠윈은 대답한다.

"그 기병대장은 제대로 대답하지 못했어요. 그저 가볍게 사열을 준비 중이었는데, 별안간 말들이 미쳐서 뛰쳐나갔다고 하더군요. 지휘부의 기사들은 대부분 믿지 않았지만……, 후작은 그 이야기를 듣자 더 이상 추궁하지 않겠다고 했어요."

"발리위그 드레스바르프가?"

닐스그림의 눈매가 사나워지며 던지는 물음이다. 펠윈은 고개를 끄덕였다.

"그래요. 그러고는 곧바로 어떤 마법적 외력의 개입이 있을 수 있다고 말하더군요. 하지만 그 직후 그가 무슨 짓을 했는지, 지휘부 천막 전체의 소리가 갑자기 차단되었어요. 그 직후로는 아무것도 들을 수 없었죠."

"……묵음의 너울이로군."

닐스그림이 중얼거렸다. 생각할 수 있는 당연한 조치였다. 그 또한 그런 의문을 가졌다면 맨 처음 취할 행동이었으니. 하지만 다음 순간, 닐스그림은 미간을 찡그리며 묻는다.

"하지만 누가 그런 짓을 했다는 거지? 이 진영에 우리 말고 어떤 꿍꿍이를 가진 이들이 더 있다는 거야? 설마하니, 그 실록의 폐장이라는 잡것들이 섞여 있을까?"

"전 진지의 모든 천막에 귀 기울여봤지만, 그들은 없었어요. 혹시 제가 못 찾은 것일 수도 있겠지만요……."

펠윈은 자신 없다는 듯 말꼬리를 흐렸다. 닐스그림은 잠시 생각하더니 고개를 저었다.

"답답하군. 마법을 사용해 찾으면 간단하지만, 이 부대엔 후작을 비롯해서 마법사가 너무 많아……, 백방 들킬 것이다. 이럴 때 네 귀라도 있으니 얼마나 다행이냐. 추운데 수고했다."

닐스그림의 목소리엔 진심이 묻어나왔다. 펠윈은 별다른 표정 변화 없이 가만히 앉아 화덕만 쳐다보았고, 분위기가 어색해질 찰나 한스가 눈치 빠르게 끼어들었다.

"차를 올리겠습니다."

그리하여 펠윈과 한스, 홀게르손과 닐스그림은 나란히 차를 들기 시작했다. 잠시 뒤, 때맞추어 천막의 입구가 젖혀지며 얼굴이 새파래진 두 사내가 들어섰다. 각각 아룬드 피어클리벤과 뉘른스에크의 기사 이그라 아트뤼드였다. 둘 모두 그 행색은 정규 무장과 동떨어진, 병참 상단의 호위무사처럼 꾸미고 있었다.

"왔느냐? 어서 앉거라."

닐스그림의 말이 떨어지자마자, 펠윈과 한스는 일어나 의자를 물려 그들이 앉을 자리를 마련해준다. 둘은 별말 없이 황녀의 앞에 앉았고, 펠윈과 한스는 조금 떨어진 위치에 자리를 잡았다.

"별일 없었느냐? 발각될까 봐 초조했느니라."

닐스그림이 이렇게 말하자, 아룬드와 이그라는 살짝 서로 마주 본다. 먼저 입을 뗀 것은 이그라였다.

"……별일 없었습니다, 전하. 오히려 조금 더 대담하게 움직여도 되지 않을까……, 그런 생각이 들었습니다. 출발 전 그, 라스라는 자가 말한 대로 이 군대의 핵심은 세 가문의 마법사들임이 분명합니다. 그러니까 이 병력은 전부 단지 마법사들의 호위로만 따라붙은 것이지요. 그래서일까, 기율기찰대(紀律譏察隊)의 분위기가 아주 느슨했습니다."

아룬드가 맞장구를 친다.

"아트뤼드 경 말이 맞습니다. 그런 점에 예민한 용병들이 일찌감치 술을 깐 걸 봤습니다."

"좋은 소식이라고 해야 하는가……."

팔짱을 낀 채 앉은 닐스그림이 혀를 차며 하는 말이었다. 그러고는 곧바로 펠원에게 시선을 주자, 펠원은 앞서 황녀에게 했던 이야기를 아룬드와 이그라에게 되풀이했다.

"……그리고 다섯 가문의 병력에 더해, 여덟 용병단이 포함되어 있다는 걸 알아냈어요. 제가 들은 것들만 정리하자면, 얼추 이만 병력이라고 생각됩니다."

"이만이라고?"

이그라가 미심쩍다는 듯 묻는다. 잠시 손에 든 찻잔을 내려다보며 생각하던 그가 말했다.

"그게 맞는 계산이라면, 우리가 여기까지 따라붙으며 파악한 병참 규모에 비해 너무 적은 병력인데. 이 또한 그 라스라는 자의 말이 옳은 것일까요, 전하?"

"장기전을 염두에 뒀다는 말 말이지?"

닐스그림의 반문이었다.

이실바프의 암시장 조합에서 이 다섯이 합류했을 때, 아룬드와 이그라가 서로 아는 사이였다는 것은 그리 놀라운 일이 아니었다. 세곡의 운반을 위해 정기적으로 뉘른스에크를 오간 아룬드였으니, 그가 뉘른스에크의 일곱 기사 모두를 아는 것은 당연했으니까. 덕분에 일행은 빠르게 그와 처지를 공유할 수 있었고, 그는 아룬드와 닐스그림 또한 후작의 흉계에서 죽다 살아났음을 듣고 경악과 분노를 금치 못했다. 하지만 정작 예상외의 만남은 그가 아니었다. 이실바프의 암시장 조합에 협력을 구하던 홀게르손은 뜻밖에도 그곳에서 그의 주인 라스를 맞닥뜨렸던 것이다.

"도시의 미욱한 그림자가 전하를 뵙습니다."

홀게르손은 그저 어안이 벙벙하여 황녀에게 예를 올리는 주인을 보았다. 하지만 장소와 상황이 자초지종을 묻기에 적당치 않았던 것이다. 다만 조합장 라스는 홀게르손에게 넌지시 눈빛을 주어 아는 체를 해주었다.

"네놈은 누구냐?"

닐스그림의 거침없는 질문에, 라스는 대답하였다.

"아우셸바프 주재 암시장 조합의 장, 라스입니다. 이실바프에는 일이 있어 머무는 참입니다."

"아우셸바프? 왜 이 자리에 네가 나온 것이지?"

"여러분이 오신 이유를 알고 있으니까요."

라스는 담담하게 설명을 시작했다. 그가 아이슐리드와 맺었던 협력의 약속부터, 그가 지금까지 이 '반란'에 어떤 식으로 관여되어 왔는가를 말이다. 여기에 그의 긴 이야기를 다 옮길 수는 없겠다. 닐스그림은 내내 혐오와 노기가 가득한 얼굴로 그의 이야기를 들었으나, 차차 그에 대한 처분보다 그가 하는 이야기 자체에 더 마음을 빼앗기게 되었다. 그는 말했다.

"……그들은 스스로를 실록의 폐장이라 합니다. 사십 년 전, 말 그대로 지워진 역사에 대한 원한을 담아 그렇게 부르는 것이지요. 황녀 전하, 그들은 황실을 적으로 두지 않습니다."

지금 이들 일행이 병참 상단의 일원으로 꾸미고 진군에 따라붙을 수 있었던 것은 전적으로 라스의 지원이었다. 그는 이미 자신의 심복 하슈펠이 피어클리벤에 합류했다는 것을 알고 있었고, 아우셸바프의 암시장 조합이 사실상 와해되었음도 파악하고 있었다. 하지만 그의 권한이나 정보력은 이실바프의 암시장 조합에서도 유효한 모양이었다. 그는 근시일 내에 중앙군의 소집이 이실바프에서 일어나리라 예견했고, 실제로 그렇게 되었다.

"저는 사정이 있어 모시지 못합니다만, 등 뒤의 비수가 되지는 않으리라 약속드립니다."

'긴나르 상회'라는, 완전히 급조된 위장 종군상단으로 꾸미고 병참조로서 출발하기 직전, 이들을 배웅하며 라스가 한 말이었다. 처음에는 그를 그저 수상한 범죄자 두목에, 반란군과 협력한 장본인이라 생각하여 혐오했던 닐스그림과 일행들이었다. 하지만 일주일이 넘게 그들을 보호하고 보여준 그의 태도엔 놀랍게도 내내 삿된 구석이 없었다. 더구나 그가 들려준 많은 이야기들은 결코 쉽게 알아낼 수 없는 것들이었다.

"……왜 여기까지 돕느냐? 이 난국이 평정된 후 나는 너를 벌하러 올 수도 있다."

짐짓 냉랭함을 가장했던, 닐스그림의 엄포를 들은 라스는 처음으로 황녀에게 웃는 낯을 보였다. 그는 말했다.

"저와 같은 이들은 갈라진 틈에 사는 자들입니다. 권력은 대패와 같아서 밀어내기가 쉽지 않지요. 전하, 부디 제가 들려드린 이야기들을 깊이 숙고하소서. 아마도 향하시는 그 전장은, 무력이 아니라 통찰과 결단의 싸움터일 것입니다. 마지막 순간에 아우스뉘르의 대가 옳은 선택을 할 수 있기를, 그늘에서나마 응원하겠습니다."

그것이 그의 마지막 말이었다. 그가 무슨 생각을 하며 무엇을 위해 움직이는지, 닐스그림은 결국 마지막까지 알 수 없었다. 이후 일행은 완벽히 상인들로 꾸민 채 이 대군에 따라붙어 여기까지 왔다. 닐스그림은 오는 내내 라스가 해준 이야기들을 되풀이해 생각했고, 또 고민하였다. 지금 이 군대를 지휘하고 있는 것은 드레스바르프 후작 자신과 그 측근인 네 가문이었다. 그러니 황녀에게 있어 자신들을 죽이려 했던 그들이야말로 진정한 역적패당이라 할 것이다. 하지만 라스가 들려준 많은 이야기들이, 이 상황의 복잡함과 난해함을 말한다. 결코 섣불리 움직여서는 안 되는 이야기였다.

"뉘쇼?"

닐스그림이 이런 것들을 회상하며 머리를 싸 안고 있을 때, 문득 천막 바깥에서 실랑이하는 소리가 들려왔다. 황녀를 따라 다들 침묵에 잠겨있던 터라 이 갑작스러운 소음은 모두의 주의를 환기시켰다.

"무슨 일입니까?"

홀게르손이 엉거주춤 일어나 밖을 향해 물었다. 라스에 의해 급조된 이 긴나르 상회는, 비록 경력과 내력이 완전히 날조된 상회이긴 했어도 명백히 맡은 병참 실무가 있었다. 때문에 이 실바프 암시장 조합으로부터 다섯 명의 조합원과 더불어 임시 고용된 일꾼 및 호위 스물이 동행한 바였다. 앞서 들려온 목소리의 주인공은 그러한 인원 가운데 하나로, 천막 바깥의 문지기겸 호위였다. 하지만 홀게르손의 물음은 대답을 듣지 못한다. 잠시 어색한 침묵이 흘렀고, 순간 귀를 기울이던 펠윈이 벌떡 일어나며 속삭이듯 외쳤다.

"쓰러졌어요!"

순간 모두가 동시다발적으로 움직였다. 한스와 홀게르손은 펠윈을 가로막으며 구석으로 몸을 피했고, 아룬드와 이그라는 검을 뽑으며 입구 쪽으로 돌아섰다. 닐스그림은 휘장 너머의 침상으로 몸을 날려 그의 지팡이를 갖고 나왔다. 다음 순간, 천막 입구가 펄럭이며 싸늘한 외기와 함께 한 여자가 들어섰다. 그것은 다름 아닌 에파였다.

"누구냐!"

일행의 정 중앙, 지팡이를 내민 닐스그림의 호통이었다. 에파는 멍한 표정으로 말없이 일행 모두를 훑어보았고, 문득 펠윈을 발견하고는 눈빛이 흔들렸다.

"누구냐니까!"

닐스그림의 외침이 재차 노기를 띠며 달려들자, 에파는 그 시선을 황녀에게 옮겼다. 좀 더 정확히는, 그의 손에 들린 백금색 지팡이에게로.

"도둑맞은 물건을 찾으러 왔습니다. 아우스뉘르의 피."

도무지 산 자의 것이라 들리지 않는, 싸늘한 드라우그르의 목소리였다. 일행 모두는 마치 아득한 고분(古墳)의 밀폐된 석관으로부터 흘러나오는 듯한, 그 목소리의 깊은 이질감에 한결같이 소름이 돋았다. 이는 에파가 피어클리벤에서 울리케와 처음 만났던 이래, 그 누구에게도 들려주지 않았던 목소리였다. 그것은 오로지 그가 돌이킬 여지를 두지 않을 만큼 명백한 적의를 내보일 때만 나오는 면모였기 때문이다. 그는 닐스그림을 똑바로 쳐다보며 다시 말했다.

"내 이름은 나슐라시에 에파 밀파네스로, 그대가 들고 선 그 유품의 정당한 소유자입니다. 아우스뉘르의 질긴 오욕을 그만 내어주시지요."

그 말과 함께 에파는 외투의 두건을 걷어 류그라의 긴 귀를 내어 보였다. 한쪽 구석에 서 있던 펠윈이 숨을 들이마시는 소리가 났다.

"……밀파네스라고?"

황녀 닐스그림의 눈동자가 흔들렸다. 잠시 멍해 있던 그가 말한다.

"그런……, 그럴 리 없다! 족히 백 년도 더 된 이야기가 아니냐? 류그네라스가 고사한 이래, 그토록 장수하는 류그라의 이야기는 들어본 적 없다!"

에파의 싸늘해진 얼굴 위로 붉은 안광이 스쳐 갔다. 그가 다시금 석관 아래에서 새어 나오는 목소리로 말하였다.

"나는 이미 죽은 자입니다, 닐스그림 시그렐 아우스뉘르!"

훈훈했던 천막 안의 공기가 식어버린 것은 결코 착각이 아니었다. 중앙 화덕의 숯들조차 숨죽여 빛을 단속하였고, 급히 식은 온기가 스러진 자리는 성에가 되어 천막 내피의 겉에 촘촘히 얹혔다. 그러나 이 냉기는 서리심이 만들어내는 그것과 완전히 그 결이 달랐다. 자연의 맹포한 권위를 지닌 겨울이 아니라, 마치 영원한 무덤 그늘의 한가운데처럼 음습하고 꺼림칙한 추위였던 것이다. 그것은 산 자가 본능적으로 느끼는 죽음에 대한 공포, 그 자체였다.

"……저."

때문에 이처럼 느닷없는 적의 속에서, 훈련된 무사인 아룬드나 이그라조차 숨을 삼키는 가운데 조용히 들려온 펠윈의 목소리는 누구도 예상치 못한 것이었다. 황녀의 당혹한 표정과 에파의 삼엄한 시선이 향한 가운데, 펠윈은 말을 이었다.

"당신이……, 그분인가요? 모든 방랑 류그라의 보호자이며 백룡의 대리인이시라는 그분이요?"

"……그렇단다."

에파의 목소리는 어느새 평소의 조용하고 선량한 음성으로 되돌아와 있었다. 펠윈을 바라보는 그의 시선은 닐스그림에게 향하던 것과 너무도 달라, 흡사 다른 사람인 듯 보일 지경이었다. 그것은 명백히 가족을, 어린아이를, 피보호자를 대하는 눈빛이었다. 펠윈은 조금 입술을 달싹이더니, 다시 물었다.

"이실바프의 밤의 여관, 다정한 잿더미를 아시나요? 그곳의 주인이었던 다라드를?"

"……알고 있어. 너는 모르겠지만, 나는 너에 관해서도 알고 있단다. 그런데 넌 왜 여기 있지?"

"……다라드가 죽은 것도 아시나요? 여관이 불탄 것을?"

살짝 너울지는 펠윈의 목소리가 에파를 공격하기라도 한 것처럼, 에파는 눈을 크게 뜨고 그 자리에 굳었다. 그가 그처럼 충격받아 침묵한 채 반응이 없자, 펠윈은 다시 말했다.

"당신이 정말로 보호자인가요? 그럼 다라드는 왜 보호받지 못한 거죠? 제가 살아서 여기 있는 것은 이분들 덕택이에요!"

그의 목소리는 의혹에서 시작해 원망을 담고, 마침내 어떤 질타에 도달하였다.

"……부탁드립니다, 나서지 마소서."

갑자기 에파가 눈을 감고 고개를 숙이며 이렇게 중얼거리자, 모두가 영문을 몰라 그를 쳐다보았다. 한동안 좌중을 무시한 채 눈을 감고 서 있던 에파가 고개를 들었다. 그새 어딘지 퍽 진정된, 침착하고 정돈된 분노와 슬픔을 억누른 듯한 얼굴이었다.

"……저 아이의 말이 사실입니까, 닐스그림?"

에파는 황녀에게 물었다. 그 목소리에서 아까와 같은 공격성이 사라졌음을 느낀 닐스그림은 속으로 살짝 안도의 한숨을 내쉬며 대답한다.

"사실이다. 드레스바르프 후작의 부하들이 나와 여기 있는 모두를 죽이려 했다. 피어클리벤의 장자와 뉘른스에크의 기사, 그리고 나머지 저들까지."

"여관에서 다른 죽은 이는 없습니까?"

"……일하던 하인들만이 죽었어요."

이것은 펠윈의 대답이었다. 에파는 펠윈은 쳐다보고 더없이 슬픈 표정을 감추지 못했다. 이 갑작스러운 비보와 그리고 그것을 전한 펠윈의 존재 자체가 에파로 하여금 이곳에 난입하게 한 분노를 사정없이 허물고 있었다. 더구나 황녀와 다른 이들 모두 전혀 알 수 없었지만, 에파의 몸을 지배하는 또 다른 주인인 아이비레인이 방금 그를 설득했던 것이다. 멍하고 허탈한 표정이 된 에파는 말했다.

"……나와, 나에게 목숨을 맡긴 이들의 원한은 잠시 내려두겠습니다. 그렇다면 지금 여러분은 적의 심부에 있는 것이로군요? 나 또한 피어클리벤의 협력자로서, 그리고 라핀다시르의 일원으로서 이곳에 와 있습니다. 닐스그림, 하지만 당신의 빚은 내게 아직 유효합니다."

"……그 점은 이해하고 있다. 이것을 들었던 날로부터 한시도 잊은 적이 없노라."

백금색 지팡이를 단단히 움켜쥔 닐스그림이 고통스럽게 말하자, 에파는 잠시 이채로운 눈빛으로 황녀를 보았다. 분노를 내려놓은 그는 이윽고 빠르게 지금의 상황을 짜 맞추어 이해하기 시작했다. 그가 말한다.

"피어클리벤의 울리케 아가씨와 그 가신들 일부가 선발대로서 여기에 당도했고, 지금 흐리뉼들의 손에 있습니다. 파마의 결계로 둘러쳐 있어 나는 진입하지 않고 있어요."

"울리케라고요?!"

여태 침묵하며 사태의 추이를 지켜보던 아룬드가 놀라 소리쳤다. 에파는 그에게 눈길을 주며 말했다.

"그래요. 그대가 피어클리벤의 장자입니까? 무사하다는 것을 알게 되어 기쁘군요. 유세트 경이 나귀에 빙의해 나와 이야기할 수 있으므로 그대와 이 일행의 상황도 곧바로 피어클리벤에 전달할 수 있어요. 다만 지금 선발대의 상황은 전혀 알지 못해요."

아룬드는 재차 믿기지 않는다는 듯 묻는다.

"울리케라니⋯⋯, 정말 그 애가 여기까지 왔단 말입니까?"

"정확히는 까마귀에 빙의해서지요. 그러니 육체의 해침을 당할 걱정은 하지 않아도 좋습니다⋯⋯. 그렇기는 하지만⋯⋯."

에파는 마음에 걸리는 바가 있어 확신하지 못하고 말꼬리를 흐렸다. 그때, 천막의 입구가 펄럭이며 브륀힐데가 불쑥 들어왔다.

"에파! 여기서 뭐하는 거죠? 아니⋯⋯, 도련님!"

시야프리테의 쪼개진 지팡이를 들고 들어선 브륀힐데는 아룬드를 알아보고 소리쳤다. 아룬드 또한 생각지도 못한 이곳에서 면식이 있는 그를 다시 보니 반갑다. 하지만 느닷없이 뛰어들어와 모두를 상대로 위협을 가했던 에파 때문에 결코 순순히 재회를 기뻐할 분위기가 못 된다. 이런 사정을 알 리 없어 의아해하는 브륀힐데를 제외하고, 닐스그림과 펠윈, 그리고 에파는 저마다의 감정을 추스르며 한동안 묵묵하게 서 있었다. 그 침묵을 두들겨 깬 것은 다시 브륀힐데였다.

"뭔지 모르겠지만, 갑자기 사라져서 놀랐잖아요? 사우트의 코가 아니었다면 찾지 못했을 거라고요!"

"미안해요, 브륀힐데."

에파는 선선히 사과한다. 브륀힐데는 아차 싶은 얼굴이 되더니 물었다.

"밖에 호위병이 쓰러져 있던데요? 도대체 무슨 영문이죠?"

"……미안해요. 내가 수습하겠습니다."

작정했던 싸움을 포기했기 때문일까? 에파는 심지어 당황하기 시작했다. 그런 그가 천막 밖으로 나가려는 찰나, 닐스그림이 다급하게 불러세웠다.

"잠깐, 기다려라! 이 천막 밖에서 마법을 함부로 써서는 안된다! 다른 마법사들이 감시하고 있을 것이 분명하다!"

"……알고 있습니다."

놀라지 않고 대답하는 에파와 달리, 황녀의 말에 화들짝 놀란 브륀힐데가 말했다.

"그럼 저 병사는요? 에파, 마법으로 재운 게 아닌가요?"

"……그냥 때렸어요."

이어지는 어색한 침묵이 흐르도록 방치한 채, 에파는 부끄러운 듯 천막 바깥으로 서둘러 나갔다. 뒤늦게 정신을 차린 브륀힐데가 따라나서려 하자, 아룬드와 이그라도 그때까지 빼 들고 있던 검을 집어넣고 뒤를 따른다. 잠시 뒤, 물통 사이에 구겨져 쓰러져 있던 그 죄 없는 호위병이 실려 들어왔고, 에파는 그의 이마에 손을 얹어 정신이 들게 하였다.

"……어? 아니 이게 무슨 일……."

"평소 자주 어지럽나요?"

신중하게 그를 내려다보며 묻는 에파의 표정은 한없이 진지했다. 느닷없이 처음 보는 여자가 면전에서 이렇게 물어오자 이 가엾은 병사는 매우 당황하지 않을 수 없었다.

"……예? 아니, 뉘시오?"

"병참조의 치유사입니다. 지나던 길에 쓰러지는 것을 보았어요. 다시 묻겠어요, 평소 자주 어지럽나요?"

여전히 그의 이마와 관자놀이에 손을 댄 채 묻는 에파이다. 그가 일종의 어떤 최면을 걸고 있는 것을 알 리 없는 병사는, 눈만 깜빡거리며 멍청하게 중얼거렸다.

"그런가……, 그러고 보니 요즘 현기증이 잦았던 것 같소……."

"역시 그렇군요?"

에파는 그의 머리에서 손을 떼고 품 안에서 작은 꾸러미를 꺼내더니 세 알의 환약을 그에게 내어주었다.

"사흘간 자기 전에 하나씩 드세요. 술은 그동안 끊고요."

"……고맙소."

"오늘 밤 번은 쉬도록 하지. 내가 다른 이들에게 말하겠네."

곁에서 지켜보던 한스가 재빠르게 끼어들었다. 병사는 비틀거리며 일어나 잠시 두통을 호소하더니, 다시 에파에게 감사를 표하고는 어리둥절해 하며 한스와 함께 천막 밖으로 걸어 나갔다.

"……능청맞기도 하군요?"

모두가 뭐라 말을 시작해야 할지 몰라 입을 삼가고 있을 때, 다시 어색한 침묵을 깬 것은 브륀힐데였다. 에파는 민망한 얼굴로 대답하였다.

"길 생활이 길었으니까요. 임기응변은 필요하더군요."

"……모두 자리에 앉아서 이야기하시는 게 어떻습니까?"

홀게르손의 제안이었다. 다들 고개를 끄덕이며 다시 중앙 화덕을 둘러싸고 앉았고, 잠시 뒤 들어온 한스까지 그 자리에 합류하였다. 그리고 그제야, 브륀힐데는 그들 사이에 내내 흐르던 불편 미묘한 기류를 눈치챘다.

"……무슨 일이 있었나요? 여기 다른 분들은……, 아!"

문득 아룬드의 서신 내용을 어떠했는지 생각한 브륀힐데는 뒤늦게 당황하였다. 아룬드의 주요 동행이 누구였던가를 기억해낸 까닭이었다. 그의 사슴 같은 눈이 닐스그림에게 딱 꽂히고 뒤이어 안색이 하얗게 될 찰나, 닐스그림이 잘라 말했다.

"예는 됐다! 그럴만한 자리가 아니니라! 우리는 이곳에 병참 상단으로 와 있는 것이니까, 행여나 바깥에서도 내게 공대를 하지 말라."

"……알겠습니다."

브륀힐데는 어색하게 대답하며 모두의 눈치를 살폈다. 그러자 아룬드가 나서 나머지 일행들에 대해 간략하게 소개하기 시작했다. 펠윈과 이그라는 초면이었으나, 브륀힐데가 한스를 모를 리 없다. 다만 기억 속의 모습보다 훨씬 초췌해 보여 조금

의아할 뿐. 한스는 자신이 소개되자 멋쩍게 웃어 보였고, 브륀힐데는 묻는다.

"다른 동료들은요? 그리고 베르벳은 어디 있죠?"

그러자 한스는 우울한 표정을 지었고, 이야기는 자연스럽게 다정한 잿더미 여관의 그 새벽녘으로 돌아가게 되었다. 에파는 내내 고통스러운 표정으로 허공을 응시한 채 이야기를 들었으나, 딱히 어떤 말도 내뱉지 않았다. 아룬드의 이야기는 때로 닐스그림이 끼어들었고, 나중엔 이그라도 자신의 이야기를 더하기 시작했다.

"그 라스라는 자가 도왔다고요? 왜요? 아니 그보다, 여러분은 어찌 그를 신뢰했어요?"

"……어차피 별다른 방법이 없었다."

브륀힐데의 물음에 대답한 아룬드였다. 이실바프의 모든 치안 병력이 후작의 수중에 있다고 의심되던 그때, 닐스그림이나 아룬드, 이그라의 신분은 어떠한 권위는커녕 오히려 목숨을 잃게 할 족쇄였으므로. 후작과 실록의 폐장이 대립하는 이상 그들의 생존은 반란군들에게 유리한 정황이 될 것이며, 그렇다면 마땅히 보호해주리라. 그렇게 생각해서 의탁했던 도박은 틀리지 않았다. 하지만 끝내 알 수 없었던 것은 라스의 명확한 입장이었다. 그는 다만 일행이 군대에 섞여 들어갈 수 있게끔 조치해주었을 따름이었다.

아우스뉘르에서 이와 같은 대규모 징집이 이루어질 때, 그리고 그것이 어느 한 영지의 단독이 아닌 연합일 때 그들 같은 병참 상단과 노역꾼들이 따라붙는 것은 아주 상식적인 일이었다. 그리고 군무가 장기화할수록 이러한 비전투원의 규모는 크게 요구되고, 전장에 요구되는 각종 물자들을 수송하는 일이 막중해진다. 병사들의 의식주와 배출되는 오물 처리, 의약품과 휴식을 위한 오락물, 연료와 말먹이 등, 다루어야 할 일의 수는 끝도 없었다. 이 부대에 지금까지 확인된 장제사만 하더라도 벌써 수십이 넘는다. 닐스그림 일행은 여기까지 따라붙으면서 부대의 지휘부가 후방의 이실바프로 이어지는 병참 거점을 다수 확보하는 걸 보았으며, 그것을 실제로 돕기도 했다. 지금 그들의 천막이 위치한 곳은 부대의 서쪽, 그러니까 후방이라 말할수 있는 지점이었다. 어제까지만 해도 아무것도 없던 이 벌판엔 막대한 노역과 물산이 쏟아 부어져 그야말로 하루아침에 시장통과 같은 풍경으로 변해 있었다. 이런 혼란의 와중이야말로 오히려 그들을 숨겨주기에 적당한 환경이라 하겠다. 진중의 경계를 들락거리는 이들 모두가 이러한 병참조의 소속이었고, 앞서 말했듯 기율대의 검문은 삼엄하지 않았다. 때문에 일찌감치 부대의 출현을 감지하고 있던 에파와 브륀힐데는 그다지 어렵지 않게 이 내부로 섞여 들어올 수 있었다.

"마법사가 많더군요."

내내 조용하던 에파가 문득 말했다. 모두의 시선이 그에게 쏠리자, 홀게르손이 권한 찻잔을 들며 그가 말했다.

"본래 우리의 것이었던 전하의 지팡이⋯⋯, 그건 제대로 다루어지십니까?"

"하그비르크다."

닐스그림이 딱딱하게 말했다. 에파와 눈이 마주치자, 황녀는 부연했다.

"공식적으로 황실은 이것을 그렇게 칭한다. 에둘러 말하는 것이 그대와 나의 심기 모두에 불편할 것 같으니 하는 말이니라. 차라리 이름을 불러라."

에파는 조용히 숨을 들이마시더니 말했다.

"그것의 올바른 명칭은 밀파네스의 가지여야 마땅합니다만."

"그것은 모태일 뿐, 이것은 명백히 다른 것이다."

그러자 다시금 에파의 눈에 미묘한 선홍색 불꽃이 일었다. 황녀는 마음에 걸려 하면서도 그의 도전적인 시선을 결코 피하지 않고 마주 쏘아보기 시작했다. 다들 당황하는 찰나, 지켜보던 펠윈이 자신의 찻잔에 주전자를 기울이며 조용히 입을 열었다.

"외람됩니다만, 두 분⋯⋯. 어차피 그 지팡이는 제 의지 없이는 그냥 안 타는 막대기여요?"

그러자 황녀와 에파 모두 모욕당한 얼굴로 펠윈을 쳐다보았다. 분명 이 자리에서 가장 신분이 낮은 그이건만, 펠윈은 황녀의 권위와 에파의 권능 모두가 조금도 무섭지 않다는 듯이 입을 열었다.

"저는 이제 막 류그라로서의 제 내력에 대해 알게 되어 무지

합니다만······, 저는 가장 오래된 가문인 아이기네스의 생존자라고 다라드가 말했어요. 지난 열흘 넘게 여기까지 오면서 저는 전하의 지팡이가 제 허락 없이는 쓰일 수 없다는 걸 깨달았죠. 그리고 나슐라시에, 당신이 들어오는 순간 저는 똑같은 느낌을 받았어요. 제 이 느낌이······, 맞나요?"

펠윈이 무슨 소리를 하는지 지금 이 자리에서 알 수 있는 것은 오직 에파뿐이었다. 에파는 고개를 끄덕이며 말했다.

"그래요. 그것이 당신의 타고난 권리입니다."

"······저는 아무것도 모르면서 막는 것만 할 수 있네요······. 아, 끼어들어서 죄송합니다, 전하."

펠윈은 마치 스스로가 한심하다는 듯 이렇게 중얼거리며 조금 건성으로 닐스그림에게 사과했다. 여전히 그가 무슨 말을 하는지 알 수 없는 닐스그림은 의아한 표정으로 에파를 보았고, 에파가 슬픈 듯한 웃음기를 띠고 있음을 보자 당황해 버렸다. 에파는 그의 곁에서 묻는 듯한 브륀힐데의 얼굴을 보더니 말했다.

"그는 아이기네스의 가지지요······. 그 말은 그가 아이기네스 가지 아래 계보의 모든 힘들을 간섭할 수 있음을 의미해요. 즉, 이 자리에서는 전하의 지팡이와 제힘 모두 거기에 해당된답니다."

"······뭐라고요?"

브륀힐데가 이해되지 않는다는 얼굴로 묻는다. 에파는 급기야 뭔가 깨달은 듯, 피식거리더니 말했다.

"다시 말해, 저와 전하가 싸우는 걸 봉쇄할 수 있는 유일한 인물이라는 이야기예요. 뭐……, 여전히 주먹질은 할 수 있겠군요."

닐스그림은 순간 에파가 기절시켰던 병사를 떠올렸다. 황실의 일원인 만큼, 어릴 적부터 충분한 교육을 받고 자란 그이다. 무예 또한 기본 이상의 소양은 있다고 자신하고 있었다. 하지만 저렇게 그저 단매로 사람을 때려눕힐 자신은 없다. 중상을 입히거나, 혹은 차라리 죽이라면 몰라도 그렇게 깔끔하게 기절시킬 수가 있다니? 그게 정말로 마법이 아니었던 것일까?

하지만 닐스그림의 이러한 순간적인 고뇌가 무색하게도, 에파는 딱히 더 이상 아무 말도 하지 않았다. 그는 그저 손에 든 찻잔과, 화덕 너머 앉아있는 펠윈에게만 관심이 있는 것 같았다. 잠깐 인사한 아룬드를 제외하면, 이그라나 한스, 홀게르손, 심지어는 닐스그림에게조차 아무런 신경을 쓰지 않는 눈치인 것이다.

아마 지금의 이 특수한 상황이 아니었다면 평생 주목과 공대를 받는 데 익숙한 닐스그림이나 엄연히 귀족인 아룬드, 그리고 뉘른스에크의 기사인 이그라에게 에파의 이 태도는 지극히 방자한 것으로 여겨졌겠다. 하지만 다들 그저 이 분위기를 어색해하기만 할 뿐이었다. 그가 보여준 면면들은 결코 많거나 요란했다고 할 수 없었으나, 이 자리의 모두에게 그가 가진 초월성은 이미 단단히 각인되었다. 그러니 엄밀히 말해 류그라인 에파는 펠윈과 마찬가지로 여기서 가장 신분이 낮다고 할 수 있었음에도, 이미 그런 것을 논한다는 것 자체가 언어도단이었다.

"넌 이제 어쩔 생각이니?"

갑자기 에파가 한없이 다정한 목소리로 펠윈에게 물었다. 그야말로 이래도 될까 싶을 정도의 태도 변화라 할 수 있겠다. 그와 함께 지내온 브륀힐데조차 여태 에파가 한결같이 정중하긴 했어도 어딘지 모르게 모든 것을 밀어내고, 그러면서도 동시에 평가하는 것 같다는 거리감을 느껴왔었다. 펠윈은 움찔하더니 모두의 눈치를 살짝 살피고 입을 뗐다.

"저는……, 이분들의 보호를 받고 그 후작의 죄를 증명하기 위해 따랐어요. 단지 그것뿐입니다."

"걱정 말거라. 그의 죄는 내가 물을 것이다."

여전히 다정하나, 다시금 모두의 등줄기에 얼음 한 조각을 던져넣는 듯한 에파의 말이다. 펠윈은 당황하여 눈을 동그랗게 뜨고 물었다.

"……네?"

"내겐 지금 당장 그를 끌어내 바닥에 꿇릴 힘과 명분이 있단다."

에파가 워낙 부드럽고 당연하다는 듯 말하는 통에, 일행은 모두들 그가 지금 무슨 이야기를 하는지 이해하느라 잠시 시간이 걸리고 만다.

"에파!"

브륀힐데는 놀라 낮게 소리쳤다. 에파가 이렇게까지 앞뒤 없이 나오리라 생각도 못 했던 까닭이다. 황녀를 비롯한 모두가 당황하기 시작했고, 닐스그림은 서둘러 말했다.

"그대가 아무리 강하다 해도, 여긴 수만의 병력이 있는 진중이다! 더구나 마법사가 많다고 그대 입으로 말하지 않았는가? 설령 용이라 해도……."

"아우스뉘르의 이름을 지니고서 내게 용을 운운하지 마시지요."

에파가 닐스그림을 향해 말했다. 그것은 결코 크거나 거친 어조가 아니었음에도, 또다시 애꿎은 화덕의 숯들만이 기함하여 쪼들려버린다. 그는 재차 닐스그림에게 말했다.

"말해보시지요, 닐스그림 시그렐 아우스뉘르. 린트부름의 적생자를 죽게 하고, 심지어 그 독배가 되었던 가지의 유해를 손에 든 그대가, 동족의 목숨으로 대신 연명하는 내게 감히 그런 참람한 언사를 논할 수 있다는 말입니까? 내게는 라핀다시르의 고통받는 백룡과, 긴 세월에 걸쳐 핍박받으며 죽어간……, 모든 류그라들의 정당한 분노가 가운데 이름으로 새겨있어요."

황녀는 아연하여 그를 보았다. 결코 의도한 바는 아니었으나 닐스그림의 섣부른 말이 에파의 역린을 건드린 모양이다. 에파의 창백한 얼굴은 동사한 송장 같았고, 단지 그 눈만이 죽어가는 잉걸처럼 빛을 숨겼다. 충실한 기사인 아룬드와 이그라는 또

다시 어깨를 긴장시키며 살며시 칼자루에 손을 가져갔다. 그것은 어떤 합리적 판단에 앞선, 그저 지극히 반사적인 행위였다.

"그래서요?"

하지만 이의제기는 전혀 엉뚱한 곳에서 터져 나왔다. 불쌍한 아룬드와 이그라는 속절없이, 엉거주춤한 채 펠윈을 쳐다보았다. 황녀의 충실한 신하인 그들로서는 지금 이 자리에서 황실에 적대감을 표하는 에파에게 칼을 겨누지 않을 도리가 없었으나, 기실 그것이 아무 소용없는 일임을 모르지 않는다. 그래서 그들은 마치 칼을 뽑지 않을 절호의 기회를 발견하기라도 한 것마냥, 펠윈을 향해 어떤 희망의 눈초릴 보내었다. 이런 내막을 아는지 모르는지, 마치 끽다를 방해받아 짜증 났다는 듯한 표정의 펠윈은 에파에게 말한다.

"강대하신 분께서는 매사에 일을 그렇게 해오셨나요? 참 편리하군요. 하지만 저는 그걸 막을 권한이 있다고 아까 들은 것 같은데요?"

"······네게 이걸 막을 이유가 어디 있단 말이야?"

에파는 자신에게 빈정거리는 펠윈을 보곤, 이렇게 믿을 수 없다는 듯이 물었다. 조금 충격받았기 때문일까, 숨죽이고 있던 숯들이 살짝 밝아지며 불꽃 하나가 일었다. 펠윈은 힐끔 그걸 쳐다보더니, 다시 에파에게 눈을 돌리며 말했다.

"막았어야 하는 것은 다라드와······, 무고한 이들의 죽음이 아닐까요? 당신은 이 진중의 많은 이들이 그 여파에 휘말려 들어가 죽어도 상관없다는 것인가요? 여기 이분들은 최소한 그렇게 여기고 있진 않아요! 심지어 그 음험한 소굴의 암시장들조차, 자신의 딸린 권속들만은 지키고자 필사적이었다고요."

"난 네 일족의 비극을 알아. 너에게 마땅히 주어져야 했던……."

"사람에게 마땅히 주어져야 하는 것 따위는 없어요!"

펠윈이 참지 못하겠다는 듯 벌떡 일어나 외쳤다.

"그런 터무니없는 생각들이, 보통 어떤 부당함을 무너뜨리기 위해 이야기되나요? 제가 들은 건 그저 모두 특권에 관한 것들이었는데요! 전 지난달까지만 해도 그냥 여관의 하녀였어요. 그런 제게 마법 지팡이가 어떻고 잃어버린 고향이 어떻고, 어느 날 갑자기 누군가 그런 이야기를 해준들 제가 이해나 하겠냐고요! 제가 잃어버린 것들을 되찾을 수 있나요? 다라드는요? 제 귀는요? 말씀해보시지요, 몹시도 거창한 분이여! 류그네라스의 그 놀라운 치유력은 제 귓바퀴나 돌려낼 수 있는 건가요?"

"……못한다."

에파의 목소리는 처참할 정도로 슬프게 들렸고, 솟아있던 양어깨는 어느새 축 늘어져 있었다. 스스로도 놀랄 만큼 격앙되어 눈물조차 살짝 어려버린 펠윈은 그제야 조금 민망해하며 자리에 주저앉았다. 주제넘게 나섰다는 자각이 좀 들었던 것일까? 한참이나 어쩔 줄 몰라 하던 펠윈은 겨우 이렇게 말했다.

"……아무튼, 저는 반대해요. 그런 식으로는……."

"알겠다."

에파는 순순히 대답하며 기세를 수그렸다. 그러자 모두가 은 연중 한숨들을 내쉬고 말았다. 닐스그림은 이 자리의 결정권자 로서 뭐라도 이야기를 해야 했지만, 또다시 불필요하게 에파를 자극할까 걱정되어 말을 고르느라 미간이 내내 긴장하고 있었 다. 에파는 문득, 그런 황녀를 보더니 입을 뗀다.

"그러면, 여러분의 계획은 무엇이지요? 후작의 죄를 드러내 게 한다고요? 어떻게요? 어째서 이 가짜 상단의 말머리를 그대 로 황궁이나 피어클리벤으로 향하지 않으셨습니까?"

"……도리가 없는 선택이었다."

닐스그림은 한숨처럼 말했다. 그의 말이 이어진다.

"이실바프의 모든 공권력이, 그리고 그들의 사주를 받았음 직 한 수탐자들이 나와 아룬드, 그리고 여기 이 아트뤼드 경을 내 내 찾고 있었다. 그 감시가 어찌나 꼼꼼했는지, 이 방법 말고는 애초에 도시 밖으로 나가는 것이 불가능했다."

"이해가 가지 않는군요."

에파는 닐스그림의 지팡이를 보며 중얼거렸다. 황녀는 불편 해하며 말했다.

"……하지만 절반 이상은, 이대로 물러서지 않겠다는 오기가 있었다. 모르겠는가? 내가 황궁이나 다른, 신뢰할 수 있는 권신 들에게 간다면 물론 당장 몸은 안전해지겠지. 하지만 그뿐이다. 드레스바르프 후작가와 그 측근들은 이 사건 자체를 아예 없던 일로 만들어버릴 수 있는 정치력과 행정력이 있단 말이다! 이게 만일 나 혼자 겪은 봉변이었다면 이렇게 하지 못했겠지만…….”

황녀는 말꼬리를 흐렸다. 하지만 그것은 자신이 없어서가 아닌, 새삼 치밀은 분노 때문이었다. 닐스그림이 그렇게 속내를 삭이고 있자, 물끄러미 바라보던 에파가 입을 열었다.

“드레스바르프 가의 위용은 저도 익히 아는바, 그렇군요……, 당신은 안전보다 단죄를 선택한 것인가요?”

“그렇게 나누는 건 야비하다고 생각하지 않으세요?”

또다시 들어오는 펠윈의 지적이었다. 일행 모두는 황녀를 꼬박꼬박 ‘당신’이나, 혹은 이름 그대로 부르는 에파의 태도에 기가 질려있으면서도 이 자리에서 그런 그에게 대설 수 있는 펠윈을 묘하게 바라보았다. 펠윈은 분명 황녀를 두둔하고 있다. 눈을 동그랗게 뜨고 펠윈을 쳐다보던 에파는 갑자기 한숨을 폭 내쉬고 만다. 그가 말했다.

“……나는 라핀다시르 공작가의 사람이라 할 수 있습니다. 닐스그림, 라핀다시르는, 그리고 그 언약하신 아이비레인께서는 피어클리벤과의 동맹을 적극적으로 고려하고 있답니다.”

브륀힐데를 제외한 모두가 눈을 크게 떴다. 특히 황녀는 거의 경악한 것 같았다.

“……정말인가? 라핀다시르가 드디어 움직인단 말인가?”

“그렇습니다. 그러니……, 황실은 선택해야 할 것입니다. 하지만 당신의 입장과 황실의 입장은 얼마든지 다를 수 있지요. 또한 긴 세월 내가 보아온바, 아우스뉘르의 후손들은 강고한 권신가의 장막 안에서 그 보신만을 챙겨 왔습니다. 그대가 이를 뒤틀 자격이나 힘이 있긴 합니까?"

분명 앞서 원한을 내려두겠다고 한 그이건만, 이야기가 조금이라도 깊이 들어가면 번번이 적대감에 도달하는 모양이다. 닐스그림의 표정이 한껏 어두워진 순간, 여태껏 신하 된 도리로 입을 삼가고 있던 아룬드가 더 참지 못하고 다음과 같이 말했다.

"……감히 한 말씀 드립니다, 라핀다시르의 대리인. 전하께서는……, 아우스뉘르의 영광이 추락한 것을, 그리고 단지 권신들의 볼모에 불과한 작금의 황실 상황을 잘 알고 계십니다. 이것을 어느 한 개인의 부덕처럼 말할 수는 없다고 생각합니다. 애초에 황실은 분명 헤르펠 일가와 의견을 같이했다 들었습니다. 사십 년 전의 그 일이 있은 후, 황실이 취한 행보를 그저 보신이라 말하는 것은 너무나 가혹한 일이 아닙니까?"

아룬드는 두어 차례 닐스그림의 표정을 살피며 위와 같이 말고, 그러자 에파는 눈을 부릅뜨며 아룬드를 보았다. 하지만 아룬드는 주눅 들지 않고 그의 눈길을 맞받아친다. 에파는 한동안 그 올곧고 선량하기만 한, 그리고 분명히 그 한구석에서 울리케를 떠올리게 하는 그의 눈을 바라보았고, 마침내 졌다는 듯 눈을 내리깔았다. 그가 말한다.

"……무리군요. 피어클리벤의 장자와 아이기네스의 생존자를 둔 자리라니……, 아우스뉘르에는 여전히 가호가 따르고 있군요."

그것은 혼잣말에 가까웠지만 왠지 모르게 모두의 가슴을 후벼 파는 한탄을 담고 있었다. 그의 감정이 요동칠 때마다, 그것은 파문처럼 모두에게 확실하게 전달된다. 그리고 이쯤에서야 천막 안의 모두는 그 점을 확실하게 깨달았다. 심지어는 화덕의 숯들조차 그것에 동조하여 명멸하는 것을 보니, 이것은 단지 착각이 아니라 분명한 마법적 여파이리라. 이를 추스르지 못할 만큼, 닐스그림의 지팡이와 펠윈을 마주친 것은 에파에게 있어 큰 격정을 일으키는 일이었다.

"밖에서 내내 듣고 있자니, 정말 조마조마하군요."

다시 찾아온 한동안의 침묵은 엉뚱한 목소리로 깨어졌다. 모두가 깜짝 놀라 돌아보니, 천막 입구로 모가지를 집어넣은 나귀가 보였다.

"시그리드! 언제부터 와 있었어요?"

브륀힐데가 일어나 그를 맞이했다. 나귀는 아룬드를 발견하고 긴 귀를 펄럭였다.

"무사한 걸 보아 기쁩니다, 도련님."

"……유세트 경?"

시그리드가 나귀 유슬리스를 빙의물로 쓴다는 것은 익히 알고 있었으나, 직접 대면하는 것은 처음이기에 아룬드는 당황한 얼굴을 할 수밖에 없었다. 하지만 전혀 개의치 않는 나귀다. 이미 그에 관한 관심보다 천막 안의 면면들과 기물들을 한 바퀴 휘둘러보는 그였다. 브륀힐데가 말했다.

"들어오세요, 추울 텐데."

하지만 나귀는 선뜻 안으로 들어서지 않고 여전히 목만 집어넣은 채 말했다.

"아니. 그랬다간 빙의가 끊어질 거야. 이건 뭐지⋯⋯? 기분 나쁜 천막이군."

"파마술이 적용된 천막 내피죠."

에파가 조용히 대답했다. 그가 대답할 거라 생각하지 못한 모두는 눈을 크게 뜨고 그를 본다. 에파는 다시 말했다.

"그리 효용이 강한 기술은 아니에요. 낮에 본 적진의 결계에 비하면⋯⋯, 임시조치에 가깝지요."

"⋯⋯확실히, 진중의 마법사들에게 들키지 않을 수 있겠군요. 하지만 내부가 전혀 조감 되지 않는다는 것 자체가 오히려 수상한 일이잖아요?"

"아마 그걸 보완할 기만책이 외부에 있을 거예요."

에파가 그렇게 말하며 고개를 돌리자, 멍한 얼굴로 듣고 있던 닐스그림이 대답했다.

"맞다⋯⋯. 라스는 그렇게 말했지. 그런데 어떻게 그와 같은 것을 그대가 알고 있는 거지?"

하지만 눈을 내리깐 채, 에파는 대답하지 않았다. 그 순간, 천막 바깥에서 약간의 소란이 들리더니 누군가 달려오는 듯한 기척이 났다.

"긴급……! 아니, 뭐야 이 나귀는! 이놈아, 저리 꺼……, 으악! 늑대다!"

천막 밖에서 단지 나귀의 곁에 앉아 평화롭게 하품하던 흰 이리개 사우트이건만, 그 크기는 익숙지 않은 이들에게 소란을 피울만하다. 브륀힐데는 재빨리 달려나가 소동이 번지지 않도록 조치했고, 때문에 시그리드는 다시 평범한 나귀인 척 능청스럽게 물러나야 했다. 이윽고 천막 안으로 들어선 것은 그들 '긴나르 상회'의 소속인 한 일꾼 사내였다.

"웬 소란인가?"

대화를 방해받아 약간 언짢아진 닐스그림이 묻는다. 그러자 사내는 멀뚱거리며 낯선 브륀힐데와 에파를 한번 슬쩍 보더니 창백한 얼굴로 말했다.

"어어……! 아가씨, 용입니다!"

"뭐?"

하지만 추궁은 더 이어지지 못했다. 안 그래도 약간 어수선하던 천막 밖, 진중의 분위기가 갑자기 들불 번지듯 아우성으로 타오르며 수많은 사람이 외치고 달리는 소리가 들려왔다.

"용이다! 검은 용이 나타났다!"

제 4 장

어둠이 내리깔린 아우스뉘르 진중, 예정대로였다면 약간의 긴장감을 가면처럼 내려쓴 채로 며칠간 이어져 온 행군의 여독을 풀기 위한 여흥과 휴식이 이어졌을 시간이었다. 그러나 혹여 있을 적들의 우회 기습을 정찰코자 남쪽으로 나가 있던 초병들이 되돌아와 보고할 짬도 없이, 남녘의 어두운 하늘로부터 나타난 검은 그림자는 일찌감치 진중의 많은 병사들에게 포착되었다. 어둠 속의 검은 용이란 본래 결코 쉽사리 눈에 띌 수 있는 것이 아니었지만, 때맞춰 이날 밤하늘에 드리운 오색 극광(極光)은 이 검은 그림자를 또렷하게 볼 수 있도록 하는 천연의 화폭이 되었던 것이다.

"용이다! 남쪽에서 용이 나타났다!"

"미친! 용이라니, 이런 이야기는 없었잖아!"

병참꾼들과 그 상단의 호위대들, 그리고 병영의 가장자리에 위치하고 있던 용병들 모두가 소리 지르며 법석을 떤다. 어떤 이들은 어이없게도 쇠뇌나 활을 찾아 소란을 피웠고, 무기를 떨어트리거나 천막 안으로 숨듯이 달려 들어가는 이들도 보였다. 뒤늦게 상단구역으로 달려온 기율대가 고함을 질러대었다.

"모두 입 닥쳐! 소란 피우지 마라!"

이런 와중에도 행여나 얼굴이 들킬까 저어하여 방한구를 뒤집어쓴 채 밖으로 나와 있던 황녀 일행 모두는 이 난리를 처음부터 모두 구경하고 있었다. 용의 정체를 짐작하기 때문일까, 그들 역시 당황하긴 했어도 다른 이들처럼 공황상태에 빠져있지는 않았다.

"빌러디저드 님이겠죠?"

브륀힐데가 나귀에게 속삭인다. 하지만 나귀에 빙의한 마법사는 얼른 대답하지 않았다. 망설이던 그가 말한다.

"몰라."

"모른다뇨?"

"사전에 아무 이야기 없었어. 그럴 시간도 없었고……. 저쪽도 나름 정신이 없단 말이야. 울리케 아가씨의 문제는 아직 채 다루지도 못했어."

"왜요? 그게 긴급한 사안이 아니란 말인가요?"

브륀힐데가 당황하여 묻자, 시그리드는 모두를 힐끔 둘러보고 입을 열었다.

"라핀다시르 예방단이 마침 도착했거든. 막대한 예물과 가신들, 그리고 서른 가량의 정예병들도 왔지. 뒷산에 올라가 용에게 따질 시간 같은 건 없었단 말이야."

나귀는 피곤하다는 듯 투덜거렸다. 그의 말은 에파와 황녀 모두에게 확실히 전달되었고, 다들 진지한 얼굴로 생각에 잠겼다. 피어클리벤과 라핀다시르의 회동이 본격적으로 이루어졌다는 이야기이므로. 한편, 아룬드만이 '울리케의 문제'란 게 뭔지 몰라 궁금해한다.

그때였다. 스스로를 전시하듯, 아우스뉘르와 미스미르드 양 진중의 남쪽 하늘을 한두 차례 선회하던 검은 용이 별안간 상공으로 솟구쳐 아득하게 날아올랐다. 오색 극광을 등진 채 이루어지는 그 거대하고 장엄한 비행은 지금 족히 양 진영, 수만 수천의 눈길을 받고 있으리라. 그러다 어느 순간, 용은 까마득한 하늘의 정점에서 날개를 획 접더니 느닷없이 바위처럼 추락하기 시작했다.

"이런 맙소사! 뭐 하는 거야!?"

그 몸짓이 의미하는 바를 알고 즉각 경악의 외침을 내지른 것은 나귀, 시그리드였다. 하지만 누구도 용에게서 눈을 떼어 그에게 주의를 기울이지 못한다. 용이 양 진영 사이, 지난 오후에 한차례 충돌이 있었던 전장을 향해 급강하하는 장관으로부터 눈을 돌릴 사람이 몇이나 되겠는가?

"……저건?"

역시 한발 늦게 무언가 떠올리며 깨달은 듯, 에파의 기겁한 목소리. 그다음 순간, 지면 가까이 도달한 용의 두 날개가 활짝 펼쳐지며 동시에 용의 입으로부터 작열하는 불의 강이 쏟아져 내리기 시작했다. 그때까지 숨죽이고 있던 아우스뉘르의 진중은 물론, 저 너머의 미스미르드 진중으로부터도 사람들의 놀란 비명 소리가 터져 나왔다. 용은 양 진영의 가운데 전장을 가로지르며 남에서 북으로 그 치명적이고 무시무시한 백린(白燐)의 불지옥을 그렸고, 삽시간에 탈것이라고는 아무것도 없는 눈밭 위에 화염의 강이 마치 명계의 국경처럼 만들어졌다. 용은 그대로 북상하여 살짝 방향을 틀더니 뉘른스에크 본성의 꼭대기에 내려앉았다. 그러고는 다음 순간, 양 진영을 향해 포효를 내질렀다.

"고한다!"

세상의 종말을 예고하는 듯한 외침이 그러할까, 어떤 불굴의 백전노장이라도 그와 같은 포효 앞에서는 직립의 위엄을 지켜내지 못하리라. 그것은 단순한 굉음이 아니라 진동의 폭력 그 자체였다. 모두의 시야가 일그러져 내렸고, 딛고 선 대지로부터 두개골을 뒤흔드는 울림이 타고 올라와 마침내 똑똑히 모두에게 일깨우는 것이다. 달아날 데는 없다. 그리고 포효의 끝에, 용은 수만 명의 귀에 똑똑히 들리는 음성으로 위와 같이 말했다.

"이 하찮은 성과, 그 성이 지배하는 권역의 대지는 이제 모두 나의 것이다! 이 땅에서 나는 것은 염소 새끼 한 마리라도 모두

나의 것이며, 이 땅을 지나는 것은 찌르레기 한 마리라도 내게 마땅한 세를 지불해야 할 것이다. 그러니 나의 안마당에 침입한 너희 두 무리에게 고한다. 싸움을 불허한다!"

기막힌 적막이 양 진영에 내려앉았다. 심지어 군량으로 도축하기 위해 데려온 가축들까지, 모두가 숨죽이며 발트부름 산기슭의 성 꼭대기에 앉은 용을 올려다보았다. 들리는 것은 오로지 양 진영 사이에서 여전히 맹렬하게 타오르는 불길의 소음뿐이었다. 그런 가운데, 다시 용의 목소리가 모두에게 울려 퍼졌다.

"지금 이 순간부터 이 땅은 너희의 간특한 모든 규칙으로부터 유리될 것이며, 아우스뉘르와 미스미르드 양 체제로부터 독립된다. 그러므로 너희 모두는 두당 체재비를 내게 지불하여야 한다!"

"아니, 뭐 하자는 거야……?"

나귀형 시그리드의 입에서 터져 나온, 어처구니없다는 듯한 음성이었다. 사방이 적막한지라 주변에 선 모든 이들에게 똑똑히 들렸지만, 모두가 이 충격적인 용의 선언에 정신이 팔려 나귀가 말하는 광경을 놓치고 만다. 용은 또다시 외쳤다.

"그리고 또 나는 매달 처녀 하나씩을 아우스뉘르로부터 조공받겠다."

……뭐? 여전한 적막이나 이 침묵의 분위기는 일변해 있었다. 사람들은 모두 저마다 얼굴을 마주 보며, 방금 자신이 들은 말이 제대로 들은 것인지 확인하기 시작했다. 다소의 어이없는

기색이 파문처럼 모두에게 번져나간다. 용은 또 외쳤다.

"아울러 미스미르드는 매달 서른 동이의 아베냐드를 바쳐라.
일체의 가감은 없으리라."

수만 명의 사람이 서서히 웅성거리기 시작했다.

"뭐라고 해야 할까……, 그저 어이없군요."

용의 등장이 던진 충격의 여운이 채 가시지 않은 상서령 앗
슈레드의 천막 안이었다. 앗슈레드가 위와 같이 말했으나 탁자
위의 까마귀 울리케는 왠지 그의 시선을 피하고 있었고, 크누
드는 이 모든 상황이 재미있어 죽겠다는 듯, 히죽거림을 삭이
지 못하고 있었다. 시야프리테만이 영문을 모르겠다는 얼굴로
좌중을 두리번거리며 묻는다.

"뭐예요? 우리 용님 드디어 미친 거예요?"

"그렇게 보인다면 그것도 나름 호기(好機)가 아닐까?"

크누드의 말이었다. 그러나 여전히 시야프리테는 무슨 말인
지 이해하지 못한다. 한편, 이 자리의 새로운 인물인 고블린 오
백장 아우케트가 골똘히 생각하던 표정을 풀며 탁자 너머에서
입을 열었다.

"출발 전 우리에게 별다른 언질은 없었다. 그가 나타난 이유
를 모르겠군……, 혹시 내가 모르는 요인이 있나?"

울리케는 말없이 크누드를 쳐다보았고, 크누드는 그제야 히

죽이던 입가를 정돈한다. 용이 나타난 이유는 자신과의 연결이 끊어졌기 때문일 거라고, 울리케는 내심 처음부터 그렇게 여기고 있었지만 확실한 것은 아니며 기실 절반쯤은 울리케의 소망에 가까웠기에 직접 말하기 민망한 이야기였다. 더구나 상서령 앗슈레드에게는 아직 알리고 싶지 않은 문제이다. 울리케가 그에게 서서히 개인적인 호감을 느끼고 있긴 했어도, 그는 명백히 적진의 인물이므로.

때문에 울리케는 지금 이 자리에서 아우케트에게 속 편히 어떤 정보를 줄 수 없었다. 그가 잠자코 있자, 아우케트는 가만히 모두의 분위기를 살피더니 다시 입을 열었다.

"무슨 생각이건 간에, 용이 저러고 자리 잡은 이상 위력에 의한 임시 휴전이 성립되었다고 봐야 옳겠군. 전장에 그어진 백린의 강은 무엇보다 훌륭한 연출일 것이다. 하지만 이후의 용의 선언은……."

"아주 터무니없지요."

크누드의 말이었다. 그러자 아우케트는 그를 살짝 노려보며 물었다.

"그런가? 어째서지? 그에겐 그만한 요구를 할 힘이 있다."

"자유로운 용이라면 그럴 것입니다. 하지만 지금, 빌러디저드는 엄연히 피어클리벤의 언약자입니다. 후견자라 이 말입니다. 그가 인세의 규율에서 완전히 자유로울 수는 없지요. 피어클리벤 가를 세상으로부터 완전히 격리시킬 게 아니라면 말입니다."

"규율이라."

아우케트는 마뜩잖은 듯 중얼거리며 고개를 무성의하게 끄덕인다. 잠시 생각하던 그가 말했다.

"그러면 뭐란 말인가? 그 논리가 옳다면, 피어클리벤을 난처하게 할 작정이거나 언약의 여부를 고려하지 않고 있다는 말인가?"

"바로 거기에 주안점이 있지 않을까?"

마침내 울리케가 부리를 열었다. 생각에 잠겨 탁자 위를 서성이며, 모두의 시선을 모은 그는 말했다.

"용이 저런 터무니없는 강짜를 부리는 이상, 아우스뉘르와 미스미르드 양 진영은 어떻게든 그와 접촉하고 교섭해야 할 것이다. 그리고 바로 여기엔, 마침 그 책임과 권리를 가진 언약자가 있지."

"행정관 좌하, 그대 말이오?"

모든 대화를 흥미롭게 듣고 있던 앗슈레드가 묻자, 울리케는 조금 쌀쌀맞게 대답했다.

"나뿐만이 아니다! 아버님도 계시지 않는가? 강녕하시다는 말만 듣고 여태 뵙지 못하고 있다. 상서령은 내가 얼마나 인내하고 있는지 고려해주게!"

"그렇소. 참으로 대단하시오."

앗슈레드의 말투는 전혀 빈정거림이 없이, 있는 그대로 솔직하게 울리케를 칭찬하고 있었다. 그는 다시 말했다.

"더 이상 미스미르드는 아버님을 억류할 수 없을 것이다! 아니면 용과의 모든 조율을 일체 포기하겠는가? 혹은 그와 대적할 것인가? 나 단독으로는 결코 이 교섭에 응하지 않겠다!"

"그렇구려. 역시 참으로 대단하시오."

앗슈레드는 숫제 즐겁기까지 한 투로 이렇게 말해 모두를 조금 어이없게 했다. 갑자기 상쾌히 자리에서 일어난 그는 한동안 천막 안을 서성이며 턱을 만지작거렸다. 생각을 정리하는 눈치다.

"……어차피, 천년 제주께서 명한다면 다른 제후들도 일체 도리가 없겠지. 하지만 그것은 결코 아무 대가 없이 이뤄지는 승복이 아닐 것이며, 미스미르드 조정은 그래서 오히려 이를 노릴 것이오. 이 순간에, 새로이 나타난 용이 저렇게 구는 것은 내막을 모르는 이들의 속을 애끓게 하겠지. 도대체 아우스뉘르 진영은 어떻게 받아들이고 있을지 궁금하군……."

그는 속내를 드러내도 별 상관없다는 듯, 이렇게 중얼거리며 중앙 화덕 주위를 싸고돌았다. 그러다 문득 멈춰 서더니 약간 미심쩍은 표정으로 묻는다.

"울리케 행정관 좌하, 혹시나 싶어 감히 묻는 것이오만, 저 용은 평소 정말 미친 것은 아니었소? 그러니까……, 그 평소 성격 말이오. 혹시라도 저게 저 용의 진심일 가능성은 없소? 그가 피어클리벤과 맨 처음 접촉한 것은 어떤 경위였소?"

울리케의 눈빛이 당황하여 흔들린다. 그가 맨 처음 울리케를 납치해 잡아먹으려 했던 시작부터, 지난 두 달 남짓 그가 보여 준 그 속 모를 언행들이 울리케의 머릿속을 사납게 했다. 물론 울리케는 빌러디저드가 미쳤거나 흉포한 용이라고는 결코 평가하지 않는다. 오히려 울리케에게 빌러디저드는 사려 깊고 익살스러운 면모로서 더욱 기억된다. 다만, 여전한 불가해함은 언제나 울리케의 마음 한구석에 자리 잡은 염려였다.

"……상서령의 염려는 지나친 것이다. 우리의 태도를 보면 모르겠는가? 용이 저렇게 뚱딴지같은 선언을 한 이상, 모르긴 몰라도 아우스뉘르 본영의 지휘관들은 당황하고 있을 것이다. 그대와 미스미르드 역시, 저들처럼 일체 용과의 접점이나 그에 관한 이해가 없는 입장이었다면 당황하지 않았겠는가? 용이 이모든 정황을 고려해 가장한 위악이라 본다."

"……나 또한 정확히 그렇게 생각하오. 좌하의 말마따나 지금 밖의 다른 제후들 역시 갈팡질팡하고 있으니까. 덕분에 일찌감치 그대와 말을 튼 내 위상이 그 어느 때보다 높소."

이것이 내내 상서령의 어딘지 신나 보이는 태도의 이유였던 것일까? 이후 조금 더 중얼거리며 생각하던 앗슈레드는 말했다.

"좋소. 아주 좋은 명분이오. 육왕야를 비롯해서……, 대부분 속이 뒤집히겠지만 도리 없지. 즉각 피어클리벤 백작을 만나게 해주리다. 하지만 라프시르그 황자까지는 일단 무리요."

"……알겠다."

드디어 아버지를 만난다. 그렇게 결정되자마자, 상서령 앗슈레드는 망설임 없이 일을 추진했다. 그는 즉시 휘하의 병사들을 불러 다음과 같이 지시했다.

"제3 비닉초(秘匿哨)로 가 피어클리벤 백작을 정중히 모셔와라."

"비닉초?"

병사들이 물러간 직후 탁자 위의 울리케가 이렇게 묻자, 뒤에 앉아있던 크누드는 뭔가 말하려다 입을 다물었고 앗슈레드는 순순히 설명했다.

"후방에 위치한 작은 진영들이오. 아주 잘 감춰져 있지. 설마하니, 전방인 이 진지에 그런 중요한 포로를 두었으리라 생각한 거요?"

"……역시 그렇군."

울리케는 그저 이렇게 대답했다. 크누드는 뭔가 골똘하게 생각하며 침묵했고, 시야프리테는 그새 꾸벅꾸벅 졸고 있었다.

"……그나저나, 정말로 고블린 대사셨구려?"

아무렇지도 않게 담요를 가져와 시야프리테의 등에 덮어준 직후, 앗슈레드는 그때까지 묵묵히 있던 아우케트를 쳐다보더니 울리케를 향해 이렇게 물었다. 그러자 울리케는 (까마귀의 방식으로) 엣헴거리며 대답한다.

"그렇다고 하지 않았는가? 역시 내심 믿지 않았던 것인가?"

"믿고 있었소. 하지만 직접 병력을 이끌고 나타날 거라고는 생각지 못한 것이지. 아우케트라 하였소?"

"그렇다."

차 한잔을 사이에 두고, 전향한 류그라 상서령과 고블린 오백장은 서로를 관심 있게 쏘아보기 시작했다. 아우케트는 내내 억누르고 있던 적개심을 서서히 풀어내어 갑옷처럼 전신에 두른 채 팽팽한 시선으로 앗슈레드를 보았다. 눈싸움의 말미에 이르자, 그 기세는 손에 닿을 듯 팽창하여 아무 죄없이 침 흘리며 졸고 있던 시야프리테에게 악몽을 꾸게 만들고 말았다.

"끄윽."

"계속하시겠소?"

시야프리테가 신음을 흘리자마자, 앗슈레드는 빙긋이 웃으며 아우케트에게 이렇게 물었다. 고블린 오백장은 잠투정을 부리면서도 끝내 깨지는 않는 시야프리테를 보며 한숨을 내쉬었다. 그가 말한다.

"저 밖에 대기 중인, 나를 따른 제장들 가운데 아난가크라는 형제가 있다. 그는 여기서 북동쪽에 위치한 요새, 레렌트의 장수였지. 나는 그들에게 일어난 일을 들었다."

"……그렇구려."

앗슈레드는 아무 감정도 담지 않은 채 이렇게만 대답했고, 아우케트는 다시 그를 한동안 쳐다보더니 갑자기 울리케를 향해 물었다.

"……나는 도대체 네가 어떤 신경으로 이 자리에 있는지 모르겠다. 이자들은 명백히 적이 아닌가? 물론 무작정 적대하고 있을 거라고 생각하진 않았지만……, 우리가 예상한 분위기와 는 너무 다르군."

"그는 류그라니까."

울리케는 날개를 으쓱이며 이렇게 말했다. 그의 말이 이어진다.

"그게 이상한가? 내가 너희의 대사이듯, 그 또한 그런 역할을 맡을 수 있으리라 본다."

"그렇군."

아우케트가 눈을 가늘게 뜨고 천천히 고개를 끄덕이자, 앗슈 레드는 멍하니 그를 보다 울리케에게 물었다.

"……방금 그가 그걸 알아들은 거요?"

그러자 아우케트는 체념과 짜증이 반씩 섞인 목소리로 말했다.

"질문이 있다면 내게 직접 하라, 상서령. 그는 방금, 중재자의 존재가 한 집단의 세계를 확장시키는 가능성에 대해 이야기했 다."

아우케트의 살기에도 호기롭던 앗슈레드의 얼굴에 처음으로 식별 가능한 경악이 떠올랐다. 그가 울리케를 쳐다보자, 까마귀 는 한껏 가슴을 부풀리며 말했다.

"보았는가? 실은 그래서 내가 대사의 직함을 가질 수 있던 것 이다."

"……뭐 어느 쪽이든 내게 신기한 존재들이오."

상서령은 고개를 살짝 내저으며 한숨을 내쉬더니 말을 이었다.

"그럼 묻겠소, 시우부름의 고블린들은 피어클리벤의 속령이오? 아니면, 천년 제주의 권속이오?"

울리케와 아우케트의 시선이 마주쳤다. 약간의 짧은 당혹감. 어느 쪽도 뚜렷하게 생각하지 않던 바였기 때문일까. 도래까마귀의 부리가 의미 없이 열렸다가 닫혔고, 아우케트는 잠시 생각하더니 단호하게 대답하였다.

"어느 쪽도 아니다."

"그러면 우리는 이 교섭장에서 그대들과 할 말이 없는데?"

그러자 울리케가 소리쳤다.

"그게 무슨 말인가! 이들은 명백히 피어클리벤의 우군이며 뉘르뉴와 함께 나타난……, 이웃이다!"

"피어클리벤 행정관 좌하, 여기는 전장이오."

앗슈레드는 점잖게 타이르듯 말했다.

울리케는 침묵한 가운데 아우케트를 다시 쳐다보았다. 새삼스럽지만 자연스레, 시우부름 일대의 땅을 두고 뉘르뉴와 처음 만나 땅의 권리를 두고 다투던 때가 떠올랐다. 물론 제국의 법은 그 숲 전부를 피어클리벤의 영지로 인정한다. 하지만 지금 이 자리에서 고블린들이 피어클리벤의 일부라고 주장하거나, 혹은 뉘르뉴의 권속들이라 말하는 것에는 모두 제각각 문제가 있는 이야기였다. 제일 큰 이유는 앞서 뉘르뉴와 나누었던 예전의 이야기들을 모두 무위로 돌린다는 점이며, 또한 어느 쪽이든 고블린들의 자존심을 건드리는 이야기일 테니까. 울리케는 아우케트의 표정을 살피며 그렇게 확신했다.

"우리는 피어클리벤의 동맹이다."

마침내 아우케트가 다시 입을 열었다. 차분하고 힘 있는 음성이었다.

"하지만 아직 문서의 체결은 부족하지. 대사는 이 문제에 대해 우리와 논의한 바 있었다. 우리는 인간들에게 무조건적인 적으로 인식되는 만큼, 말하자면 '그만한 자격을 지닌' 교섭 대상으로 여겨진 적이 없다. 때문에 우리에게 현재의 이 다소 애매한 입장은 어쩔 수 없기도 했다."

"실로 이해할 수 있는 말이오."

대륙의 알려진 다섯 종족 가운데 류그라는 고블린을 가장 덜 적대하는 이들인 만큼, 상서령의 이 말은 꽤 사려 깊게 들렸다. 아우케트는 그를 쳐다보았고, 그러자 앗슈레드는 다시 말했다.

"그러나, 시우부름의 고블린들이 교섭권, 그러니까 예를 들어 이 사태의 여파에 의한 직간접적 피해의 배상 청구권을 가진 주체로 인정되려면 피어클리벤이나 제주, 그 어느 쪽에 소속된다는 명분과 증명이 필요하오. 어렵지 않을 것인데?"

오백장 아우케트는 대답하지 않았다. 상서령의 말대로 그건 어려운 일이 아니었다. 울리케나 뉘르뉴, 그 어느 쪽도 거절하지 않을 테니까. 울리케는 걱정스러운 눈길로 아우케트를 보았고, 잠시 뒤 그는 입을 열었다.

"여기 온 것은 그런 이유가 아니다. 배상? 물론 받으면 좋겠지. 하지만 왜 구태여 우리가 주체로서 나서야 하는가? 나는 구상권이란 개념을 알고 있다."

"아악, 잘못했어요."

이 엉뚱한 신음 소리는 다시 시야프리테의 것이었다. 여전히 탁자에 엎드려 앗슈레드가 덮어준 모포를 둘둘 만 채, 꿈속에서 들려오는 '고블린 마왕의 어려운 단어 지옥'에 빠져버린 류그라 소녀는 이마에 식은땀까지 흘리며 끙끙대고 있었다. 그 바람에 모두가 잠시 대화를 끊고 시야프리테를 쳐다보게 된다.

"······여하튼 여기 온 목적은 어디까지나 대사 일행의 호위이다."

아우케트는 다시 담백하게 선언했다. 턱을 만지며 한동안 생각하던 앗슈레드는 말한다.

"그렇다면······, 알겠소."

울리케는 많은 할 말이 생략된 눈빛으로 아우케트를 보았다. 이래도 좋은 것일까? 물론 어디까지나 지금의 상황에서 울리케는 피어클리벤의 일원이자 대표로서 움직여왔다. 하지만 이 싸움에서 고블린들은 명백한 피해를 입었고, 따라서 그들 역시 세력의 주체로서 참여하는 게 온당하다고 느껴지는 것이다. 물론 이미 많은 것들을 보고 깨닫기 시작한 울리케에게, 이 이야기는 함부로 꺼내기 어려운 이야기였다. 울리케는 이미 고블린들이 거쳐온 역사를 이해하며, 그들의 삶의 방식이 지닌 불가피함을 이해한다. 그런 그들에게 당장의 이익을 위해, 단지 명

분뿐이라 하더라도 인간이나 서리심에 속하는 굴종을 제안할
수는 없다. 특히 이제 갓 오백장의 지위를 얻어낸 그가 그런 선
택을 한다면 결코 훗날을 도모할 수 없을 것이다. 울리케가 여
기까지 생각한 순간, 문득 한 가지 생각이 떠오른다.

"잠시만, 상서령……. 그와 이야기를 나누고 싶다."

"밖이 춥소."

앗슈레드가 찻주전자를 기울이며 한 이 대답은 너무나 자연
스러웠기에, 울리케는 잠시 그 의미를 이해하지 못하고 멍해졌
다. 실내에서도 여전히 그 두툼한 방한복을 벗지 않고 연신 뜨
거운 차를 입에 달고 있는 류그라이며, 그러니까 그는 방금 나
가기 싫다는 말을 한 것이다. 울리케는 웃음을 참느라 미간이
찌그러진 크누드를 보며 샐쭉하게 대꾸했다.

"그와 잠시 밖에 나가겠다. 염려할 게 있는가?"

"없소이다."

"서리엇 경은 여기 있어요."

"……그러지요."

울리케는 탁자를 가로질러 아우케트의 앞으로 총총히 다가
갔다. 울리케의 의중을 아직 파악하지 못한 고블린 오백장은
마뜩잖은 눈길로 도래까마귀를 내려다보다가 팔을 내밀었고,
울리케는 자연스럽게 그의 팔을 타고 올라가 어깨에 이른다.
둘이 상서령의 천막 밖으로 나서자, 싸늘하고 검은 밤공기가
그들을 왈칵 덮쳤다.

"오백장, 이야기는 끝났는가?"

천막 밖의 어둠 속에서 도열한 채 대기하고 있던 고블린들 가운데, 한 기수가 다가오며 말했다. 아난가크였다.

"아직이다. 불편할 텐데 조금 더 참아라, 형제."

"불편한 것은 없다. 오히려 기대될 지경이지."

투구를 눌러쓴 채 말하는 아난가크의 눈빛이 어둠 속에서도 선명하였다. 그와 마찬가지로 사방을 경계하며 사실상의 적진 한가운데서 한 치의 흐트러짐 없이 서 있는 고블린들의 기세는 전혀 얕잡혀 보이지 않겠다는 기백으로 굳세어 보였다. 아우케트는 아무 말 없이 울리케와 함께 물러나 조금 더 걸었고, 그들로부터 조금 떨어져 조용히 대화를 나눌만한 장소까지 이동하였다. 그의 충실한 숲흑늑대 칸만이 그림자처럼 조용히 그들을 따른다.

"무슨 이야길 하고자 하는가, 대사?"

한동안 말없이 서서 미스미르드의 진중 전체를 보던 아우케트가 말했다. 어떤 열기가 몸 안에 꽉 차 있었기 때문일까, 하얀 입김이 우렁차게 토해지며 나온 말이었다.

"……설마 조금도 짐작하지 못하는 거야?"

까마귀는 그의 어깨 위에서 묻는다. 아우케트는 저 너머의 어둠 속, 날이 밝았더라면 분명히 보였을 뉘른스에크 성과 그 위의 용을 향해 시선을 던진 채 대꾸하였다.

"……이 상황에 이런 대화를 즐길 만큼 나의 도량이 넓지는 않다."

"미안해."

"아니다."

아우케트는 울리케의 사과를 얼른 받으며 말했다. 잠시 침묵이 이어졌고, 먼저 말을 꺼낸 것은 울리케였다.

"……미래에 관한 이야기야. 잘라 말하자면, 뉘르뉴나 우리나 시우부름의 규모가 지금의 절반이던 때에 너희와 처음 접촉했지. 만일 처음부터 네가 오백장이었거나, 혹은 그 이상이었다면 지금처럼 되지는 못했을 거야."

"충분히 그렇게 예상한다."

아우케트는 건조하게 대답했다. 울리케는 이 짧은 순간에 그에게 할 말들을 고르느라 적잖이 긴장하고 있었다. 하지만 마침내, 울리케는 이것이 그런 식으로 말할 화제가 아님을 깨달았다. 그리하여 도래까마귀는 말한다.

"선언해, 아우케트. 너희 세력을, 너희 땅을. 국가로서 말이야."

고블린 오백장은 꼼짝 않고 선 채 아무 말도 하지 않았다. 이 비약적인 대화의 맥락에도 그가 그다지 충격받지 않은 것은, 그 또한 예상했던 흐름의 귀결이었기 때문이리라.

"……그게 대사로서 할 수 있는 말인가?"

침묵의 끝에서 아우케트가 물었다. 울리케는 살짝 피로함을 내비치며 대답한다.

"친구로서 하는 말이다. 대사로서는……, 그리고 피어클리벤의 행정관으로서는 앞으로 격무가 예상되는 국면이지. 뉘르뉴와도 이야기해봐야 하고……."

"그렇게 해서 무얼 도모하고자 하는가?"

"이건 그저 너희가 도모해야 할 바에 관한 이야기잖아? 피어클리벤도 뉘르뉴도, 미스미르드도, 그리고 심지어 용조차 아무 상관 없는 이야기잖아? 그리고 나는 마침 이 상황이 너희가 그렇게 나설 절호의 기회일 수 있다고 생각했어."

"어째서인가……?"

"아우케트, 칸 아디우크."

울리케는 노래하듯 그의 진명을 읊는다. 고블린은 어깨 위의 도래까마귀를 살짝 언짢다는 듯 목을 빼며 쳐다보았고, 울리케는 말을 이었다.

"지금 여기에 몇 개의 세력이 있지? 심지어 어디선가 여길 지켜보고 있을 반란군들까지, 모두 저마다의 입장과 욕망, 명분을 위해 움직이고 있어. 심지어 저 성 위의 살짝 미친 용까지 말이야."

"……그가 듣고 있지 않은가?"

"안 들려. 걱정하지 마."

울리케는 말했다.

"그러니까, 이 어마어마한 각축전에서 뿔을 들이미는 것은 몹시 중요한 일이라 생각해. 때로는 결과보다 그 자체로 말이야.

동북의 땅에 무시하지 못할 고블린의 세력이 있다고, 그렇게 말할 시간이야. 그리고 협상의 주체로서 끼어들어. 피어클리벤이나 뉘르뉴의 이웃으로서가 아니라."

"좋은 토벌 대상이 되란 말인가?"

"……흐로킨의 검은 혈맹자들이란 건 혹시 아침 운동의 구호일 뿐이었어?"

울리케는 명백히 놀리는 투로 말했으나, 아우케트는 전혀 언짢아하지 않았다. 울리케는 발밑으로 느껴지는 그의 어깨의 긴장감을, 그리고 차분하면서도 무게감 있게 생각하는 그의 눈빛을 느꼈다. 아우케트는 입을 연다.

"……우리는 전사다. 이길 수 있는가만을 생각하고 다루도록 자라지, 이런 정치적인 이야기들은 몹시 낯선 것이다."

"……라고 보통의 고블린들은 말할 법하지."

이번에는 아우케트의 눈썹이 조금 뒤틀렸다. 그는 나무라듯 어깨 위의 까마귀에게 눈빛을 던졌으나, 울리케는 조금도 자중할 생각이 없어 보였다.

"정말 그렇게 말할 것인가? 아우케트 칸 아디우크가? 이 단호함과 통찰, 재기의 현신 같은 자가?"

"그만둬라. 알았다."

아우케트는 재잘거리는 까마귀로부터 눈을 떼며 질색하듯 말했다. 그는 눈을 돌려 진지의 서쪽 너머, 놀랍게도 여전히 타오르고 있는 불의 장벽을 보았다. 마침내 그가 말한다.

"내가 그것을 일단 선택하면, 향후 너와 적대할 가능성도 얼마든지 있음을 이해하는가? 우리는 더 이상 자연인으로서 서로를 대할 수 없을지도 모른다."

울리케는 잠시 침묵했다. 하지만 이렇게 말한다.

"그렇다면, 아마 그것이 나의 향후 과제가 되겠지."

"……나 또한 그럴 것이다."

인간과 고블린은 그렇게 말했다.

"우스운 일이군요."

용이 난데없이 나타나 충격적인 선언을 한 직후, 아우스뉘르 진중의 모두는 한동안 극심한 혼란에 빠졌다. 용병들은 대부분 그들의 지휘관에게 몰려가 이 싸움에서 빠져야 하지 않는가를 두고 소란을 피웠으며, 병참조의 상단들과 그 소속 일꾼들 역시 공연한 일에 끼어들었다가 본전도 못 건지는 게 아닌가 불안해하였다. 한동안 바깥을 살피다 돌아온 펠윈은 모두에게 이러한 분위기를 전했고, 그러자 조용히 듣고 있던 에파가 위와 같이 말했다. 모두의 눈길이 그에게 모이자, 에파는 부연했다.

"이 부대가 보유한 마법사들 수라면, 그다지 용이라도 호들갑을 떨 만한 적은 되지 않으니까요. 애초에 서리심을 상정하고 꾸린 병력인 만큼, 실제로 인간 병사들의 역할은 그리 크지 않죠."

"백룡의 대리인 아니십니까……? 그렇게 말해도 되는 것입니까?"

아룬드가 조심스레 물었다. 그러자 에파는 담담히 대답했다.

"사실은 사실이니까요."

모두 잠시 조용해졌다. 라스가 꾸려준, 그렇기 때문에 온통 수상쩍은 이들로 구성된 이 위장상단의 호위들과 일꾼들은 다른 상단들과 달리 꽤 차분함을 유지하고 있었다. 용이 나타났건 말건, 또 용이 어떤 헛소리를 했건 상관없이 각자 할 일을 할 뿐이었고, 그래서 한스와 홀게르손도 천막 밖으로 나가 식사 추진을 돕고 있었다. 본래는 펠윈도 나가 일을 거들려 했으나, 왠지 모두가 만류하며 황녀와 에파의 사이에 앉아있도록 부탁하였다. 때문에 지금 이 자리에는 황녀 닐스그림과 아룬드, 에파, 펠윈, 그리고 이그라와 브륀힐데가 있었다. 시그리드는 용의 출현을 백작부인에게 보고하기 위해 유슬리스로부터 빙의를 풀고 물러간 상태였다.

잠시 생각하던 닐스그림이 고개를 끄덕이며 말했다.

"용은 실제로 위력보다 상징성이 크니까. 역사상 인간이 순수하게 그 자신들의 힘만으로 용을 물리친 것은 단 한 번이며, 그 또한 제국의 개국 이전 이야기다. 말 그대로 이야기지. 게다가 대부분 사람들은 저 흐리뉼과 서리심에 대해 거의 모른다. 이 부대의 구성과 그것이 의미하는 목적을 깨닫는 자는 많지 않으리라 본다. 마법 또한……."

황녀는 망설이며 말을 이었다.

"……보통은 그 전술적 가치를 잘 모르니까. 마법사들이 정규전에서 어디까지 위력을 낼 수 있는지 꿰뚫고 있는 자들은 거의 고위 귀족뿐이지. 나머지는 일반인들과 접점이 그다지 없는 모험가들 정도가, 마법사의 가치에 대해 부분적으로나마 알고 있는 자들일 따름이다. 드레스바르프 가는 몇 세대에 걸쳐 마법에 대한 어마어마한 집착을 보이며 연구를 해왔지. 내가 아는 발리위그라면, 지금 상황에 대해 콧방귀도 뀌고 있지 않을 것이다."

"……어쩐지 상상이 됩니다."

뉘른스에크 성에서 처음 만났던 후작을 떠올리며, 아룬드가 조용히 말했다. 후작의 이름이 나오자 얼굴 가득 분노가 떠오른 뉘른스에크의 기사, 이그라가 이를 악물고 말했다.

"하지만 그렇다면, 도대체 그 새벽 기습에서 그가 보여준 행보는 뭐란 말입니까? 왜 일절 대응 없이 뉘른스에크가 무너지도록 방치한 채 몸을 빼내었단 말입니까? 그가 그렇게 대단한 마법사라면 말입니다!"

치명상의 여파는 깊었기에, 이실바프에서부터 여기까지 이그라는 내내 몸과 마음을 추스르며 분노를 억제하고 있었다. 하지만 뉘른스에크 성이 올려다보이는 이 자리에 이르러, 마침내 그의 꾹꾹 눌러온 감정은 어쩔 수 없이 새어 나오고 있었다. 이미 모시던 주군의 죽음을 전해 들은 기사이다. 그의 분노는 지극히 정당하리라.

"그걸 알아내고자 하는 것이다……. 하지만 더 이상 펠윈의 귀로 지휘부를 엿듣는 건 어렵게 되었지. 누군가의 개입으로 말이다."

황녀가 이렇게 말하자, 에파와 브륀힐데가 눈을 마주쳤다. 하지만 끝내 그들은 아무 말도 하지 않는다. 어딘지 우울한 얼굴로 앉아있던 에파가 문득 그새 다 마신 찻잔을 내려놓더니 일어서며 말했다.

"나는 이만 물러나겠어요. 어차피 여기서 제가 더 긴장을 만들 필요는 없겠지요. 내게는 따뜻한 천막이 필요치도 않으니까요."

하지만 그와 달리, 내내 추위와 싸우며 여기까지 따라붙은 브륀힐데의 얼굴은 어쩔 수 없이 창백해지고 말았다. 아무리 강인하고 불평을 모르는 모험가라 해도 따뜻한 불가를 이유 없이 마다할 리 없으므로. 에파는 약간 처연하게 웃어 보이며 브륀힐데에게 말했다.

"브륀힐데는 여기 머물도록 해요. 유슬리스와 사우트도. 진중에 감시하는 마법사들이 많기도 하고……, 저는 없는 게 모두에게 이롭습니다. 그가 여기 있어도 괜찮겠지요?"

에파의 마지막 물음은 아룬드에게 던져진 것이었다. 아룬드는 황녀와 브륀힐데를 번갈아 쳐다보고 대답했다.

"그건 문제없지만……, 어디로 갈 생각입니까?"

"저는 애초에 피어클리벤 선발대의 보호를 부탁받았어요. 하지만 저쪽 진지는 결계 때문에 들어갈 수가 없고, 거기에 어차피 시우부름의 고블린들과 서리심이 왔으니 사실상 제 책무는 끝났다고 생각되는군요. 좀 더 상황을 지켜보긴 하겠지만, 피어클리벤으로 돌아가 라핀다시르에서 도착한 이들을 맞이해도 되리라 생각합니다."

"시우부름의 고블린들이라니?"

황녀가 당황하여 아룬드를 쳐다보며 묻자, 아룬드는 놀라면서도 곤혹스러운 표정을 지었다. 피어클리벤이 고블린들과 모종의 협력관계에 있다는 것은 대외적으로 알려서 좋은 것이 없다고 판단했기에, 아룬드 역시 내내 모두에게 함구하고 있던 부분이었으니까. 하지만 에파의 말대로 그들이 이 전장에 나타났다면 이제 더 이상 감출 도리도, 이유도 없는 일이 되겠다. 하지만 아룬드가 채 뭐라 입을 열기 전, 에파가 말했다.

"서로 논할 이야기들이 많으시겠지요. 아무튼 저는 이만 물러납니다. 브륀힐데, 또 보도록 해요."

"아……, 네!"

그리고 에파는 신속하게 천막 밖으로 물러나 버렸고, 모두가 잠시 어안이벙벙하여 말이 없었다. 펠윈은 여러모로 대들긴 했어도 자신과 같은 류그라이며, 또한 스스로 방랑 류그라들의 보호자라 자처하는 그가 자신을 내버려 두고 떠난 데 대해 기가 막혔다. 닐스그림 또한 그의 지팡이 하그비르크를 두고 에파가 보여준 감정을 목격한바, 그가 그것을 아랑곳하지 않고 물러난 게 오히려 신경 쓰일 지경이다. 브륀힐데의 당혹감이야

말할 것도 없었다.

"……고블린들이라니?"

겨우 정신을 차리고 황녀가 아룬드에게 물었다. 아룬드는 난처한 표정의 브륀힐데를 쳐다보며 천천히, 피어클리벤의 감춰진 자산에 대해 이야기를 터놓기 시작했다.

한편, 천막을 벗어난 에파는 사우트와 유슬리스를 찾아가 한 번씩 쓰다듬어주곤 그대로 길을 잡아 진지의 서쪽으로 빠져나갔다. 적들과 대면한 동쪽과 북쪽은 경계가 삼엄한 까닭이었다. 물론 그래도 진영의 경계에서 어떤 검문이나 초병들의 감시를 받지 않으려면 마법을 사용할 수밖에 없다. 그러나 이제 혼자인 그에게 그것은 더 이상 아무런 문제도 되지 않았다.

"어느 쪽인가?"

그가 능란하게 초병들의 눈과 마법사들의 초계망을 따돌리고 진중을 빠져나가, 향한 곳은 바로 발트부름 산이었다. 은형의 술로 몸을 지운 채 이따금 멀리까지 정찰을 도는 병사들을 스쳐 가며 그대로 폐허가 된 성하촌을 가로지른 에파는 오로지 고요와 죽음의 그림자만이 드리운 뉘른스에크 본성에 도착하였다. 여기까지 오는 동안 곳곳에 얼어붙은 시체들이 눈에 파묻혀 있는 것을 보았다. 그리고 이곳의 유일하게 살아 움직이는 존재인 검은 용이, 성의 정문으로 들어서는 에파를 향해 위와 같이 물었던 것이다. 하지만 에파에게서 튀어나온 음성은 그 자신의 것이 아니었다.

"그대는 그런 질문을 받을 일이 결코 없었겠지?"

"……아이비레인이로군."

성 안뜰에 자리한 채 남쪽의 비탈진 성벽 너머, 여전히 타오르는 불로 이분된 전장을 내려다보던 검은 용이 고개를 돌리며 말했다. 에파에 빙의한 아이비레인은 성큼성큼 뜰을 가로질러 다가와 그 곁에 섰다.

"홀로 그대가 만든 저 풍경에 감동하고 있었는가?"

아이비레인은 저 멀리 들판에 선명한 불의 선을 바라보며 날선 목소리로 말했다. 빌러디저드는 그를 물끄러미 바라보다 입을 연다.

"하고 싶은 말이 있으면 하라."

"……그 태도!"

에파의 입을 빌린 아이비레인의 노성이 고요한 성의 안뜰에 울려 퍼졌다. 검은 용은 말없이 어둠 속에서 그 자주색 눈만을 빛내며 그를 내려다보았고, 아이비레인은 어깨를 곧추세우며 말을 이었다.

"내게 감히 시혜적인 태도를 취하지 말라! 라핀다시르의 삼대를 보아온 나이다……! 그대가 나보다 어린 용이란 말이다!"

"내가 그것을 부정한 적이 있던가?"

"나는……!"

달려들 것처럼 소리치던 아이비레인이 문득 멈추었다. 에파가 무어라 이야기했기 때문일까? 한 손을 가슴께에 얹고 호흡을 고르던 그가 말했다.

"나는 우리의 율례를 모른다."

검은 용은 침묵했다. 그것이 사려 깊음인지, 혹은 어떠한 거리 두기인지 아직 알 길이 없다. 아이비레인은 가까스로 말을 이어나갔다.

"……다른 누구도 아닌 그대라면, 내 입장을 헤아려볼 수 있지 않은가? 나는 그 모든 시간을 견뎌, 내가 지켜야 할 이들과 나를 도울 이들을 얻었으나 끝내 이해자는 찾을 수 없었다. 이 극동의 땅에 그대가 무슨 생각으로 나타났는지 나는 알 수 없지만, 기어이 그대는 내가 직접 찾아오게 만들고 말았다."

빌러디저드는 여전히 침묵하였다. 그럼에도 불구하고 아이비레인이 깃든 에파의 얼굴은 마치 모든 세상으로부터 비난을 듣기라도 한 것처럼 착잡하게 일그러져 있었다. 다시 그는 말했다.

"나는 저 백린의 불을 보는 것조차 너무나 괴롭다! 그대는 아는가? 말해보시게, 하스언리버와 페일드라잇의 자손이여! 저 불로 인간을 태워봤는가!"

"아니, 없다."

검은 용은 조용히, 그리고 우울하게 대답했다. 아이비레인은 울듯이 말했다.

"내게는 도리가 없었다……! 제대로 타고난 린트부름의 아이였다면 대안이 있었겠지만! 에다의 도리를 이해하고 있음에도 손에 닿지 않는 느낌이 어떤 것인지 그대가 상상할 수 있는가?

이 잔혹한 불구를!"

"······아이비레인."

검은 용은 에파의 몸과 의식을 주관하는 저 너머 먼 땅의 백룡을 불렀다.

"그대는 불구가 아니다."

아이비레인은 눈을 부릅뜬다. 잠시간의 고요가 텅 빈 성안에 흘렀다. 검은 용은 천천히 목을 돌려 다시 양 진중을 내려다보며 말했다.

"하지만 내가 어떤 진실을 말하든, 그대가 이해할 수 있으리라 생각지 않는다. 이 또한 시혜적인 태도라 분노하겠지. 그것은 아주 오래전부터 우리가 받아온, 어쩔 수 없는 오해였다."

그리고 다시 아이비레인에게로 고개를 돌린 용이 말했다.

"지금 이 순간, 그대에게 이 진실을 고하는 것도 나의 숙명이긴 하다."

"숙명이라니, 자꾸 시답잖은 소리 마라! 강대한 마력과 현명함, 거체와 불을 갖고 있어도 어차피 죽고 사는 생물이 아니더냐!"

아이비레인은 거칠게 소리쳤고, 빌러디저드는 고개를 살짝 기울이며 말했다.

"정말로 그것뿐이라 여겼다면, 그대가 내내 내게 보여주는 이 적개심을 가볍게 여겨도 되었겠지."

위악을 관통하는 검은 용의 시선이 아이비레인의 입을 다물게 한다. 용은 계속 말했다.

"우리에겐 삼라만상을 보는 여러 층위의 시선이 있다. 어떤 것들은 자연스럽게, 어떤 것들은 집중해야 하지만 대체로 통제 가능한 시선들이지. 그대에게도 있을 것이다. 진실이나 살기 같은 것들."

"……그렇다."

평생 듣지 못한 이야기로 접근하고 있기 때문일까, 아이비레인은 단단히 긴장한 채 서서 검은 용을 올려다보며 대답했다.

"하지만 그러한 우리에게도 오로지 어떤 당위와 조건이 갖추어질 때만 보이는 것들이 있다. 그것이 바로 인과의 눈이며, 그것이 바로 유일하게 그대가 모르는 것이다."

"……인과의 눈이라니? 나는 마법을……."

"그걸 모르기 때문에 마법을 다룰 수 없을 뿐이지. 우리는 인간들과 다르다. 인간은 에다의 도리를 깨우치면서 마력에 접근할 일종의 자격을 얻는다. 하지만 그것이 유일한 길이라면 류그라들의 경우를 설명할 수 없지. 모든 마법은 결국 수렴적으로는 같다. 다만, 우리에게는 린트부름의 묵시(默視)라 부르는, 바로 그것이 가장 중요한 것이다."

"……그러니까 그걸 내가 물려받지 못했다는 말이 아닌가!"

"나는 스미드레드가 일부러 주지 않았을 것이라 확신한다."

검은 용은 담담하게 선언했고, 아이비레인은 멍하니 말을 잃었다. 빌러디저드의 말이 이어졌다.

"그래서 처음에 그대가 이것을 이해하지 못할 것이라 말했던 것이다. 제한적이나마 삼라만상의 인과를 본다는 것은, 결국 미래를 본다는 것이다. 그대의 발밑에서 우연히 발에 챈 도토리가 훗날 큰 떡갈나무가 되고, 그 나무에 매달려 죽은 자의 얼굴을 보며, 그 밑에서 울던 아이가 끝내 그 땅의 주인을 죽이는, 그런 이야기들을 보게 되는 것이다."

아이비레인은 믿기지 않는다는 듯, 힘없이 물었다.

"……그럼 지금 이 자리도 그대는 이미 알고 있었다는 말인가?"

"그렇지는 않다. 그것은 계시처럼 일순간에 찾아오며, 우리 스스로도 그것을 통제할 수 없지. 각각의 자손들이 저마다 보게 되는 것은 지극히 일부이다. 하지만 그것을 모두 모으면, 그것이 곧 역사가 된다."

빌러디저드의 이 모든 이야기에는 분명한 호의가 깃들어 있었다. 하지만 그 호의조차 강자의 여유로밖에 해석되지 않는 불쌍한 용, 아이비레인은 고개를 숙이고 잠시 동안 침묵했다. 그가 묻는다.

"……그래서 어쨌다는 거야? 왜 나의……, 선대는 그걸 내게 주지 않았다는 거야?"

아이비레인의 말투에서 점차 격조가 사라지고 있다. 개의치 않는 빌러디저드가 대답하였다.

"우리는 경외와 태고의 묵시자라 불리지. 인간들은 영문도 모르고 우리를 그렇게 부르지만, 그야말로 가장 진실에 가까운 호칭이다. 린트부름의 적생자들이란 결국 그들만의 계회(契會) 안에서 세상의 흐름을 내다보고 방관하는 자들일 뿐이다."

"……어째서?"

"우리 스스로가 인과의 변인이 되지 않기 위해서이지."

아이비레인은 다시 침묵 속에서 생각했다. 하지만 결국 이해할 수 없다는 듯 짜증 내며 진저리를 쳤다.

"……모르겠다! 그러는 그대는……? 자유 의지로 날고 있지 않은가? 그 잘난 인과의 눈으로 세상을 보면서!"

검은 용, 빌러디저드는 한동안 그를 고요하게 내려다보았다. 그러다 어느 순간, 다음과 같이 잘라 말했다.

"이 이상 말할 수 없다, 아이비레인. 내게는 분명한 목적이 있고, 그대는 변인이 될 수 있으므로. 이 통찰은 결국 어떤 자유도 없게 만든다는 점에서 우리의 오래된 굴레이며, 그대는 그래서 나보다 더 자유로운 용이다."

"내 힘으로 날지도 못하는데 도대체 무슨 놈의 자유란 말이야!"

아이비레인은 제대로 노성을 터트렸고, 그와 동시에 뉘른스에크 상공에서 날벼락이 떨어져 성벽 위의 감시탑 중 하나를 산산조각내고 말았다. 멀어져가는 천둥의 잔향에 귀 기울이며, 무너진 탑을 쳐다본 검은 용이 우울하게 중얼거렸다.

"……저러면 모두 내가 한 줄 알 것인데."

태연한 빌러디저드의 모습은 아이비레인을 더욱 화나게 할 뿐이었다. 그는 빌리고 있는 가냘픈 체구가 무색해지도록 소리 질렀다.

　"그래! 결국 모든 것을 알고 있다는 그 자신감! 그것이 제 몸도 스스로 가누지 못하는 내게는 참을 수 없이 역겨운 것이다! 굴레가 어쩌고 어째? 선대가 멋대로 예단하여 내게 주지 않은 그것이 저주인지 재주인지는 내가 판단하고 감당할 일이 아니냐! 용의 꼬락서니를 하고 태어나 그 잘난 계회에서도 받아들여지지 않는 나는, 너희 모두가 증오스럽다!"

　"그토록 선명한 감정조차도, 그대가 자유라는 증거이지."

　아이비레인은 검은 용의 목소리에 진심으로 부럽다는 듯한 기색이 담겨있음을 놓칠 만큼 분별력을 잃지는 않고 있었다. 하지만 때문에 오히려, 그는 어이가 없어 쏟아낼 말을 잃고 멍하니 용을 올려다본다. 빌러디저드는 말했다.

　"그대는 이미 충분히 그대의 시대에 살고, 고뇌하며 선택하고 감당하는, 그 모든 충실함을 누리고 있지 않은가? 린트부름의 '올바른' 적생자들은 야생의 흉내를 내며 산야를 노닐 때나 겨우, 아주 잠시 짐승 수준의 자유로움을 느낄 뿐이다. 그것이 모든 것의 대답을 알고 있는 자들이 가진 모순이지. 우리는 본래 이 세상에 관여할 수 없다. 어떤 강제력이 있는 것이 아니라 그럴 의지 자체를 박탈당한 것이나 마찬가지다. 그대의 선택과 행동의 결과를 수 세대에 걸친 미래까지 명백하게 내다볼 수 있다면, 그대에게 진실로 선택이란 것이 가능하겠는가?"

아이비레인은 한참이나 말이 없었다. 긴 침묵의 끝에 그는 물었다.

"그러면 그대는, 피어클리벤과 언약한 이유가 뭐지? 도모하고자 하는 바가 무엇인가? 이미 잘 알겠지만, 저 아래 어딘가에 나의 아이들이 있다. 그대의 행보에 따라, 나는, 그리고 우리는 그대의 적이 될 수도 있어."

검은 용은 목을 틀어 전장을 내려다본다. 마침내 백린의 불길이 깜박이며 죽어가는 게 보였다. 용은 말했다.

"우리는 모든 질문의 답을 알고 있는 자들……."

독백 같은 그의 말이 이어졌다.

"그렇기에 올바른 질문을 던질 자를 찾는다."

제 5장

빙의로부터 돌아온 시그리드는 발프리드가 내민 따뜻한 에
눅스를 받아마시고 긴 한숨을 내쉬었다. 현지에 파견된 에파의
도움을 받고 있기에 본래라면 따라야 할 격통이 느껴지지 않는
다. 하지만 정말 이걸로 좋은 것일까? 에파의 힘은 정확히 말해
류그네라스의 가지에서 기원하지 않는다. 자세한 것은 알 수
없지만, 그것은 가지를 잃어버린 류그라가 특정한 희생의 의식
을 통해 이끌어내는 비술이다. 파마의 화살에 심장을 뚫리고,
류그라네스의 가지로 회생된 이후 다시 그러한 비술의 도움을
받고 있다니. 고지식한 에다의 순례자들 같으면 용납할 수 없
는 이야기겠다. 하지만 지금 시그리드 유세트가 신경 쓰고 있
는 것은 그런 시시한, 규범에 관한 부분이 아니었다.

"무슨 일이 있습니까, 스승님?"

어린 제자는 걱정스러운 얼굴로 시그리드의 안색을 살피며 물었다. 시그리드는 멍하니 소년의 얼굴을 보다가 방안을 둘러보고 피식 웃음을 새고 만다. 잘 지펴진 벽난로, 잘 끓여진 에눅스, 꼼꼼하게 청소된 방 안과 한쪽 책상 위에 끝내둔 필사본까지. 발프리드의 수행은 순조롭다.

"……잠시 실험해 볼 게 있다."

이렇게 말한 시그리드는 천천히 손을 내밀어 벽난로를 가리켰다. 잠시 뒤, 풀무질을 받은 듯 숯들이 백열하며 불길이 휘엉청 치솟는가 싶더니 어느 순간 불길이 숨죽여 잦아들기 시작했다. 불이 거의 꺼질 무렵, 넋을 잃고 불을 바라보던 시그리드는 마치 그 불길에 손을 데기라도 한 것마냥 소스라치며 손을 거두었다. 발프리드는 살짝 놀라 시그리드를 보았고, 그러자 굳은 표정의 스승은 말한다.

"……통증이 없군."

"그럼 다행한 일이 아닙니까?"

발프리드가 천진하게 반색하며 하는 말이다. 하지만 시그리드는 전혀 기쁜 것 같지 않았다. 오히려 심각한 얼굴이 된 그는 자리에서 일어나 벽난로 앞으로 다가가 한참이나 말없이, 다시 조용하게 일어나는 불길을 들여다보고 있었다. 그러다 문득, 그는 말했다.

"내 가르침을 기억하느냐? 시무나리에 관한 이야기들 말이다."

"토씨 하나 잊지 않았습니다."

망설임 없이 대답하는 발프리드의 목소리다. 덕분에 시그리드는 엄격한 어조를 유지하려 조금 더 애를 써야 했다.

"……그래, 시무나리의 가락을 엮고, 그것이 익숙해지면 노래가 필요 없다 했지. 하지만 방금 나는 정말 아무런 창송도 읊지 않았다."

발프리드는 스승의 말이 무슨 뜻인지 몰라 잠시 침묵했다. 그러다 소년은 묻는다.

"……익숙하신 주문이라 그런 것이 아닙니까……?"

"아니다. 불을 지피는 것은 쓸데가 많아 진즉부터 숙달해 있지만 불을 끄는 영창은 딱히 고안해둔 바가 없어. 헌데도 방금 나는 아무런 영창 없이, 그저 의지만으로 불꽃을 죽였다."

아직 에다의 도리에 다다르려면 멀고 먼 어린 소년이 스승의 말에 뭐라 더할 말이 있을 리 없다. 발프리드는 놀라 눈을 동그랗게 뜨고 있으면서도 잠자코 그의 다음 말을 기다렸다. 다시 한동안 조용하던 마법사는 말했다.

"아직은 확실치 않다. 좀 더 두고 생각하고, 실험도 더 해봐야겠지만……, 하지만 내 예상이 맞다면, 어쩌면 나는 너를 조금 다르게 가르칠 것 같구나."

"……네?"

"하지만 그 모든 마법사들이 이걸 착각할 수 있었을까……?"

당황하여 묻는 발프리드이건만, 시그리드의 이 질문은 이미 독백에 가까웠다. 그는 뒤이어 뭐라 중얼중얼하여 한동안 벽난

로 앞을 서성였고, 그래서 발프리드는 난처한 표정으로 어쩌지
못하고 선 채로 기다려야 했다. 그러다 마침내 자신만의 세상
에서 깨어난 시그리드는 발프리드를 마치 처음 발견했다는 듯,
놀란 얼굴로 쳐다보더니 물었다.

"……뭐 하고 있는 거야?"

"……그, 돌아오시면 모셔오라고……."

"말꼬리를 흐리면서 대답하지 말라고 가르쳤을 텐데?"

"죄송합니다."

하지만 소년을 당황케 한 것은 그 스승 자신이다. 반사적으
로 나간 면박이건만 조금 너무했다 싶은 시그리드였기에 더 이
상 발프리드를 나무라지는 않는다. 그는 옷매무새를 정돈한 뒤
외투를 걸치며 발프리드와 함께 방을 나섰고, 이내 시끌벅적한
성안의 소음 속으로 파고들었다.

그가 앞서 나귀의 입을 빌려 고했던 대로, 지금 피어클리벤
은 라핀다시르 공작령으로부터 당도한 예방단 맞이로 한창 분
주하기 이를 데 없었다. 지난달 아우셸바프 예방단이 도착했던
날로부터 채 한 달도 되지 않은 사이 또다시 대규모 방문객이
찾아온 것이다. 그것도 이번에는 명백히 '귀한' 손님들이다. 제
국에 하나뿐인 공작가의 가신들이란, 지난번 아우셸바프의 시
민들과 달리 결코 허투루 대할 수 없는 손객이 된다. 하지만 이
소음은 결코 그들을 대접하기 위해 움직이는 피어클리벤 측이
생산하는 게 아니었다. 라핀다시르의 예방단은 그들에게 필요

한 일체의 하인들을 충분하도록 동반했고, 심지어 전속 요리사까지 데려왔기 때문이다. 로릭스데와 케틸이 일찌감치 피어클리벤에 묵고 있던바 예방단은 거추장스러운 첫인사를 번다하게 갖출 필요가 없었고, 그래서 그들은 성의 안뜰에 짐을 풀자마자 주객이 전도된 기세로 연회 준비에 몰두하고 있었다.

"……저건 일종의 가풍일까? 해맑기 짝이 없군."

시끄럽고 사람 많은 게 질색인 시그리드다. 성의 본관 정문밖으로 나서려다 이미 개시하여 왁자지껄한 연회의 광경을 보자마자 슬쩍, 돌기둥 뒤로 숨으며 멈춰선 그가 냉소와 함께 내뱉은 말이었다. 따르던 발프리드는 저녁 공기에 배어든 음식 냄새에 아낌없이 퍼부어진 향신료들을 눈치채고 약간 감탄한 표정을 짓다가 그만 시그리드의 싸늘한 눈길을 받고 만다.

시그리드의 지적처럼, 라핀다시르의 예방단 사람들은 지금 뉘른스에크에서 대치 중인 국면이 마치 남의 나라 일인 양 그저 왁자지껄하게 떠들며 분주하게 잔치 요리를 내는 데만 집중하고 있었다. 성안에 남아있던 종사들과 군무관 그리젤의 용병들도 눈에 띄는 족족 끌고 와서는 어쩔 줄 모르는 불쌍한 그들에게 술과 고기를 강요하여 기어코 만취하게 만든다. 그리젤의 군율이 엄하긴 했어도 눈앞의 성찬과 더불어 이 손님들의 높은 지위는 병사들로 하여금 거절할 구실을 찾지 못하게 만들었다. 언뜻 보기에는 이러한 무분별함이 경우 없이 여겨질 수도 있겠으나, 바로 그것이 제국 최대의 영지 라핀다시르만이 갖는 일종의 유유자적함이라 할 수 있었다. 사십 년 전의 내전 이후 중앙 정치와 완전히 분리되어, 황실에 세금을 보내는 최소한의 의리 외에는 그 어떤 상호간섭도 불허하는 그들. 이것이 그 휘하의 속령들을 모두 더해 아우스뉘르 전 영토의 오 분지 일을 차지하며 아울러 백룡 아이비레인과 언약한 그들의 위상이라 하겠다. 그러니 따지고 보면 로릭스데가 체류 중 내내 보여준 정중함이 오히려 꽤 이상한 것이나, 그것은 상당 부분 케틸과 에인달케의 존재 덕에 가능한 일이었으리라.

"……정말 모두 저기 함께 계신단 말이야? 백작 부인께서도?"

"그렇습니다, 스승님."

시그리드는 한숨을 내쉬더니 영 내키지 않는다는 걸음걸이로 안뜰의 연회장을 향했다. 발프리드가 잰걸음으로 따라잡아야 할 만큼 평소 보폭과 보속에 자비를 두지 않는 그다. 시그리드가 나타나자, 또다시 먹잇감을 찾았다는 듯 얼큰한 상태의 라핀다시르 하인들과 기사들이 쳐다보았지만 그의 얼굴에 깃든 냉혹함 앞에서 모두 쥐 떼처럼 흩어지고 말았다. 하지만 기어이, 그만큼의 눈치조차 술과 함께 넘겨버린 인사가 시그리드의 면전에 등장하고야 말았다.

"아아, 피어클리벤에 축복이 있으라! 한잔 받으시지요, 유세트 경!"

"영지에 하나뿐인 마법고문에게 술을 권하시다니요, 라핀다시르는 방문한 집주인의 검을 녹슬게 하려 합니까?"

무관인 듯한 그 사내는 입을 딱 벌린다. 그 바람에 좌중의 분위기가 찬물 끼얹은 듯 싸해졌고, 모두와 어울려 술을 마시던 피어클리벤 소속의 병사들 몇이 슬금슬금 일어나는 게 보였다.

하지만 그때, 안뜰 한쪽에 쳐 있던 천막 입구가 확 젖혀졌다. 그리고 군무관 그리젤이 지팡이를 짚으며 모습을 드러내었다. 그리젤은 어색해진 분위기를 둘러보더니 소리쳤다.

"상관없다! 마실 놈은 마셔! 유세트 경, 옳은 말씀들은 취하지 않은 귀에 대고 해야 하셔야 하지 않겠소? 안으로 드시지요!"

"……내가 늙으면 저렇게 될 것 같다고 생각해본 적 없느냐?"

호쾌하게 안으로 들라는 손짓을 하고 들어가 버린 그리젤의 사라진 그림자를 향하며, 시그리드는 뒤따르던 발프리드에게 물었다. 순간 어린 제자는 자신이 무슨 잘못을 해서 이런 암담한 벌을 받는지 고민한다. 어찌 대답해도 본전도 못 건질 질문이 아닌가?

"그……, 외람됩니다만 스승님. 저는 조금 다르실 것 같습니다."

맹렬하게 눈을 굴리며 발프리드는 대답할만한 말을 찾는다.

"어째서지?"

여전히 냉랭하게 묻는 시그리드다. 발프리드는 침을 꼴깍 삼키며 대답하였다.

"저……, 그……, 나귀를 빙의물로 쓰고 계시니까요……? 말년에 그 부작용이 있으실 테니, 그리 호락호락하게는……."

"뭐가 어째?"

갑자기 멈춰선 시그리드가 발프리드를 돌아보며 이렇게 묻는다. 소년은 기겁하여 그 자리에 얼어붙었으나, 다음 순간 놀랍게도 시그리드는 웃음을 터트렸다. 그러니까, 이것은 그가 피어클리벤의 마법 고문이 된 이래 처음으로 폭소한 일이 되겠다. 물론 일전에 유슬리스에 빙의한 상태로 아우케트의 앞에서 웃어본 적이 있긴 했지만, 뭐 그건 나거였으니까.

발프리드는 얼빠진 표정이 되고 말았고, 그것은 그로 인해 싸늘해진 분위기에서 주섬주섬 회복되던 연회장의 다른 모두도 마찬가지였다. 특히 그의 평소 성정을 익히 알고 있는 피어클리벤 측 사람들은 거의 눈이 튀어나올 만큼 놀라 그를 보았다.

"……잘 대답했다! 아주 조금은 보람이 있구나. 너는 어차피 저 자리에 들지 못할 테니 물러나 쉬고 있거라. 잘했어!"

시그리드는 손가락으로 눈가의 눈물을 훔치며 여전히 어리둥절한 소년을 남겨두고 천막 안으로 들어섰다. 라핀다시르 예방단이 직접 가져와 설치한, 이 고급스럽기 짝이 없는 대형 천막은 그 외양만큼이나 성능도 좋은지 들어서자마자 훈기의 방패를 켠 것마냥 열기가 달려든다.

"이리 앉으시오."

그리젤이 이미 마련해둔 의자를 지팡이로 톡톡 건드리며 권했다. 시그리드는 모두와 눈을 한 번씩 마주치며 잠자코 그 자리에 앉았다. 피어클리벤 측 인사로는 아셰리드와 에이드리크,

그리젤, 기사 에길과 구드위르가 있었고 라핀다시르 측 인사로는 로릭스데와 케틸, 그리고 이 예방단을 이끌고 온 두 책임자가 있었다. 그 한 명은 이조엔 에바니르 경이라 소개된, 대단한 거구의 여성 기사였고 또 다른 한 명은 깡마른 중년의 남성 마법사로, 하즈바 에써 경이었다. 이미 앞서 소개를 듣긴 하였으나, 시그리드에 대한 예우로 다시 한번 그 둘은 자신들을 소개하였다.

"에써 경이시라고요? 그렇다면 여쭙지 않을 수 없겠군요."

이조엔의 비범한 외양은 오히려 그런가보다 넘긴 시그리드였지만, 이미 아까 처음 들었을 때부터 그의 성이 신경 쓰였던 시그리드는 이렇게 묻는다. 그러자 하즈바는 빙그레 웃으며 대답한다.

"알아주시는군요! 예, 경외와 기원의 학파 시조이신 밀프레아 에써의 까마득한 후손입니다. 아문세트 경으로부터 유세트 경에 대한 이야기를 방금까지 조금 들었습니다. 세상에, 이런 제자를 두셨다고 왜 제게 한마디 안 하셨습니까?"

그가 케틸을 향해 이렇게 묻자, 노인은 조금 곤혹스러운 표정을 지었다. 그러자 시그리드가 대신 대답한다.

"자랑할만한 게 없으니까요. 좋게 헤어진 사이도 아니고."

조금도 돌려 말하지 않는 시그리드의 언사에, 하즈바는 조금 얼빠진 표정이 되더니 갑자기 소리 내 웃기 시작했다.

"그래, 뉘른스에크의 정황은 어떠합니까?"

이미 가볍게 한잔한 것일까? 살짝 붉어진 얼굴에 조금의 피로도 같이 엿보이는 영주 대리, 아셰리드의 물음이었다. 케틸과 시그리드가 또 어떤 입씨름을 시작할까 싶어 얼른 끼어든 감이 있다. 시그리드는 대답하였다.

"우선은 좋은 소식을 전해드려야겠군요. 아룬드 도런님과 닐스그림 전하의 무사가 확인되었습니다. 현재 아우스뉘르의 진중에 계십니다."

시그리드는 언제나처럼 빠르고 명확하며, 일체의 군더더기 없는 그의 화법으로 그가 보고 들은 것들에 대해 말했다. 하지만 용의 갑작스러운 출현 때문에 내막을 알아볼 시간은 없었기에, 자세한 것은 그도 알지 못한다. 아셰리드는 빌러디저드가 뜬금없이 전장에 나타났다는 이야기를 듣고 눈을 크게 떴고, 그것은 이 자리의 다른 이들도 마찬가지였다.

"……아이비레인도 얌전히 집에 있다고는 말할 수 없으니까요. 용들이란 참 그렇군요."

로릭스데는 그렇게 변호인지 푸념인지 알 수 없는 소릴 했다. 그러자 케틸이 눈썹 한쪽을 추켜세우며 말한다.

"아이비레인과는 궤가 다르지 않소? 빌러디저드는 어엿한 용이고, 운신에 아무런 장애가 없는 데다, 정치적으로도 훨씬 능동적이고 여파가 큰 존재요. 시그리드, 용이 어떤, 선언을 하더냐?"

"……했어요."

시그리드는 정말 말하기 싫다는 표정을 짓더니, 빌러디저드의 선언을 그대로 옮겼다. 전투의 금지. 뉘른스에크의 점유권 주장. 처녀와 공물, 체재비 납부의 통보까지. 순간 좌중 모두 얼이 빠져 멀거니 시그리드를 쳐다보았고, 갑자기 하즈바가 폭소를 터트렸다. 시그리드는 눈살을 찡그리며 그를 본다.

"아니! 아니! 피어클리벤은 참으로 웃기는 용을 두게 되었군요? 아이비레인에게도 그런 구석이 있었더라면 참 좋았을 것을……, 이거, 죄송합니다."

하즈바는 로릭스데마저 자신을 노려보자 재빨리 입을 다물었으나, 웃음을 참으려 입술을 깨문 표정만은 지우지 못했다. 그러자 곁에 앉아있던 이조옌이 도와주겠다는 듯 묵묵히 솥뚜껑 같은 손을 들어 그의 목덜미를 주물러주기 시작했고, 그는 곧 자신의 경추를 걱정하느라 여념이 없게 되었다.

"그리고 또 한 가지 문제가 있습니다. 울리케 아가씨 이야기예요."

시그리드는 흐리늅 진영에 파마의 결계가 쳐 있음을 말했다. 그 때문에 에파도 들어갈 수 없고, 울리케의 빙의에 문제가 발생했을 수 있다는 이야기였다. 안 그래도 오후부터 지금까지 울리케가 깨어나지 않는 것을 걱정하던 아셰리드다. 그를 비롯한, 피어클리벤 측 인사들의 얼굴이 창백해졌다.

"무슨 방법이 없나요……?"

아셰리드가 물었으나, 시그리드는 물론이고 케틸이나 하즈바도 선뜻 말을 꺼내지 못한다. 빙의 자체가 그리 쉽게 시도되는 마법도 아니거니와, 이러한 장거리 빙의를 해내는 것 자체가 시그리드의 천재성을 보여주는 것이다. 더구나 울리케처럼 그 스스로가 마법사가 아닌 경우의 장거리 빙의는 거의 이론 수준에서나 가능하다고 여겨지는 마법이었다. 이미 인간의 힘으로 논할 영역이 아닌 것이다.

"파마의 결계라니, 그럼 용 역시 적들의 진중에는 어떤 힘도 못 쓰는 게 아니오?"

갑자기 그리젤이 물은 바였다. 시그리드는 답한다.

"아마도요. 하지만 그게 아니라도, 어차피 용은 서리심과 힘을 겨루지 못합니다."

그러자 새로 온 라핀다시르 쪽 사람인 하즈바와 이조엔이 의아한 표정을 짓는다. 시그리드는 그들에게 겨울과 약속의 신 윤나에 얽힌, 그들만의 오랜 규칙을 설명하며 이렇게 덧붙였다.

"……하지만 아이비레인은, 류그라 드라우그르를 그 빙의물로 삼고 있는 만큼 이 규칙에서 벗어난다고 스스로 말했죠. 물론, 파마의 결계는 그로서도 어쩔 수 없겠지만요."

모두 잠시 조용해졌다. 시끌벅적 흥청대는 천막 밖과 달리 안은 제각각의 염려와 걱정, 고민들로 차분하다. 문득, 여태 조용하던 이조엔이 입을 열었다.

"그 두 포로에 관해 들었습니다. 저희에게 맡기라 하셨다면서요? 어찌 지내고 있습니까?"

그가 말하는 두 포로란 아우케트가 붙잡은 반란군 둘을 말한다. 아셰리드가 대답했다.

"구금해 두진 않았어요. 에파가 떠난 이후 공관에서 허드렛일을 하고 있습니다만, 한 명은 운신이 자유롭지 못하기에 다른 이의 도움이 필요합니다."

"그들이 따로 입을 연 것은 없습니까? 에파가 머물던 때에도요?"

이조엔은 물었다.

에파, 아이비레인이 사실상 반란의 후원자였음은 이미 로릭스데를 통해 예방단과 그들 본령에까지 알려진 이후였다. 당연히 모두가 큰 충격을 받았으나, 아이비레인의 호언장담대로 로릭스데의 아버지, 현 라펀다시르 공작은 그다지 괘념치 않았다. 더구나 이 반란은 백룡이나 에파의 주도로 이루어진 것도 아니며, 설령 그렇다 하더라도 용은 초법적인 존재였으니까. 단지 중요한 것은 여기서 저들이 가진 목적 자체라, 공작은 그리 판단했다.

"저는 주군께 명을 받았습니다. 그들이 정말로 용의 고아들이라면, 제가 좀 더 자세한 것을 물을 수 있을 겁니다. 그들과 만나게 해주시겠습니까?"

그들이 내내 입을 다물고 있다고 그리젤이 대답하자 이조엔이 다시 청하며 한 말이었다. 로릭스데가 눈을 동그랗게 뜨고 묻는다.

"에바니르 경? 무슨 재주로 그들 입을 열게 하겠다는 건가?"

"저도 같은 곳 출신이니까요."

이조옌은 다소 착잡하게 그리 말했다. 그러자 모두가 눈을 크게 뜨고 놀랐으나, 하즈바만이 이미 알고 있었다는 듯 어깨를 으쓱해 보인다.

"에파의 고아원 말인가……? 그대가 그곳 출신이었는가?"

기사 에길이 두 포로를 데리러 간 사이, 로릭스데가 물은 말이었다. 이조옌은 고개를 끄덕였다.

"예. 저를 서임해주신 분인 만큼 주군께서는 알고 계십니다……. 함구해주신 것도 주군의 배려이고요."

"그렇다면 경은 진작부터 그들에 관해 알고 있던 게 아닌가?"

로릭스데가 심각한 얼굴로 이렇게 물었으나, 이조옌은 고개를 저으며 답했다.

"아닙니다. 그들은 극도로 조심스럽게 같은 편을 늘렸습니다. 어떤 비밀스러운 결사체가 형성되고 있다는 것은 대충 눈치챌 수 있었지만, 그것이 무엇인지는 확실하게 그들 편이 되기 전까진 알 수 없죠."

"경에게도 물론 접근했겠군?"

"그렇습니다만, 저는 조기에 물리쳤습니다. 제 뜻은 언제나 한결같았기에."

이조옌은 담담하면서도 서글픈 표정으로 그렇게 대답했고, 로릭스데는 더 추궁하지 않았다. 잠시 뒤, 에길의 부름을 받은 두 사내가 조용히 천막 안으로 들어섰다. 둘 중 하나는 온전했으나, 다른 하나는 일전에 아우케트로부터 수족을 잃은바, 동료에게 부축되어 들어온 상태였다. 에길은 따라온 종사 데릭에게 의자를 두 개 놓게 하여 그들을 앉혔다. 그들은 조금 놀란 얼굴로 이 자리에 모인 모든 이들의 면면을 살폈고, 그러다 자신들을 묵묵히 바라보는 이조옌을 발견한다.

"······이조옌?"

시야프리테에 의해 오른손과 왼발만 구원받을 수 있었던 그 사내가 입을 열었다. 그러자 에길이 호통을 쳤다.

"에바니르 경이라 불러라!"

"괜찮습니다, 하우스케트 경."

손을 내밀어 양해를 구하는 이조옌의 표정은 지극히 서글퍼 보였다. 그러자 다시 그 사내는 한번 잘렸던 오른손을 들어 턱을 만지더니 말했다.

"······그렇군. 기어이 서임을 받았군. 그것도 라핀다시르에서 말이지? 훌륭해. 진심이야."

사내는 말했다. 그를 조용히 쳐다보던 이조옌은 모두에게 말했다.

"소로드와 저는 거의 같은 시기에 고아원 시절을 보냈어요. 그는 일찌감치 결사의 무리에 들었던 기억이 납니다. 하지만 곁의 친구는 잘 모르겠군요."

그러니까 오른손의 사내 이름이 소로드였다. 그리고 그 곁의 동료는 이조옌의 말이 끝나자 조용히, 자신의 이름을 넬핀이라

밝혔을 뿐 딱히 아무런 소개도 덧붙이지 않았다. 이조옌은 소로드에게 말했다.

"어머니께서 들르셨다 들었다. 아무런 말씀도 없으셨나?"

그러자 둘 모두 고개를 숙이고 침묵한다. 먼저 머리를 들고 말한 것은 소로드였다.

"……어떤 상황인지 이미 아주 잘 알고 있지. 대공께서는 어떤 조치를 취하셨지?"

곁에 선 에길은 그의 오만방자한 태도가 영 거슬리는지 또 뭐라 입을 떼려 했으나, 이조옌이 나서 손을 내밀며 재차 그의 입을 막는다. 그 꼴을 본 소로드는 피식 웃음을 흘리더니 말했다.

"불필요하게 울화를 돋울 생각은 없으니, 예를 갖추도록 하겠습니다."

개의치 않는 이조옌은 말했다.

"……주군께서는 아무런 조치도 취하지 않으셨다. 고아원에 대한 물음이라면 그렇다."

"……역적 패당의 산실이었는데도 말입니까?"

"지금 우리가 논할 문제던가?"

소로드는 잠시 이조옌을 쳐다보더니 말했다.

"……물어보십시오. 아는 선에서 무엇이든 대답하겠습니다. 어머니께서도 그리하라 말씀하셨으니까요."

그러자 이조옌은 그 자리의 모두를 쳐다보았다. 질문의 권리를 넘긴다는 의미였다. 모두는 존중의 의미로 아셰리드를 쳐다보았고, 그는 피로한 기색의 와중에서도 날카로운 표정으로 소로드에게 물었다.

"너희 패당의 목적이 무엇이냐?"

소로드는 마치 준비해두었던 말을 꺼내듯, 줄줄 이야기하기 시작했다.

"아우스뉘르 황실을 둘러싼 권신들의 유대를 약화하는 것입니다. 아울러 용의 부재를 세간에 드러내게 하고, 드레스바르프가를 위시한 권신들이 그간 어떤 거짓을 말해왔는지 알리는 것입니다."

"그건 사실상 제국을 전복하겠다고 말하는 것이나 같지 않은가?"

시그리드의 지적이었다. 소로드는 말한다.

"소인은 말단이라 높으신 분들의 의문에 충실히 맞설 만큼 알지는 못합니다. 저는 대체로 정탐과 연락책이었고 공작은 그다지 주특기가 아니었으니까요."

"파마의 화살에 관해 말해라."

이번에는 그리젤의 물음이었다. 소로드는 잠시 망설였지만 이내 순순히 입을 연다.

"그것은 적도로부터 사들여 제국 전역에 거의 유포가 끝났습니다. 각 자유도시의 암시장에서 주로 취급되었고, 이미 어지간한 부호들이나 귀족들은 만일을 대비한 무기로 구비해 두었을 것입니다. 특히, 저 북부의 흐리눌들에게 대량으로 넘어갔습니다."

"그 목적은 마법사들을 약화하려는 것인가?"

이것은 케틸의 질문이었다. 소로드는 고개를 끄덕였다.

"그렇습니다. 드레스바르프 가의 권력은 많은 부분 마법에서 비롯하니까요……. 하지만……, 그렇게 단순한 이유만은 아닙니다."

잠시 말을 끊은 소로드는 그 동료인 넬핀과 살짝 눈을 마주쳤고, 넬핀은 고개를 끄덕였다. 소로드는 결심한 듯 말했다.

"이제부터 제가 말씀드릴 이야기는, 기실 저희 말고는 제국의 누구도 모르는 이야기이며, 사실은 말할 필요도 없을지 모릅니다."

"그런데 왜 하려 하지?"

시그리드의 냉랭한 물음이었다. 소로드는 가볍게 씁쓸한 미소를 짓더니 말했다.

"……우리는 명백히 희망을 가지고 이 일을 하는 것입니다. 살육과 혼돈이 목표는 결코 아니지요. 용의 부재를 밝히려 했으나, 피어클리벤에 새로운 용이 나타난 이상 그건 그다지 의미 없게 되었습니다. 덕분에 우리의 행보엔 일제히 제동이 걸렸고, 모든 걸 처음부터 다시 점검해야 했습니다. 나와 여기 넬핀, 그리고……, 죽은 친구가 이실바프 예방단에 잠입해 피어클리벤으로 온 것은 우리가 운신할 여지를 알아보기 위해서였습니다. 결코 위해를 가하려는 생각은 없었습니다. 여러분은 양쪽 모두 용들의 편인 만큼, 이 비밀을 아는 게 좋으리란 생각이 들었습니다."

"말해라. 어떤 비밀이지?"

아셰리드의 독촉이었다. 소로드는 작게 한숨을 내쉬고 입을 연다.

"우리의 최종목적은, 필연적으로 드레스바르프 가가 추진하는 체제에 반동합니다. 그는 기존의 토호세력으로 구성된 귀족 체계가 아닌, 마법사의 혈통이면서 동시에 체계적이고 가전(家傳)적인 마법 교육의 계승이 가능한, 그러니까 오롯이 마법 귀족만의 제국을 생각하고 있습니다."

그러자 그 자리의 세 마법사, 케틸과 시그리드, 하즈바는 눈을 휘둥그렇게 떴다. 셋 중 먼저 입을 연 것은 하즈바였다.

"아니 무슨 허튼소리야! 에다의 도리는 깨우치는 것이지 계승되는 것이 아닌데? 발리위그 이 자가 무슨 생각을 하는 거람?"

"그 계승이 안 되는 것을 계승하게 만들겠다는 것이 드레스바르프의 세대를 걸친 의지였고, 그는 결국 모종의 방책에 도달했습니다. 어떤 것인지는 모르나, 류그네릭과 깊은 연관이 있다는 것만은 압니다."

그러자 세 마법사는 동시에 신음성을 흘렸다. 시그리드는 짜증이 가득한 얼굴로 아랫입술을 씹기 시작했고, 케틸은 이마를 짚은 채 미간을 온통 찌푸리고 있었다. 하즈바는 숫제 손톱을 물어뜯는다.

"……그래, 세 분 중 누가 설명해 주시겠소?"

그리젤의 차분하지만 톡 쏘는 추궁이다. 이에 마법사들은 서로 시선을 교환하였다. 시그리드가 입을 뗀다.

"정말로 후작가가 마법사를 인위적으로 계승할 방법을 찾아냈다면……, 그래요. 그 자체만으로 이미 충분히 전복적이군요. 지금도 그 스스로가 마법사인 영주를 가진 영지는 발전의 속도가 남달라요. 발라-라싸의 탈속(脫俗)적인 풍조가 오랜 세월 그걸 제어해오긴 했지만……, 지금 생각해보니 황실의 용이 사라진 시기부터 부쩍 흐름이 변했던 거라는 느낌이 듭니다. 결론적으로 말해 그렇게 되면 모든 귀족은 곧 마법사가 되겠죠. 체제는 좀 더 극단적으로 공고해지고, 양극적이 되겠고요. 실제로 지배층인 초인과 피지배층인 비초인으로 나뉘는 것이니까요……."

"그렇습니다."

소로드가 말했다. 시그리드는 그를 휙 노려보며 묻는다.

"이게 비밀이란 말인가? 확실히 우려스러운 내용이지만, 그래서 반역을 도모했다는 거야?"

"아닙니다. 비밀은 따로 있습니다."

소로드는 잠시 머리 위를 올려다보며 말을 멈추었다. 그가 나지막이 말한다.

"이 사실은 어머니께도 고하지 않았습니다. 그분은 저희와 뜻을 같이하시지는 않으니까요. 더구나, 이 사실이 그분이 추구하시는 길에 누가 될까 염려하기도 했고요."

"뜸 들이지 말고 말해라! 무엇이지?"

소로드는 시그리드와 다른 두 마법사를 차례로 보며 말했다.

"세 분은, 마력의 기원이 어디 있는지 아십니까?"

그러자 그 자리의 모두는 어처구니없다는 듯 소로드를 보았다. 그도 그럴 것이, 소로드의 말투는 순수한 질문이 아니라 그걸 알고 있기는 하냐는 투에 가까웠으므로. 케틸과 하즈바를 서로를 쳐다보았으나, 시그리드만이 묘한 표정으로 소로드를 보고 있었다. 다른 누군가 입을 열기 전, 그가 말했다.

"왠지 그 질문 자체가 중요할 것 같지는 않군. 하고자 하는 말이 뭐지?"

"우리는 파마의 화살을 다루는 와중에 데아람의 아들들로부터 많은 것을 들었습니다. 그 이야기들을 종합하고, 또 우리 나름대로 오랜 시간에 걸쳐 검증하는 작업을 해냈지요. 결론은, 모든 마법력의 기원은 이 세계, 이 대지 자체이며, 그것이 절대적으로 유한하다는 것입니다."

"유한하다고?"

하즈바가 나직하게 물었다. 소로드는 고개를 끄덕이며 말했다.

"그렇습니다. 마치 광맥처럼, 그것은 언젠가 결국 고갈되는 힘입니다. 데아람의 아들들은 독자적인 계산법을 갖고 있더군요. 그리고 완전한 고갈은 생각보다 머지않았습니다. 그날이 오면, 제국인은 물론이고 용들조차 마법을 사용할 수 없으리라,

우리는 그렇게 예상합니다. 그래서 우리는 대륙 전체에 파마의 말뚝을 박고자 하는 겁니다."

"……뭐? 아니, 도대체 이자가 무슨 허튼소리를!"

하즈바가 어이없다는 듯 냉소를 흘리며 고개를 돌렸으나, 시그리드가 신중한 얼굴로 생각에 잠긴 것을 보자 되려 충격받고 말았다. 케틸은 아무 말도 없이 그런 시그리드를 쳐다본다. 하즈바가 망연히 물었다.

"……두 분은 무슨 짚이는 데라도 있는 것입니까?"

"나는 있어요, 에써 경……. 우연히 최근에 눈치채게 된 것이지만……."

시그리드가 대답했다. 그러자 하즈바는 더 경악한 얼굴이 되어 물었다.

"눈치를 채요……? 아니, 그런 거로 알 수 있었으면 천년도 넘게……."

하지만 시그리드는 이미 그의 말을 들어줄 생각이 없었다. 그는 하즈바를 무시하고 곧장 소로드에게 물었다.

"그렇게 해서 마법을 강제로 틀어막겠다? 실현 가능한 일이라고 보나?"

"해낼 겁니다. 마력이 고갈된 대지는 생명이 살 수 없는 땅이 됩니다. 이미 류그네라스가 끊임없이 우리에게 보여주고 있던 것입니다."

"말도 안 돼! 말도 안 된다고!"

하즈바가 버럭 소리쳤다. 케틸이 찌푸린 얼굴로 그를 제지하려 했으나, 그는 벌떡 일어나 말하기 시작했다.

"마력이 어디서 오는지조차 유파마다 설명이 다르다고요! 대지? 그 말이 맞다 치더라도……, 아니 그러면, 용들은 뭘 하고 있단 말이지? 아이비레인이야 그렇다 치고, 빌러디저드는 이런 이야기를 한 적 없습니까?"

"없어요, 에써 경. 좀 앉으시죠."

시그리드가 차분하게 쏘아보며 말했다. 그리고 좌중은 한동안 말이 없었다. 세 마법사가 모두 제각각의 표정으로 하도 심란하게 앉아있으니, 마법에 대해 가벼운 상식 이상의 지식이 없는 다른 이들은 그저 침묵할 따름이었다. 마침내 입을 연 것은 역시 시그리드였다.

"이걸 어떻게 확신하고 있지……? 그저 사막이나 구경하고, 적도 유목민들과 이야기하고 내린 결론은 아닐 테지."

"적도로 가보시죠."

소로드는 말했다. 시그리드가 눈을 치켜뜨자, 그는 말을 이었다.

"에다의 도리에 밝은 마법사가, 그들이 가진 책을 보면 압니다. 우리에게도 마법사는 있었으니까요. 물론 저 역시 마법사는 아닌 만큼, 지금 말씀드린 이 결론밖에는 알지 못합니다. 직접 알아보시지요."

노아크 피어클리벤은 한숨을 내쉬었다.

그 무참했던 새벽 기습의 날로부터 이제 스무날 가까이 흘러가고 있었다. 그가 머무는 이곳은 뉘른스에크 성으로부터 북동쪽으로 한나절이 걸리는, 어느 산 중턱의 요새였다. 레퀜트라했던가? 본래는 고블린들의 요새였으나 흐리뉼들이 밀고 내려오며 완전히 소탕해버린, 그래서 주인이 바뀌어버린 집이라 할수 있었다. 이곳에 그와 라프시르그 황자는 여태껏 포로로서 억류되었다.

"아침 식사입니다."

고블린들의 요새답게 문짝은 없다. 때문에 그저 보초 둘이 지키고 서 늘 뚫려있는 그 입구로 여성의 목소리가 들려왔다. 이제는 노아크의 귀에 제법 익숙한 목소리.

"이솔다."

"백작 각하."

바구니를 든 병사와 함께 들어선 그는 류그라였다. 이제 서른쯤 되었을까? 하지만 류그라에 대해 아는 게 그리 많지 않은 피어클리벤의 영주다. 확신할 수는 없는 부분이었다. 출병 전 울리케가 데려왔던 류그라들을 보긴 했지만, 경황 중이라 세세하게 알지는 못했다. 그가 생포되어 이곳까지 왔을 때 그를 맞이한 이들 중에 류그라들이 섞여 있다는 것은 꽤 놀라운 사실이었다. 하지만 의문이 풀리는 데는 며칠이 더 필요했다.

'처음 뵙습니다, 피어클리벤 백작. 미스미르드의 상서령, 앗

슈레드라 합니다.'

억류 닷새째쯤, 상서령이라는 생소한 직함을 들이대며 나타난 류그라 문관 앗슈레드와의 만남을 통해, 그제야 노아크는 그가 막연히 알던 북방 야만족 '흐리뉼'에 대한 사실들이 대부분 틀렸음을 알게 되었다. 그는 정중하면서도 결코 대화의 주도권을 잃지 않았고, 친절했지만 모든 걸 이야기하지는 않았다. 물론 노아크는 이미 그 충격적인 새벽 기습의 날에 이들이 결코 만만치 않은 힘과 조직력, 전술을 가진 적임을 뼈저리게 느꼈다. 수백 년간 든든했던 제국의 방패 뉘른스에크는 그토록 속절없이 무너졌기 때문이다.

"편찮은 데는 없으십니까? 특별히 드시고 싶으신 게 있다면 말씀해주시지요."

고블릭식 좌탁에 접시들을 놓고 상을 차린 뒤, 뜨거운 차를 따르며 이솔다가 말했다. 하루 세 번, 이렇게 그가 식사를 들고 나타나는 시간이 노아크에겐 유일한 대화 시간이었다. 음식을 들고 나르는 것은 호위 병사가 했지만 상을 차리거나 차를 따르는 것은 그가 손수 한다.

"고맙지만 없다……. 전황에 대해 알 수는 없나?"

노아크가 이렇게 묻자, 이솔다는 살짝 난처한 듯 미소를 짓는다.

"그건 제가 말씀드릴 수 있는 부분이 아니란 걸 아시지 않습니까?"

"……그렇겠지."

알고말고. 하지만 너무나 답답한 피어클리벤 백작이다. 그는 수저를 들며 다시 질문했다. 이건 다분히 습관적인 질문이었다.

"전하께서는?"

"강녕하십니다."

이솔다라는 이 류그라는 친절하고 깍듯했지만 필요 이상으로는 결코 말하지 않았다. 스무날 가까이 그가 그에게 들을 수 있었던 것들은 대부분 편의에 관한 화제였고, 이따금 어떻게 그들 류그라가 '미스미르드' 제국에 귀화했는가에 대한 이야기 정도였다. 뒤늦게 알고 보니 그는 상서령 앗슈레드의 조카였고, 놀랍게도 시녀 따위가 아니라 시랑(侍郞)이라는 관직을 가진 문관이었다. 이 역시 생소한 직함이라 노아크로서는 그의 정확한 임무와 위계를 짐작할 수 없었으나, 이 비닉초의 병사들이 그를 대하는 꼴을 볼 때 결코 낮은 지위는 아닌 것 같았다.

이곳에 온 이후 노아크는 황자와 전혀 말을 섞지 못했다. 산을 뚫어 만든 고블린 요새엔 곳곳에 방이 많았고, 아마 어딘가 분명히 있겠지만 안내 없이는 찾을 도리도 없다. 다만 그는 오후에 한하여 감시를 붙이고 동선과 시간이 엄격하게 지켜지는 산책을 할 수 있었다. 그리고 바로 그 시간에 먼발치에서나마 역시 산책하는 라프시르그 황자를 볼 수는 있었기에, 대화는 못 해도 그가 무사함을 매일 확인할 수 있었다.

'정말이지 이들은 철저하다.'

새벽 기습의 대패보다 노아크를 놀라게 한 것은 이후 이, '북방 야만족'들이 가진 체계와 문화 수준이었다. 그것은 마땅히 제국이라 자칭할 만한 격조가 있었다. 거기에 겨울과 마수를 다루는 서리심이 있다면, 현재의 아우스뉘르 제국이 과연 이들과 맞설 수 있을까? 아주 많은 수의 마법사나 용이 아니고서는 결코 불가능한 일이리라.

식사를 하던 노아크는 문득, 자신의 손목에 여태 채워진 북자단 팔찌를 내려다보았다. 어찌 된 일인지 그가 생포된 이후 이것을 통해 시그리드와 대화하는 것은 불가능했다. 왜일까? 그 난리통에 팔찌에 무슨 문제라도 생겼던 것일까? 아니면 시그리드에게 변고가 생긴 것일까? 그뿐 아니라, 빌러디저드 역시 그에게 어떤 말도 걸어오지 않는다. 그는 간절히 기도하듯 몇 번이나 자신의 마법 고문과 용을 마음속으로 소리쳐 불러보았으나, 여태껏 내내 묵묵부답인 것이다. 때문에 침착한 듯 가지런히 이 억류를 받아들이고 있는 노아크지만 그 속은 초의 심지처럼 새까맣게 타들어 가고 있었다. 피어클리벤에 대한 염려, 뒤에 두고 온 가신들과 오백여 병사들, 그리고 아룬드에 대한 걱정으로 편히 잠을 이룰 수가 없었다.

"안색이 안 좋으십니다."

마주 앉아 그의 식사를 지켜보며 차를 마시던 이솔다가 말했다. 노아크는 어쩔 수 없이 조금 분노가 치밀었지만, 내색하지 않으며 대답한다.

"……헤아려 주게."

"……그렇습니까."

그렇게만 대답한 이솔다는 가만히 노아크를 쳐다본다. 하지만 백작은 그 시선을 무시한 채 의무적으로 식사에 임했다. 이런 난 중에 건강이라도 잃으면 낭패다. 그는 기어코 살아남아 돌아가리라. 그런 의지가 있었다.

"백작 각하."

"말하게."

조금 퉁명스럽게 나와 버리고만 대답이다. 하필이면 뉘른스에크 변경백이 살해당하던 장면을 떠올리고 있던 까닭이었다. 주군은 정말 돌아가셨을까? 아셰리드는 이 소식을 들었을까? 그가 얼마나 슬퍼했을까?

"……간밤에 진중으로부터 전령이 왔습니다. 각하를 모셔가야 합니다."

노아크는 말없이 그를 본다. 이솔다는 표정 변화 없이 말을 이었다.

"피어클리벤의 사절이 도착했다고 합니다."

"사절?"

노아크는 미간을 구기며 묻지 않을 수 없다.

"예. 하지만 자세한 것은 도착하셔서 아셔야 합니다."

사절이라니? 누가 왔단 말일까. 설마하니 그 사이에 새로 영지군을 징집했을까? 피어클리벤의 가용병력을 한계까지 끌어

모아 봐야 채 삼천일 것이다. 오천까지도 가능하지만 그것은 영지의 미래를 포기하는 수준의 징집이 된다. 아우셀바프 예방단이 도착하기 전 피어클리벤을 뒤로했던 노아크인만큼, 까마귀 금고 용병단의 합류에 대해서도 모르니, 노아크가 생각할 수 있는 기사라고는 에길밖에 없다. 그러니 대체 사절단을 누가 이끌었단 말인가? 설마하니 유세트 경이 모험가들을 이끌고 직접 왔을까?

하지만 이솔다는 노아크의 이런 심란함을 잠재워줄 어떤 의향도 없는 것 같았다. 조금 안쓰러운 듯 쳐다보고는 있었으나, 그는 자신의 책무 아래에서 놀릴 혀의 범위를 정확히 알고 있다. 어차피 가면 알게 된다. 미리 알려줄 이유가 없었다.

"식사가 끝나시는 대로 출발하겠습니다."

"다 먹었다."

노아크는 기다렸다는 듯 수저를 딱 내려놓으며 말했다. 이솔다 역시 토 달지 않고 찻잔을 내려놓으며 답한다.

"알겠습니다."

그래도 그의 심정을 이해하기 때문일까? 이솔다는 신속하고 빠르게 출발준비를 지시했다. 그를 호위할 비닉초의 기병대들이 꾸려졌고, 노아크에게는 류그라들이 입는 두꺼운 모피 방한복이 제공되었다. 하지만 그를 다소 난처하게 한 것은 따로 있었다.

"사슴을……, 타는가?"

"여기엔 말이 없으니까요."

이솔다의 대답을 한 귀로 흘리며, 노아크는 자신의 앞에 제공된 이 승용물을 떨떠름한 얼굴로 올려다보았다. 거대한 뿔과 높은 체고를 가진, 말코손바닥사슴과 유사해 보이는 짐승이다. 이미 그들 미스미르드 인들이 말을 타지 않는다는 걸 알고는 있었지만, 이렇게 직접 탈 기회가 생길 줄은 미처 몰랐다.

"……탈 수 있을지 모르겠군."

"문제없을 것입니다. 제가 단단히 일러두었습니다."

뭘 일러두었다는 것인지 모르겠다. 하지만 노아크가 여기서 앓는 소리를 할 수는 없었다. 이윽고 그를 가운데 둔 한 무리의 기록대는 한때 고블린의 요새였던 초소를 떠나 남서쪽으로 달리기 시작했다. 시랑 이솔다의 말대로, 생전 처음 타보는 짐승이었지만 노아크는 큰 불편 없이 고삐를 다룰 수 있었다. 아니, 그는 거의 아무것도 할 필요가 없었다. 그를 태운 사슴은 그야말로 알아서 무리와 함께 움직였다.

"어떠셨습니까?"

반나절을 달린 뒤 잠시 쉬기 위해 멈추자 이솔다가 물어왔다. 말보다 느리지만 반나절이나 내리 달릴 수 있다는데 조금 기가 막혀 하고 있던 노아크는 안장에서 내려서며 대꾸했다.

"괜찮다. 그런데 시랑은 왜 따르는 것인가?"

그의 물음대로, 이솔다는 비닉초에 남지 않고 그를 따라 여기까지 달려온 것이다. 그의 질문이 뒤에 남은 황자를 염려하는 것임을 눈치챈 이솔다가 말했다.

"저의 책임하에 계시니까요. 전하에 대해서는 걱정 안 하셔도 됩니다."

"그런가……."

미스미르드 인들에게는 별 필요 없는 일이었지만, 이솔다는 병사들을 닦달해 불을 지피게 했다. 표를 내지 않으려 애쓰고 있었어도 그는 노아크보다 훨씬 추위에 질색이었던 모양이다. 그들이 머무는 장소는 레퀜트의 비닉초로부터 이어지는 산맥이 끝나는 지점이라 다소의 숲이 있었고, 그래서 장작을 마련하는 데 그리 어려움이 없었다. 그리하여 다소 급하게 지펴진 불의 온기를 받으며, 노아크는 이솔다와 함께 섰다. 침울한 그의 얼굴을 본 그가 말했다.

"이제 절반쯤 더 가면 됩니다."

"……알고 있다."

노아크는 별로 말을 섞고 싶지 않았다. 그에 대해서는 별다른 유감이 없었지만 뉘른스에크에 가까워지기 때문일까, 눌러두었던 악몽 같은 기억들이 떠오르는 까닭이었다. 다시금 변경백이 칼을 맞던 장면을 되새기게 된다. 그는 손으로 거칠어진 얼굴을 쓸어내렸다.

용이 나타나고, 언약을 할 때까지만 해도 그는 걱정보다 기대를 갖고 있었다. 아니, 그 끔찍한 새벽 기습의 순간에서도 그는 계속해서 용에 대한 기대를 놓지 않았다. 물론 용이 영지 밖의 일에 대해 아무런 도움을 주지 않겠다고 선언하긴 했지만, 절체절명의 순간에는 그래도 뭔가 도움을 주지 않을까, 그는 그런 희망을 갖고 있었다. 하지만 정말로 용은 빈말하지 않는 생물이었다. 아무 일도 일어나지 않았다. 아무런 도움도, 연락도 없다. 그는 한심함과 무력감, 그리고 분노를 느꼈다. 스벤과 아룬드, 종사들의 얼굴이 스쳐 갔다.

— 그들 대개가 무사하다.

노아크는 소스라치며 두세 발짝 비틀거렸다. 그 바람에 곁에 있던 이솔다가 깜짝 놀라 부축한다.

"괜찮으십니까?"

"……괜찮다. 아침을 역시 다 먹을 걸 그랬나 보군."

당황했지만 가까스로 침착함을 챙긴 노아크가 그렇게 의뭉을 떤다. 그는 느닷없이 머릿속을 강타한 이 음성의 주인이 누구인지 안다. 단지 무방비한 상태에 처음 겪는 일이라 익숙지 않았을 뿐.

'빌러디저드 님이십니까?'

— 그렇다.

원망이 담기지 않을 수 없다.

'……참으로 기다렸습니다.'

— 네가 머물던 진중에는 파마의 술수가 걸려있다. 그래서 여태 연통할 수 없었노라.

이건 마치 '비가 오길래 외출하지 않았다'식의 이야기였다. 노

176

아크는 조금 어이가 없었지만 지금 그걸 따질 경황은 아니다.

'제 생존은 아셨습니까?'

— 원화는 걸 수 없어도, 너의 가계와 나는 언약으로 묶여 있으며 이는 소위 신력의 작용이다. 따라서 파마의 결계 너머에서도 나는 너의 무사함을 알 수 있노라.

'아룬드는 무사합니까? 가신들은요?'

— 너의 장자는 무사하다. 다만 가신들의 안위는 나의 소관이 아니다.

노아크는 안도와 짜증을 동시에 느꼈다. 그가 눈을 돌리자, 다소 염려스러운 눈빛을 한 이솔다가 보였다. 이 판국에 아주 약간의 죄책감이 느껴진다.

— 노아크 피어클리벤, 내 언약의 상주(常主)여.

'……말씀하소서.'

묻고 싶은 것이 너무나 많았지만 노아크는 질문을 미룬다. 용은 머릿속에 울리는 분명한 목소리로 다음과 같이 말했다.

— 우리의 상호 합의에 의해, 이 언약을 파기하고자 청한다.

제 6장

새벽, 울리케 피어클리벤은 눈을 떴다.

그는 어둠 속에 물씬한 전날의 술 내음과 사내들의 퀴퀴한 땀내를 맡았다. 여태 그 속에 있었으니 참 새삼스러운 일이겠으나, 도래까마귀의 몸을 빌리고 있는 울리케는 기묘하고 뒤숭숭한 악몽을 꾼 듯 혼란스러워하는 와중에 그와 같은 감각의 환기를 체험했던 것이다. 널찍한 천막 안, 피어클리벤 선발대의 모두가 곤히 자는 가운데 죽어가는 화로의 숯만이 어둠 속 이리떼들의 눈처럼 빛났다.

'뭔가 잘못되었다.'

횃대 위에서 화들짝 놀라 잠을 깨고, 오감이 깨어나며 동시에 그가 생각한 바였다. 하지만 완전히 잠을 털어낼 때까지 울리케는 그 이유를 정확히 알 수가 없었다. *무슨 일이 있었지?* 선발대가 미스미르드 진중에 당도하고, 뉘르뉴와 아우케트가 뒤이어 도착했었다. *그리고 용이 나타났지.* 울리케는 망연히 어둠 속에서 까만 눈을 굴리며 어제의 일들을 떠올렸다. 그러고 보니 울리케가 그림니르에 빙의한 이후 온전히 수면을 취하고 일어나보는 것은 처음이었다. 이 낯선 느낌은 그래서일까? 하지만……

고개를 까닥이며 생각을 이어가던 울리케는 소스라쳤다.

울리케는 그림니르의 기억 모두를 가지고 있었다. 어렴풋한 새끼 때의 기억, 그를 오 년간 기르며 말을 가르치고 훈련해주었던 조련사 오그나르의 이름과 얼굴, 아우셸바프의 까마귀 금고 용병단에 팔려가던 기억, 그리고 첫 주인 크누드에 의해 거두어져 그와 함께 보낸 다시 삼 년의 기억이 모두 그에게 있었다. 울리케는 극도의 혼란을 느끼면서 명백히 인간보다 흐릿한 도래까마귀의 이성이 갈무리한 그 기억들을 순차적으로 복기하였다. 그간 수차례 빙의를 되풀이해오긴 했어도, 그림니르의 기억들은 울리케가 엿볼 수 있는 것이 결코 아니었다. 그렇지만 바로 지금, 그 모든 기억들이 홍수처럼 울리케에게 쏟아져 들어왔다. 그가 잠에서 깬 이유는 그것이었다.

어째서지? 그리고 이게 뭘 의미하는 거지?

전날 이 진중에 들어온 이후 울리케는 더 이상 용과 연락되지 않음을, 그리고 빙의가 풀리지 않음을 알았다. 당황스럽고 불안한 일이었으며 일순간 용에 대해 의혹도 느꼈지만 그가 느닷없이 나타나 뉘른스에크 성에 내려앉았기에 별일 없으리라 생각했다. 용이 내뱉은 말은 꽤 터무니없긴 했어도, 울리케는 어쩐지 그것이 정말 빌러디저드답다고 여겨졌으니까.

하지만 밤새 별다른 일은 없었다. 울리케가 여전히 도래까마귀의 몸 안에 갇혀있고, 지척이랄 수 있는 뉘른스에크 성의 용으로부터도 어떤 연락이 없다. 모두가 잠든 이 새벽, 홀로 깨어나 어둠 속 횃대 위에 웅크린 까마귀는 새삼 잊으려 하던 불안감과 의혹을 어쩔 수 없이 떠올린다. 이제 선명한 그림니르의 기억은 완전하게 그의 것이었다. 울리케는 침침한 천막 안의 어둠 속에서 잠든 크누드의 얼굴을 찾았다. 그림니르의 주인으로서 함께한 지난 내리 세 해의 기억이 덧대어지자, 바로 어제까지 울리케가 기억하던 그의 얼굴은 완전히 다른 사람처럼 보였다.

숙면을 취하는지 평온하게 이완된 크누드의 얼굴, 어제까지의 그였다면 조금 밉살스럽다고 여겼을 게 분명하다. 하지만 울리케는 어둠 속에서 그의 얼굴을 확인하자마자 신뢰와 안도감부터 느끼는 스스로에게 당황했다.

이게 뭐야? 이건 반칙이야!

그뿐이 아니다. 지금은 피어클리벤의 군무관인 단장 그리젤, 그리고 부단장 구드위르는 물론이고 그 휘하 모든 단원들의 면면과 이름이 기억 속에 선명하다. 말로만 들었던, 아그니르가 드리츠에서 오우거들과 싸우던 장면까지 똑똑히 기억 속에서 내려다보인다. 아우셸바프에서 전령조이자 정찰조로 보낸 삼년의 기억 전부도. 본래는 결코 그의 것일 수 없는 기억들이.

울리케는 퍼덕거리며 횃대로부터 내려와 천막 바닥에 앉았다. 눅눅하고 어두운 천막 안에서 사내들의 코 고는 소리를 듣고 있자니 미칠 것 같았기 때문이다. 마치 닭처럼 종종걸음으로 천막 입구에 다가간 울리케는 이윽고 싸늘한 새벽 공기 속으로 뛰쳐나왔다. 그리고 아직 어두운 하늘의 선명한 별들을 보는 순간,

'날 수 있어.'

울리케는 그토록 꺼리던 비행이 이제 아무렇지도 않다는 것을 확신했다. 도래까마귀로 살아온 내리 여덟 해의 기억이 덧대어지자, 용의 뒷발에 쥐인 채 당했던 그 비행의 공포가 우습게 느껴지기만 했다. 이제 그는 더 이상 높은 곳과 창공을 두려워하지 않는다. 다음 순간 설명할 수 없는 충동에 사로잡혀, 울리케는 지면을 박차고 날아올랐다.

한동안 정말이지 아무 생각도 없었다. 마치 맑은 물이 보이길래 뛰어든 것과 같은 수준의 충동으로 저지른 일이다. 바로 어제까지만 하더라도 생각조차 해본 적 없는 고도까지 날아오른 울리케는 아래로 까마득한 미스미르드 진중과 그 서편으로 대치한 아우스뉘르 진중을 보았다. 본래의 자신이라면 이 아득한 높이에서 떨어질까 공포에 휩싸여야 마땅하건만, 날개 아래의 모든 풍경이 그저 땅 위에서 밤하늘을 올려다보는 것마냥 아무

렇지 않다. 아니, 군데군데 밝혀진 수많은 불빛이 숫제 귀엽기까지 하다. 울리케는 웅대한 발트부름 산의 정상과 자신의 눈높이가 같다는데 잠시 어이없어하다가 동녘 하늘이 밝아져 오는 것을 보았다. 시퍼렇게 얼어붙은 하늘은 조금만 두들겨도 얼음장처럼 깨질 것 같건만, 울리케는 무섭지도 춥지도 않았다. 심지어는 일종의 해방감마저 느껴지는 것이다.

울리케의 이성이 돌아온 것은 그가 뉘른스에크 성 쪽으로 방향을 튼 직후였다. 본래라면 아버지를 만나고, 또다시 여차저차한 절차와 말씨름들을 거쳐야만 가능했을 용과의 접촉이 지금당장 가능하다. 그래, 안 될 게 뭐가 있겠어?

"울리케 피어클리벤."

검은 용 빌러디저드는 정말로 뉘른스에크 성의 안뜰에 있었다. 도래까마귀가 퍼덕거리며 성벽 위에 내려앉자, 그때까지 바위처럼 가만히 있던 용이 움직이며 육성으로 그를 불렀다. 용의 전신에 끼어있던 서리가 반짝이며 떨어져 내린다. 실제로아무런 소리도 나지 않았건만, 울리케는 한순간 어쩐지 서리의노랫소리가 들린 듯하였다.

"빌러디저드 님."

둘은 한동안 서로를 말없이 쳐다보았다. 어째서일까? 까마귀의 눈에 비친 그의 모습이 조금 다르게 느껴진다. 울리케는 자신에게 일어난 일의 까닭을 묻고, 그가 갑자기 나타난 이유와더불어 어제 내지른 선언의 꿍꿍이를 묻고자 했다. 하지만 웬

지 쉽사리 부리가 떨어지지 않는다.

"높이 날더군."

용은 말했다. 그 목소리에 염려가 가득하다고 느끼며, 울리케는 답했다.

"그림니르의 기억이 모두 제 것이 되었습니다. 이유를 아십니까?"

용은 대답하지 않았다. 대신 그는 고개를 돌려 울리케의 너머, 미스미르드와 아우스뉘르 양 진영이 대치하는 설원을 내려다본다. 한동안 그렇게 있던 용이 말했다.

"너와 독대하는 자리는 그날 이후 처음이로군."

질문에 대한 답이 얼른 나오지 않아 조바심을 내고 있던 울리케였건만, 이렇게 생각지도 못한 말이 들려오자 그는 추궁할 말을 놓치고 말았다. 용이 말한 그 날이 언제인지 울리케는 모르지 않았다.

"……그때나 지금이나, 제가 위기에 처해 있다는 점은 같습니다."

이번에도 용은 대답하지 않았다. 대신 자주색 눈을 차분히 빛내며 그는 도래까마귀를 본다. 한동안 침묵하던 용이 마침내 말했다.

"네가 머물던 저들의 진영에는 파마의 술이 걸려있다. 네가 빙의로부터 풀려나지 못한 것은 그러한 까닭이다."

"저는 마법에 대해 모릅니다만, 보통 그런 경우라면 진지에 들어섰을 때 빙의가 풀려야 하는 게 아닙니까?"

울리케의 의문은 옳다. 용은 고개를 끄덕이며 말했다.

"물론이다. 하지만 나는 너와 그 작은 날짐승에게 유사시를 대비한 여러 술수들을 걸어두었다. 그리고 거기엔, 에다의 도리뿐 아니라 린트부름의 오래된, 소위 말하는 신력도 거들고 있다. 저들이 자신들의 진지를 파마의 결계로 보호하고 감추면서도 윤나의 무녀들이 그 힘을 쓸 수 있는 것은 신력이 그 술수로 파훼 되지 않기 때문이지. 내가 너와 대화하거나, 너에게 나의 눈을 빌려줄 수는 없었어도 너의 빙의가 고정되고, 아울러 내가 너의 무사함을 감지할 수 있었던 것은 그런 까닭이다."

울리케로서는 용의 이 이야기를 제대로 이해하기 힘들었다. 시그리드라면 좋은 설명을 해줄 수 있었을 텐데. 그는 그렇게 생각하며 물었다.

"그러면 지금처럼 진영을 벗어난 경우라면, 저는 다시 제 몸으로 돌아갈 수 있겠군요?"

"그건 아니다."

용이 하도 여상스럽게 대답했기 때문일까, 울리케는 잠시 동안 그의 말을 이해하지 못했다. 짧은 침묵 뒤에 울리케는 묻는다.

"……아니라고요?"

"지금, 너는 그 몸의 주인인 그림니르와 완전히 융합하였다. 그리고 네 본래 몸과는 더 이상 아무런 접점이 없다."

이게 무슨 개 같은 소리야? 울리케는 순간적으로 치미는 막

말을 속으로 삼켰다. 하지만 그의 독백을 들을 수 있는 빌러디
저드다. 아마도 분명히 들었으리라. 검은 용은 그럼에도 별다른
반응 없이 울리케를 쳐다보았다. 도래까마귀는 눈은 순간적으
로 용의 기색으로부터 약간의 침울함과 당혹감을 읽어내었다.
통찰력이 다시 작동하기 때문일까? 하지만 지금의 울리케에게
그런 것은 아무런 상관도 없었다. 그는 소리친다.

"그게 무슨 말씀이죠? 그럼 저는 어떻게 돌아가지요?"

"기술적으로 지금 네 몸은 죽었다."

용은 담담히 선고했다. 그의 말이 경악으로 눈을 부릅뜬 도래
까마귀를 향해 이어진다.

"다만 나의 대비책들로 인해 너의 본체는 일종의 가사상태에
들어갔다. 이제 너는 더 이상 마법적 빙의 상태가 아니라 너 스
스로가 그림니르이며, 그림니르가 너 자신이다. 네가 본래의 몸
으로 돌아갈 방법은……, 없다."

거짓말이다.

그 순간, 울리케는 용이 거짓말을 하고 있다는 사실을 꿰뚫어
보았다. 이제 확실하게 느껴지는, 돌아온 통찰의 눈이 제 기능
을 하는 것이다. 울리케는 이루 말할 수 없는 당혹과 충격으로
아연해지며, 전날 크누드와 나누었던 대화들을 떠올렸다. 용은
결코 거짓말을 할 수 없다고 철석같이 믿어왔던 그 모든 신뢰
가 무너져내린다. 방금 그는 분명 거짓말을 했다!

하지만 그와 동시에 새로운 의혹이 달려든다. 용은 울리케가

거짓을 간파할 수 있다는 사실을 분명히 알 텐데, 어째서 면전에서 거짓을 말하는 것일까? 그럴 거라면 이 통찰력을 거두어들이고서 하던가!

"왜냐면, 네게 알려주고 싶었기 때문이다."

울리케의 생각을 들을 수 있는 용은 말했다. 용은 울적한 목소리로 말을 이었다.

"그리고 알려주는 가장 좋은 방법은 직접 보여주는 것이지. 방금 네가 깨달은 대로 말이다."

"……이딴 걸 제가 왜 알아야 합니까?"

울리케는 방자하게 소리쳤다. 분명하게 노한 음성이었다.

"그래서요? 이게 다 무엇입니까? 저는 제 몸으로 돌아갈 수 있는 것입니까? 그간 제게 하신 말씀에 진실은 얼마나 있었습니까? 어젯밤에 천하를 향해 고하신 내용도 거짓이었습니까? 아니죠, 그게 진심이라면 더 이상하군요! 그렇다면 꼭 미친……."

울리케는 부리를 딱 다물고 울화를 삼켰다. 그 와중에도 순간적으로 생각이 번뜩였기 때문이다. 어제 용이 양 진영을 향해 외친 선언은 진심일 수가 없는 이야기였다. *왜 그걸 생각 못 했지?* 용은 진실만을 말한다. 세간에는 그렇게 알려져 있다. 때문에 빌러디저드의 선언은 틀림없이 양 진영의 수뇌에게 진지하게 받아들여졌으리라. 그래야만 효과가 있는 행위였으니까. 울리케는 짜증과 분노로 그 작은 몸을 할딱이는 와중에도 이런 생각들을 했다. 그리고 용은 그를 놓치지 않는다.

"나를 보거라 울리케."

분노에 사로잡혀 바닥을 향해있던 도래까마귀의 시선이 검은 용을 향한다. 성벽 위의 그와 빌러디저드의 눈높이는 같았다. 용은 말했다.

"너는 모르는 이야기일 것이다만, 이미르의 팔왕이 나를 가리켜 추방된 적생자라 부른 적이 있다. 그리고 그것은 어느 정도 사실이다. 우리는 인과의 도리에 따라 세상에 변인이 되지 않고자 결의한 생물들이다."

이어지는 빌러디저드의 말은 전날 밤 그가 아이비레인에게 들려주었던 이야기와 거의 같았다. 용들에게 있는 '인과의 눈'에 관한 설명이었다. 울리케는 그의 말 한마디 한마디에 거짓은 없는지 눈을 부릅뜨고 듣고 있으면서도, 그리고 자신이 처한 재난에 분노하고 있으면서도 그 내용이 가진 놀라움과 무게에 천진하게 감탄해버리고 말았다. 한순간 자신의 처지도 잊고 흥미로움에 눈을 빛내는 까마귀를 향해, 용의 말은 계속 이어졌다.

"……그러니 상상해 보거라. 삼라만상의 인과를 싫어도 예지하는, 한없이 중첩된 시간 속에서 살아가는 우리는 그래서 거짓을 말하는 데 무한한 용기가 필요하다. 아니, 우리는 애초에 무언가를 하기를 극도로 두려워하는 생물들이다."

그래 모든 행위의 여파를 알 수 있다면. 울리케는 생각했다.

그렇다면 도대체 무엇을 할 수 있을까? 빌러디저드의 말에 따르면 그 통찰이 상시적으로 발동하는 것은 아니라 했다. 그럼에도 세상에 큰 영향을 끼칠 어떤 행위라면 분명하게 알 수 있다고 했다. 울리케는 이 상상하기 어려운 이야기에 순간 정신이 아득해졌지만, 그가 처한 현실적 낭패는 머릿속 한편에서 계속 울리케를 채근한다. 까마귀는 어렵사리 부리를 열었다.

"……그럼 이 모든 걸 예상하셨습니까?"

"대체로는 그렇다. 정확히는 너와 처음 문답을 하던 그날에 나는 이미 알았다."

조금 기가 막혔다.

"이 미래를 보셨다는 것입니까?"

"보는 것이 아니라 아는 것이다."

"……그러면 이 다음은 어떻게 됩니까?"

"모른다."

울리케는 어이없는 눈길로 용을 보았다. 하지만 그는 진실을 말하고 있었다. 그는 도무지 이 용이 무슨 생각을 하는지 따라잡을 수가 없다. 용은 그런 울리케의 답답함을 헤아리듯 너그럽게 말했다.

"이해를 구하기는 너무나 힘든 이야기다. 때문에 우리가 세상을 보는 관점은 여타의 생물들과 완전히 다른 것이다. 모든 종말과 파국, 너희가 비극이라 부르는 것들도 우리에게는 마땅한 천변만화(千變萬化)의 일부가 된다."

"그런 오롯한 생물께서 도대체 저희와 언약한 이유가 무엇입니까? 이 모든 게 다 무슨 의미가 있습니까?"

울리케의 목소리엔 분명한 빈정거림이 묻어났다. 오로지 가족들과 가신들에 대한 염려로 여기까지 고생해왔다. 미래를 알 수 있다면 이보다 나은 흐름을 찾을 수 있지 않았을까? 용이 거짓을 말할 수 있다는 사실을 깨달았던 아까보다 울리케가 빌러디저드를 쳐다보는 지금 그의 눈엔 한결 의혹과 실망이 짙었다. 그 눈빛을 정면으로 받아내며, 용은 말했다.

"두 가지 이유가 있다."

"첫 번째는요?"

용은 잠시나마 새삼스럽게, 자신에게 따지듯 물어오는 그를 재미있다는 듯 쳐다보았다. 그 눈에 어떤 확신을 담으며, 빌러디저드는 말했다.

"나는 자유를 원한다. 인과의 눈을 버리기를 바란다. 나와 세상의 미래를 더 이상 알지 못하기를 바란다. 그리하여 거침없기를 바란다. 바로 너희가 그러하듯이."

울리케는 침묵했다. 용의 목소리에 깃든 분명한 열망을 읽었기 때문이다. 그와 동시에, 저토록 지극히 당연한 것을 누리고 있지 못하는 용들에 대해 생각했다. 어쩐지 이해할 것도 같으면서, 한편으로는 누가 누굴 동정하는지 헛웃음마저 나오고 만다. 울리케는 지금껏 빌러디저드가 그와 동등한 존재라고 생각해 본 적이 없었다. 하지만 처음으로 약간은 그런 생각이 들었다. 그런 속내를 역시 읽어내는 것일까, 용은 차분하게 말했다.

"인류의 역사에서, 이 이야기를 우리로부터 직접 듣는 것은 네가 두 번째이다. 그토록 결코 알려져 있지 않은 진실이지."

"……첫 번째는 역시 대제이신가요?"

"그렇다고 추측한다."

어쩌면. 울리케는 생각했다. *뉘르뉴에 관해 남긴 그 석비는 정말로 이러한 미래를 내다본 개국용 스미드레드와 대제의 안배가 맞았던 것일까.* 용은 말을 이었다.

"나는 거짓을 말할 수 있다. 오로지 그러한 린트부름의 자손만이 세상으로 나온다. 나와 너의 만남은 정말로 우연이었으나, 그 순간 필연이 되었지. 피어클리벤과의 언약은 언약 그 자체로서 중한 게 아니다. 그것은……."

하지만 지금 이 순간 울리케는 놀랍게도 용의 말을 한 귀로 흘리고 있었다. 그는 지금껏 빌러디저드가 했던 모든 말들을 최대한 반추하며 새로이 알게 된 두 가지 사실, 즉 용이 거짓말을 할 수 있다는 것과 미래를 알 수 있다는 사실을 결부시켜 생각해보고 있었던 것이다. 맹렬하게 고뇌하는 도래까마귀의 내심을 들여다보며, 용은 말했다.

"역시 그렇군."

"……뭐가요?"

울리케가 살짝 짜증 내며 묻는다.

"미래를 본다는 이야기에 집착하지 말거라. 그것이 어떻게 작용하는지 이해하기 힘들 것이다. 나는 결코 모든 미래를 알지 못하며, 실제로 내가 어떤 말을 하거나 행동하기 전에는 그 여파를 모른다. 내가 극도로 방어적이고 힘의 행사를 꺼린 이유가 그것이다. 나는 결코 전지전능하지 않다."

잠시 생각하던 도래까마귀는 묻는다.

"저지르고 난 뒤에야 실수였음을 깨달으신다는 거죠?"

순간 용은 조금 기특해하는 것 같았다. 적어도 울리케는 그렇게 느꼈다.

"……그러니 얼마나 불쾌한 굴레인지 알겠느냐? 너희의 시각에서 보면, 린트부름의 후손들이란 저 먼 고원에서 자기들끼리 모여 혹여 저지를지도 모르는 미지의 참사에 벌벌 떠는 겁쟁이들이다. 그러면서 아니라고 거짓을 말할 수도 없는 생물들이지."

울리케는 자기연민에 빠진 이 지상최강의 생물을 향해 묘한 눈을 던졌다. 다음 순간 뾰족한 그의 말이 튀어 나간다.

"그리고 두 번째 이유는요?"

용은 다시금, 이제 완연히 밝아진 성 아래 전장에 눈길을 주었고 도래까마귀도 그 시선을 따라 산 아래를 보게 된다. 또 한동안 말이 없으려나 싶어지는 찰나, 용은 묵직하게 말했다.

"너희의 세상을 구하고자 한다."

이게 무슨 뜬금없이 거창한 소리일까. 울리케는 심중의 미간을 찌푸리며 도래까마귀의 눈으로 그를 본다. 그러고는 뒤이어

이것이 진실이라는 점에 약간 당황하고 말았다. 울리케는 피로와 짜증이 뒤섞인 목소리로 말한다.

"……상대가 하는 모든 말의 진위를 알 수 있다는 것은 생각보다 피곤하고 재미없네요. 대화가 점점 무가치하게 느껴집니다."

"좋은 포착이다. 그 깨달음을 좀 더 확장하면, 인과의 눈이 우리에게 드리우는 염세의 그늘 또한 상상해볼 수 있을 것이다."

울리케는 순순히 생각에 잠겼다. 잠시 동안 그의 사고를 엿듣고 있던 용이 부연하듯 말했다.

"진위의 눈은 기실 많이 열화된 능력이다. 상대가 참이라 믿고 말하는 바의 진위까지는 구분하지 못하므로. 우리의 전래에 따르면 태초, 우리의 선조는 린트부름의 태궁(胎宮)에서 오로지 자문(自問)만으로 세상의 이치를 깨우쳤다. 그러니 그때에는 참과 거짓의 판별에 있어 명백한 신성이 개입했었다고 여겨지지."

흥미로운 이야기다. 까마귀가 고개를 까닥이며 여전히 침묵 속에서 생각하자, 용은 다시 말했다.

"의아하게 여긴 적 없느냐? 우리의 언약이 지켜지거나 깨어질 때, 그것을 논리적으로 판별하는 주체는 누구일까? 그것이 신의 증거라고 말하는 이들은 많다."

"빌러디저드 님은 그렇게 생각하시지 않는다는 말씀이군요."

"우리의 지난 대화에서 편의를 위해 내가 '신력'이라 일컬은 정체도 본래는 유형이 다른 마력일 뿐이다. 우리는 날 때부터 그 힘을 보고 이용하고 살아 숨 쉬는 데 있어 필수 불가결한 요소인 만큼 다른 관점들과 이해를 갖지. 나누기 좋아하는 이들은 신력과 마력, 그리고 마력 또한 류그네라스의 것과 인간의 것을 구분 짓는 등 번다하게 굴지만, 우리에게는 모두 세상을 움직이게 하는 통일된 힘의 변주들일 뿐이다."

울리케는 볼멘소리를 하고 만다.

"……저는 마법사가 아닙니다. 반도 이해하지 못하겠어요."

"이해해야 한다. 장차 너의 몸을 되찾으려면."

잊고 있었다. 울리케는 눌러두었던 감정을 퍼 올리며 날카롭게 물었다.

"어떻게요?"

"현재 너의 본체는 지금 그 육신, 그림니르이다. 너의 본래 몸은 잠들어 있고, 내가 마련해두었던 방책에 의해 연명하고 있다. 나는 이 일에 책임을 느끼고 있기 때문에 얼마든지 너를 도울 생각이지만 그것이 너의 종신토록 이어질 도움이라 자신하지는 못한다. 그러니 너 스스로가 파마의 술에 대한 이해를 해야 한다. 즉, 필연적으로 너는 마법에 대해 깊은 이해를 해야 한다."

"……제가요? 빌러디저드 님이 해주실 수 있는 건 없습니까?"

"나는 너를 다시 너의 본래 몸에 빙의시킬 수는 있다. 하지만 그건 단지 빙의이지."

이게 무슨 소리야. 울리케는 생각했다. 그러니까 도래까마귀가 된 현재가 나의 본체이고, 내가 내 몸에 나를 빙의한다고? 하도 어이없는 이야기라 개념이 쉽게 와 닿지가 않는다. 용은 다시 말했다.

"당분간은 어쩔 수 없다. 너는 그림니르로서 지내며 필요할 때마다 너의 몸에 빙의해야 한다. 네 본래 육신의 건강을 유지하기 위해서라도 주기적으로 해줄 필요가 있지."

그렇겠지. 울리케는 자신의 몸이 며칠씩 침대에 누워 영양실조와 욕창에 걸리도록 내버려둘 생각이 없다. 그 몸뚱이는 내 몸뚱이야!

"너의 자의로 네 몸에 빙의하는 것과, 그에 필요한 힘들을 내가 나누어줄 것이다. 그러니 겉보기에 너는 마치 마법사처럼 보일 수 있다. 하지만 너 스스로가 도리를 깨닫지 못하는 한, 이것은 그저 도구들에 불과하며 아울러 네 몸을 되찾지도 못한다. 너는 너 스스로 네 몸의 주인이 되기 위해 반드시 에다의 도리를 관통할 필요가 있다."

"……그게 가능할까요? 그걸 못해서 늙어 꼬부라진 마법사들에 대한 이야기를 아주 많이 들었는걸요? 저는 유세트 경이 아닙니다."

"시그리드 유세트는 용을 스승으로 두지는 못했지."

"……기뻐해야 합니까?"

"불평해야 맞다고 생각한다."

빌러디저드는 정말로 울리케에게 일어난 이 사태를 책임지려 하는 것으로 보였다. 울리케의 마음은 좀 누그러졌지만 솔직히 말해 그는 마법사가 되고 싶지 않았다. 아니 좀 더 정확히 말하자면 아예 생각조차 해보지 않았던 영역이라 감흥이 없다고 하는 편이 맞겠다.

"······이렇게 되리라 보셨나요? 제게 일어난 일이?"

"아니다."

용은 이런 질문을 받는 게 정말 피곤하다는 듯이 한숨을 내쉬었다. 빌러디저드의 자주색 눈동자가 천천히 굴려지며 도래까마귀의 작고 까만 눈에 맞춰 온다.

"이래서 이 진실이 비밀이었던 것이다. 내가 매사에 하는 모든 행동들이 어떤 미래를 안배한 포석이라 생각지는 말거라. 결코 모든 것을 볼 수도 없으며, 그에 따르는 자잘한 것들은 더더욱 그렇다. 우리는 오히려 우리가 목격하게 된 확정적 계시들에 이르기까지 이어질 수 있는 모든 인과의 파편들을 예상하고, 그것이 일으킬 수 있는 해악들을 경계하는 데 전력을 다하게 된다. 내가 너의 빙의에 대해 그토록 여러 장치들을 준비했고, 그것이 결과적으로 이러한 사태에 이른 것 모두가 조금도 예상치 못한 일들이다. 마땅히 비극이며, 피곤한 일이지."

용의 목소리는 담담했으나 울적했다. 이제 용이 가진 진의의 눈으로 그 사고방식의 일면을 공감하게 된 울리케는 약간이나마 용의 고뇌를 알 것 같았다. 거짓을 간파할 수 있고 미래를 볼 수 있다면, 도대체 그러한 삶이 어떤 의미를 가질까. 용들이 좀처럼 아무것도 하지 않고 세상에 나오지 않는 이유가 그것이라던 빌러디저드의 토로가 이해되는 순간이었다.

"……아까 세상을 구한다고 하신 말씀은 무슨 뜻입니까?"

울리케는 분위기를 전환할 겸, 묵혀두었던 질문을 던진다. 용은 기꺼이 입을 연다.

"마력의 유한성 문제이다. 이는 두 제국이 그 체제와 생존을 위해 대량의 마력에 의존하고 있다는 현 상황에 기인한다. 어떠한 개입이 없다면 앞으로 고작 수 세대 안에 대지의 용맥과 대기의 마기는 모두 마르고, 그럼으로써 생태의 균형은 붕괴할 것이다."

"마력이 유한하단 말씀입니까?"

"그렇다. 좀 더 정확히는 소모속도가 생산속도보다 빠르다. 소모는 인구 증가와 마법 기술발전에 비례하지. 하지만 생산속도는 통상 자연계에서 절대적으로 고정되어 있다."

"그러면 소모를 늦추는 방법밖에는 없겠군요?"

"그것이 파마의 술을 고안한 자들의 목표이다. 하지만 아까 말했듯, 그것은 신력으로 불리는 상위 마력의 흐름까지는 막지 못하며 그렇다 하더라도 장기적으로 올바른 방법이 될 수 없지. 마법을 틀어막는 것은 너희 세계의 발전을 무너뜨릴 것이며 통일전 제국의 시대로 되돌릴 것이다. 다시 마수들이 창궐하는 세상이 되고 각 영지들은 고립되겠지. 그에 더해 미스미르드 인들은 총력적으로 남하를 고려할 수밖에 없게 된다."

어려운 이야기다. 제국의 성립 이래 마법은 꾸준히 발달해왔고, 뉘른스에크나 피어클리벤 같은 변경에서는 몰라도 중앙에서는 마법이 꽤나 대중적으로 사용되는 기술이라 들었다. 아니 애초에 이 넓은 대륙에서 아우스뉘르 제국이 성립하고 그 행정력이 미치는 기반 자체가 마법사들의 존재로 이루어진다. 순순히 마법을 포기하든 강제로 틀어막히든, 어느 쪽이든 제국은 붕괴하리라. 울리케는 짧은 순간에 그것을 깨달았다.

"생각하신 대안이 있으십니까?"

"지금 이 자리엔 그 대안의 조각들을 가진 이들이 모두 한자리에 모여있다."

용의 시선이 다시 성벽 너머 전장을 향한다. 울리케 또한 뒤돌아보지 않을 수 없었다. 그 등 뒤로 용의 목소리가 들려왔다.

"하지만 서로의 패를 공유하지 않을 것이며, 각자의 이상이 뚜렷하고 그것만이 유일한 타개책이라 여기고 있다. 아우스뉘르는 강력하고 미스미르드는 절실하며, 양쪽 모두 류그라들과 깊게 관여되어 있지. 나는 내게 허락된 전가(傳家)의 패권(霸權)으로 이 싸움을 틀어막았으나, 이는 지극히 일시적인 방편이다."

"교섭이 되겠습니까……?"

"생각 중이다. 어려운 일이다."

용의 목소리에 한 번도 들어보지 못한 염려와 자신 없음이 느껴져 울리케는 조금 놀랐다. 다음 순간, 울리케는 조금 홀린 듯 내뱉었다.

"언약을 파기하는 게 가능할까요?"

용은 얻어맞은 듯 침묵했다. 그 침묵의 끝에, 울리케는 덧붙인다.

"상호 협의에 의한 파기 말입니다. 계약이란 그런 경우 아무런 해악 없이 무위로 돌릴 수 있지 않습니까?"

"……참으로 나를 놀라게 하는군. 계속 말해 보거라."

도래까마귀는 용을 쳐다보고 다시 전장을 내려다본다. 그의 말이 이어졌다.

"언약이 유지되는 한 빌러디저드 님은 피어클리벤과 떼어지지 않고, 다시 말해 제국과도 떼어지지 않습니다. 언약은 일종의 굴레이지 않습니까? 운신의 폭을 좁히기만 한다고 여겨집니다. 차제에 언약을 내려놓고 이 문제에 접근하실 수 없습니까?"

"그러면 피어클리벤 일가는 나의 가호를 받을 수 없게 된다."

울리케는 다시 뾰족한 목소리로 되받아쳤다.

"가호가 있기는 했나요? 제 꼴을 좀 보십시오!"

용은 아무 말도 하지 않았다. 아니 어쩌면 말문이 막힌 것일지도 모르겠다. 울리케는 약간 누그러뜨린 목소리로 재차 말했다.

"그리고 그런 것 없으면 못 도와주십니까? 본디 계약이란 애초에 서로를 믿지 못하니까 하는 것 아닙니까? 생각해보면 겨울과 약속의 신께서도 참 이상합니다. 약속의 신이라면서 불신의 증거에 그토록 연연하다니!"

"불경하군."

무신론을 믿는 용이 시무룩하게 말했다. 울리케는 대꾸한다.

"저는 그것도 생각할 수 있는 한 방편이라 말씀드리는 것입니다. 분명 처음엔 언약과 계약들로 시작된 관계이지만요. 그런 것들 없이도 아우케트와 뉘르뉴는 와주었어요. 린트부름의 올바른 적생자께서는 그들보다 신용이 없으신가요?"

"너무하는군."

울리케는 이 또한 용이 예상했을까 궁금했지만 묻지는 않았다. 그로서도 심히 즉흥적으로 꺼낸 이야기라 여기기 때문이다. 물론, 용과 언약한 이래 내내 생각해 왔던 머릿속 한편의 불만이 지금 이 순간 이런 형태로 터져 나온 것이기도 했다. 용은 말했다.

"상호 합의에 의해 언약을 무르는 것 자체는 문제없다. 다만 그 경우 정말로, 나는 앞서 말한 신력으로써 피어클리벤 일가에 대한 보호를 꾀하기 어려워진다. 정말 그럴만한 가치가 있는 일이겠느냐?"

"당장 하시라는 말씀은 아닙니다."

울리케는 조금 낮아진 목소리로 말을 받았다.

"아버님과 나머지 가족들의 안전을 우선 확보해야지요. 그 이후엔 언약이 파기되는 것도 일종의 패가 될 수 있으리라 여깁니다. 애초에 저희가 이 일에 휘말린 것도 황가의 봉신이기 때문입니다. 황권이 린트부름으로부터 비롯하지 않는 현재 황실은 주는 것 없이 가져가기만 하는 것이죠! 방위는커녕 가주와 장자를 볼모화하려 했고, 권신가는 뉘른스에크조차 포기하려는 모양새가 아닙니까?"

울리케의 목소리는 점점 격앙되어간다. 내내 쌓여왔던 것들이 북받쳐 오르고 만 것이다.

"저는 아우케트에게 확 독립해 버리라 권했습니다. 뉘르뉴가 있다면 못 할 것도 없겠지요! 고블린들이 영영 빌러디저드 님이나 피어클리벤, 혹은 뉘르뉴의 권속이어야 하겠습니까? 빌러디저드 님께서 언약의 굴레에서 벗어나시면, 저희 일가와 시우부름 고블린 모두 대응한 교섭 상대가 될 수 있지 않겠습니까?"

"……그걸 무엇으로 보증하겠느냐?"

"신의만으로 어렵습니까?"

"나는 거짓을 말할 수 있는 용이다."

"저는 거짓을 볼 줄 아는 까마귀입니다!"

"……그건 내가 준 능력이다."

"감사히 쓰고 있습니다."

빌러디저드는 혀 차는 소리를 내었다. 울리케는 말했다.

"언약은 반드시 양자조약이어야 합니까?"

검은 용의 눈빛이 번득인다. 허를 찔렸다.

"……그렇지는 않다."

"그러면 다자조약으로서 새로이 맺을 수 있지 않겠습니까? 모두에게 이 언약의 기회를 주는 것입니다. 아무도 무시할 것 같지 않습니다. 미친 듯이 달려들걸요? 어제 외치신 바와 같이, 뉘른스에크 영지를 볼모로 잡고 언약으로부터 자유로워진 린트부름의 적생자로서 임하시지요."

"……그건 반쯤 농담이다만."

"그냥 진심이라 하시지요."

"……그래서?"

"피어클리벤은 뉘른스에크에 봉속됩니다."

"나더러 너희의 군주가 되라는 말인가?"

"그편이 낫겠습니까?"

빌러디저드는 처음으로 당황한 듯 보였다. 울리케가 아는 이래 언제나 여유롭던 태도가 조금 무너져 있었다. 반면에 울리케는 서서히 본격화되기 시작하는 생각들을 열심히 굴리며 말을 이었다.

"뉘른스에크 백작 각하의 후계 문제가 있긴 하지만, 이토록 피해가 막심한 현재 법도를 따져가며 재건을 이루려면 막대한 시간이 소요되겠지요. 그러면 이 땅의 영민들만 고통받게 됩니다. 뉘른스에크와 피어클리벤은 혈연으로 이어져 있으니 어머니께서도 찬성하리라 생각합니다. 하지만 이런 문제들 때문에 언약의 파기를 말씀드린 것은 아닙니다. 저는 빌러디저드 님을 피어클리벤 일가의 자산으로 생각하고 싶지도 않습니다. 게다가 지금까지는 사실상, 자산은커녕 부채에 가깝지 않으신가요?"

검은 용은 목을 세우고 졸지에 자신을 빚더미라 부르는, 작고 용맹한 까마귀를 내려다보았다. 용은 침을 삼키듯 간신히 말했다.

"……부정할 수 없겠군."

"아버지가 곧 오실 테니, 이 이야기를 여쭙고 논의하고 싶습니다. 언약이 성공적으로 파기되면 린트부름의 전생자와 맺어질 다자조약에 언약자로서 참여하도록, 이 전장의 모두에게 촉구할 수 있겠지요. 그러면 앞서 말한 교섭의 기회를 가질 수 있다고 생각합니다."

검은 용은 한동안 말이 없었다. 맹랑하다는 감정을 갖기 이전에, 울리케가 제시한 해법은 일리가 있었다. 이것은 오히려 신의를 바탕으로 한 언약의 파기였다. 빌러디저드로서도 결코 생각해보지 못한 발상이었다. 그는 마침내 기꺼운 목소리로 이렇게 중얼거린다.

"도장 다음은 미끼인가……."

"부실채권이시지만요."

울리케의 응수였다.

"오백장."

숲흑늑대 칸의 위에 올라탄 채 발트부름 산어귀를 바라보고 있던 아우케트에게 누군가 등 뒤에서 말을 걸자, 아우케트는 돌아보기도 전 대답했다.

"아난가크."

아우케트의 부름대로, 그는 새벽녘 잠깐 눈을 붙이고 일어난 아난가크였다. 하지만 분명히 부족한 수면이었을 텐데도 피

로보다는 고양감이 어려있는 이 고블린 오십장의 표정을 향해,
아우케트는 덧붙여 물었다.

"다친 병사들은 어떻지."

"별것 아니다. 스친 정도지."

"신목의 가지를 쓸 수 없으니 안타깝군."

시우부름에서 여기까지 내달린 강행군과 그에 더해 이어진
접전은 어쩔 수 없이 약간의 부상자들을 남겼다. 시야프리테의
지팡이를 염두에 두었건만, 그것이 깨졌다는 소식은 적지 않게
충격적이었다. 더구나 흐리늉, 아니 자칭 미스미르드의 진영에
류그라가 섞여 있다는 사실도 아우케트에게는 놀라운 일이었다.

아우케트는 다시 발트부름 산 중턱의 뉘른스에크 성채를 바
라본다. 동녘의 아침 해를 받아 검은 성벽은 잿빛으로 물들어
온통 흰 설산의 장엄함에 파묻혀 있었다.

"무슨 생각을 하는가?"

아난가크가 물었다. 아우케트는 그를 쳐다보지 않고 침묵하
다 말했다.

"왕에 대해서."

그러자 아난가크는 조금 숨을 들이켰다. 퍼렇게 얼어붙은 공
기가 그의 기도 안으로 베일 듯 밀려들었다. 아난가크는 그걸
삼키며 말했다.

"오백장의 생각을 듣고 싶다."

아우케트는 대답 대신 그를 흘겨보았다. 아난가크의 표정에

얽힌 열망이 뻔뻔하도록 내다보이는 게 한숨이 나왔다. 오백장은 말했다.

"우리의 전통대로 오백장이 열, 다시 오천장이 열이 되면 자연히 되겠지."

아난가크가 어처구니없어하며 묻는다.

"……농담하는가 형제?"

"어째서 농담인가? 그것이 우리의 전통이다."

"하지만……."

아난가크가 무어라 반론하려 하자, 아우케트는 그의 말을 자르며 대답했다.

"그것이 아래로부터 위로 올라가는 우리의 방식이었잖은가? 우리가 비웃는 인간의 왕권과는 부여되는 정통성의 기반이 다른 것이다. 대사의 말에 따르면 아우스뉘르의 황권은 용의 지지에서 비롯되었다더군. 그리고 오는 길에 들은 바에 의하면 이 미스미르드 인들도 다르지 않다. 각각의 왕들은 그들의 땅을 수호하는 서리심의 지지로부터 왕권을 용인받는다고 했지. 그래서? 우리도 그래야 하는가? 어떤 강력한 초월자의 후견 없이는, 우리의 왕은 나타날 수 없는 것인가?"

아난가크는 대답하지 못했다. 일전 서리심 뉘르뉴가 아우케트를 왕으로 이끌어주겠다고 호언하던 장면이 떠올랐다. 그리고 모르긴 몰라도 대사 울리케를 통해 피어클리벤의 용과도 관계를 맺고 있는 아우케트이다. 만일 그가 마음만 먹는다면, 아주 약간의 이름을 빌려오는 것만으로 이 대륙 각지에 흩어진 고블린들을 한데 끌어모으기란 그리 어렵지 않은 일일 것이다. 그래 아주 약간의 이름, 아주 약간의 도움만으로.

"나는 싫다."

침묵하는 아난가크의 이러한 생각을 꿰뚫어 보듯, 아우케트는 잘라 말했다. 아난가크는 입을 살짝 벌리고 그의 오백장을 쳐다보았다. 아우케트는 다시 말했다.

"전통이란 어디까지나 형식적인 면에서 유연하게 받아들일 수 있는 것이다. 나는 뼛속까지 우리의 규칙이 가진 의미와 가치를 추종해 왔다. 용이나 서리심이 부여하는 지배자의 권력이란 결국 그것들이 없으면 와해 될 것이다."

"내 생각은 다르다, 오백장."

아난가크가 재빨리 말했다. 그의 말이 이어진다.

"이 땅을 장악한 인간들의 패권에 의해 우리는 숱한 세월을 구축되며 살아왔다. 그들은 용이나 서리심의 초월성에 기대 우리의 적이 되길 마다하지 않았다. 그렇다면 우리라고 해서 왜 취할 수 없는 방법이라는 말인가?"

"이 사달을 좀 봐라, 형제."

아우케트는 시선을 한 바퀴 돌려 양 진영의 사이, 간밤에 용이 일으킨 불길의 자리로 향했다. 녹아내린 눈이 참호처럼 가로질러 파인 그것은 밤새 단단히 얼어붙어 기병의 돌격을 저지하는 훌륭한 장애물로 변해 있었다.

"제국에 용이 없다고 알려지자마자 일어난 일이다. 나는 우리의 왕이 오로지 그 순수한 자신만의 용력과, 어떠한 외력에도 기대지 않은 형제들만의 총의로 일어난 자이기를 바란다."

아우케트가 말했다. 아난가크는 으르렁대듯 중얼거린다.

"그러면 그 왕이 쓰러진 뒤에는, 다시 천년 전의 전철을 밟겠지."

이번에는 아우케트가 대답하지 못했다. 그는 다시 시선을 뉘른스에크 성 쪽에 고정한 채 늑대의 등에서 허리를 똑바로 세웠다. 그때였다.

"아가씨?"

피어클리벤 선발대들이 쉬던 대형 천막 안에서 크누드가 걸어 나와 사방을 돌아보더니 이렇게 외치듯 물었다. 주위에서 보초를 서던 고블린 기수들의 주의가 그쪽으로 끌렸고, 아우케트와 아난가크도 마찬가지였다. 아우케트는 칸을 채근해 그쪽으로 다가갔다. 까치집이 생긴 머리카락을 누르려 손가락으로 연신 다듬던 크누드가 다가오는 그를 향해 눈을 크게 떴다.

"울리케 아가씨 못 보셨습니까, 오백장? 그러니까, 제 까마귀 말입니다."

"대사라면 아까 동틀녘에 뉘른스에크 성을 향해 날아갔다."

"……예?"

크누드가 깜짝 놀라 물었지만 아우케트는 별일 아니라는 듯 대답한다.

"발견했을 땐 이미 높이 날아오른 뒤라 수선 피우고 싶지 않아 부르지 않았다. 아마도 용에게 갔겠지. 걱정할 일이 아니라 판단했다."

"……높이 날았다고요?"

"아주 높이 날았다."

크누드는 믿지 못하겠다는 표정으로 아우케트를 멀거니 쳐다보았다. 하지만 아우케트가 거짓을 말할 리도 없고, 이게 어찌 된 일일까? 크누드는 울리케가 나는 것을 극도로 꺼림을 잘 알고 있었다. 아주 짧은 거리조차 닭마냥 걸어가길 고집하는 그가 아니던가. 머리카락을 누르던 크누드의 손은 어느새 긁적이는 모양새로 변해 머리 꼴을 더 험히 만들고 말았다. 크누드는 멋쩍어하며 물었다.

"서리심은요? 뉘르뉴 말입니다."

"여기 있다."

그들의 발밑에 난데없이 냉기가 깔리며 어디선가 나타난 뉘르뉴가 불쑥 끼어들었다. 주변의 늑대기수들은 그들의 숲흑늑대가 일순간 부르르 떨며 그를 향해 주목함을 느꼈다. 아우케트조차 약간 동요하는 칸의 목덜미를 달래며 불평하듯 서리심을 향해 말했다.

"어디 있던 것인가?"

"어디 있기는? 내내 여기 있었다. 형체만 흩어놓고 있었지."

"어째서?"

"나를 보기만 하면 엎드려 일어날 생각을 안 하는데 그럼 어딜 돌아다니란 말이야? 게다가 이 진지는 답답하고 눅눅한 기운으로 둘러싸여 있다. 뿐만 아니라……."

뉘르뉴는 불쾌한 듯 종알거리다가 불현듯 말을 흐렸다. 그러자 크누드가 조심스레 말을 건다.

"울리케 아가씨를 보셨습니까?"

"그 검은 녀석에게 갔지. 오백장의 말대로다. 무사하니 염려 말아라."

"그렇군요……."

크누드는 그제야 조금 안심한 듯 어깨를 늘어뜨렸다. 그를 조용히 쳐다보던 뉘르뉴가 아우케트에게 고개를 휙 돌리더니 말했다.

"아까 듣자니 시원찮은 소릴 하더군. 너희 왕의 권위를 부여하는 힘이 나나 용에게서 비롯되는 게 그리도 맘에 차지 않느냐? 세상의 모든 지배력이 한 조각도 안 되는 권위와 신성성을 획득하기 위해 얼마나 몸부림을 치는지 모르는가?"

"알고 있다."

아우케트는 담담히 말했다. 그의 말이 이어졌다.

"하지만 나는 우리의 주권이 그런 식으로 자리 잡길 바라지 않는다. 우리의 결투의식이 신성한 이유는 그것이 어떠한 초월적 권위에 기반한 것이 아니라, 우리 개개의 자기 결정권에서 비롯하기 때문이다. 나는 우리의 전통이 상징하는 이 신성성의 적

층을 허물어서는 안 된다고 생각한다. 우리의 주인이 우리가 되기 위해 어째서 우리가 아닌 초월적 힘에 기대야 한단 말인가?"

"오백장……."

아난가크는 답답한 듯 입을 열었으나 뭐라 반박할 말을 생각해내지 못하고 다시 입을 닫고 만다. 반면에 뉘르뉴는 약간 미간을 찌푸린 채 그의 말을 되새기고 있었고 자다 깬 지 얼마 안 된 크누드는 그야말로 얼음물을 뒤집어쓴 표정으로 입을 헤벌리고 늑대 위의 고블린을 보았다. 그가 말했다.

"오백장은 저를 너무 자주 놀라게 하는군요."

"편견이 여전하다는 고백을 칭찬처럼 하지 마라."

"죄송합니다."

크누드는 사과하고 말았다. 그러지 않을 방법이 없다. 아우케트는 재밌다는 듯 크누드를 내려다보더니 말했다.

"하지만 이러한 내 이야기는 현재와 같은 시국에서는 도리가 없는 생각이긴 하지. 용과 마법사들과 서리심이 마주 보는 이 국면에서, 나의 이런 의지는 위력에 의해 간단히 압살되고 말 것이다. 그런 인식은 있다."

"어제 그 싸움에서 느꼈을 것 아닌가?"

뉘르뉴가 묻자 아우케트는 살짝 즐겁다는 듯 말했다.

"물론이다. 무서울 정도의 쾌전이었다."

"아무튼 오백장의 말은 대충 알겠지만, 그 잘난 이야기조차 용이나 나를 타자화하는 것이야. 내가 언제 나의 신성에 기대라 했어? 단지 위력을 빌리라는 것이다. 까만 용이야 어떤 꿍꿍 이인가는 모르겠지만."

크누드는 눈을 껌벅이며 입을 다문 채 그들의 이야기를 따라 잡고 있었다. 뉘르뉴의 말투가 어딘지 아우케트를 닮아간다고 느끼자 설핏 웃음이 어리기까지 했다. 시야프리테가 들었다면 또다시 냅다 도망쳤을 것 같은 이야기들이다. 그러고 보니 시야프리테는 간밤에 무사히 상서령의 처소에서 보낸 것일까? 믿고 맡겼지만 아주 약간 염려가 치밀었다.

"우리의 대사가 오는군."

아우케트의 말이 모두의 의식을 환기시켰다. 뉘르뉴와 크누드는 고개를 들어 뉘른스에크 성을 등지고 날아오는 까만 점을 확인했다. 뉘르뉴는 아무도 모르게 살짝 그의 권능을 돌려 혹시라도 어떤 무도한 자가 까마귀에게 활을 쏘더라도 무사하도록 하였으나 아까 동틀녘에 느꼈던 약간의 저항감을 또다시 느끼고 살짝 콧방귀를 뀌었다. 소녀는 그것이 다름 아닌 용의 보호임을 아는 까닭이다. 하지만 그 힘은 미스미르드의 진영 경계 안으로 들어오는 순간 허물어지듯 흩어졌고, 거기서부터는 뉘르뉴의 신력만이 울리케를 맞이하였다.

그렇게 모두의 시선을 받으며 날아온 도래까마귀는 모두의 머리 위에서 한 바퀴 돌더니 안심한 듯 쳐다보는 크누드에게 내려앉았다. 크누드는 깜짝 놀라 반사적으로 팔을 뻗었고, 도래까마귀는 그 위에 내려앉은 직후 잠시 멍하게 모두를 살피더니 크누드를 향해 눈을 부라리며 소리쳤다.

"이게 무슨 짓이에요?"

"……뭐가요?"

"내가 왜 여기 앉았지?"

"……제게 물으십니까?"

숫제 파렴치범을 대하듯 날카로운 울리케의 목소리를 들으며 크누드는 억울하다는 듯 말했다. 그리고 실제로 그는 억울했으며, 이는 지켜보는 아우케트나 뉘르뉴 또한 같은 생각이었다. 아우케트가 말했다.

"네가 앉을 자리를 골랐다, 대사."

"……아니, 이건……!"

울리케는 끙끙거리며 말을 잇지 못했다. 날아와 크누드의 얼굴을 확인하자마자 정말 아무 생각 없이 본능적으로 그의 팔에 내려앉고 말았다. 창공을 날며 한껏 그림니르의 기억에 경도되어 있던 까닭이었을까? 그의 팔에 당연하다는 듯 내려앉은 직후에야 울리케는 정신이 들었던것이다. 하지만 이제 와서 앉을 자리를 바꿀 만큼 그가 싫으냐면 그건 또 아니다. 울리케는 뒤죽박죽이 된 기억과 감정에 짜증을 느꼈지만 상황은 이런 시답잖은 문제를 오래 반추하도록 허락하지 않는다.

"용을 만나고 오셨습니까?"

"그래요."

크누드의 질문에 선선히 대꾸하며, 울리케의 말이 이어졌다.

"아버지가 오시는 대로 우리는 모두 뉘른스에크 성으로 갈 거예요. 거기서 모두 합류하는 거죠. 오라버니와 황녀님도 저쪽 진영에 숨어있다더군요."

"숨어있다고요?"

"네. 그리고 브륀힐데와 에파도 그쪽으로 합류시킬 거예요."

"그게 간단히 되겠습니까?"

크누드가 걱정스레 묻자 울리케는 단언했다.

"용이 행차했잖아요? 이럴 때 써먹어야죠."

"확실히 용이 싸움을 금하였지."

아우케트가 말했다. 그러고는 뉘른스에크 성 쪽을 한번 쳐다보더니 우습다는 듯 말을 이었다.

"마치 내가 그러했듯, 용 또한 폭력으로 대화를 강요한 셈이지 않은가?"

"나도 그 생각을 했어."

울리케는 대답했다. 그의 말이 이어진다.

"하지만, 용이 합리적이며 공리를 추구하는 대화 상대라는 느낌은 아닌 편이 좋아. 불합리하며 여차하면 패악을 일삼을 마수라고 여겨지는 편이 나을지도 모른다는 말이야. 모든 것은 양측이 어떻게 나오느냐에 달려 있지."

"······아이슐리드."

모든 것을 예상하였다는 듯, 좁은 방에서 가죽깔개를 놓고 앉아있던 황자는 그렇게 입을 열었다. 입구를 지키던 미스미르드의 경비가 심상치 않은 사태를 감지하고 황자를 포박하려 들었으나 한순간에 황자에 의해 무기를 빼앗기고 목이 베인 채 방구석에 쓰러진 지 오래였다. 쥐죽은 듯 조용한 복도로부터 나타난 그는 그 주검을 쏘아보고 두꺼운 외투의 두건을 젖히며 대꾸했다.

　"전하."

　"설마 모두 제압이 끝났는가?"

　"그러길 바랍니까?"

　정중하나 냉랭한 그의 말투에 황자는 반갑다는 기색을 담아 냉소한다. 여전히 자리에 앉아 모포를 덮은 채, 황자는 일어날 생각도 없이 물었다.

　"왜 왔지?"

　아이슐리드는 조금 기가 찬다는 듯 묻는다.

　"……계속 포로 흉내를 낼 생각인가요?"

　"나쁘지 않지. 대응군이 움직였는가?"

　"그렇습니다."

　"통수권자의 이름을 들어볼까?"

　"발리워그 드레스비르프."

　황자의 미간이 살짝 좁혀졌으나, 여전히 담담하게 말한다.

　"역시 그렇군. 그렇다면 내가 계속 잡혀있는 게 더 낫지 않겠는가?"

"그를 애먹이는 게 전하의 안위보다 중합니까?"

"애를 먹을까? 나는 별로 상상이 되지 않는군. 그리고 나는
여기서 꽤 잘 지냈다."

아이슐리드는 아직 젊기만 한 이황자의 평온한 태도를 본다.
적들에게 잡혀 스무날 가까이 포로 생활 중이건만 그의 언행
어디에도 초조함이나 두려움은 없었다. 모든 정보를 차단당하
고 지내왔을 텐데도 이러한 황자의 태도는 아이슐리드의 마음
에 든다. 황자는 조용히 서 있는 아이슐리드에게 물었다.

"변경백의 죽음은 그대의 살수들이 한 일일까?"

그는 얼굴을 찌푸렸다. 아이슐리드의 시선이 잠시 황자의 등
뒤, 작은 채광창 너머의 하늘을 향했고 그 입이 내키지 않는다
는 듯 열렸다.

"결코 아닙니다……. 후, 인정하지요. 드레스바르프는 만만치
않은 자입니다."

"정말 그대가 지시한 일이 아닌가?"

황자는 다시 물었다. 아이슐리드는 그 시선에서 물러서지 않
으며 달래듯 대답했다.

"그는 변경의 충신이고, 향후 중앙귀족들을 향해 칼을 들 수
있는 여력을 가진 자니까. 잠재적인 우군을 앞뒤 없이 제거할
리가 없잖아요? 이미 전하와 오래전 협의했던 바입니다만."

"계획대로 되지 않은 일들이 이미 있지 않은가? 그대의 판단

에 의해 그럴 수도 있으리라 생각했다. 하지만 목격자들은 변경백의 죽음이 실록의 폐장에 의해 일어난 일이라 여길 것이다. 그리고 반박할 증거 따위는 없겠지. 후작이 입을 열지 않는 한."

아이슬리드는 대답하지 않았다. 황자의 말은 옳았다. 한동안 침묵하던 그가 입을 연다.

"……발리위그 드레스바르프는 꽤 오래전부터 우리의 존재를 눈치챈 모양이에요. 그 새벽에 결계의 마지막 조각을 맡던 동지들이 연락 두절 되었고 그 겁많은 상단주는 결국 배신했지요. 황녀 전하에게 내막을 알릴 수 없어 감금하듯 보호했는데, 거기까지 쳐들어오더군요."

황자의 눈썹이 조금 꿈틀거렸다. 그가 묻는다.

"닐스그림이? 무사한가?"

"무사해요. 하지만 지금 우리의 손에 있지는 않습니다. 꽤 능동적으로 움직이더군요."

"하그비르크 덕분만은 아니지. 원래 그런 아이다. ……하지만 더 이상 관여하지 마라."

"그러지요."

그제야 황자는 모포 속에 감추어둔, 병사로부터 빼앗은 검을 들고 자리에서 일어났다.

"푀어클리벤 백작은 아까 본진 쪽으로 호송되었다. 전황에 변화가 있는가?"

"용이 뉘른스에크 성에 나타났습니다. 점거를 선언하고 싸움을 금하더군요."

아이슐리드의 대답이었다. 라프시르그 황자는 눈을 동그랗게 뜨더니 이내 묘한 웃음을 띠며 말했다.

"거한 구경거리를 놓쳤군. 백작을 데려간 것은 그 때문인가. 그 판에 공식적으로 관여가 가능할까?"

"결계의 마지막 조각을 재시도할 것입니다."

아이슐리드의 대답이었다. 황자는 말없이 고개를 끄덕인다. 마침내 움직여야 할 시간이었다.

제 7장

피어클리벤 선발대와 아우케트의 고블린들은 함께 아침을
들기로 했다. 이 기묘한 연합에 대해 이미 경험이 있는 크누드
의 까마귀 금고단원들은 그다지 불편해하지 않았지만, 길핀과
그 순찰대원들은 어쩔 수 없이 꽤 당혹해하는 눈치였다. 하지
만 누구라도 적진 한가운데에서, 그들을 돕기 위해 나타난 고
블린들과 서리심을 끼고 식사를 하게 된다면 세세한 까다로움
따위는 곱게 접어 밀어두게 되는 법이다. 더구나 이곳은 이제
용이 내려다보는 안마당이다. 이 이상 별난 일이 일어난다고
하더라도 어쩔 수 없는 노릇이겠다. 야외에 화덕이 마련되고
수레로 싣고 왔던 솥들이 걸렸다. 고블린들 또한 이백여 병사
들이 각자 짊어지고 온 도구와 재료들을 꺼내 취사를 하기 시
작한다.

"미스미르드의 상서령이 천년 제주를 뵙습니다."

잠시 뒤, 식사 추진이 한창이던 그 와중에 앗슈레드는 시야프리테를 데리고 나타났다. 시야프리테는 간밤에 부족함 없이 잤는지 얼굴이 통통 부은 꼬락서니였고, 앗슈레드가 내어준 도톰한 방한외투를 뒤집어쓰고 있었다. 다른 미스미르드 인들의 시선을 꺼려 고블린 기수들과 숲흑늑대 사이에 숨듯이 있던 뉘르뉴가 나타났다.

"무슨 일이냐?"

"약소하나마 바치고자 가져왔습니다. 부디 물리지 마십시오."

앗슈레드는 정중한 태도로 들고 있던 작은 함을 내민다. 뉘르뉴만 봤다 하면 부복하느라 정신을 못 차리는 다른 미스미르드 인들에 비해, 태생이 류그라인 앗슈레드는 비록 극진히 예를 갖추긴 했어도 딱 거기까지였다. 그의 등장은 크누드와, 그리고 여태 그의 팔에서 벗어날 핑계를 찾지 못해 볼이 부어있던 울리케의 눈길을 끈다.

"그게 무엇인가, 상서령?"

"보시면 아오."

그러나 뉘르뉴는 손을 내밀지 않았다. 곁에서 부스스한 표정으로 왕눈곱을 떼고 있던 시야프리테가 앗슈레드로부터 대신 함을 받아들더니 냉큼 뚜껑을 개봉하며 뉘르뉴에게 들이대었다. 그 사이에 다가온 크누드와 울리케의 눈에 함 속의 내용물이 비쳤다.

"과자……? 맞습니까?"

크누드의 물음이었다. 앗슈레드는 살짝 웃음 짓듯이 답한다.

"그렇소. 미스미르드의 공물제과기법은 천년에 걸쳐 경이롭게 발달해왔지. 이런 걸 보신 바 있소?"

"대단하군요."

크누드는 솔직하게 감탄을 토했다. 그리고 그의 어깨에 올라타 있던 울리케는 함 속의 빛나는 사탕과 과자들을 홀린 듯이 쳐다보았다. 더는 빙의가 아니라 까마귀 자체가 되어버렸기 때문일까? 보석처럼 빛나는 색색의 과자들이 이루 말할 수 없이 울리케의 욕망을 자극한다. 반면 뉘르뉴는 별로 내키지 않는 얼굴로 말했다.

"나는 울리케의 과자로 충분하다. 너희의 공물은 받지 않겠다."

앗슈레드는 조금 난처한 얼굴을 하며 도움을 구하듯 울리케를 쳐다본다. 정신없이 사탕을 들여다보느라 한 박자 늦게 그 시선을 느낀 울리케가 미련 가득한 목소리로 뉘르뉴에게 말했다.

"아니, 왜? 그까짓 사탕 아니야? 그냥 받도록 해. ……나도 하나 주고."

마지막 문장은 모기만 한 목소리였다.

"나눠 먹이요!"

시야프리테가 외치며 냅다 함 안의 황금색 사탕 하나를 집어들자, 앗슈레드가 급히 손을 내밀며 막았다.

"잠깐, 해로운 건 아니지만 이 공물과자는······."

한발 늦었다. 사탕을 입안에 털어 넣은 시야프리테는 부어있던 눈을 부릅뜨더니 발끝에서부터 올라오는 전율에 진저리를 치며 부르르 떨었다. 어느새 주변으로 다가온 라그나와 랄로프, 길펀과 하슈펠, 그리고 그 너머의 아우케트와 아난가크도 이 작은 소동을 지켜보고 있었다.

"······시어······."

잠이 홀딱 달아난 얼굴로 눈물까지 비친 시야프리테가 말했다. 앗슈레드는 조금 지쳤다는 듯, 끊겼던 말을 이어서 대답한다.

"······공물과자는 겨울의 딸들을 위해 특별히 고안된 거다. 인간의 입에는 너무 달거나 시지. 특히 서피바리에게는 조금······."

시야프리테는 갖다버리라는 듯 크누드에게 함을 내밀었고, 크누드는 피식거리며 그것을 얌전히 받아들었다. 울리케는 까마귀의 눈에 깃든 탐욕을 털어내려 애쓰며 앗슈레드에게 말했다.

"아버님은 언제쯤 오시는가?"

"아, 지금쯤 출발했을 거요. 정오가 되기 전에 도착하겠지. 걱정하지 않으셔도 되오."

울리케는 한 박자 뜸을 들이고는 그에게 말했다.

"오시는 대로 모시고 우리는 모두 뉘른스에크 성으로 올라가겠다. 문제 있겠는가?"

그러자 앗슈레드는 씁쓸한 듯 허탈하게 웃었다. 잠시 뉘른스에크 성을 향해 혹시라도 용의 그림자가 보이지 않을까 눈길을 주던 그가 나긋하게 말했다.

"나는 애초에 피어클리벤과 그 언약한 용이 이 전쟁에 참전하지 않기를 요구했건만, 일이 이렇게 되니 어쩔 수 없구려. 천년 제주도 모자라 용까지 친히 왕림이라니, 이제 나로서는 모쪼록 피어클리벤이 이후에도 대화의 창구를 닫지 않길 바랄 따름이오."

"그것이 미스미르드의 통일된 입장이겠는가?"

울리케가 꼬집듯 말했다. 앗슈레드는 손가락을 턱 끝에 올리며 잠시 생각하더니 말했다.

"솔직히 그렇다고 말하긴 힘드오. 나는 가능한 한 조율을 맡고 있으며, 제법 억지력도 갖고 있지만 원칙적으로 왕들의 권한은 독립적이니까……. 특히 육왕은 작금의 이 상황이 몹시 마음에 안 들 것이오. 나는 그를 상대하는 데만 하더라도 내 역량을 전부 쏟아야만 하지. 솔직히 천년 제주께서 오시지 않았다면 그가 무슨 짓을 했을지 모르겠소."

그는 이렇게 말하며 뉘르뉴를 향해 물었다.

"제주님, 혹시 다른 자매님들과 접촉하셨습니까?"

"아니다. 어림잡아 어디쯤 있는지는 느껴지지만 모두 숨어 다가오지 않는다. 나 또한 딱히 다가갈 이유가 없……."

그때였다. 말을 채 마치지 않은 뉘르뉴가 흠칫하며 눈길을 돌리더니 미간을 찡그렸다. 진중의 건너편에서 스레이야가 군사들을 데리고 달리듯 급히 다가오는 게 보였다. 하지만 뉘르뉴의 시선이 머문 곳은 그들이 아니었다. 피어클리벤 선발대의 천막을 둘러싸고 있던 고블린 무리들의 바로 앞, 한 소녀가 서 있었던 것이다. 정갈한 흰색 예복을 입은 소녀의 머리카락은 뉘르뉴와 마찬가지로 희었으나 어깨를 간신히 덮을 정도의 길이라는 점이 달랐다.

"……이미르의 팔제주께서 오셨군요."

앗슈레드가 알아보고 나직이 말했다. 울리케가 묻는다.

"아힌달의?"

앗슈레드는 고개를 끄덕였다. 피어클리벤 선발대 모두와 고블린들은 이 새로운 서리심의 무녀에게서 눈을 떼지 않았다. 소녀는 뒤를 힐끔 돌아보며 달려오는 스레이야와 병사들에게 눈을 주더니 다시 고개를 돌리고 어깨를 긴장시켰다. 그러고는 천천히 걸음을 떼어 고블린들의 경계선 안으로 들어섰다.

"이미르의 어린 뿌리가 천년 제주를 뵙습니다."

뉘르뉴의 앞으로 다가온 소녀는 살짝 떨리는 음성으로, 그러나 꽤 낭랑히 말했다. 가까이서 본 소녀의 모습은 모든 면에서 뉘르뉴와 똑같았지만 눈동자의 색이 검푸른 빛이어서 구별되었다. 딱 봐도 인외의 존재인 듯 느껴지는 뉘르뉴의 분위기와 비교하자면 훨씬 더 인간다운 느낌에 가까웠다. 이 짧은 순간, 뉘르뉴는 상대방의 옷보다 자신의 옷이 더 근사하다고 생각하며 어깨를 세우고 새침하게 물었다.

"이미르?"

"소녀의 뿌리가 내린 땅의 국호이며 그 가호가 머무는 이들이 받드는 이름입니다."

미스미르드의 각 왕조는 그들 영토를 수호하는 서리심으로부터 왕권을 인정받는다. 이상의 사실을 이미 들어 알고 있던 크누드나 울리케는 소녀의 말을 알아들었지만 뉘르뉴는 그렇지 못했다. 약간의 불쾌함에 더해 어리둥절해 하는 뉘르뉴의 기색이 읽히자, 상서령 앗슈레드는 둘의 눈치를 보다 대신 소녀에게 물었다.

"팔제주께서 어찌 오셨습니까?"

"……아힌달이 무사한가 여쭙기 위해 왔다, 상서령."

이미르의 서리심은 걱정과 안타까움, 그리고 뉘르뉴에 대한 명백한 두려움을 감추지 못하며 이렇게 말했다. 열 살도 되어 보이지 않는 작은 소녀가 마치 자식을 걱정하는 어머니처럼 말하는 모양새였다.

"팔제주! 이미르 예하(猊下)!"

뒤늦게 달려온 스레이야가 외쳤다. 경계를 서던 고블린 창병들이 긴장하며 한발 나서자, 스레이야는 달고 온 병사들을 기다리라 말하고 홀로 들어섰다. 그는 다급히 이미르의 서리심 뒤에 부복하며 말했다.

"제가 먼저 청을 넣겠다 말씀드리지 않았습니까……!"

"주군을 모시지 못한 호위의 주제로 말이냐?"

이미르의 서리심은 뒤도 돌아보지 않고 쌀쌀맞게 말했다. 그리고 재빨리 뉘르뉴의 눈치를 살피더니 한숨 들이마시며 고개를 조아렸다. 소녀의 입이 열린다.

"제주께 청합니다. 모쪼록 이미르의 군왕을 돌려주소서."

"……나의 재량이 아니다."

뉘르뉴는 말했다. 그러자 이미르의 서리심은 눈을 동그랗게 뜨더니 이해하지 못하겠다는 표정을 지었다. 소녀의 눈이 좌중에 둘러선 사람들을 담으며 입이 열린다.

"이들이 천년 제주께서 깃든 뿌리의 신민들이 아니옵니까? 아니, 설령 그렇지 않다 하더라도 이 하늘과 땅 사이에 제주께서 지니신 권위를 능가하는 그 어떤 존재가 있다는 말씀입니까? 설마하니,"

말을 끊은 소녀는 뉘른스에크 성 쪽을 노려보며 싸늘한 어조로 말했다.

"저 검은 파약(破約)의 짐승이 그러하다는 말씀입니까?"

뉘르뉴는 말없이 소녀를 보았다. 자신과 같은 유래로 겨울의 무녀가 된 존재. 보자마자 반가움보다는 잊고 있던 안타까움이, 그리고 아득하고도 긴 고독이 떠올랐다. 소녀가 만물에 대해 가진 감정과 태도는 뉘르뉴 역시 한때 가졌던 것이었다. 아니, 불과 두어 달 전까지만 해도 그 역시 이 자매와 그리 다르지 않은 생각과 태도를 갖지 않았던가. 불현듯 숲의 권리를 두고 나누었던 말들과 느꼈던 감정들이 떠올라 뉘르뉴는 차갑게 히죽거렸다. 하지만 설명 대신 그는 크누드의 어깨 위 까마귀를 향해 물었다.

"울리케, 이들의 왕을 어쩔 셈이지?"

"며칠 안에 라핀다시르령의 병력과 피어클리벤의 새로운 차출 인력이 아힌달 전하를 데리고 여기로 올 것이야."

울리케는 말했다. 그러자 조용히 듣고 있던 앗슈레드가 물었다.

"교환 조건은 무엇이오? 성안의 병사들과 백작의 안전이 담보된 마당에 피어클리벤으로서 더 바라는 것이 있소?"

본래 그 외에 바랄 것은 아무것도 없다. 하지만 더 이상 가신과 가족들의 안전만을 논할 수 없다. 혈맹이자 복속된 도리로 피어클리벤은 뉘른스에크의 재건에 관여해야 하며, 황실과의 관계도 고려해야 한다. 시대는 움직인다. 더 이상 변경 영지의 책무와 권리에 안주할 수 없다. 그렇게 생각한 울리케는 순간 다음과 같이 선언했다. 모두가 조용한 가운데 도래까마귀의 말만이 선명하게 울려 퍼진다.

"이미르의 팔왕은 우리의 포로로서 억류된 것이 아닌, 자의로 망명을 요청한 것이며 그를 받아들여 피어클리벤과 그 언약한 용의 보호 아래 있다! 시니르의 육왕이 그 휘하의 병력으로 하여금 팔왕의 암살을 명령하였다는, 의심할만한 근거가 있다! 육왕의 죄를 드러나게 하고 벌을 결정하라, 이것이 그의 교환 조건이다!"

순간 정적이 떨어졌다. 상서령 앗슈레드는 올리케의 입에서 '망명'이라는 단어가 나온 순간부터 괴상한 표정으로 도래까마귀를 노려보았고, 크누드는 쓴웃음을 집어삼키느라 여념이 없다. 다음 순간 그들의 앞에 서 있던 이미르의 서리심으로부터 냉기가 뿜어져 나왔다. 소녀의 눈이 검푸르게 빛났고, 서리심은 소리 지른다.

"스레이야! 이 참담한 이야기가 사실인가!"

"……사실입니다. 하오나……!"

이미르의 서리심은 더 듣고 있지 않았다. 엄혹한 돌풍이 좌중을 후려갈겼고 그 바람에 죄없이 솥을 지키던 취사반들만 뚜껑을 붙잡고 법석을 피웠다. 하지만 다음 순간, 거짓말처럼 바람은 멈추었다.

"망동하지 마라."

뉘르뉴가 짜증 난다는 듯이 중얼거렸다. 이미르의 서리심은 당황하여 고요한 사위만 덧없이 두리번거렸고, 이어 뉘르뉴가 재차 입을 연다.

"힘으로 맞설 셈이냐? 그래서야 빌미만을 주게 될 것이다. 명분도 증거도 모두 이쪽에 있지 않느냐?"

순식간에 자신의 권능을 틀어 막아버린 뉘르뉴를 향해, 이미르의 서리심은 그저 묵묵히 수긍의 빛을 띤다. 그 아랫입술이 깨물린 게 보였다. 뉘르뉴는 그 인간다운 면면에 조금 서운함을 느끼며, 올리케를 향해 말했다.

"번거롭지만 후학을 위해 청한다. 다시 중재의 가지를 세울 시간이 아니겠느냐?"

어쩐지 즐기는 듯한 모양새였다. 순간 당황한 앗슈레드가 눈을 굴리더니 울리케에게 물었다.

"지금 제주께서 무슨 말씀을 하시는 거요? 아니, 그것보다……, 육왕 전하에 대한 심판을 하시겠다는 거요? 피어클리벤은 그럴 권한이 없소."

"물론이다, 상서령."

도래까마귀는 말했다. 울리케 역시 그가 말한 아힌달의 교환 조건이 터무니없다는 것을 잘 알고 있다. 이는 상대가 우호적이라 하더라도 명백한 내정간섭에 해당하리라. 하지만.

"피어클리벤은 그렇지. 그러나 뉘르뉴는 어떠한가? 이쯤에서 도대체 미스미르드가 그를 어떻게 여기고 취급하는지 분명히 해야 할 것이다."

앗슈레드는 곤혹스러운 표정을 지었다. 울리케는 일부러 '취급'이라는 단어를 고름으로써 좌중을 자극한 것이다. 이에 울컥한 스레이야가 머리를 들며 외쳤다.

"말을 가려 하라! 제주께서는 명백히 열하나의 제후와 성상의 경배를 받을 것이다!"

"허울뿐인 경배의 정도가 실질적인 권리의 상한을 결정하지는 않지."

울리케는 심드렁하게 말했다. 그러자 상서령 앗슈레드가 한숨을 내쉬며 조용히 말했다.

"행정관 좌하의 말씀이 옳소. 군사의 말은 어디까지나 현실을 무시한 것이고⋯⋯. 미스미르드의 모든 제주는 그 뿌리가 미치는 영토의 권역 전반에 대한 권리를 갖소. 다시 말해 신위(神威)를 가진 지주라 할 수 있지. 천년 제주께서는 비록 미스미르드의 역사상 전례가 없는 권위에 도달하셨으나, 본질적으로는 이역(異域)의 주인이시라는 점에서 문제가 있는 것이오."

그제야 울리케는 여태 경황이 없어 뉘르뉴와 맺어진 신목 안그라네스에 대해 물어보지 못했다는 것을 깨닫는다. 여럿의 눈과 귀가 있는 이곳에서 하기에 부적절한 화제임을 깨달은 울리케는 말했다.

"조식을 들고나서 오전 중 자리를 마련해도 되겠는가, 상서령? 뉘르뉴와 피어클리벤의 입장에 대해 정리한 후 보다 긴밀하게 이야기하고자 한다."

"⋯⋯알겠소."

앗슈레드는 길게 고민하지 않고 대답했다. 그러고는 이미르의 서리심과 그 뒤에 여전히 부복하고 있던 스레이야를 데리고 떠났다. 울리케는 크누드와 뉘르뉴, 그리고 아우케트와 시야프리테를 데리고 천막 안으로 들어갔다. 라그나와 랄로프는 입구의 바깥을 지키고 선다.

"서리심과 안그라네스에 대해 들었어."

울리케가 조심스럽게 입을 연다. 뉘르뉴가 제 입으로 말하지 않은 사실이었으니 결코 쉽게 다룰 수 없는 화제였다. 뉘르뉴는 그저 눈을 내리깔며 대답했다.

"그렇구나."

울리케는 아힌달에게서 들었던, 미스미르드 인들의 목적에 대해 이야기하기 시작했다. 뉘르뉴는 아무런 표정 변화 없이 묵묵하게 그 이야기들을 들었다. 이야기의 끝에, 울리케는 다음과 같이 말했다.

"아힌달의 말에 따르면, 너는 비록 다른 땅의 주인이지만 저들이 권위를 형성하는 규칙에 따라 마땅히 하나의 제위(帝位)를 인가할 권리를 갖고 있대. 쉽게 말해 너는 땅과 왕좌의 주인이란 말이지. 그리고 우리는 모두 일전에, 길가네스의 중재 아래 너의 땅에 대한 권리를 확인했어."

비록 그 자리에 참여하진 못했지만 익히 들어 알고 있는 크누드는 흥미진진하게 눈을 빛내며 울리케를 보았다. 도래까마귀는 계속 말한다.

"그러니 너의 땅을 너의 것이라 주장하는 데는 아무 문제가 없겠지."

"아니, 문제가 없진 않다."

뉘르뉴가 잘라 말했다. 모두의 이목이 끌린 가운데 서리심은 말했다.

"내 영향력은 사실 시우부름과 그 주변 숲에 국한되지 않는다. 애초에 처음 고블린이나 너희와 이 문제를 다뤘을 때는 단지 숲만을 지켜도 좋으리라 판단했기에 말하지 않았던 것이며, 셰이위르와 만났던 사백 년 전에는 실제로 그 정도 넓이였으니까. 하지만 이제 안그라네스의 뿌리는 그때보다 훨씬 넓어졌다. 다만 나는 셰이위르와의 도리로 그걸 억제하고 있었을 따름이지. 다시 말해, 내가 나의 땅을 정확히 주장하게 되면 피어클리벤의 절반이 나의 영토가 된다. 또한 북동쪽으로도 그만큼 뻗어 나가게 되지."

이건 예상하지 못했다. 울리케는 부리를 딱 벌리고 말을 잃었다. 뉘르뉴는 계속 말했다.

"물론 나는 그럴 생각이 추호도 없다. 어차피 땅의 선 긋기는 내게 무의미한 이야기니까. 네가 이 이야기를 꺼낸 이유는 내게 있는 왕좌의 권위를 사용하여 미스미르드의 결정권자를 내세우라는 말을 하려는 것 아니냐?"

"⋯⋯어? 아, 그래⋯⋯."

"그리고 그 왕좌에 올릴 이로,"

뉘르뉴는 고개를 돌려 서 있던 아우케트를 바라보며 말을 이었다.

"아우케트 칸 아디우크. 시우부름의 오백장을 추천하려는 게 아닌가?"

그러자 모두가 아우케트를 보았다. 하지만 아우케트는 주목을 받자마자 얼굴을 찌푸렸고, 모두의 당연하다는 듯한 눈빛을 보더니 뒤이어 탐탁지 않다는 목소리로 말했다.

"이렇게까지 무리한 일을 하려는 이유가 무엇인가? 첫째, 우리의 전통에서 이 방식으로 세워진 왕이 납득될 리 없다. 또한 둘째로, 미스미르드 인들 역시 이역의 왕이, 그것도 같은 민족도 아닌 고블린이라는 데 저항할 것이다. 마지막 세 번째, 이 일은 분명하게 대외적으로 피어클리벤의 영토 일부를 내어주는 일이 된다. 너희의 황실이 이를 허락할 것 같은가? 이 모든 무리함을 감당하고서 내가 허울뿐인 왕좌에 앉을 이유가 도대체 뭐란 말인가?"

"……그거 방금 생각한 겁니까? 마치 계속 생각해 왔다는 듯 바로 문제를 지적하시는군요?"

이제 고블린의 현철함에 더 이상 놀라지 않기로 한 크누드의 놀림 같은 질문이었다. 아우케트는 그를 진지하게 노려보기 시작했고, 크누드는 눈으로 사과를 던지며 곧장 울리케에게 물었다.

"오백장의 지적이 모두 옳습니다, 울리케 아가씨. 그저 아힌 달 전하를 돕기 위해서입니까? 그렇다면 더욱 이런 무리를 할 필요가 없지 않습니까?"

"지금 이 판에 아무런 무리도 하지 않고 뭘 하겠다는 거예요?"

울리케가 쏘아붙였다. 도래까마귀는 말한다.

"빌러디저드 님과 뉘르뉴가 있는 한, 어차피 우리의 황실이나 귀족들, 그리고 미스미르드도 우릴 결코 방관하지 않을 거예요.

우리가 어떻게 선택해나가느냐에 따라 이 싸움은 더 커질 수도 있고, 합리적인 교섭으로 봉합될 수도 있어요. 내가 여기서 그저 가족들과 가신들만 데리고 돌아가야 할까요? 아우스뉘르의 황실조차 이제는 우리의 대등한 교섭 상대라고 여겨지는데요."

"……맞습니다."

크누드는 선선히 고개를 끄덕였다. 울리케는 아우케트를 향해 말했다.

"고블린들의 전통을 허물려는 것은 결코 아니야. 하지만 시국이 이렇다, 오백장. 수성(守城)이 너희의 오랜 특기임을 알지만, 지금은 안으로 움츠러들 때가 아니야. 피어클리벤의 천년 제주가 너의 왕좌를, 그리고 피어클리벤의 용이 너의 영토를 인정하고 보증할 것이다. 이 두 권위가 너희의 전통에 그만한 파격을 두게 하지 못할까? 대륙의 역사에서 처음으로 양 제국의 인정을 받는 독립국의 등장이야. 네 형제들이 아무리 꼬장꼬장해도 아무 불만 없을 것 같은데?"

아우케트는 침묵을 삼켰다.

울리케의 이야기는 일리가 있었다. 그 역시 언제나 상황에 따른 유연함이 필요하다고 말해오지 않았던가. 그가 진실로 전통에 얽매인 고지식한 고블린이었다면 애초에 울리케와 처음 만난 그 순간부터 이 인연이 여기까지 이어져 오지 못했으리라. 다만 그는 그들 스스로가 뭉쳐 왕을 추대하는 고블린들의 전통을 아낄 뿐이었다. 권위는 위에서 내려오지 않는다. 그는 그렇게 믿어왔다.

하지만 그럼에도 울리케가 제안하는 그림은 실로 매혹적이다. 국가의 탄생에는 분명 이해의 당사자로서 인접한 국가들의 인정절차가 따른다. 양 제국의 합의를 이끌어낼 수만 있다면 고블린 왕국의 성립은 결코 꿈이 아니며, 당장에는 전통에서 벗어난 일이라 하더라도 차후에 얼마든지 동족들을 모아 진정한 왕을 세울 수 있을 것이다. 그렇게 생각한 순간, 아우케트는 말했다.

"좋다. 하지만 조건이 있다."

"말해라, 아우케트."

그의 결심이 기쁜 울리케는 곧장 답했다. 아우케트의 말이 이어진다.

"우리가 인식하는 국가 주권이란 개개의 양도된 권리의 합이다. 우리의 왕은 다른 제장들과 달리 그 스스로가 통치에 요구되는 강제력을 행사하는 주체이며, 그 권한의 대리자이다. 왕은 특별하지. 이 권위는 결코 외부의 인가에 의해 세워지는 것이 아니다. 우리가 양 제국으로부터 받고자 하는 것은 우리 영토에 대한 권리일 뿐이다. 왕이라는 위치는 과하다."

"아힌달에게 듣기로,"

울리케는 기다렸다는 듯 부리를 열었다.

"미스미르드에서 왕좌에 공백이 있을 경우 섭정으로서 승상(丞相)이라는 관작이 임할 수 있다고 하더군. 똑같은 미스미르드

라 해도 제후가 열하나쯤 되니까 내부적으로는 별일들이 다 있
는 법이겠지. 그러니까, 너희가 너희의 방식대로 적법한 왕을
세울 때까지 천년 제주의 인가를 대리하는 자로서 승상이라 내
세우면, 미스미르드 인들은 납득할 거야."

"······도대체 언제 그런 걸 다 생각하고 있었나?"

아우케트가 허탈해하며 물었다. 도래까마귀는 날갯죽지를 으
쓱하며 대꾸한다.

"딱히 생각했다기보다는, 가능한 한 많은 정보를 들어온 것뿐
이다, 곧 섭정이 될 오백장."

그러자 아우케트는 살짝 고개를 내저었고, 울리케는 웃음소
리를 내며 말했다.

"타의에 의해 등 떠밀리는 기분이 어때? 그게 내가 내내 겪어
왔던 일이다."

"······이런 공감대는 갖고 싶지 않다."

아우케트는 푸념처럼 말했다. 그러고는 새삼스럽다는 듯이
울리케를 향해 말을 이었다.

"이러는 이유가 무엇인가? 피어클리벤의 입장에서, 영토의
일부를 내주면서까지 이 등극을 지원할 까닭 말이다."

"어, 그건 별로 재미도 없고 지루한 이야기인데."

울리케는 고개를 까닥거리며 말했다.

"아우스뉘르의 모든 영지는 명목상 기본적으로 황실로부터
불하되는 것이지. 물론 그러한 인식은 중앙으로 갈수록 강하

고, 변경으로 올수록 희박해지지만 말이야. 우리의 영토 일부라 말하지만 실효적인 지배의 가치가 거의 없는 외각이다. 더구나 일찍이 대제께서 그 땅의 권리가 뉘르뉴에게 있음을 증명하는 석비가 있는 마당에, 황실로서도 까다롭게 나올 이유가 없지. 오히려 다른 영주들의 반발이 우려되는걸? 황실이 드레스바르프를 위시한 권신가들의 장막에 갇혀 실권을 놓고 있음이 사실이라면, 그럴수록 얼마 안 되는 땅이나마 내어주고 명분을 가져가고자 할 것이다. 아우스뉘르는 용에게, 미스미르드는 서리심에게 권위적으로 취약한 입장이야. 이 양편 모두를 조율할 수 있는 피어클리벤의 입장이 어느 때보다 강력하고, 또 한편으로는 위험하지. 이제 나는 이 자산을 마다하지 않고 운용하기로 했어. 너희가 나서주지 않으면 피어클리벤은 이 양쪽 신위를 모두 싸안고 저들 모두를 상대해야 해. 우리는 동맹이 아니었던가?"

아우케트는 어이없어하며 대꾸했다.

"그렇게 신랄한 혀로 우정을 논하는 것인가."

울리케는 까르륵거렸다.

"나는 저들 모두가 대응할 시간과 여지를 주지 않고 싶어. 신생 고블린 왕국이 용과 서리심, 그리고 그들 모두와 연관된 약소 영지의 지원을 받아 나타나는 거야. 아우케트 네가 나서주지 않으면……, 꼼짝없이 피어클리벤이 독립을 선언해야 할 판이야."

"어째서지? 그리고 그렇게 하면 안 되는가?'"

아우케트가 물었다. 울리케는 모두를 한 번씩 쳐다보며 생각하더니 대답했다.

"나는 드레스바르프 후작을 위시한 권신들이 어떤 생각을 갖고 있는가를 정확히는 몰라. 하지만 어쩐지 그들이 용이나 서리심조차 적대할 준비가 되었다고 느껴져. 황실의 용이 기어이 죽었잖아? 중앙귀족들은 그게 어떻게 이루어졌는지 알고 있겠지. 이미 용을 두지 않고도 긴 세월, 제국의 실질적 장악을 무리 없이 해온 자들이 있다면 이제 와서 진짜 용을 제국에 편입시키려 할까? 용은 단지 이름만으로 존재하면 되는 것이지, 실제로 제국에 겨눠질 수 있는 검을 곁에 두려 하지는 않을 거야. 빌러디저드도 아우스뉘르의 마법사들은 충분히 고강하다고 평가했어. 즉, 나는 중앙귀족들이 더 이상 용을 필요로 하지 않을 거로 생각해. 물론, 이 생각은 아직 검증이 필요하고 조만간 저쪽 진영과 접촉하여 떠봐야 할 문제지."

울리케는 말을 해놓고 아우스뉘르 진영을 가리켜 '저쪽'이라 지칭했음에 스스로 조금 아연해졌다. 하지만 정말로 울리케는 제국에 대한 소속감이 점점 엷어지고 있었다. 울리케는 다시 말했다.

"용과는 이야기가 끝났어. 나는 여기서 언약의 파기를 승부수로 던질 거야."

"……예!?"

크누드가 놀라 소리쳤다. 울리케가 뭐라 설명하기도 전, 그는 다급히 말했다.

"안됩니다! 전 망합니다!"

"안 망하게 해줄게요!"

울리케가 빽 하고 소리쳤다.

"이건 단지 연극이에요! 용과의 언약을 경매에 올리는 거죠. 그리고 경매란 모름지기 입찰자들의 욕망을 투명하게 이끌어 내지 않던가요? 서리엇 경은 입찰가가 높아지기만을 기대하면 되는 거라고요."

크누드의 표정이 세 번에 걸쳐 기묘하게 바뀌었다. 그 끝에 내던지듯 그는 말했다.

"……아가씨가 무섭다고 느껴본 건 처음입니다."

"그건 저를 존중해 본 적 없다는 고백이로군요."

크누드는 멍한 표정을 지었다. 연패였다.

"상서령에게서 뭐 더 들은 이야긴 없어? 아니면……, 다른 이야기라도?"

울리케는 크누드의 낯짝에 드러난 충격과 반성의 빛을 만끽하며 여태 조용히 이야기만 듣고 있던 시야프리테에게 물었다. 울리케가 덧붙인 '다른' 이야기란, 상서령이 동족인 시야프리테와 그 가족들을 회유하기 위해 했을지도 모르는 모종의 이야기를 염두에 두고 던진 질문이었다. 시야프리테는 조금 생각하더니 미안한 얼굴로 답했다.

"……아뇨. 저는 그 회의 직후에 계속 자느라 딱히 이야기할 시간이 없었어요. ……제가 뭔가 더 들었어야 할까요?"

"전혀 그렇지 않아. 나무라는 것은 아니야."

울리케는 안심시키듯 말했다. 그러자 시야프리테는 다시 말했다.

"용님이 나타나기 전이었지만, 그 아저씨가 저희 길가네스를 이들 나라에서 보호해주겠다고 꼬시기는 했어요. 저는 피어클리벤이 내주지 않을 거라고 했지만……, 내기해도 좋다던데요?"

"너는 어때? 저들에게 가고 싶어?"

"싫어요."

시야프리테는 손으로 양 볼을 감싸며 말했다. 앗슈레드가 했던 말들은 나쁘지 않은 이야기였지만, 이미 육왕과 팔왕 사이의 내분을 목격한 데다 그 와중에 휘말려 지팡이까지 잃어버린 것이다. 앗슈레드는 그것이 차라리 잘된 일이라 말했지만 시야프리테로서는 결코 납득할 수 없는 이야기였다. 그렇게 생각하며, 소녀는 주섬주섬 말을 더했다.

"……피어클리벤이 저희를 내치지 않는 한, 다른 데로 갈 생각은 없어요."

"우리는 너희를 내치지 않아."

"……지팡이가 없는데도요?"

"까-악!"

울리케는 울컥하여 홰를 치며 소리쳤다. 순간 자신이 까마귀 소릴 내었다는 것도 모른 채, 울리케는 말했다.

"절대 그것 때문에 너희를 받아들인 게 아니야! 설령 그렇다 해도, 가지를 손실한 것은 피어클리벤의 공무로 인한 것이잖아? 보상했으면 했지, 내치다니? 너희는 그까짓 지팡이가 없어도 충분히 가치 있는 사람들이야!"

그러자 시야프리테가 눈을 동그랗게 뜨고 물었다.

"어……, 납세자로요?"

시랑 이솔다에 의해 인도된 호위대가 무탈하게 미스미르드의 진중에 도착한 것은 정오 무렵이었다. 노아크는 오는 내내 입을 꾹 다문 채, 이따금 이솔다나 주변 병사들이 눈치채지 못하도록 손목에 채워진 북자단 팔찌를 어루만질 따름이었다. 이솔다는 백작이 입을 다문 이유가 그저 패전의 기억이 깃든 전장에 가까워지기 때문이라 생각했는데, 그도 실은 틀린 생각이 아니긴 했다.

"시랑."

"상서령을 뵙습니다."

진중에 들어온 그들은 곧바로 상서령의 천막으로 향했다. 미리 나와 기다리고 있던 앗슈레드와 이솔다는 짧게 인사를 나누었고 곧바로 사슴에서 내려서던 노아크에게 눈길을 준다. 하지만 노아크는 그들이 아닌, 이미 연통을 받고 다가와 있던 일단의 무리에게 시선을 던졌다. 바로 울리케의 피어클리벤 선발대였다.

"……아버지!"

이미 용을 통해 대강의 사정을 듣긴 했으나, 시야프리테의 팔 위에서 도래까마귀가 울리케의 목소리로 부르는 걸 듣게 된 노아크는 움찔하지 않을 수 없었다. 하지만 곧, 반가움에 만감이 교차하는 표정으로 그는 천천히 다가섰다.

"……여기까지 오느라 애썼다."

노아크의 눅눅한 음성이 떨어졌다.

"저보다는 이들이 애썼어요!"

울리케는 그렇게 대답하며 도열한 선발대원들에게 눈길을 주었다. 동시에 모두가 한 발을 뒤로 빼며 그 자리에 무릎을 꿇었고, 그것은 대표로 맨 앞에 서 있던 크누드 역시 마찬가지였다. 시야프리테만이 울리케를 받들고 있느라 그대로 선 채다.

"자네는……?"

"피어클리벤의 기사, 크누드 서리엇이 주군을 뵙습니다. 미처 서임의 예를 드리지 못한 불충을 용서하소서."

"그것이 어찌 경의 허물일까. 괘념치 마라."

노아크는 들어서 알고 있다는 듯 말했다. 그의 시선이 천천히 크누드와 그 뒤에 선 모든 이들을 차례로 스쳤다. 노아크에게 있어 이 가운데 구면인 이는 모험가인 라그나와 랄로프, 그리고 시야프리테뿐이었다. 나머지 까마귀 금고단의 단원들과 길 핀 이하 순찰대원들, 그리고 하슈펠까지 모두 처음 보는 이들 이다.

"아디우크 경도 왔는가?"

그렇게 모두가 고개를 숙인 가운데 노아크의 살짝 놀란 목소 리가 울려 퍼졌다. 백작의 이 물음은 선발대의 뒤편에서 무리 지어 있던 고블린 부대를 향한 것이었다. 그가 아우케트의 이 름을 선명하게 기억하고 있을 뿐 아니라 경이라는 호칭을 붙여 예의를 갖춘다는 사실에 모두가 조금 놀랐고, 울리케와 시야프 리테는 흡족해했다. 지목받은 아우케트는 늑대 위에 올라탄 채 그와 눈을 맞춰오며 대답했다.

"그렇다, 피어클리벤의 영주. 대사의 요청을 받아 호위코자 달려왔다."

"피어클리벤의 이름으로, 그 의리에 마땅한 보상과 예를 약속 하지."

그 곁의 아난가크는 눈을 부릅뜨고 얼이 빠진 채다. 어떤 면 에서는 아우케트가 용과 말을 섞었던 때보다 더 놀란 모양이었 다. 노아크는 좌중을 한번 다시 둘러보더니 시야프리테의 팔에 안기듯 앉아있는 도래까마귀를 보았다. 그러고는 한숨을 내쉬 며, 그는 말했다.

"……이제 어쩔 생각인지 말해 보거라."

"네? 아버지께서 결정하셔야죠!"

백작은 도래까마귀의 눈동자 너머 서린 영지를 찾으려는 듯 찬찬히 들여다보며 말한다.

"너로 인해 가능했던 모든 일이다. 네가 만들어낸 판이지. 스무날 동안 내가 생각했던 어떤 것도 지금 이 상황에는 소용이 없구나. 물론 내가 필요한 일에는 적극 나서겠다."

울리케는 당황했다. 아버지가 오시면 즉시 한시름을 덜고 모든 권한을 이양하려던 생각이었다. 한 달 만에 본 백작의 얼굴은 어딘지 그새 한 세월을 늙은 듯한 느낌이었다. 울리케는 북받쳐 오르는 감정을 꾹꾹 누르며 속을 달랬다.

"……상서령."

"말씀하시지요, 피어클리벤 각하."

노아크가 돌아보며 떨어져 있던 앗슈레드를 불렀다. 그는 대답하며 다가왔다.

"이제 나는 더 이상 미스미르드의 포로가 아닌 것 같소만."

"……실로 그렇게 되었습니다."

한 박자의 한숨과 함께 대답하는 앗슈레드의 표정엔 허탈함이 묻어났다. 용은 차치하고라도 천년 제주의 비호 아래 있는 피어클리벤은, 더 이상 그들에게 어찌해볼 도리가 없는 세력이었다. 이민족으로서 지난한 노력을 통해 이 사회에 섞여든 앗슈레드이기에 오히려 절실하게 그 사실을 느끼는 것이다. 서리심은 왕의 결정자이며 어르매들의 영원한 제사장이다. 류그네라스의 몰락으로 인해 그 계보의 힘이 약해진 현재에도 이는 불가항력의 규칙이었다. 상서령의 표정이 태연함을 유지할 수 있는 것은 그가 어쩔 수 없이 류그라 출신이었기 때문이리라. 그래도 그는 입이 쓰다는 듯, 다음과 같이 말을 이었다.

"이미 울리케 피어클리벤 행정관 좌하와는 이야기가 끝났습니다. 피어클리벤 선발대와 아우케트 칸 아디우크 오백장 부대가 각하를 모실 것이며, 미스미르드는 길을 내어드리겠습니다. 단, 현재 이미르의 육왕 아힌달 전하께서 피어클리벤에 체류하시는 관계로 본진의 이미르 군이 각하의 호위에 따를 예정입니다."

"울리케가 납득했다면 물리치지 않겠소."

노아크는 담담하게 말했다. 그는 한시바삐 이 진영에서 벗어나고 싶다는 생각만이 간절했다. 그런 초조함을 드러내지 않으려, 그는 꽤 애를 쓰고 있는 참이었다.

"좌하, 그럼 아까 말씀하신 대로 뉘른스에크 성을 향해 길을 잡으시오?"

앗슈레드는 울리케에게 물었다. 도래까마귀는 답한다.

"그렇다, 상서령. 정리되는 대로 사자를 보내지."

"기다리겠소."

이미 이야기가 끝난 그들이기에 번다한 말이 뒤따르지 않는다. 노아크가 도착하기 이전 이미 행장을 완전히 꾸리고 있던 선발대와 아우케트의 고블린 부대들은 곧 상서령의 지시로 돌려받은 말들에 올라타 미스미르드의 진중을 가로지르기 시작했다. 곧 스레이야와 이하 이천의 미스미르드 군이 행렬에 따라붙었고, 그들 모두는 어떠한 방해도 받지 않은 채 군영을 빠져나갔다. 육왕을 포함한 몇몇의 제후들이 앗슈레드에게 몰려가 소리 지르는 것이 들렸지만 그 이상의 소란은 없었다.

"……조금 어처구니가 없구나."

"많이 어처구니없어하셔도 되는데요."

허탈한 듯 말하는 노아크의 감상에 대해 울리케가 장난스레 대답한 것이다. 부녀는 시야프리테가 고삐를 잡은 마차에 함께 타고 있었다. 행렬의 선두, 길핀과 순찰대들이 앞을 지켰고 크누드와 단원들은 마차를 앞뒤로 수행 중이었다. 라그나와 랄로프 역시 그들 틈에 섞여 지근거리에서 마차를 지켰으며, 고블린 부대가 그 뒤를 따랐다.

노아크는 비닉초에서 여기로 오는 동안 이미 용과 꽤 많은 이야기를 나누었다. 또한 용은 그의 손목에 채워져 있던 팔찌를 통해 시그리드를 불러내었고, 그래서 노아크는 용과 마법사의 가운데서 장거리 대화를 주고받는 진귀한 체험에 시달려야 했다. 하지만 덕분에 그는 지금까지 갇혀있는 동안 일어난 일들에 대해 나름 소상히 전해들었으며, 또 장차 일어나게 될 일들에 대해서도 어느 정도 예측 가능한 상태였다. 그가 앞서 크누드를 처음 보았음에도 그리 놀라지 않은 것은 그 덕분이었다.

"그래, 네 말대로다."

피어클리벤 백작은 새삼스러운 눈길로 도래까마귀를 보았다.

그의 딸에게 있어 지난 한 달은 진정 폭풍과도 같았으리라. 그 자신이 겪은 고난은 그에 비하면 차라리 느긋한 억류에 가까웠다고 여겨졌다. 물론 아무것도 하지 못해 느꼈던 답답함과 초조함은 충분히 지독한 고통이었다. 하지만 빌러디저드와 시그리드가 전해준 그간의 내막은, 매사에 좀처럼 놀라는 법이 없는 노아크에게조차 충분히 경이적이었다. 그가 자리를 비운 사이 피어클리벤은 자유도시 아우셀바프의 의회를 때려잡고, 용병단을 흡수했으며, 고블린들과의 동맹을 공고히 했다. 뿐만 아니라 여기까지 오는 길에 적국의 왕 하나를 사로잡아 단순한 포로가 아닌, 나름의 협력관계를 이끌어 내었다. 그리고 이제, 이 복잡한 전장에서 용의 언약 갱신이라는 선언을 던지고자 한다.

"아, 자초지종을 설명드려야겠죠?"

"아니다. 오는 중에 충분히 들었다."

울리케의 물음에, 백작은 손목의 팔찌를 가리키며 말했다. 노아크가 오면서 계속 침묵했던 것은 이런 이야기들을 듣느라 그런 것도 있었지만, 무엇보다 듣는 내내 너무나 황당했기 때문이었다. 그리고 이 모든 사건들을 다른 누구도 아닌 그의 여덟째 딸 울리케가 나서서 진두지휘했다는 게 좀처럼 믿어지지 않았다. 하지만 용과 마법사가 입을 맞춰 거짓을 고했을 리도 없고, 실제로 그는 지금 거짓말처럼 풀려나 앞뒤로 처음 보는 무사들과 고블린들의 호위를 받고 있잖은가. 노아크는 말을 이었다.

"용을 통해서, 그리고 유세트 경을 통해서도 말이지. 네가 정말로 애썼다는 것을 안다. ······잘했다."

다른 이의 앞이었다면 아마도 으스댔을 테지만, 울리케는 아무 말도 하지 않았다. 노아크는 물끄러미 도래까마귀를 쳐다보다 말했다.

"빙의라 들었다만······, 몸에 별다른 무리는 없는 게냐?"

"네, 괜찮아요."

울리케는 뜨끔하며 그렇게 거짓말을 했다. 적어도 아버지가 무사히 피어클리벤으로 귀환하기 전까지는 대강 숨길 수 있는 문제인 만큼, 지금 당장 어쩔 수도 없는 이야기를 밝혀 그간 고생한 아버지에게 심려를 더하고 싶지 않은 것이다. 또한 이 중요한 순간에 아버지가 용에게 유감을 품지 않길 바랐다. 이 문제는 오로지 자신과 용 사이의 문제다. 울리케는 그렇게 정리했다.

행렬은 계속해서 순찰대의 인도를 받아 나아갔다. 뉘른스에크 성하촌에 이르자 먼발치에서 정찰을 돌던 아우스뉘르 측 기병들이 두엇 보였고, 그들은 이 행렬의 기괴한 구성에 놀라 섣불리 다가올 생각을 못 한 듯 보였다. 정찰병들이 박차를 가해 본진으로 후퇴하는 것을 보며, 노아크는 말했다.

"이제 와서는······, 저 군대가 도무지 아군이라는 느낌이 들지 않는구나."

"제 생각도 똑같아요."

"아룬드가 저 안에 닐스그림 전하와 함께 있다고 들었다. 그들 또한 우리와 합류하리라 들었는데, 맞느냐?"

"그래요. 아마 벌써 움직이고 있을걸요?"

기대와 염려를 동시에 담은 울리케의 말이었다. 부녀는 이후로도 이런저런 이야기를 주고받았고, 이윽고 행렬은 눈이 얼어붙은 뉘른스에크 본성의 진입로에 도달했다. 온통 빙판이라 마차가 비탈을 거슬러 올라가기는 불가능했기에 노아크와 시야프리테, 그리고 울리케는 내려야만 했다. 시야프리테가 도래까마귀를 어깨에 올린 채 걸었고, 노아크는 크누드가 내준 말안장을 마다하지 않았다. 크누드는 마치 종자인 듯 말고삐를 잡고 피어클리벤 백작이 탄 말을 안내했다. 그리하여 얼마 되지 않아, 이 기묘하게 뒤섞인 행렬은 침묵이 깔린 뉘른스에크 성의 안뜰에 당도하였다.

"어……?"

행렬의 대부분이 그 눈앞에 맞닥뜨린 검은 용의 거체에 새삼 압도당해 있을 때, 울리케만이 홀로 용의 곁에 서 있던 그림자 하나를 일별하고 갸우뚱했다. 다음 순간, 울리케는 반가움을 담뿍 담아 소리 질렀다.

"디드리크!"

도래까마귀는 시야프리테의 어깨를 박차고 날아올라 곧장 소년 종사에게 다가갔다. 디드리크는 놀란 얼굴로 날아오는 새를 쳐다보다가 그가 지척에 다다르자 반사적으로 팔을 뻗어 맞이한다. 울리케는 디드리크의 가죽 아대 위에 발톱을 걸며 내려앉았다. 소년은 어리둥절한 목소리로 묻는다.

"……울리케 아가씨?"

"그래, 나야."

"디드리크……? 너 맞냐?"

울리케를 제외하면, 이 가운데서 디드리크와 구면인 것은 라그나와 랄로프, 시야프리테뿐이다. 그렇기에 울리케가 그 이름을 부르며 날아오른 순간 셋은 재빨리 까마귀의 뒤를 따랐다. 하지만 소년 종사의 얼굴엔 초췌함과 피로가 고목의 수피마냥 두터워, 좀처럼 그들 기억 속의 순진하던 양치기 소년이 떠오르지 않는다. 이에 라그나가 위와 같이 물었던 것이다.

"아……, 라그나 아저씨."

디드리크의 얼굴에 미약하나마 반가움이 떠올랐다 꺼졌다. 그 핏발선 눈 너머, 무뎌진 살육의 광기와 죽음의 공포를 읽어낸 라그나의 표정이 굳어졌고, 헤벌쭉 웃으며 아는 체를 하려던 랄로프마저 입을 다물고 만다. 울리케 역시 그제야, 자신이 곧장 디드리크임을 알아볼 수 있었던 것은 어디까지나 까마귀의 눈을 갖고 있었기 때문임을 깨달았다. 그만큼 디드리크의 분위기는 너무나 낯설어져 있었다.

"다른 이들은……? 왜 너 혼자야?"

라그나가 재차 조심스레 물었다. 소년은 대답 대신 용을 올려다보았고, 그때까지 묵묵히 좌중을 굽어보고 있던 빌러디저드가 울리케를 향해 입을 뗐다.

"아직 말하지 않았느냐?"

"와서 전해도 된다고 생각했습니다."

울리케는 의아해하는 라그나와 랄로프를 보며 대답했다.

한편, 그때까지 먼발치에서 용의 거체를 새삼스레 보던 노아크는 이때야 비로소 말에서 내려 천천히 다가왔다. 용의 자줏빛 눈이 그에게 향하자, 먼저 다가와 있던 이들은 옆으로 비켜섰다. 성의 안뜰로 꾸역꾸역 들어차는 행렬의 모두가 숨죽이며 그 광경을 눈에 담을 뿐, 나서는 이는 전혀 없었다. 어느새 넓은 안뜰은 이백여 고블린 부대와 이미르의 이천여 부대로 가득 찼으나 그 숫자에 걸맞지 않은 고요만이 검은 용과, 다가가는 백작에게 향한다. 크누드 역시 조용히 백작의 뒤를 따랐다.

"노아크 피어클리벤 백작."

눈앞으로 다가온 노아크를 향해 용이 엄숙히 말했다. 백작은 고개를 살짝 숙였을 뿐, 그 이상 자세를 낮추진 않는다. 주군을 알아보고 자신을 향해 무릎 꿇은 디드리크에게 안쓰러운 눈길을 주고, 노아크는 용에게 말했다.

"말씀하십시오."

"말하거라."

어차피 나눌 이야기는 오면서 다 했다. 그렇게 서로 말을 양보한 그들은 한동안 말이 없었다. 스무날을 강제된 고립 속에서 답답함과 초조함, 끝내는 분노로 이어지는 여러 감정들을 다스려온 백작이다. 그 눈앞에 선 신의 맹수는 어쩌면 그와 그의 영지에 드리운 재앙의 현신이다. 하지만 일찍부터 피어클리벤 가(家)의 적장자로서, 노아크는 개인보다 가족을, 가족보다 영지의 공리를 앞세우는 데 익숙하였다. 그랬기에 그 앞에 부복한 소년 종사의 꼴을 보며 순간적으로 치민 감정은 이내 빠르게 가라앉았다. 어차피 뉘른스에크의 재앙은 빌러디저드가 없었어도 일어났을 일이다. 오히려 그의 존재야말로 이 위기에서 피어클리벤의 도생(圖生)을 가능케 하는 한 가닥 가능성이다. 여기까지 오며 들은 용과 시그리드의 이야기를 통해, 그는 이제 그렇게 판단하고 있었다.

"……살아있는 것 외에 할 수 있는 일이 없었습니다. 앞으로도 그러겠습니까?"

들끓는 가슴을 가라앉히고 무겁게 생각하던 노아크가 입을 열어 칼칼히 말했다. 그러자 용이 답한다.

"그것이야말로 많은 이들에게 가장 중요한 일이었다. 네 전가(傳家)의 책무는 내 이름이 그러하듯, 보호받는 수호자이다."

"이러한 시국에 피어클리벤이 무엇을 지킬 수 있겠습니까?"

"그것은 왕의 신하로서 하는 질문인가?"

노아크의 입이 막혔다. 한참이나 눅눅한 눈길로 울리케와 그 곁에 선 이들을 바라보던 백작이 마침내 대답했다.

"모쪼록 생각할 시간을 주소서."

"기꺼이 그 시간을 벌겠다."

문답을 마친 피어클리벤 백작은 조금 비틀거리는 걸음으로 용의 앞에서 물러났다. 울리케와 크누드를 제외하고는 이 대화가 무슨 뜻이었는지 아무도 이해하지 못한 표정이었다. 백작이 물러나자 디드리크는 일어섰고, 라그나와 랄로프가 소년을 본다.

"……너 정말 괜찮은 거야?"

랄로프가 말을 고르듯 몇 번 입을 비죽이다가 이렇게 물었다. 하지만 소년 종사의 퀭한 시선은 좀처럼 그들과 맞춰지지 않았다. 디드리크는 대답하지 않은 채 멍하니 안뜰에 들어찬 병력을 보았고, 그제야 잠시 뒤 스레이야가 이끄는 이미르의 병사들을 확인했다. 순간 그 눈가에 삼엄함을 드리우며, 디드리크가 싸늘히 말했다.

"저놈들이 왜 여기 있습니까?"

"……어?"

랄로프는 당황하며 되물었다. 소년의 질문보다 그를 더욱 놀라게 한 것은 일순간에 디드리크가 뿜어낸 살기였다. 능숙한 전사인 그에게 있어, 이 양치기 소년이 보여주는 기세는 의심의 여지 없이 전장을 경험한 생존자의 것이었다. 즉시 랄로프와 라그나의 어깨에 반사적으로 힘이 들어갔고, 라그나는 침통한 얼굴로 디드리크가 허리춤에 매인 장검에 손을 가져다 댄 것을 보았다. 그러나 소년 종사는 그들의 반응을 일체 무시하며 오로지 안뜰 한쪽에 도열한 미스미르드의 이천여 병사들만 노려볼 따름이었다.

"디드리크, 내가……."

"종사, 스벨크!"

다시 시야프리테의 어깨 위에 앉아있던 울리케가 달래듯 말을 꺼낸 순간, 눈에 핏발이 선명해진 디드리크가 그의 말을 잡아채며 소리 질렀다. 그 악에 받친 외침이 이어진다.

"종사, 왈트! 종사, 토라스! 그리고 기사……, 스벤 달슨 경까지……!"

디드리크가 이글거리는 눈으로 도래까마귀를 획 쳐다보며 말했다.

"모두 여기서 전사했습니다!"

스벤까지 죽었다고? 충격을 받은 울리케는 아무 말도 하지 못했다. 스무날을 죽음과 싸워온 소년이 계속 말한다.

"또한, 뉘른스에크의 기사 네 분이 전사, 한 분은 실종, 마법 고문 나글핀델 경께서는 중상입니다! 그런데 저놈들이 어떻게 멀쩡히 여기 있습니까? 예? 모두 포로인가요?"

"진정해라, 디드리크."

라그나는 스스로 불합리하다고 느끼면서도 그렇게 말했다. 디드리크의 오른손은 여전히 칼자루에 가 있었고, 내디딘 한 발은 상대의 목숨을 빼앗는 작업이 소년에게 있어 익숙함을 알린다. 좌중은 아연하면서도 침통한 표정으로 떨리는 소년의 어깨를 보았다. 자세한 정황을 알 수 없었음에도, 디드리크의 몸에 아로새겨진 그간의 악전고투가 여실하게 다가왔다.

"……산중 유적에 피할 수 있었던 이들이 누구냐? 뉘른스에크의 가신들은?"

소년의 울분을 듣고 있던 노아크가 떨리는 목소리로 물어왔다. 라그나의 말에도 무시로 일관하던 디드리크가 그 목소리에 비로소 정신이 든 듯, 자세를 바로 하고 고개를 숙이며 대답했다. 격앙되어 일렁이는 목소리였으나 말은 거침없이 나왔다.

"피어클리벤 종사장 이하 오백 명과 뉘른스에크의 기사 여섯 분 가운데 네 분입니다! 다른 두 분은 최초 퇴각 시에 이미 전사를 확인하였고, 네 분 가운데 둘이 이후 항전 과정에서 전사하셨습니다. ……달슨 경 이하 종사들 또한 그러합니다. 또, 마법사이신 기주르 경께서는 처음 구조 당시부터 온몸에 화상을 입어 사경을 헤매고 계십니다."

"……각하의 다른 가솔들은?"

"……첫날 모두 돌아가셨습니다."

백작은 이 무참한 비보에 눈을 감고 만다. 한편 라그나는 아주 심각한 표정으로 디드리크의 이야기를 듣고 있었다. 잠시 망설이던 그가 디드리크에게 묻는다.

"뉘른스에크의 전사자 가운데……, 혹시 아트뤼드 경이 있었나?"

"……아뇨. 기습 날 성안에 계시던 것은 여섯 분뿐입니다. 나머지 한 분, 그러니까 그 아트뤼드 경께선 이실바프에 보급업무로 나가계시다 들었습니다."

디드리크는 의외라는 얼굴로 대답했다. 랄로프 역시 라그나의 이 질문이 매우 뜻밖이라는 표정을 지으며 그를 보았으나, 라그나는 말없이 회한에 잠긴 얼굴로 성의 안뜰을 한차례 둘러볼 따름이었다. 새삼스레 복기한 죽음들이 사무친 듯, 디드리크는 이를 악물고 고개를 떨궜다.

넓고 거대한 성채는 여전한 적막에 휩싸여 폐허와 같았다. 그들이 자리한 안뜰은 여러 날에 걸쳐 되풀이된 폭설에 뒤덮여 지난 전투의 흔적과 더불어 이름 모를 시신들을 흐릿하게 감추었고, 무너진 마구간과 뒤집힌 수레, 그리고 뒤엉킨 마수들의 주검들이 보였다. 진입로의 초입부터 일찌감치 숙영장의 참상을 봐 왔던 모두였기에 새삼스레 더할 감상은 없었다. 다만 디드리크가 뿜어낸 감정을 눈앞에서 목격하자, 선발대가 여태 귀로만 들어온 전쟁의 심각함이 와닿고 마는 것이다. 단순한 긴장감 정도에 머물러있던 피어클리벤 측 인원들과 달리, 길핀과 그 이하의 순찰대원들은 성하촌을 가로지르던 순간부터 지금까지 처참한 낯을 감추지 못하고 있었다. 시야프리테는 실제로 거의 울기 직전이었다.

"……우린 이 싸움을 끝내기 위해 왔어."

울리케의 잠긴 목소리가 고개 숙인 디드리크에게 가 닿았다. 소년이 고개를 들자, 그의 말이 뒤따랐다.

"정말 잘 버텨주었어……. 망자에게 마땅한 애도를, 용사들에게는 치하와 보상을, 그리고 우리의 적을 분명히 하기 위해 서둘렀지만, 네게는 충분히 빠르지 못하였겠지. ……미안하다, 디드리크."

"아닙니다, 아가씨."

디드리크는 다시 고개를 조아리며 울컥함과 당황을 섞어 대답했다. 그러자 내려다보던 용이 입을 연다.

"디드리크의 반응을 보건대 나머지도 다르지 않을 것이다. 이들은 분명 피어클리벤의 병사이지만, 이 사태를 직접 겪은 입장인 만큼 너를 비롯한 선발대와는 명백한 입장의 차이가 있지. 특히나 사실상 괴멸에 들어선 뉘른스에크의 가신들은 결코 피어클리벤의 순순한 지지자가 아닐 것이다. 물론 현재 너는 네가 가진 것들로 인해 그를 압살할 힘이 있지. 어쩌겠느냐?"

"하던 대로 할 겁니다."

울리케는 당연하다는 듯이 대답했다. 그러고는 디드리크에게 묻는다.

"에파는 만난 거야?"

"……네, 아가씨. 접촉 자체는 이른 새벽녘이었습니다. 하지만……, 도무지 적인지 우군인지 알 수가 없어 한동안 대치하다가 저와 종사 발리엇이 올라와 용……, 빌러디저드 님을 뵙고 확신한 게 아까 오전 중 아가씨가 떠난 이후입니다. 종사 발리엇이 알리러 내려간 지 꽤 되었으니, 지금쯤 도착해 계실 거라 생각합니다."

디드리크의 말투는 못 본 한 달 사이에 완연히 병사의 것이 되었다. 울리케는 그 사실이 기특하기보다는 가슴 아팠다. 그저 평범한 동절기 훈련이라 생각해서 떠나보낸 여정이 아니었던 가? 아직 성인이 아닌 소년 종사에게는 너무나 이른 실전, 아니 재앙이었다. 울리케는 이런 자책을 내비치지 않으려 애쓰며 말했다.

"어쩔 수 없는 일이지. 나도 내려가 병사들을 보고 싶은데……, 아버지?"

"나도 가마. 아니, 내가 가야 하는 일이지."

듣고 있던 노아크가 나섰으나, 그 즉시 용은 말했다.

"추천하지 않는다. 산중의 심부까지 왕복하는 데는 족히 반나절이며, 지극히 위험한 길이다. 이들이 여태껏 버텨낼 수 있었던 이유를 하찮게 여기지 마라."

크누드와 라그나, 랄로프, 그리고 시야프리테는 이미 앞서 백작의 입에서 '산중 유적'이라는 말이 나왔을 때부터 이에 관해 궁금히 여기고 있었다. 단지 용과 백작의 앞이라 섣부르게 나서 질문하지 않고 참는 것이다. 그럼에도 이야기가 여기에 이르자, 네 사람은 궁금해 미치겠다는 얼굴로 울리케를 쳐다보았다. 그 눈길을 싹 무시한 채, 울리케는 잠시 고민하다가 디드리크에게 물었다.

"전원이 밖으로 올라오는 데 오래 걸릴까?"

"스스로 거동이 불가능한 중상자들을 치료할 수 있다면, 꼬박 하루는 걸리겠지만 모두 나올 수 있습니다. 그런데 저……,"

디드리크는 말끝을 흐리며 망설이더니 용을 올려다보았다.

빌러디저드는 잠시 침묵한 가운데 무언의 수긍을 표하더니, 좌중을 향해 말했다.

"뉘른스에크가 그 긴 세월을 거쳐 수호해온 것은 이 땅과, 그를 굽어보는 발트부름 산중에 품어진 모종의 비밀이다."

검은 용은 눈을 돌려 먼발치에서 이쪽을 주시하던 무리들을 찬찬히 살폈다. 그리고 용의 자주색 시선이 한 지점에 멈추었다.

"아우케트 칸 아디우크."

"도울 일이 있는가?"

숲흑늑대 칸이 미끄러지듯 안뜰을 가로질러 다가왔다. 그리고 아우케트가 용을 향해 묻자, 빌러디저드는 말했다.

"너희의 왕이 쓰러졌던 자리를 아는가?"

"……천 년이나 된 아득한 구전이오. 흐로케냐르에 관한 노래는 많지만, 정확한 위치는 아무도 모르지. 왜 묻는 것이오?"

검은 용은 말했다.

"여기가 흐로케냐르이다."

제 8장

뉘른스에크 본성의 지하엔 대개의 성들이 그렇듯 대대로 이어온 일가의 지하 고분(古墳)시설과 지하 감옥이 변경백이라는 그 작위에 걸맞도록 대규모로 조성되어 있었다. 하지만 단지 이것뿐이었다면 미뤄온 이 이야기를 시작할 필요도, 그리고 피어클리벤의 오백 병사들이 지금껏 살아남았을 가능성도 전혀 없었으리라. 뉘른스에크 성이 자리한 발트부름 휴화산 중턱, 앞서 말한 그 지하의 고분은 다름 아닌 산 내부의 천연동굴로 이어지는 비밀스러운 통로를 갖고 있었다. 이는 오로지 대대로 뉘른스에크의 이름을 가지는 일가의 가족들과 그 지극한 측근들에게만 알려지는 비밀이었다.

끔찍했던 그 새벽 기습의 날, 한 치 앞도 보이지 않던 아비규환의 파국 속에서 생존자들은 저항과 퇴각, 파훼와 희생을 반

복하며 결국 기어이 이 거대한 지하 동굴 속으로 피신하는 데
성공했다. 지극한 혼란의 와중에서 변경백 길바드 뉘른스에크
가 절명하고, 그가 마지막 혼신의 힘을 짜내 알려준 정보가 아
니었다면 피어클리벤의 오백인대는 물론, 뉘른스에크의 몇 남
지 않은 가신들조차 전멸하고 말았으리라. 그렇게 말을 전하는
디드리크의 어조는 극도로 가라앉아 있었다.

"……대단해."

뉘른스에크 본성 지하 고분의 한편이었다. 디드리크가 즐비
한 매장용 벽감 가운데 하나에서 어느 빈 석관의 덮개를 들추
자 한 사람이 겨우 드나들 만한 통로가 나타났다. 그걸 본 울리
케가 시야프리테의 어깨 위에서 중얼거렸던 것이다. 결국 빌러
디저드의 반대로 인해 노아크는 내려오지 못했고, 주군을 지켜
야 한다는 명목 아래 크누드와 용병대들을 그 곁에 떼어두고
온 울리케는 길편 이하 순찰대원들과 라그나, 랄로프, 그리고
시야프리테와 아우케트를 이끌고 있었다. 아우케트는 울리케
의 이러한 중얼거림에 더해 입을 열었다.

"흐로케냐르라니……."

이미 울리케는 빌러디저드로부터 이 성의 지하에 관한 이야
기를 들었다. 하지만 대략적이었던데다, 여기가 고블린들의 옛
왕과 관계있다는 이야기는 울리케도 아까 처음 들었다. 의혹이
가득한 눈초리로 용을 노려보던 아우케트는 결국 기어이 참지
못하고 칸과 동료들을 떼어둔 채 홀로 따라 내려온 참이었다.

"여기가 산중 요새로 이어지는 출구 가운데 하나입니다. 성의 곳곳에 모두 다섯 개가 있지요. 그 외에도 있는 것 같지만, 모두 막혀있다고 여겨집니다. 적들은 이 안으로 대규모 병력을 투입할 방법이 없었습니다."

디드리크가 말했다. 생존자들은 이 통로를 통해 지난 스무 날 동안 성안 곳곳을 살피며 사망자들을 확인하고 필요한 물품들을 날랐다고 했다. 때문에 서리심들의 눈보라가 아무리 몰아쳐도, 트롤과 와이번 무리가 아무리 설쳐대도 제압이 불가능했던 것이다. 결국 미스미르드 측에서는 소수의 특공대를 조직해 이러한 통로들에 대해 공략을 시도한 모양이었다. 하지만 좁은 통로에서 목숨을 건 생존자들의 응전에 더해, 함정까지 있었기에 미스미르드 측의 진입은 끝내 계속 실패해왔다. 상서령 앗슈레드가 애를 먹고 있다고 말했던 것은 바로 이 이야기였다.

"함정이라고……?"

랄로프가 묘한 얼굴로 물었다. 디드리크는 석관 근처에 놓아두었던 등잔에 불을 붙이고 앞서가며 일행을 안내하는 중이었다. 바위를 깎아내 만들어진 거친 통로를 조금 지나자, 울리케가 시우부름의 요새에서 익히 보았던 고블린식 통로가 나타났다. 랄로프의 물음은 아우케트가 통로의 양식을 보고 눈을 부릅뜬 순간에 던져졌다.

"……정말이로군. 그렇다면 그 함정들은……."

"고블린들의 것이죠."

디드리크가 어색하게 말했다. 둘은 면식이 있다고도 없다고도 할 수 있겠다. 직접 대화를 나누는 것은 처음이었으니까. 소년 종사는 착잡하게 말을 이었다.

"저희도 첨엔 몰랐습니다만, 이것이 고블린식 요새라더군요. 생각지도 못한 일이었지만 결국 그 덕을 보았습니다."

"이건 꼭, 그때 우리가 지나가려던 드리츠 인근의 그 맞뚫레 같네?"

울리케가 물었다. 좁고 어두운 통로는 겨우 두 사람이 나란히 지나갈 정도의 폭이었다. 일렁이는 송근유 등잔의 불빛은 불과 열댓 걸음 이내를 미약하게 밝히는지라 이런 것에 익숙한 사람이 아니라면 극도로 불안해할 만한 노릇이었다. 이에 울리케가 지난 기억을 떠올리며 물은 것이다. 고블린 오백장은 잠시 생각하다가 말했다.

"그렇다. 우리의 요새는 언제나 이러한 비밀 통로를 가지니까……, 눈으로 직접 보니 믿지 않을 수 없군. 하지만 흐로케냐르라니……?"

"그러고 보니 거기에 대해선 들어본 적 없네. 흐로케냐르?"

"천년이나 된 노래이다. 너희가 알 리 없지. 우리의 마지막 왕이 쓰러졌던 요새의 이름이자, 아무도 위치를 모르던 우리의 정신적 고향이다."

"그럼 그게 뉘른스에크란 말이야?"

아우케트는 섣부르게 긍정하지 않았다. 몇 차례 디드리크가 멈춰가며 함정들의 위치를 주의 깊게 알려주었고, 일행은 그때마다 우회해야 했다. 하지만 만들어진 지 천년이나 지난 유적인 관계로 어떤 통로들은 더 이상 위협적이지 못했다. 일행은 복잡하게 얽힌 통로의 갈림길과 함정들을 지나가며 그 배타적인 어둠에 점점 기분이 나빠지기 시작했다. 이미 익숙한 디드리크와 아우케트만을 제외하고.

"원 세상에. 이걸 무슨 수로 공략한담? 함정이 없더라도 이건 숫제 미로가 아니오?"

랄로프가 그렇게 탄식하자, 내내 어두운 얼굴을 하던 길핀이 모처럼 말했다.

"이건 정규군의 악몽 같은 것이로군요."

그 말대로였다. 고블린들이 수성의 대가라는 말은 흔히 퍼져 있는 이야기였지만, 이 가운데 고블린 요새 안의 진면목을 얼추나마 아는 것은 울리케가 유일했다. 그 울리케조차 시우부름의 모든 것을 다 보고 알지는 못했으니, 이런 걸 난생처음 보는 다른 이들은 오죽했을까. 물론 랄로프와 라그나는 언젠가 고블린 요새에 침입해본 적이 있었지만, 그들의 경험 속 요새는 이 정도 수준의 방어 시설을 갖추고 있지 않았다. 모두들 이 아찔한 시설에 의해 구원받은 생존자들이 정말 운이 좋았다고 생각하는 한편, 고블린들의 요새가 정말 만만치 않은 건축물임을 깨닫는다. 물론 시야프리테는 아무런 생각이 없는 표정이었고, 그런 소녀가 문득 고개를 돌려 랄로프를 보더니 그가 자신과 같이 아무 생각 없어 보이지 않는다는데 약간의 배신감을 느끼고 만다.

"뭘 생각하고 있어요?"

"어? 아……, 아냐."

랄로프는 얼버무렸다. 반면에 라그나는 고분의 입구에서부터 내내 눈을 내리깔고 묵묵했다. 그는 디드리크의 지난 이야기나 고블린들의 옛이야기, 그리고 함정과 미로에 대해서도 아무 감흥이 없는 얼굴이었다. 하지만 사위가 지독히 어두워 누구도 그에 관해 깨닫지 못한다.

"도착했어요."

한참이나 그렇게 통로를 지나는 동안, 안내하던 디드리크의 말투는 울리케의 기억 속 목동 소년의 것처럼 꽤 누그러져 있었다. 영주의 앞인 데다 적들인 미스미르드 군을 보아 격앙되었던 까닭이었을까. 하지만 소년 종사의 전신에 흐르는 어떤 기세만은 여전했다. 이제 회복된 까마귀의 눈에 비치는 소년의 결기는 확실하게 다듬어진 무사의 그것이었다. 울리케는 그것이 대견하면서도 지극히 슬펐다. 어찌할 수 없는 일이었다.

"드리츠의 디드리크! 울리케 피어클리벤 아가씨를 모시고 들어갑니다!"

본래는 여기까지 오는 동안 몇 군데의 병목구간에도 평소 병사들이 교대로 감시를 서며 혹시 모를 침입을 경계하지만, 어제 용이 도착하고 에파가 먼저 지나가는 바람에 모두 경계를 그만둔 상태였기에 오는 내내 사람이라곤 없었다. 일행은 통로의 끝에 이르러 꽤 널찍한 석실에 도착했다. 삼면의 돌출된 난간에서 굽어 보이는, 일종의 전당이라 말할만한 구조의 공간이었다. 아우케트는 보자마자 이것이 전통적인 고블린 요새의 정문 구조임을 알아보았다. 가로막는 문짝이 없는 대신 삼면의 난간 너머에서 진입하는 적들을 요격할 수 있는, 그런 구조였다. 디드리크가 들고 선 등잔의 어둠 너머, 남자의 목소리가 날아왔다.

"디드리크?"

디드리크의 친형 룻트였다. 쇠뇌를 들고 2층의 난간 너머에서 몸을 내민 그가 일행의 모습을 확인하더니 의아해하며 물었다.

"……아가씨가 어디 계신다는 거야?"

"나는 여기 있다!"

시야프리테의 어깨 위에서 도래까마귀가 버럭 소리 지르자, 룻트는 물론이고 그 곁에 슬쩍 나타난 다른 병사들 모두 눈이 휘둥그레졌다. 그 꼴을 보자니 앞으로도 계속 이걸 설명해야할 것 같아 조금 짜증이 나고마는 울리케다. 하지만 그런 감정은 그들이 안쪽으로 안내되어 모두가 기다리고 있던 곳에 이르자 곧 사그라들었다. 울리케는 수백 명의 병사가 모여선 가운데 앞에 나와 있던 종사들의 얼굴을 확인하고는 그만 울컥 치미는 감정이 폭발하고 말았다. 그러나 까마귀의 몸이라 눈물은 흐르지 않는다. 피어클리벤의 종사 아드손과 지올벤, 발리엇이 보였고 그 곁에는 뉘른스에크의 기사 헨릭과 그리그가 서 있었다. 디드리크로부터 정황을 들은 모두가 다소 놀란 가운데, 울리케와 약간의 면식이 있던 헨릭이 나서며 예를 갖췄다.

"울리케 피어클리벤, 행정관님을 뵙습니다."

"정말 고생했어요, 우서베르트 경."

울리케는 눅눅한 목소리로 말했다.

"아버님께서는 오시고자 했지만, 빌러디저드 님이 말리셔서 위에 남아 계세요. 모두 나가는 데 문제 있나요?"

"……나가도 괜찮겠습니까?"

헨릭은 갈라진 목소리로 물었다. 울리케는 그의 얼굴에 가득한 피로와 초췌함, 못 박힌 분노와 만성된 슬픔을 본다. 곁에 선 그리그의 얼굴은 아예 시체와 같았다. 무리도 아니다. 함께하던 여섯 동료 기사들 가운데 넷이 죽고 남은 둘이며, 이들은 그들의 주군을 지키지 못했고 그 식솔들 또한 잃었다. 제정신을 붙들고 있는 게 차라리 용하다 하리라. 울리케는 처음 대피 당시 생존해 있던 네 기사 가운데 하나가 이후의 싸움에서 죽고, 다른 하나는 수치를 견디지 못하고 사실상 자결했다는 말을 내려오는 와중에 디드리크로부터 넌지시 들었다. 울리케는 이 둘이 어떤 심정으로 지난 스무날을 버텨왔을지 짐작조차 되지 않았다. 섣부른 이해야말로 크나큰 무례이리라.

"……빌러디저드 님이 계시니까요. 그리고……, 앞으로 해야 할 일이 많아요. 경들의 힘이 필요합니다."

"알겠습니다."

울리케는 그들과 긴 대화를 나누지 않았다. 적어도 지금 여기서는 아니다. 그렇게 생각한 그는 눈을 돌려 디드리크에게 물었다.

"에파는 어디 있지?"

"제가 안내하겠습니다!"

곁에 있던 발리엇이 재빠르게 나선다. 그러자 뒤에서 눈치를 보고 있던 길핀이 휘하의 부하 열하나를 데리고 나섰다.

"행정관님, 저……."

"아, 종사 길핀."

울리케는 그가 하려는 말을 눈치채고 헨릭과 그리그에게 말했다.

"저들은 뉘른스에크 소속의 순찰대입니다. 이제 경들의 휘하로 편제를 이양하려 하는데, 문제없겠죠?"

"……없습니다. 감사합니다."

그렇게 뉘른스에크 순찰대들을 떼어내고, 울리케는 홀가분해진 나머지 일행과 함께 발리엇의 뒤를 따랐다.

"이 공간은 분명 요새의 중앙광장이었을 것이다."

자신을 뚫어지라 쳐다보는, 병사들의 의아한 눈길을 뒤로하며 아우케트가 말했다. 울리케는 예전 시우부름에서 우이라를 만나 술을 마시던 그 공간을 떠올렸다.

"그런가? 하지만 조명이 별로 없어 전체적인 크기는 잘 모르겠네."

"내 눈에는 잘 보인다. 아주 넓다."

거대한 어둠에 파묻힌 지하 광장은 군데군데에 놓아둔 등불이 전부라 초행인 이들이 안내 없이 움직이기는 거의 불가능했다. 병사들이 도열해 있던 곳을 떠난 울리케의 일행들은 이내 몇 개의 독립된 석실들이 늘어선 장소에 다다랐다. 석실들마다 어디선가 조달해온 모포들이 휘장처럼 쳐 있었다.

"다친 이들을 돌보는 곳입니다."

발리엇이 조심스레 말하자, 울리케가 물었다.

"……현재 부상자가 얼마나 되지?"

"스물넷입니다."

울리케는 속으로 탄식했다. 이런 지독한 어둠 속에서 간헐적으로 쳐들어오는 적을 격퇴하며 스무날이라니. 몸이 멀쩡한 이라 하더라도 며칠을 견디기 힘들 것 같은 곳이다. 나쁘게 말하자면 흡사 거대한 무덤 같은 느낌이 아닌가? 그 새벽 기습의 참상을 직접 겪어보지 못한 그였기에 울리케가 가진 이 공간의 첫인상은 생존자들과 다를 수밖에 없었다.

"저……, 에파 아가씨?"

발리엇이 어색하게 안쪽을 향해 말했다. 잠시 뒤, 부스럭거리는 인기척과 함께 석실 하나의 휘장을 걷어내며 에파가 나타났다. 그는 울리케와 시야프리테, 그 등 뒤의 두 모험가를 보고는 아낌없이 반갑다는 낯을 띤다.

"내려오느라 고생했어요, 울리케."

"에파도요. 그나저나, 부상자들은 어떤가요?"

마찬가지로 에파를 보며 반가워하는 시야프리테의 어깨 위에서 도래까마귀가 물었다. 에파가 무어라 대답하려는 찰나, 안쪽 석실 하나에서 웬 중얼거림이 터져 나왔다.

"본좌가 안 그랬어! 본좌가 모를 것 같아? 하! 주군께선 살아계시지? 하지만 토끼고기가 좋겠어, 나처럼 바삭하게 익힌 걸로!"

마치 굴뚝의 연기가 뱉어지듯 쉰 그 목소리엔 고통과 광기가 실려있었다. 그 순간, 여태껏 딱딱하게 굳어있을 뿐 별다른 변화 없던 라그나의 표정이 무너져내렸다.

"누구죠?"

하지만 여전히 어둑한 사위라 그의 이런 얼굴은 주목받지 못한다. 울리케가 그 목소리에 깃든 참혹함을 읽어내며 물었다. 에파는 어두운 얼굴로 답했다.

"뉘른스에크의 마법사라고 하더군요. 나글펀넬 기주르 경이라고요. 온몸에 화상을 입어 심각한 상태예요. 저러고 스무날이나 버틴 게 기적이지요……."

"위험한가요? 에파로서도?"

"다행히 고비는 넘겨두었어요. 하지만……."

에파는 그렇게 말하며 뒤돌아보았다. 그의 말이 이어진다.

"그는 정신을 다쳤어요. 그건 제가 어쩔 수 없는 부분이랍니다.”

그러자 듣고 있던 시야프리테가 이해한다는 듯 침울한 얼굴로 고개를 끄덕였다. 류그네라스의 권능을 몸에 새긴 에파인만큼 그 치유술은 떨어져 나간 사지를 이어붙일 만큼 대단하지만, 그것은 어디까지나 육신에 한함이다. 넋을 놔버린 마법사의 정신까지 고칠 수 있는 게 아니었다.

이어서 에파는 조용한 목소리로 부상자들의 상태와 앞으로의 예상에 대해 이야기했다. 울리케는 그의 도움이 얼마나 값진 것인지를 이야기하며 감사를 표했으나, 에파는 그저 계속 고통스러운 얼굴이었다. 뒤이어 울리케를 찾아온 종사들과 부상자들의 운반에 관해 이야기를 나눈 뒤, 일행은 각자 분주하게 움직였다. 에파는 여전히 남아 부상자들의 처치를 도왔고, 울리케는 아우케트의 어깨로 옮겨탔다. 시야프리테는 에파를 따르며 부상자들의 처치를 도우려 했지만 에파가 사양했기에 여전히 울리케를 따르게 되었고, 울리케는 아우케트의 어깨로 옮겨탔다. 그들에게는 아직 이 산중유적에서 다른 볼 일이 남아있는 것이다.

“늑대를 잃은 눈이다.”

아우케트가 순찰대들과 함께 움직이는 헨릭과 그리그를 보며 중얼거렸다. 울리케는 고개를 살짝 기울이곤 물었다.

“그건 너희의 관용구인가?”

“그렇다. 싸움에서 늑대를 잃은 자들의 눈이 꼭 저렇지.”

그렇게 말하는 아우케트의 목소리는 진지하고 염려가 깃들어 있었다. 그들은 분주히 움직이는 병사들을 뒤로하고 지하 광장의 끝으로 향했다. 디드리크와 룻트 형제가 그들의 안내역으로 따라붙는다. 생존자들이 이곳에 터를 잡은 지난 스무날 동안, 병사들은 이 유적에 대한 어느 정도의 탐색을 마쳐두었다. 하지만 길이 워낙 복잡하고 방대한 까닭에 아직도 그 전모를 알지는 못한다고 말했고, 그건 적들이 모르는 통로로 침입해 들어올 수도 있다는 뜻이었다. 병사들 또한 그 점을 염려해 초반에는 집요하게 모든 통로를 수색하려 했었다. 하지만 곧 도저히 전부 돌아볼 수 없다는 것을 깨닫고 잠정적으로 포기했다. 생존자들에게 미로와 같다면 침입자들에게도 다를 것이 없다. 디드리크는 그렇게 말했다.

"이 정도의 규모라면……, 대륙에 흩어진 모든 형제들을 수용할 수 있을 것이다."

"발트부름은 거대하니까."

아우케트의 조용한 감상에 더한 울리케의 말이었다. 그들은 조용히 거대한 요새의 유적 안을 거닐기 시작했다. 이따금 방향을 알리는 디드리크의 음성 외에 모두는 어떤 대화도 나누지 않은 채 무겁게 가라앉은 어둠만을 나누어 들고 걸었다. 목도한 참상의 결과는 생각보다 너무나 심했다. 제국의 큰 영지 하나가 완벽하게 몰락하고 말았다는 실감이 들었다. 우호적이었던 류그라 상서령 앗슈레드에 가려 잊고 있던 것이지만, 미스미르드는 명백히 침략자들이며 대량학살을 주도한 이들이다. 살아남은 뉘른스에크의 가신들 앞에서 그들과의 협약에 대해 쉽게 말을 꺼낼 수 있을까? 디드리크의 태도만 보더라도 일이 어렵겠다는 생각이 든다. 아우스뉘르 제국은 확실하게 핏값을 받아내려 할 것이다. 울리케는 그렇게 생각했다.

"저쪽 계단입니다. 발 조심하세요."

그나마 다행한 일은, 사망한 변경백 길바드 뉘른스에크의 장녀와 차남이 황도에서 수학 중이라는 사실이었다. 따라서 뉘른스에크의 맥이 완전히 끊긴 것은 아니다. 성에 남아있던 변경백의 나머지 가족들은 모두 그 유해가 수습되었고, 헨릭과 그리그에 의해 확인되었다고 디드리크가 말했다.

지금까지 발생한 전사자들과 수습된 희생자들의 유해는 유적 내부의 한 서늘한 공간에 안치되어 있었다. 피어클리벤의 선임기사 스벤의 유해도 그곳에 있으리라. 울리케는 다시금 치미는 슬픔을 억눌러 내렸다. 울리케의 기억에서 그는 언제나 성과 영지를 지키던 우직한 전사였다. 그의 부재는 상상해본 일이 없다. 늘 티격태격하던 에이드리크가 이걸 어떻게 받아들일까? 에길은? 그리고 그는 또한 아그니르의 검술 스승이기도 했다. 그는 단순한 가신이 아니라 정말로 피어클리벤의 가족이었다.

"여깁니다."

울리케의 무거운 마음을 짐작했기 때문일까, 묵묵히 망자의 가는 길을 배웅하는 것처럼 흐릿한 등불만을 든 채 안내하던 디드리크가 멈춰서며 말했다. 그들이 이른 곳은 떠나온 지하 광장에서 한동안 상부로 거슬러 올라가 도달한, 커다란 원형의 석실이었다. 상당히 공을 들여 돌을 쪼아낸 벽면의 부조와 삭아 내린 장식들 한가운데, 고블린 왕의 옥좌가 있었다.

디드리크가 들고선 등불의 흐릿한 빛이 힘겹게 밀어낸 어둠 너머로, 돌을 다듬어 만든 옥좌의 형상은 꽤 소박하게 보였다. 등받이를 선호하지 않는 그들의 문화가 그대로 투영되어 조각된 옥좌는, 양옆에 조각된 팔걸이만이 그것이 단순한 돌조각이 아님을 나타낸다. 그리고 그 옥좌의 앞에는 아홉 개의 석조 의자가 반원을 그리며 배치되어 있었다.

"……왕의 자리가 틀림없군."

잠시 말을 잇지 못하던 아우케트가 나직이 말했다. 울리케가 묻는다.

"앞의 아홉 자리는 뭐야?"

"우리의 왕은 기본적으로 열의 오천장 가운데 하나이다. 그러니 다른 아홉 자리는 형제 오천장들의 것이지."

아우케트는 몸을 굽혀 그 오천장의 자리 가운데 하나를 쓰다듬었다. 울리케는 그 손가락이 살짝 떨리는 것을 보고 물었다.

"……어때, 기분이?"

"기묘하다."

아우케트는 담담히 말했다. 그는 뭔가를 더 설명하고자 시도

했지만 쉽게 입이 떨어지지 않는 모양이었다. 그가 입을 다무니 섣불리 말을 꺼내는 이가 달리 없어 한동안 석실에는 침묵과 어둠만이 싸고돌았다. 마침내 그 끝에, 아우케트가 말했다.

"용이 말하길, 뉘른스에크가 오랜 세월 모종의 비밀을 지켜왔다고 했다. 그게 이를 말함인가?"

"……나도 모르지. 어머니는 아실지도 모르겠다. 뉘른스에크의 이름을 잇진 않으셨지만……."

하지만 여태껏 피어클리벤의 병사들과 가신들에 대한 걱정을 공유했으면서도, 아셰리드는 이 지하 요새의 존재에 대해 전혀 말하지 않았다. 결국 그 역시 모르는 게 아닐까?

"그런데 왜 이걸 비밀로 해요?"

시야프리테가 물었다. 울리케는 답한다.

"제국의 정책 기조엔, 고블린들의 규합과 연대를 방해하는 전략이 깔려 있으니까. 이 흐로케냐르라는 장소의 존재가 알려진다면 틀림없이 여길 탈환하려는 움직임이 일어날 것이며, 또한 이를 구심점으로 대륙의 고블린들이 뭉칠 아주 좋은 명분이 되지. 안 그런가, 오백장?"

"……의심의 여지 없이, 그렇다."

아우케트는 대답했다. 울리케의 말엔 자국의 정책에 대한 어떤 평가도 들어있지 않았으나, 가감 없이 사실만을 적시했다는 점에서 그에 대한 신뢰를 한층 더하게 한다. 울리케는 다시 말했다.

"하지만 이제 이 비밀은 모두에게 알려질 거야."

"혼란이 일어날 것이다."

아우케트는 남의 일인 양 말했다. 그는 너무나 깊은 생각에 잠긴 나머지 오히려 이 문제에서 자기 자신을 떼어놓은 듯 보였다. 지금까지는 이 싸움이 그저 용과 울리케라는, 그와 관계된 이들의 싸움에 손을 보탠 문제였을 따름이다. 하지만 이제는 더 이상 아니다. 이 싸움에는 고블린들이 참가할 명백한 이유가 있으며, 이 땅은 아주 오래전 그들의 것이었다. 하지만 그 권리를 주장할 수 있을까? 이미 뉘르뉴와 땅의 권리를 가지고 다투었던 그들이다. 입장이 바뀌고 보니 헛웃음마저 날 지경이었다. 하지만 그만큼 흐로케냐르는 그들 종족의 중요한 정신적 상징이었다. 흐로케냐르의 발견이란, 용의 이름과 서리심의 비호보다 훨씬 더 확실하게 그들의 구심점 역할을 하게 될 것이다. 이건 그런 이야기였다.

"저……, 아가씨. 저쪽 뒤에도 뭔가가 있습니다."

다시금 찾아온 침묵에 조금 초조해하던 디드리크가 등불을 치켜들며 말했다. 마찬가지로 침묵과 어둠에 질려있던 시야프리테는 기다렸다는 듯 불쑥 그에게 다가간다. 등불에 비친 류그라 소녀의 얼굴에 잠시 당혹하던 디드리크가 재빨리 외면하며 말을 잇는다.

"문으로 막힌 석실인데, 열리지는 않더라고요. 한번 보시겠어요?"

"문이라고?"

고블린이 즉각 반응했다. 그들 문화에 문짝이란 존재하지 않는다는 걸 익히 아는 울리케조차 의아한 눈빛이 되었다. 다른 곳도 아닌, 고블린 왕의 요새에 문이라니?

일행은 이끌리듯 디드리크의 안내에 따라 옥좌의 뒤쪽으로 향했다. 어둠이 한 걸음 물러서며 드러난 석실의 뒤편엔 정말로 커다란 두 개의 문이 가로막혀 있었다. 그것은 천년이라는 세월의 무게에 지쳐 보이면서도 여전히 튼튼하여, 그것이 지키도록 명령받은 본래의 역할에 여전히 충실하다. 모두가 홀린 듯 가까이 달라붙어 살펴보기 시작했다.

"금속인데……, 무슨 금속인지 모르겠군요."

"아니, 뭐건 간에 이게 아직 이렇게 붙어있을 수 있소? 다 삭아버렸어야 하는 게 아닌가?"

라그나의 중얼거림에 랄로프가 보탠 말이다. 두 개의 문짝은 검고 광택이 없는 아주 튼튼한 금속으로 만들어져 있었다. 그 표면에 아로새겨진 조각은 그다지 정교하지는 않았지만, 복잡하면서도 규모가 있어 제법 장엄했다.

"나무인가……? 아우케트, 아는 바 없어?"

"모르겠다. 무슨 의미인지."

울리케가 물었으나 오백장 역시 알지 못한다. 울리케는 문득, 그의 까마귀 눈에 비친 문이 비범하게 미광을 발한다는 걸 깨달았다. 그것은 가까이 달라붙어서야 겨우 확인되는 약한 빛이었고, 실제로 빛나고 있는 것도 아니었다. 이게 뭘까? 울리케가 의문을 가진 순간 머릿속에 용의 음성이 울렸다.

— 너는 지금 마기를 보고 있는 것이다.

'……마기요? 이게 마법이라고요?'

— 그렇다. 조금 더 익숙해지면 마법사들의 것도 볼 수 있을 것이다.

'그럼 이게 무엇인지 알고 계십니까?'

— 짐작만을 하고 있다.

하지만 이미 울리케는 저 용이 얼마든지 거짓을 말할 수 있다는 걸 안다. 지난 새벽 그와 용은 지난 두 달을 모두 합친 것보다 많은, 실로 긴 이야기들을 나누었지만 여전히 속내가 들여다보이는 존재는 아니었다. 반면에 그는 이제 언제나 용에게 속마음을 들키는 신세가 되어버렸다. 불공평하기 짝이 없다.

— ……린트부름의 올바른 적생자에게 공평함을 들어 논하는 게 얼마나 불합리한 일인지 알고 있느냐?

'제가 그걸 모르겠습니까? 하지만 제 마음속에 일어나는 가감 없는 불평들에서 귀를 닫지 못하시는 건, 결코 제 탓이 아니랍니다. 아무튼, 그래서 이게 뭐라고 짐작하고 계십니까?'

— 안그라네스의 종궤(種櫃)이다.

울리케는 말을 삼켰다. 정말 난데없는 이야기였다.

'……류그네라스의 수그루가 여기 있다고요?'

— 그렇다. 천 년의 시간을 넘어 잠들어 있는 묘목들이지.

가만있어 봐. 이게 어찌 된 일이야? 왜 이게 여기 있는 거야?

'고블린 왕과 이게 무슨 관계가 있습니까? 뉘른스에크는 이 걸 알고 지켜왔던 것인가요? 왜죠? 미스미르드 역시 이걸 알고 쳐들어온 것입니까? 대제께서는 이걸 아셨습니까? 빌러디저드 님도 알고 계시던 것입니까?'

— 하나씩 묻거라.

아니 이게 침착할 일이야? 울리케는 눈을 희번덕거리며 생각 했다. 이 모든 연결들이 도대체 우연일 수가 있을까? 하지만 울 리케의 놀라움은 여기서 그치지 않았다. 용은 말했던 것이다.

— 그 의문들의 어떤 것에는 내가 대답할 수 있고, 어떤 것은 짐작만을 하며, 나머지는 나도 알지 못한다. 우리에게조차 천 년은 긴 세월이니까. 필요한 구전들은 각각의 겨레들이 나누어 갖고 흩어진 채 잊혀왔다. 하지만 이 모든 일이 오늘 이 자리에 여기 모인 건 그렇게 단순한 우연이 아니지. 심지어는 이 모든 재앙을 도모한 저 실록의 폐장들과 사막의 아이들마저 말이다.

'……네?'

— 그 문에 걸린 마법은 아주 오래되고 강력한 것이어서 나 나 드라우그르의 마왕이라 하더라도 파훼할 수 없는 것이다. 하지만 이 문에 걸린 마법이 무엇이든 그것을 깰 수 있는 단 한 가지 수단을, 이미 우리는 알고 있지 않느냐?

알고 있고 말고. 울리케가 그림니르의 몸에 갇히고, 이 가엾 은 까마귀의 기억을 갖게 된 이유가 바로 그 때문이니까. 본래는 적도 유목민들이 발명한 기술이나 실록의 폐장에 의해 유포되고, 현재는 미스미르드가 능숙하게 사용하고 있는 힘, 바로 파마의 술이다. 하지만 울리케는 그에게 있어 개인적으로 짜증 나는 이 기술에 대한 감상을 더하지 않으며, 단지 이렇게 물었다.

'그럼 파마의 화살로 이 문을 쏘면 되는 것입니까?'

— 아니다. 그렇게 간단하지 않다. 저들 진영에 걸린 결계처럼, 이 발트부름 산의 전역을 포괄하는 광대한 너비의 결계가 요구된다.

그렇다면 꽤나 까다롭잖아? 울리케는 생각했다. 물론 이 문 너머에 있는 것이 미스미르드 인들에게 절실한, 안그라네스의 모종이 확실하다면 그들은 기꺼이 파마의 결계를 펼쳐줄 것이다. 하지만 문제는 이 영토가 본래 아우스뉘르 제국에 속한다는 것이며, 지금 산 아래 대치하고 있는 제국의 진중에서 이 일을 그냥 보고만 있을 리 없다는 것이다. 파마의 영역이 넓어진다는 것은 곧, 제국이 보유한 마법 전력이 무효화되는 영역의 확장을 의미한다. 이것이 궁극적으로 제국의 적을 몰아내는 수단이 된다고 하더라도, 목전의 대패로 인해 핏값을 받아내야 하는 아우스뉘르 입장에서 그렇게 순순히 이를 허용할 리 없다. 아니 오히려, 안그라네스를 볼모로 삼아 미스미르드를 옥죄며 여러 요구를 관철시키려 할 것이며, 결국 갈등이 봉합되기는커녕 깊어질 것이다.

"열리지 않는 문이라면 어쩔 수 없는 일이잖아? 옥좌를 확인한 것만으로도 충분해. 일단은 모두 물러나는 게 어때?"

울리케는 시치미를 떼며 모두에게 말했다. 안그라네스에 관한 것은 아직 울리케만 알고 있는 일이어야 한다. 용이 마법을 통해 알려온 것도 그 점을 감안한 조치였으리라. 이 문제는 좀더 자세히 알아보고, 확신을 가진 채 논의와 고민을 해야 할 것이다. 그렇게 결론 내린 울리케는 일단 함구하기로 마음먹었다.

그의 말을 들은 일행은 순순히 걸음을 물려 돌아가기로 했다. 한나절도 되지 않았건만 지상에서 내려온 이들은 벌써 이 어둠에 지쳐있었다. 이 공간에 특별한 경외를 가질 수밖에 없는 아우케트를 제외하면, 모두들 한시 빨리 지상으로 올라가고 싶었던 것이다. 이들이 다시 왔던 길을 거슬러 내려가자, 지하 광장에서는 남은 병사들이 마지막 인원을 점검하며 빠져나갈 채비를 서두르고 있었다. 그사이 스물넷에 이르던 부상자들을 완치해버린 에파는 조금 지친 얼굴로 광장 한편의 짐더미에 앉아있다.

"어서 오시게!"

하지만 그들을 맞이한 건 에파가 아니라 그 앞에 웅크리고 있던 한 남자였다. 울리케와 일행이 이 낯선 중년이 뿜어낸 뜻밖의 쾌활함에 놀라 움찔 물러나자, 에파가 서둘러 일어나며 막아서듯 말했다.

"기주르 경이예요. 일단 몸의 화상은⋯⋯."

"본좌는 다 나았다오! 멀끔하게 말이지! 참으로 굉장하지 않소? 그러니 이제,"

그러나 곧바로 치고 나온 나글핀델이 그의 말을 다시 가로채더니 뒤이어 그의 앞에 허물어지듯 부복하며 소리 질렀다.

"마왕님, 제자로 삼으소서!"

"그렇게 부르지 말아요."

"제자로 삼으소서!"

"싫어요."

보아하니 여태껏 이런 실랑이를 하던 참인가보다. 일행은 뭐라 참견해야 할지 알 수 없어 난처한 얼굴의 에파와 그 표정을 동조하고 만다. 물론 도래까마귀에겐 무리였지만.

"기주르 경!"

하지만 때맞추어 먼발치에서 마지막 행렬의 점호를 마친 기사 헨릭이 달리듯 다가왔다. 나글핀델이 히익 하는 소리를 내며 에파의 곁으로 구르듯 피하자, 어처구니없어하며 헨릭이 말했다.

"그만 귀찮게 하시고, 이제 걸을 만하면 나서시지요. 아니면 들것에 묶어서 가겠습니다."

"나는 알아! 모두 나를 싫어해!"

마법사는 화상 자국이 선명한 얼굴을 쳐들며 그렇게 빽 하고 소리를 질렀다. 마구 흔들리는 그의 흐릿한 시선이 마치 도움을 요청하듯 에파와 울리케의 일행들에게로 흩어졌다. 그러다 문득, 그의 눈이 동그랗게 치켜떠지며 한 장소에 머문다. 그가 쉰 목소리로 탁하게 부른다.

"……아니, 도런님 아니오?"

"……저분의 정신은 돌아오지 않는 겁니까?"

라그나가 굳은 얼굴로 에파에게 물었다. 마법사의 말은 워낙 난데없는 데다 그가 아까부터 보여주는 광증에 힘입어, 그 누구도 진지하게 듣지 않았다. 랄로프는 나직하게 혀를 차고 만다. 에파는 우울한 얼굴로 대답했다.

"글쎄요. 모르겠군요……. 저로서는……."

"본좌는 미치지 않았어! 미치지 않았다고! 라그나 도런님이란 말이오!"

바닥에 몸을 구기듯 붙이고 있던 그가 벌떡 일어나 라그나를 가리키며 좌중을 향해 소리쳤다. 그가 라그나의 이름을 정확히 부르자, 그제야 사람들은 당황한 얼굴로 마법사를 본다.

"모를 만도 하지! 나도 스승님 살아계시던 시절 서너 해 몰래 어울리던 사이니까! 그래, 마침내 탕아가 돌아왔는가? 홀랑 타버린 집구석을 보니 기분이 어떻소? 내가 태운 거지만! 나도 탔지만! 불은 잘 끄고 다니오?"

울리케와 나머지 일행은 이제 눈을 크게 뜨고 라그나를 보지 않을 수 없다. 라그나는 침울한 얼굴로 한숨을 토하더니 별안간 눈을 부릅뜨며 나글핀델을 노려보았다. 그가 입을 뗀다.

"……정말 미치셨소? 아니면 미친 척하시는 게요?"

"우서베르트 경!"

느닷없이 나글핀델이 고개를 휙 돌리며 고함을 지르자, 멀거니 구경하고 있던 헨릭이 기겁하며 얼굴을 찌푸렸다.

"아, 깜짝이야 씨ㅂ……, 왜 그러십니까?"

"나는 늘 미쳐 있었지! 그렇다고 말하시오!"

"늘 미쳐 있었습니다."

헨릭은 욕을 하듯이 단칼에 대답했다. 이에 마법사는 흡족한 얼굴로 좌중을 돌아보며 마치 칭찬을 바라는 아이처럼 어깨를 으쓱인다. 랄로프의 목에서 한줄기 이상한 소리가 새어 나왔고, 라그나는 그 꼴을 보더니 에파에게 물었다.

"저 사람, 입 다물게 시킬 수 없습니까?"

"마법으로요? 주먹으로요?"

"……주먹으로 가능합니까?"

다음 순간 에파의 왼팔이 허공을 가르더니 마법사의 후두부를 위로 쳐올린다. 바라던 칭찬 대신 느닷없이 주먹에 얻어맞은 나글핀넬은 그대로 눈을 까뒤집으며 뒤로 나자빠졌고, 짜증나는 얼굴로 그를 보던 헨릭이 용케도 나서며 허물어지는 그의 몸을 받아냈다. 에파는 아무런 동요 없는 얼굴로 라그나에게 말했다.

"청해줘서 고마워요. 명분이 없어서 지쳐있던 참이었어요."

"……저도 감사합니다."

짧은 소동은 일단락되었다. 헨릭은 병사들을 불러 급조한 들것에 마법사를 동여매고는 그대로 들고 나갔고, 일행은 마지막으로 행렬을 따르며 오르기 시작했다. 하지만 의혹은 여전히 남아있다.

"형님, 저 치가⋯⋯."

"맞다."

라그나는 랄로프가 속삭이듯 던진 질문을 잡아채며 짧게 대답했다. 그는 정말 내키지 않는다는 기색이었지만, 그는 울리케를 비롯한 모두가 귀를 쫑긋 세우고 있음을 모르지 않았다. 나글펀델이 그의 이름을 정확히 부른 시점에서 이미 광인의 헛소리로 치부할 수 없게 되어버린 것이다. 그는 말했다.

"저는 뉘른스에크 변경백 각하의 혈육이⋯⋯, 맞습니다. 하지만 그분과는 생전에 한 마디도 나누지 못했군요. 이 성에 발을 디뎠던 것도 몇 번 되지 않으며, 그조차 모두 일개 영민의 신분이었습니다. 기주르 경과는⋯⋯, 그가 성에서 수학하던 시절 잠시 어울렸습니다. 성하촌에서 술을 마시곤 했죠. 그게 답니다."

울리케는 그의 목소리에 담긴 진실과 그 너머에 자리한 복합적인 감정들을 보았다. 그는 조심스레 묻는다.

"모친께서는⋯⋯?"

"저는 결코 그걸 알려서는 안 됩니다."

라그나는 이미 오래전 떠나보낸 격정의 흔적만을 살짝 드러내 보이며, 그렇게 담담히 대답했다. 반면, 랄로프는 물벼락이라도 맞은 듯한 얼굴이었다. 그가 묻는다.

"그럼 뭐요, 형님 귀족이오⋯⋯?"

"멍청한 소리 마라."

"아니, 맞잖소? 그럼 평민이오? 법이 어떻더라?"

귀족의 서얼도 귀족은 맞았다. 그럼에도 부정한 라그나의 말은, 그 허울이 지닌 한계와 모순에서 비롯한 것이었다. 이들은 가문의 이름을 이을 수 없는, 말하자면 1대에 한한 단승 귀족들과 유사한 수준의 권리만을 지녔다. 하지만 대개는 그조차 누리지 못하고 이름을 감춘 채 사는 게 더 일반적이었다. 그러니까 라그나와 같은 경우가 결코 드문 이야기는 아니었던 것이다.

"나보다는 시그리드가 훨씬 진짜 귀족이지. 그렇게 생각하지 않나? 나랑 계속 편히 술 먹고 싶으면 더 생각하지 마라."

"아니 내가 언제 생각이란 거를 막 했다고 이러시오?"

랄로프가 피식 웃으며 반갑게 대꾸했다. 믿고 따르는 동료가 한결같길 바라는 그의 순진함에, 라그나의 일그러졌던 기분도 조금은 좋아진다. 그러나 울리케 일행의 앞을 안내하듯 걷던 헨릭이 말했다.

"하지만……, 저로서는 그냥 넘기기가……."

"넘기시오, 기사님. 우서베르트 경이라 하셨던가?"

라그나는 조용히 말했다. 어쩐지 살기가 실린 그 음성에 헨릭의 눈매가 움찔거린다. 라그나는 말을 이었다.

"뉘른스에크의 재건과 계승에서 나는 나설 일이 없소. 나는 이 땅에 지은 죄도 없고 받을 빚도 없다고 생각하오. 황도에 각하의 자제분들이 계시다 들었으니 괜한 소란을 더할 일이겠소? 그러니 부디 함구해 주시오. 돌아가신 주군의 치부를 들춰내는 일일 뿐이오."

"……알겠소."

헨릭은 무리 없이 수긍했다. 기실 그 역시 라그나의 생각과 원래부터 같았으나, 뉘른스에크와 혈연관계에 있는 울리케가 보는 와중이라 예의를 갖춰 했던 말에 지나지 않았다. 울리케 역시 라그나의 말이 현실적임을 안다. 그러나 이 처세와는 별도로, 울리케는 다음과 같은 점을 생각하지 않을 수 없다.

"그러니까……, 라그나는 나의 외사촌이네……?"

"피는 한 방울도 섞이지 않았습니다, 아가씨."

라그나는 심드렁하게 대꾸했다. 맞는 말이다. 아셰리드의 배에서 나온 자식이 없는 이상, 울리케를 비롯한 피어클리벤의 모든 아이들은 뉘른스에크와 단지 족보상으로만 연결되었을 따름이다. 울리케가 머뭇거리자 라그나가 단호히 말을 더했다.

"모쪼록 잊어버리십시오. 변할 것은 아무것도 없습니다."

"……알았어."

그러나 아셰리드까지 그럴까? 울리케는 속으로 그렇게 생각했다. 아셰리드가 예상보다 심각한 이곳의 참상을 알게 된다면, 이제 고작 셋밖에 남지 않은 조카들에게 마땅히 지대한 신경을 쓸 것이다. 여기서 라그나의 정체를 함구하는 게 바른 일일까? 울리케로서는 확신이 서지 않았다. 그러나 진지하게 쳐다보는 그의 눈길엔 간절함과 굳은 결의가 어려있었다. 그가 어떤 생각과 감정으로 자신의 생을 선택해왔는지, 울리케는 아직 그에 관해 충분히 모른다. 더구나 맛이 간 마법사가 아니었다면 영영 몰랐을 일이리라. 울리케는 그의 뜻에 반해가면서까지 이 일을 전하지 않기로 마음먹었다. 그에게 있어 불행한 사촌이 하나 늘어나는 일은, 신뢰하는 모험가 하나를 잃어버리는 일보다 결코 나을 것이 없었으니까.

— 이기적인 결론 아닌가?

'린트부름의 고상한 포식자께서는 부디 인류에 대한 참견을 거둬주십시오.'

— 포식자라니 하는 말인데, 포식하게 해다오.

울리케는 어이가 없어서 물었다.

'……이 난리통에요?'

— 난리이니만큼 오히려 중요하지 않은가? 병참을 소홀히 한 지휘관은 필패하는 법이다.

농담처럼 이야기하고 있었지만 일리가 없는 이야기는 또 아니다. 거기다 이제 오백 가까이 되는 피어클리벤의 영지군을 먹여야 하고, 그걸 넘어서 기운을 북돋게 해줄 필요가 있다. 이들이 겪었을 지난 스무날의 고난과 역경은 이루 말할 수 없는 것이니까. 모든 용사들은 언제나 배불리 먹어야만 한다. 용의 밥투정에서 이 정도로 긍정적인 사고를 이끌어내는 울리케였다. 그러니 도무지 한숨 돌릴 틈이 없겠다. 그리고 마땅히 그래야만 할 것이다. 울리케는 모두에게 슬퍼할 틈을 주지 않기로 했다.

"가만, 그러고 보니 아까 다른 기사에 대해 묻지 않았어? 그도 기주르 경처럼 아는 사람이야?"

문득 생각난 울리케는 물었다. 라그나는 그의 기억력에 잠시 한숨을 내쉬곤 대답했다.

"……이그라는 제 동복동생입니다. 하지만 저와 뜻이 달라 각고의 노력 끝에 기사 서임을 받았죠."

"예? 아트뤼드 경이 경……의 동생이라고? 그러니까, 각하의 아드님이라는 말이오?"

듣지 않는 척하고 앞서가던 헨릭이 놀라 돌아보며 묻고 만다. 라그나는 얼굴을 찌푸리고 대답했다.

"저는 '경'이 아니오. 그리고……, 그렇소. 이그라 아트뤼드는 나와 마찬가지로 각하의 서얼이 맞지. 다만, 녀석은 그걸 모르오. 그것도 모른 채 제집에 돌아간 웃기는 놈이지."

라그나의 목소리엔 어떤 회한이 서려 있었다.

제 9장

"그 따귀로 부족했는가?"

피어클리벤 성 방문객 공관의 한 밀실, 아힌달은 푸석푸석한 얼굴로 아침 식사를 마치고 숙취에 시달리던 와중이었다. 지난 저녁 라핀다시르 공작령의 예방단이 당도한 이후 기사 에길이 웬 술 한 병과 안주 광주리를 들고 와 그에게 주었던 것이다. 포로에게 너무 과한 대접이 아닌가를 묻자, 에길은 살짝 빈정 대듯이 이렇게 말했다.

'행정관님께 듣길, 전하께서 술이 약하시다더군요. 마음껏 즐기시지요.'

그렇게 도무지 호의인지 모욕인지 알 수 없는 대접이었건만, 아힌달은 구태여 마다하지 않았다. 적진의 포로가 되어 나흘간 모든 정보를 차단당하고 있는 입장에서 술은 너무나 강렬한 유혹이었으니까. 결국 그는 보기 좋게 나가떨어졌고, 보다시피 괴로운 아침을 맞이했다. 아힌달은 아침부터 노기를 온몸에 두른 채 들이닥친 아셰리드를 피곤한 눈으로 쳐다보며 다시 물었다.

"뉘른스에크에서 안 좋은 소식이라도 당도했는가?"

"……대체 왜 진중의 결계에 대해 미리 알리지 않았지?"

아셰리드가 할퀴듯 추궁했다. 아힌달은 멍한 얼굴로 영주 대리의 말을 되새기다가 한 박자 뒤늦게 그 말뜻을 알아들었다. 그는 피식 웃더니 대답했다.

"별문제 없으리라 생각했다. 행정관이 나를 취조하며 몰래 술을 섞은 데 대한 약간의 심술이었지. 불신의 태도를 먼저 보인 것은 어느 쪽인가?"

"그건 전략적으로 중대한 문제이다! 사감으로 교섭을 흐릴 일인가?"

"큰 문제가 날 리 없으리라 여겼다. 문제가 생겼는가?"

아셰리드의 얼굴과 눈빛에 어린 노기는 여전했다. 그 표정을 읽듯이 관찰하던 아힌달이 다시 말했다.

"……문제가 생겼나 보군."

하지만 아셰리드는 곧바로 수긍하지 않았다.

피어클리벤 소속 병사들의 안전 확보 소식은 곧바로 그들 고향에 전해졌다. 노아크로부터 팔찌를, 기사 헨릭으로부터 전사자와 사망자들의 명단을 넘겨받은 크누드가 울리케의 명에 따라 시그리드에게 상세한 보고를 전했던 것이다. 따지자면 본래

이는 군무관 그리젤이 처리할 일이었으나, 시그리드가 내준 팔찌는 양쪽 가운데 하나가 마법사일 것을 전제해 만들어졌기에 어쩔 수 없었다. 울리케의 염려대로 아셰리드는 뉘른스에크의 피해가 그토록 엄청나다는데 다시 한번 충격을 받았고, 오빠인 변경백뿐만 아니라 대개의 가신과 조카들이 사망했음에 대해 슬픔을 감추지 못했다.

그래도 내심 어느 정도 각오했던 일이기에 거기까진 견딜만했다. 하지만 시그리드가 잠시 미뤄두었던 울리케의 문제를 알려오자, 간신히 유지되던 아셰리드의 평정은 그만 산산조각나고 말았다. 울리케가 파마의 결계로 인해 빙의를 끊기고, 까마귀의 몸 안에 갇혀버렸다. 그리고 방 안에 누워있는 울리케의 몸은 사실상 죽은 것이나 다름이 없다. 아셰리드가 분기탱천해 아흰달의 수감실로 쳐들어온 것은 그런 까닭이었다.

"……그러니 전하의 입장을 아시겠습니까? 그 정보를 누락시킴으로써, 전하는 아가씨를 죽게 한 것입니다."

아셰리드의 등 뒤에 따라 들어온 시그리드가 정황을 설명하며 이렇게 덧붙였다. 그의 곁에 서 있는 기사 에길 역시 분기에 찬 얼굴을 하며 아흰달을 노려본다.

'물론 정말로 죽었다고 하기도 애매하지만……'

시그리드는 속으로 이런 생각을 한다. 일반적인 의사라면 울리케의 상태를 사망이라 진단할 것이나, 시그리드와 같은 마법사라면 좀 더 복잡한 진단을 고려하게 된다. 분명한 것은 지금 울리케의 본체에 혈색을 돌리고 숨을 쉴 수 있게 하는 힘이 전적으로 용으로부터 나오고 있다는 점이다. 시그리드는 지난 밤직접 울리케의 몸을 살폈고 내릴 수 있는 결론은 단지 그뿐이었다. 용이 어쩌나 강력한 보호의 술책들을 몇 겹으로 둘러놨는지, 시그리드가 만일 빌러디저드와 관계없는 외인이었다면마법적 진단을 시도하는 순간 머릿가죽을 태워 먹었을 것이다. 참 고약한 용이었다.

"……생각조차 못 한 일이다."

아힌달의 얼굴은 알기 쉽게 창백해졌다. 그는 파마의 결계가그런 문제를 일으킬 것이라 상상조차 하지 못했고, 적어도 그의 그러한 판단 자체가 틀렸다고 말하긴 어렵다. 마법사인 시그리드나, 심지어 저 용조차 울리케에게 일어난 일은 예상치못한 것이었으니까. 시그리드는 아셰리드에게 이러한 바를 충분히 설명했고, 아셰리드 역시 이 일에 불가피한 면이 있었음을 어느 정도 이해한 상태였다. 그러니까 이 아침의 출두는 사실, 아힌달에게 압박을 가하기 위한 의도가 다분히 들어있었다.

"이제 내가 무엇을 약속하든 납득할 보상이 되지 못하겠군. 그래도 모르니, 부디 바라는 것을 말하라."

아힌달은 자세를 바로 하더니 차분히 이렇게 말했다. 그것이비록 한 명의 제후로서 오랫동안 익혀 온 예의의 표면에 불과할지는 몰라도, 그의 태도엔 정중함과 진실함이 훌륭하도록 드러났다. 아셰리드는 말했다.

"그대는 이제부터 북상할 후발대의 압송을 받아 전장으로 갈 것이다. 현재 대외적으로 그대의 입장은, 이웃 제후의 암살 위협을 받아 망명한 것으로 되어 있다. 피어클리벤은 자력으로 그 주인과 생존자들의 확보를 해냈기에, 포로로서 그대의 값어치는 더욱 떨어져 있지."

"……그 말이 사실이라면, 피어클리벤이 나를 내어줄 이유가 어디 있는가?"

"내어주는 것이 아니다."

아셰리드는 말했다. 그의 말이 선언하듯 이어진다.

"미스미르드는 아직까지 그대의 목을 걸고 협상을 시도하지 않았다. 내어달라는 이가 없는데 그러한 표현이 가당할까?"

"그러면……?"

"하지만 동시에, 우리 또한 그대의 목 같은 건 원하지 않아."

아셰리드의 차가운 분노는 얼음 속의 불꽃 같았다. 그의 말이 이어진다.

"미스미르드는 명백하게 핏값을 치러야 할 것이다! 하지만 이대로라면, 아우스뉘르와 미스미르드의 양쪽 입장은 결코 좁혀지지 않고 새로운 피를 뿌리겠지. 피어클리벤과 이 땅을 수호하는 용만이 그 가운데 유일한 억지력이다. 그대에게 양심이 있다면 중재에 보탬이 되어야겠지! 피어클리벤은 그를 위해 육왕의 죄를 물을 것이다."

"……그것은 내정 간섭이다. 받아들이지 않을 것이다."

"천년 제주의 신위로도 그러한가?"

아힌달은 눈을 크게 떴다. 한동안 생각하던 그는 고개를 끄덕인다.

"······가능성이 없지 않군. 하지만 그러려면······,"

"그를 위해, 그는 너희가 오래도록 인정해온 제위 인가의 권도를 사용할 것이다."

이미 커진 눈이 더 커질 방법은 없다. 아힌달은 가까스로 이렇게 물었다.

"누굴 옹립하려 하는가······?"

"아우케트 칸 아디우크. 시우부름의 오백장이죠."

아셰리드의 곁에 있던 시그리드가 대신 대답했다. 아힌달의 낯빛이 아주 볼만해졌다.

"고블린······?"

"문제가 되겠습니까?"

아힌달의 시선이 탁자 위로 떨어졌다. 미스미르드의 왕권에 대해 누구보다 잘 알고 있는 그 자신인 만큼, 그는 이 전례 없는 일의 가능성과 부작용에 대해 재빠르게 생각했다. 너무나 파격적인 일이지만 미스미르드로서는 분명히 이를 부정할 논리가 없다. 제정(祭政)이 밀접한 미스미르드의 체제상 이를 부정하는 것은 곧 국가의 근간을 부정하는 일과 같다. 서리심의 권한은 그만큼 그들 제국의 초석 그 자체였다. 더구나 이 일의 주체는 바로 저 천년 제주가 아닌가? 물론 인간의 일인만큼 뒤편으로는 어마어마한 저항이 분명하게 일어나겠으나, 이 일은 가능성이 있다. 아니, 틀림없이 된다!

"이 놀라운 계획의 입안자가 도대체 누군가?"

마침내 아힌달은 허탈한 듯 이렇게 물었다.

"그대가 가장 용서를 구해야 할, 내 딸이다."

그리고 이 물음 자체가 계획의 가능성을 수긍하고 있음을 깨닫는, 아세리드가 대답했다. 아힌달은 경탄과 유감이 뒤섞인 한숨을 길게 내쉬고 말았다. 계속해서 빚이 늘어간다.

마침내 지하의 모든 병력이 올라온 뉘른스에크 본성의 안뜰은 현재 분주하기 이를 데 없었다. 노아크는 모든 종사들로부터 무언의 벅찬 경례를 받았고, 뒤이어 운구되어 온 시신들 앞에서 오랫동안 말을 잃었다. 길바드 뉘른스에크 변경백과 그 식솔들의 시신 앞에서는 그나마 어느 정도 꼿꼿함을 유지할 수 있었으나, 스벤 달슨의 주검 앞에 이른 백작의 얼굴은 처참하게 일그러졌다. 울리케는 아버지가 슬픔을 토해낼 시간을 갖도록 하기 위해 직접 나서서 모든 것들을 지휘하기 시작했다. 그러면서도 그는 내심 모든 지휘권을 아버지에게 넘겨야 하는 게 아닐까 걱정했으나, 이미 울리케가 이 모든 일들을 이끌고 만들어왔음을 아는 선발대들과 고블린들이라 다들 아무런 이의 없이 그의 지시를 따랐다. 덕분에 까마귀를 어깨에 얹은 시야프리테는 계속해서 열심히 이곳저곳을 오가며 이동식 횃대의 역할을 수행하느라 바빠죽을 지경이었다.

"가져온 모든 천막을 세워줘, 아우케트! 군량은 얼마나 있지?"

"성안의 보급창고가 아직까지 무사한가요, 우서베르트 경?"

"올라오는 길에 숙영장을 봤어요. 필요한 자재들과 물자들을 찾을 수 있을 거라고 보는데, 서리엇 경이 움직여주겠어요?"

"군사! 그대와 휘하의 장졸들이 설야에 만족하는 게 아니라면 천막 치는 것을 거들게 해라! 저 뺀질한 기사를 따라가면 된다!"

반면에 피어클리벤의 종사들과 뉘른스에크의 두 기사, 헨릭과 그리그는 다소 어리둥절한 기분이었다. 간략한 설명을 통해 울리케가 행정관 직함을 가지고 여기까지 이끌어왔음을 전해 들었으나, 행정관이란 이와 같은 전시에 진중에서 설치기에 적당한 직함이 결코 아니다. 그럼에도 크누드와 이하의 선발대원들은 척척 움직였고, 심지어 피어클리벤 백작조차 딸의 '망동'이 월권행위라고 의식하지 않는 모양새였으니 말이다. 하지만 무엇보다, 그가 이끌고 나타난 이백여 고블린 부대에 더해 스레이야 휘하의 이천여 병사들마저 그의 지시에 따라 움직이니 엉덩이를 붙이고 있을 면목이 없었다. 또한 이 모든 일을 지켜보는 검은 용이 있다. 그 자주색 눈빛을 등진 울리케의 지휘는 그야말로 폭풍과 같았다.

"성안의 보급창고는 지속적으로 적들에게 털렸습니다. 그래서 현재 남은 게 거의 없군요. 안 그래도 저희 역시 곧 군량이 떨어지리라 걱정하던 차였으니까요, 울리케 아가씨."

"행정관 좌하라고 부르셔야 해요!"

최선임 종사 아드손의 보고였다. 울리케를 어깨에 얹고 있던 시야프리테가 턱을 치켜들며 그에 대한 호칭을 이렇게 정정해주자 아드손은 즉시 약간의 민망함과 송구함을 얼굴에 띠었다. 조금 떨어진 곳에서 지나가며 그 꼴을 구경하던 랄로프가 낄낄거린다.

하지만 전혀 신경 쓰지 않고 물자 부족에 대해 고민하는 울리케다. 앞으로 이 병력들은 상당 기간 뉘른스에크 성에 주둔하게 될 것이며, 전후 처리를 수행하는 한편 곧 있을 다자 회담에서 주도적인 역할을 해야 한다. 그런 와중에 보급품의 부족으로 곤란을 겪는 것만큼 모양 빠지는 일이 없으리라. 아니 애초에 병참이란 곧, 주둔한 군대의 뿌리가 얼마나 굵은가를 결정한다. 한참 끙끙 앓던 울리케가 용에게 다가가 이러한 문제를 토로하자, 빌러디저드는 물끄러미 울리케와 그의 이동식 횃대 소녀를 내려다보더니 말했다.

"……나더러 약탈이라도 하라는 것이냐?"

"제가 꽤 방자하긴 합니다만, 그만큼 어리석지는 않습니다."

"전날 나는 양(兩)군에 대해 체재비와 공물에 관한 언령을 내려두었다. 그들이 이를 어찌 받아들이리라 보느냐?"

"어찌 받아들이는가에 따라, 빌러디저드 님을 향한 저들의 표면적 태도가 드러나겠지요."

"그럴 것이다."

"하지만 도대체 노주는 그렇다 치고, 망측한 처녀 이야기는 무엇입니까? 격조에 누가 되니 부디 물리소서!"

울리케의 목소리에 선명하도록 짜증이 묻어나자, 그걸 바로 곁에서 듣고 있는 시야프리테의 눈이 허공에 빙글빙글 헤엄쳤다. 방자함으로 따지자면 언제나 울리케 못지않던 류그라 소녀였으나, 막상 울리케가 용의 턱 아래에서 이토록 개기는 꼴을 목도하니 그만 아찔한 존경심에 눈의 초점이 흐려지고 마는 것이다. 그러나 검은 용은 전혀 상관하지 않는다는 투로 말했다.

"누가 되느냐? 벌써 내게 바쳐질 처녀 하나가 저들 사이에서 묶인 꼴을 보았다."

"……네?"

울리케가 당황하며 물었다. 용은 또 말한다.

"오늘 안에 양군에 보낼 사자를 골라라. 그 전에 적당한 체재비의 값을 매겨두는 것이 먼저겠지. 실로 큰 판이 될 것이다, 울리케 피어클리벤."

"다 아는 이야기를 힘주어 말하지 마소서! 그보다, 바쳐질 처녀를 보셨다고요? 아우스뉘르 진중에 말입니까?"

용의 헛소리에 애꿎은 이의 팔자가 사나워지는 것은 자신만으로 족하다. 그리고 그게 얼마나 피곤한 일인가를 세상 누구보다 잘 알고 있는 울리케인지라, 이렇게 쏟아 붙이며 묻는 그의 목소리엔 가시가 돋아 있었다. 용은 여상히 대꾸한다.

"내가 처녀를 요구한 것은 아우스뉘르 진중이다만."

"안다고요!"

울리케는 빽 소릴 질렀다. 울리케는 '처녀'라는 단어 자체가 자꾸 반복되는 데 대해 짜증이 나 있었다. 전날 빌러디저드가 전장에 출현해 불을 뿜었던 일, 그리고 뉘른스에크에 대한 점유를 선언했던 일 자체가 너무 갑작스러워 잠시 미뤄두었던 불편함이다. 처녀 운운했던 용의 발언은 처음부터 울리케의 심기를 긁었다.

"제가 빌러디저드 님께 인세의 윤리와, 더불어 언어가 규정하고마는 관념의 한계에 대해 지적하는 것이 가당키나 하겠습니까만, 지고의 존재께서는 이 미물들의 사회가 불쌍하도록 저런 기호(記號)에 얽매여 있다는 점을 좀 더 배려하셔야 한다고 생각합니다! 처녀라니요? 총각은 안 됩니까?"

돌기둥마냥 낯을 굳히고 서 있는 류그라 소녀의 어깨 위에서 이와 같이 울려 퍼지는 울리케의 외침에, 바쁘게 각자의 맡은 일을 수행하던 주변의 많은 이들이 순간 깜짝 놀랐다. 침중한 얼굴로 희생자들의 유해 관리에 대해 종사들과 논의하던 노아크마저도 돌아서서 딸의 이와 같은 난동을 파리한 얼굴로 바라보게 된다. 그러자 오히려 용이 이러한 좌중에 눈치를 보더니 울리케에게 말했다.

"……그것은 내 기호(嗜好)와는 아무런 관계가 없는 선언이었다만."

"저 또한 빌러디저드 님께서 무슨 짐승 같은 욕망이 있어 그와 같은 조건을 두셨다고 여기지는 않습니다! 문제는 받아들이는 이들의 생각이 아니겠습니까? 어느 정도의 오명을 의도하신 부분이 있으리라고는 예상합니다만, 반드시 이런 식이어야 합니까?"

검은 용은 다시 안뜰의 무리를 둘러보곤 한동안 말없이 도래까마귀를 내려다보았다. 여기에 이르러, 마침내 진정한 횃대의 경지에 도달하고야만 시야프리테는 이 팽팽한 긴장감 속에서 그저 울리케의 부속물인 양 우뚝하다. 숙영지로 병사들을 이끌고 나가려던 크누드가 먼발치에서 이 상황을 감지하고 낯빛을 고쳐잡으며 재빠르게 달려왔다. 하지만 그의 접근은 울리케의 다음과 같은 한마디에 딱 가로막혔다.

"끼어들지 말아요! 경에게 맡긴 일은 따로 있을 텐데요!"

"……지금 대체 무슨 일입니까?"

그러자 용이 말했다.

"나도 묻고 싶군."

도래까마귀는 잠시 숨을 고른다. 다시 그가 말한다.

"저는 지금 린트부름의 올바른 적생자께서, '처녀'라는 관념이 이 사회에서 어떻게 정의되고 소비되는가에 대해 충분한 고려를 하셨는가 여쭈고 있는 것입니다! 첫 번째 처녀로 부족하셨던가요? 어째서 처녀들이어야 합니까? 제물로 바쳐지고, 거래와 협상의 대상이 되고, 그저 구조를 기다리기만 할 뿐인 존재여야 합니까? 저는 저를 구하러 올, 얼굴도 모르는 놈과 결혼할 생각이 없었는걸요?"

"그렇다. 너는 대신 나와 논쟁했지. 그리고 나 또한, 너를 구하러 올 기사에게 그저 한낱 시험과 시련의 상징으로 머물고자 하지 않았다."

"하지만 사람들은 그렇게 받아들일 것입니다!"

"그 수용의 틀을 만든 것은 내가 아니다. 처녀의 관념을 만들고 대상화한 것도, 우리를 격퇴될 재앙으로 잠정하는 것도 모두 너희 세상이 계승해온 관점의 유산이다. 나는 그를 적절히 이용했을 뿐이다. 아니 더 정확히는 내가, 너희가 가진 관념대로 이용당하기를 용납한 것이다. 과연 아니라고 할 수 있느냐?"

대답하는 용의 목소리는 묘하게 기꺼웠다. 도래까마귀의 부리 사이로 속삭이듯 '재수없어……'라는 음성이 새어 나왔으나, 시야프리테는 필사적으로 못 들은 척했다. 울리케는 이와 같은 자신의 속삭임은 물론, 속마음도 충분히 들을 수 있는 용을 향해 부연하듯 말한다.

"……인간 남자가 제게 그렇게 말했더라면, 내뱉었을 말이지만요."

"나는 너희의 문제에 대해 당사자성을 획득할 수 없다. 이는 나의 한계인 동시에 특권이기도 하지. 나를 불가해의 존재로 둘 것인가, 아니면 유별한 관점의 제공자로 둘 것인가를 결정하는 것은, 어디까지나 너와 너의 사람들이다."

아우스뉘르 제국에게 용은 건국의 신수이지만, 대중에게는 한편으로 분명하게 경국(傾國)의 괴수로서도 여겨진다. 처녀 제물을 강요하는 용의 이야기는 거기서도 가장 원초적인 민담이었다.

울리케는 조금 차분해지면서 한편으로 생각했다. 그가 용의 발톱에 채여 시작된 이 여정과 혼란을, 반드시 전적으로 그의 탓이라 할 수 있을까? 용이 가진 권능과 파괴력, 민중에게 끼칠 정치적 위상에 주목한, 인간들이 일으킨 소요의 한가운데가 아닌가? 지금껏 빌러디저드가 실제로 해온 일과 했던 말들을 되새기자, 그가 앞서 한 말의 의미가 울리케의 가슴에 와닿았다. 용은 결국 이용당한다. 이는 일찍부터 아이비레인과 함께해온 라핀다시르의 로릭스데조차 말했던 바다. 빌러디저드는 분명 스스로가 그러한 구조 안의 존재이길 거부하지 않았다. 그가 그를 먹지 않겠다고 선언했던 그 순간부터.

"……제가 빌러디저드 님과 공평하게 이야기할 날이 과연 오겠습니까?"

울리케는 어쩐지 조금 억울한 기분이 되어 물었다. 용은 답한다.

"나 또한 그날을 기대하고 있다."

"하지만……, 어떻게요?"

"그것은 전적으로 내 몫이다."

용은 너그럽게 말하더니 고개를 들어 성벽 너머 아래 펼쳐진 전장을 바라보았다. 한바탕의 대화가 끝났음을 느낀 시야프리테는 그제야 혼이 나간 얼굴을 돌려 도래까마귀를 향해 속삭인다.

"정말 존경해요, 아가씨……."

"아니, 너는 하지 마라. 그 존경. 넌 충분해."

그들의 뒤에서 불쑥 크누드가 나서며 말했다. 울리케와 시야프리테가 돌아보니, 그 말고도 랄로프와 라그나 또한 가까이서 그들을 보고 있었다. 다들 용과 울리케의 이야기가 격한 양상을 보이자 슬그머니 다가와 있었던 것이다. 울리케는 그것이 고마우면서도 조금은 우스웠다. 울리케는 그에게 말한다.

"걱정할 필요 없어요."

"걱정해서 온 게 아닙니다. 궁금해서 온 것뿐이죠."

그렇게 대꾸하는 크누드의 표정에 진실함이 담뿍 배어나 울리케는 오히려 좀 어처구니가 없어졌다. 하긴 이 남자가 만일의 사태에 용을 상대로 뭘 어쩔 생각 같은 걸 하진 않았으리라. 하지만 그러면서도 한편으로, 울리케는 자신의 이런 행동이 용을 향해 만용을 부리는 것처럼 보이는 것일까 하는 의문을 가졌다.

— 당연하다. 너는 나와 가장 많은 이야기를 나눈 사람이다. 남들과는 이해의 폭이 다르다.

'……이젠 눈앞에 뻔히 사람을 두고 속으로 말씀하십니까?'

— 주위의 근심과 주목을 사고 싶지 않다면 이편이 낫지 않으냐?

그것도 생각해 볼 방법이겠군. 울리케는 수긍했다. 단지 부족한 물자에 대해 이야기하러 왔다가 여기까지 화제가 달려버렸다. 하지만 용과 대화하는 일은 언제나 심력의 극심한 소모를 야기하며, 정돈된 대화를 이끌어가기도 무척 힘든 일이었다.

그렇게 물러난 울리케는 다시 자잘한 일들에 몰두했다. 그가 노아크를 찾아 넌지시 일에 관해 묻자, 백작은 담담하게 말했다.

"잘하고 있지 않느냐? 나는……, 당분간 망자들을 기리는 데 힘을 쓰고 싶구나. 내 명의나 권위가 필요하다면 물론 언제라도 말하렴. 하지만 네게 그런 것은 더 이상 필요 없을 것 같구나."

울리케는 아버지가 자신을 너무 높이 산다고 생각했으나 섣부르게 이의를 제기하지도 못했다. 울리케는 이미 자신의 역할과 역량에 상당히 익숙해져 있었고, 오랫동안 사람들의 위에서 영주라는 직을 지내온 피어클리벤 백작에게 있어 딸의 이러한 모습은 너무나 간단히 간파할 수 있는 것이었으니까. 그리고 실제로 본성의 안팎에 대한 수색을 넓혀나가면서 눈 속에 파묻힌 막대한 수의 시신들이 늘어갔기에 이를 따로 관리할 이가 필요했다. 그들 일부는 와이번이나 트롤에게 당해 참혹히 찢겨 있었고, 더러는 동사자였으며, 더러는 무엇에게 홀렸는지 자신들끼리 치고받은 끝에 사망한 시신들이었다. 계절과 기온 탓에 부패가 일어나지 않고 있다는 점만이 유일한 위안이었다. 스레이야가 이끌고 온 팔왕의 병력 이천은 곧, 대부분 이 전사자들의 시신을 수습하는 데 투입되었다. 아무도 입을 떼지 않았고, 울적한 침묵만이 흐르는 가운데 그렇게 날이 저물어갔다.

"숙영장과 성 내부 곳곳에서 모을 수 있었던 군량이 이 정도입니다."

크누드와 까마귀 금고단원들의 주도 아래, 이뤄진 물자탐색의 결과는 신통치 않았다. 어느새 묘하게 회계역할을 담당하게 된 하슈펠이 이천이 넘는 인원에게 요구되는 자원을 계산하여 정리해놓고 있었다. 그의 보고에 따르면, 현재 확보된 물자로 버틸 수 있는 기간은 겨우 나흘가량이었다.

"말먹이만큼은 거의 무한하게 있습니다. 미스미르드 인들에게 꼴은 약탈할 만한 가치가 없었던 것이겠지요."

하슈펠은 예의 나긋나긋한 목소리로 말했다. 한나절 간 시신들을 수습하며 얻게 된, 무척 불편한 얼굴의 스레이야가 내뱉는다.

"우리는 큰뿔털사슴들을 위해 건태(乾苔)를 따로 챙기니까. 건초 따위는 써먹지 않는다."

"그렇습니까? 꽤 요긴한 정보로군요."

하슈펠은 천연덕스럽게 대답하며 들고 있던 두루마리에 뭔가를 적어넣는다. 울리케는 아우케트를 쳐다보았고, 그는 말했다.

"막사들은 문제없이 갖춰졌다. 장작이나 숯 또한 미스미르드 인들에게 그리 매력적인 약탈물이 아니었겠지. 그래서 연료 또한 충분하다. 다만……,"

고블린 오백장은 잠시 말을 끊고 염려하는 낯을 띠더니 입을
열었다.

"우리에게 문제는, 숲흑늑대들의 군량이 되겠다. 말할 필요도
없는 것이지만, 이들은 고기를 먹지."

"아, 그거 큰일이군요."

크누드가 낭패라는 얼굴로 말했다. 실제로 그 문제를 생각지
도 못하고 있던 울리케 역시 당황하고 말았다. 하지만 모두가
동요하기 전, 아우케트는 재빠르게 말했다.

"방법은 있다. 성 안팎에 얼어 죽은 마필들의 사체가 상당히
있지. 허락한다면 그것들의 각을 뜨고 싶다."

"……문제없겠지요?"

울리케는 크누드를 비롯한 나머지 사람들을 둘러보며 물었
다. 말의 사체를 먹인다는 행위에서 오는 저항감이 없지는 않
았지만 그렇다고 말들의 묘비를 세워줄 것도 아니고, 지금과
같은 상황에서는 지극히 합리적인 방법이었기에 모두들 수긍
의 뜻을 나타냈다. 한동안 그렇게 병참의 문제에 매달리던 울
리케는 한숨을 내쉬며 푸념처럼 중얼거렸다.

"하지만 이대로라면 언제 개시될지 모를 회담까지 버티지도
못하겠는걸……. 결국 대치한 양군으로부터 일종의 조세를 뜯
어내야 해."

"치세의 첫 하루부터 약탈적 과세! 멋있어요, 행정관 좌하!"

시야프리테가 열렬하게 반응하자마자, 울리케는 반사적으로 소녀의 한쪽 귀를 쪼며 깍깍거렸다.

"치세는 무슨! 그리고 약탈적 과세라니, 너 도대체 그런 말 어디서 배운 거야?"

스레이야의 병력들은 본성 안뜰 바깥의 진입로 주변에 막사를 치고 자체적으로 석식 추진에 임하고 있었다. 피어클리벤의 오백인대가 안뜰 한중간에 자리 잡았고, 아우케트의 고블린 병력은 성문의 근처, 그러니까 이 양 병력의 사이에 자리를 잡았다. 이는 스레이야와 아우케트, 그리고 울리케가 논의 끝에 합의한 배치로 여전히 살벌하기 짝이 없는 미스미르드-피어클리벤 병사들 간의 분위기 때문에 조치된 일이었다. 물론 팔왕 아힌달의 병사들은 애초에 이 공성에 참여하지도 못한 후방 병력이었기에, 피어클리벤의 종사들과 병사들이 뿜어내는 살기가 다소는 억울한 측면도 있었다. 하지만 피어클리벤은 그들의 왕을 사로잡고 있는 세력이었던 만큼, 아무리 억울하고 고까워도 어쩔 수 없는 일이었다. 그래서 그들의 기세에는 한결같이 체념이 묻어나왔다.

"정말이지 싸움처럼 진저리나는 일이 없다."

안뜰 건너편의 검은 용을 향해 인사인지 경멸인지 알 수 없는 시선을 흘긴 소녀는 성문 바깥의 미스미르드 막사들을 바라보며 이러한 분위기를 읽어냈는지 위와 같이 중얼거렸다. 낮동안 몸을 감추고 있던 서리심, 뉘르뉴였다. 날이 어둑해지고 밥 짓는 냄새가 성내에 동할 무렵 홀연히 다시 나타났다. 그의 곁에 있던 아우케트가 떫은 목소리로 대꾸한다.

"우린 분명, 과거에 너의 선제공격을 받았었다만."

"그러니 진저리나는 일이라지 않느냐?"

아우케트는 혀를 차듯 피식 웃었다. 뉘르뉴는 말을 이었다.

"저들은 주화파라 하지 않았는가? 증오의 대상이 되어선 안 된다."

"집단의 공과는 필히 연대 되는 것이다. 너는 오롯하다고 생각하는가?"

"……그렇게 여겼지. 그러나 내게 제위 인가의 권한을 부여하는 것은 저들 사이에 합의된 가치이다. 내가 너와 울리케를 위해 그것을 받아드는 순간, 나 역시 이러한 규칙에 들어가게 되지."

"규칙은 약속이기도 하다. 윤나의 무녀로서, 그 무게를 받들 가치가 있다고 여기는가?"

아우케트는 물었다. 고블린 오백장의 목소리엔 의혹보다 염려가 진득해, 천 년을 살아온 소녀의 마음에 가벼운 울림을 준다. 자신과 친구를 위해 그 자유를 버릴 필요가 있느냐고, 고블린은 묻고 있는 것이다. 잠시 침묵 속에서 하나둘 불빛들이 채워져 가는 성의 안뜰을 돌아보다 뉘르뉴는 말했다.

"인간의 규칙은 셰이위르가 죽는 날까지 결코 포기하지 못했다. 그때의 나는 따라갈 생각을 하지 못했지. 하지만 이제는 아니다."

"알겠다."

고블린은 짧게 대답했다. 그걸로 충분했다. 뉘르뉴는 곧장 성
문을 나서 스레이야의 진중을 방문했고, 덕분에 또다시 그들로
부터 도무지 요령이라곤 없는 절을 받았다. 그를 따르지 않고
형제들의 막사에 머물던 아우케트의 귀에 뉘르뉴의 신경질 내
는 목소리가 들려오자, 그가 격려차 저들에게 갔음을 알던 오
백장은 엷게 웃었다.

어느덧 날은 완전히 저물었다. 조촐하나마 분명 삼군의 세력
연합이라 할 수 있는 이 진중은 그 기묘한 구성만큼이나 다양
한 음식 냄새에 휩싸였다. 낮 동안 내내 참혹한 성안의 광경만
을 봐 온 탓에 어둡게 잠겨있던, 피어클리벤 연합군의 분위기
를 일신하기 위해 울리케는 수집한 군량을 다소 과감히 풀기로
했다. 성의 안팎에 커다란 솥들과 녹 닦인 철판들이 연달아 걸
렸고, 크게 지펴낸 화톳불로부터 얻어낸 벌건 숯들이 이곳저곳
에 날라졌다. 지위의 고하를 막론하고 모두가 분주한 가운데,
땀을 흘리지 않는 이는 도대체 그럴 방법이 없는 도래까마귀
한 마리와, 몸을 뒤척이는 것 자체가 모두에게 재앙일 검은 용
한 마리뿐이었다. 백작인 노아크조차 도끼를 들고 장작을 패는
데 거리낌이 없었다.

"타잖아! 뒤집어!"

"뒤집기 전에는 타는 줄 모르는걸요!"

"그걸 도대체 왜 몰라!"

덕분에 울리케는 요리의 재능이 그 조신함 만큼이나 없는 시야프리테의 어깨 위에서 어떻게든 용의 저녁밥을 지어내기 위해 고군분투하고 있었다. 세 번 정도 도래까마귀의 부리에 귀를 쪼이고 나자, 류그라 소녀는 진심으로 국자보다 횃대가 더 나은 내세의 삶이라고 생각하기 시작한다.

"형편상 이 정도에 참아주소서."

그렇게 결국 횃대로 되돌아간 류그라 소녀의 어깨 위에서, 울리케는 몇몇의 고블린 병사들과 피어클리벤 병사들 손을 빌려 차려낸 저녁을 빌러디저드에게 올리며 말했다.

"이해한다."

스무날 가까이 방치되어 있던 성안이라 더러 살아남아 있던 가축들도 모두 동사하거나 아사한 이후였다. 고블린들의 숲흑 늑대들을 먹이기엔 풍족했지만 아무리 그래도 굶어 죽기 직전이 아닌 이상에야 사람이 먹을 식재료로 고려할 수는 없었기에, 용에게 올릴 만찬 역시 큰 솥째 끓인 국 하나가 고작이었다. 그러나 그건 꽤 비범한 것이었다.

울리케는 뉘른스에크 성에서 얻을 수 있었던 재료들에 더해, 고블린들로부터는 그들 특유의 양념을, 스레이야 측으로부터는 건마육포를 얻어 일종의 잡탕을 만들어내었다. 그건 말하자면 일찍이 이 대륙의 북부에서 시도되지 않은 조합의 요리라 할 만했는데, 도래까마귀의 몸이라 일절 간을 볼 수 없었음에도 울리케는 그 맛에 대한 어떤 확신을 가진 모양이었다. 그것이 울리케 스스로가 본래부터 갖고 있던 것인지, 아니면 용이 더해준 능력의 발현이었는가는 아직 모른다. 다만 안뜰에서 이 용을 위한 요리의 준비과정을 빠짐없이 지켜보던 모두는 마침 내 완성된 그것이 꽤나 그럴싸한 향을 풍겨낸다고 여기며 맛을 궁금해하고 있었다. 그러나 유감스럽게도, 빌러디저드는 말로 써 그들의 의문을 해소해줄 생각이 없는 모양이었다.

"후발대의 편성에 대해 시그리드가 알려왔다."

단숨에 국을 들이켠 용이 말했다. 시야프리테도 밥을 먹기 위 해 선발대 막사로 간 참이라 울리케는 빌러디저드의 앞, 지펴 진 모닥불 가의 횃대 위에 홀로 앉아있었다. 물론 이 횃대는 시 야프리테를 데리러 온 라그나가 무심한 얼굴로 박아놓고 간, 진짜 나무막대기였다.

"저도 대강의 편성에 대해 듣기는 했습니다만, 변동이 있나 요?"

"너의 자매들이 따라붙는다는군."

울리케는 잠시 멍한 눈으로 용을 올려다보다 물었다.

"로젤은 아닐 테고……, 에인달케요? 아그니르요?"

"에인달케와 아그니르 모두다."

"그럴 리가요? 새끼 그리핀의 삼칠일이……."

"하루 차이다. 아그니르가 고집한 모양이더군."

울리케는 마음속으로 날짜를 계산해 보았다. 아그니르의 새 끼 그리핀이 깨어난 것은 이 뉘른스에크가 습격당한 이튿날이었다. 그리고 오늘은 그날로부터 정확히 열아흐레째다. 후발대가 피어클리벤을 출발하는 것은 내일이니까, 정말로 스무하루의 기간에서 딱 하루가 부족할 뿐이었다.

"그렇군요. 그 그리핀은 이트레케르……, 라는 이름이랍니다."

울리케는 말했다. 검은 용은 고개를 살짝 기울이더니 투정 부리듯 말했다.

"……긴 이름이군."

"소박하게 온핌 같은 이름을 추천했지만, 아그니르의 취향이 워낙 야무지니까요."

그러니까 내일 출발하게 될 후발대의 편성은 라핀다시르의 예방단 전원에 더해, 여태 피어클리벤 성의 손님이었던 로릭스데와 케틸, 그리고 피어클리벤 측에서는 에인달케, 아그니르 두 자매가 그리젤 휘하의 단원들과 함께 따르는 것이다. 마지막으로 포로인 팔왕 아힌달까지.

"엄밀히는 임시이긴 하지만, 아그니르는 영주 대리로부터 기사의 작위를 수여 받았다."

용이 말했다. 울리케는 조금 놀란다. 아그니르가 자신의 가문인 피어클리벤의 이름으로 작위를 받지 않기 위해 애써왔음을 알기 때문이었다. 그는 심지어 그것을 일종의 굴욕이라고 생각했고, 이는 어느 정도 상식에 기반한 가치관이었다. 그런 만큼 이 출정에서 가내의 서임을 받아들였다는 것은, 나름의 각오일 테다.

다시금 아그니르가 스벤의 부음에 크게 상심하리라 생각한 울리케는 적잖이 울적해졌다. 그러나 내색하지 않으며, 그는 말한다.

"후발대가 내일 출발하니, 아무리 서둘러도 일주일은 걸릴 것입니다. 거기다 중도에 닐뵤른에 들러, 두고 온 습격자들에 대해 조치까지 하려면 못해도 하루를 더 잡아먹겠지요."

울리케의 염려를 꿰뚫어 본 용은 말했다.

"어차피 이 판의 주도권은 우리에게 있다. 시간을 버는 것은 오히려 저 양군이 바라는 바이리라."

"싸움을 금한다고 명하긴 하셨습니다만, 실제로 충돌이 일어날 경우, 기꺼이 위력을 행사하실 생각입니까?"

"내게 있어서 기꺼움과 탐탁지 않음의 경계를 네게 이해시키고자 하지 않는다."

울리케는 돌려 말하지 않기로 하며 이렇게 똑바로 다시 물었다.

"대량학살이 가능하시냐고 여쭈는 것입니다."

"가능하다."

용은 나직하고 평온히 대꾸했다. 하지만 오히려 그 담백한 여상함이, 어둠 속에 묻힌 용의 거체에 견주어 으스스한 울림으로 다가온다. 울리케가 이 질문을 구태여 던진 것은 그가 첫 만남에서 결국 자신을 먹지 않았고, 이후에도 지금껏 살인을 저

지르지 않았기 때문이었다. 어제도 용은 등장과 함께 불을 내뿜긴 했지만, 그것은 상징적인 시위에서 그쳤을 뿐 그 누구도 다치게 하지 않았다.

"다만……,"

검은 용의 말이 이어진다.

"아이비레인이 있다. 나는 그의 오래된 상처를 볼 수 있고, 또한 우려하노라. 따라서 나는 가급적 파훼와 억제, 돈좌의 술을 쓸 생각이다. 물론 이는 원래 충분히 효과적이나, 전장의 위력으로서는 치명적인 문제가 하나 있지."

"……무서워 보이지 않아서요?"

"바로 그렇다."

울리케가 싸움과 전쟁에 대해 아는 것은 극히 피상적이다. 그리고 울리케는 그 사실을 아주 잘 알고 있었다. 그러나, 일찍이 용을 전장의 가용병력으로 두고 전쟁을 지휘했던 지휘관들은 지극히 적다. 아우스뉘르에 제대로 된 용이 없었던 지 벌써 그렇게 오래되었다면, 현재 양 진영 모두 빌러디저드의 힘을 제대로 상상하지 못할 것이다.

"맞는 말이다."

이러한 울리케의 예측에, 노아크가 대답했다. 저녁 식사가 끝나고 성안은 모처럼 나름의 망중한에 잠겨있었다. 울리케가 앉아있던 횃대는 어느덧 이 연합군의 지휘부 중심이 되어, 노아크 백작과 더불어 크누드와 종사 아드손, 뉘른스에크의 두 기

사, 그리고 아우케트와 스레이야를 한자리에 모이도록 만들었
다. 뉘르뉴는 또다시 어디론가 사라져 보이지 않았고, 에파는
치근덕거리는 마법사 나글핀델을 피해 모험가들과 야간 정찰
을 나간 상태였다. 시야프리테와 디드리크는 하슈펠과 함께 차
를 나르는 중이다.

"아마 저 아래에서, 그나마 용에 대해 가장 해박한 이는 발리
위그 드레스바르프 후작이겠지. 후작가는 오래도록 용의 마법
에 대해 연구하고 그 힘을 추구해왔다고 들었다."

이어진 노아크의 설명에, 용은 잠시 모두를 내려다보며 침묵
하다 말했다.

"드레스바르프 후작가가 이끄는 현재의 아우스뉘르 대응군
은 무엇보다 미스미르드의 파마술과, 나의 전력을 경계할 것이
다. 이는 다만 나의 예상이지만, 인간 마법사의 입장에서 린트
부름의 권능보다 두렵고 까다로운 것은 그들의 힘 자체를 부정
하는 파마의 저주이리라 여긴다."

"파마의 저주가 뭡니까?"

뉘른스에크의 두 기사, 헨릭과 그리그는 물었다. 울리케가 파
마의 화살과 결계에 대한 설명을 마치자, 그들의 낯빛이 어두
워졌다. 헨릭이 말한다.

"……그것이었습니까? 어쩐지 기주르 경의 저항이 너무 간단
히 무너졌다고 생각했더니……. 아, 참! 이보게 그리그?"

"여기."

기사 그리그는 기다렸다는 듯, 허리에 매고 있던 두 자루의 검 가운데 하나를 끌러 들더니 내민다. 받아든 헨릭이 다시 그걸 모두의 앞에 내밀어 보이며 말했다.

"이건 농성 중반에 구한……, 전리품입니다."

노아크 백작이 그것을 받아들고 검집에서 검을 살짝 해방시켰다. 모두의 눈앞에 드러난 검신은 마치 허공에 암흑의 틈을 베어낸 것같이 새카만 색이었다. 울리케는 그 도래까마귀의 눈에 비친 이 물건의 본질적 허무를 알아챘다. 일찍이 시그리드의 가슴에 박혔던 것과 같은.

"파마의 기세……?"

울리케가 중얼거린 순간, 용이 말했다.

"그렇군. 하지만 화살과는 급이 다르다. 그건 고작 두어 번을 사용할 수 있지만, 눈앞의 이것은 그보다 훨씬 사악한 결기로 단련되어 있다. 내 귀에는 이 저주에 종속된 영혼들의 비명이 들리는군."

모두가 빛을 먹어치우는 듯한 그 검을 꺼림칙한 눈길로 바라보았다. 헨릭은 힘겹게 입을 열어, 이 검이 스벤이 전사했던 일전에서 얻어진 것이라 말했다.

"기습이 있기 직전, 그날의 한밤중에 발트부름 산 건너편의 초소에서 어떤 소요가 있었다는 보고를 들었습니다. 그것이 이 사태와 무슨 관련이 있던 게 아닐까 하여, 대피 이틀째에 달슨경과 소수의 인원이 해당 초소까지 정찰을 나갔지요. 무리한 일이었다고 생각합니다만……."

"경이 아까 아이비레인의 대리인에게 알려주던 곳이 거기인가?"

잠긴 목소리로 그렇게 묻는 피어클리벤 백작의 손에 든 검이 살짝 흔들렸다. 헨릭은 고개를 끄덕였다.

"그렇습니다. 해당 소요는 그날 한밤중에, 후작의 측근이었던 일단의 파견대와 정체불명의 집단 사이에서 벌어졌다고 여겨집니다. 처음에는 저……, 미스미르드 인들이라 여겼습니다만."

"우리가 아니다!"

여태껏 조용히 있던 스레이야가 말했다. 모두가 그를 보았고, 그렇게 시선을 모은 팔왕군의 군사가 말한다.

"그 검을 좀 더 자세히 볼 수 없겠나?"

"……좀 더 예의를 갖추시지."

기사 그리그가 그를 향해 으르렁댔다. 그러자 그의 곁에 앉아 사태를 보고 있던 아우케트가 가로막듯 한쪽 팔을 들어 올리며 말했다.

"그는 현재 일국의 통수권자다."

"고블린은 빠지시지?"

대번에 분위기가 살벌해졌다. 도래까마귀가 부리를 딱딱 마주쳐 소리 내며 끼어든다.

"자중지란은 엄벌로 다스리겠어요! 하우스케트 경, 사감으로 일의 경중을 헤아리지 못하는 자를 이 자리에 둬야 할까요?"

"아닙니다, 아가씨."

헨릭은 재빨리 대답하더니 그리그의 발을 툭 걸어찼다. 그리 그는 즉각 사납게 헨릭을 노려보았으나, 다행히 그 이상 대들 지는 않는다. 울리케는 한숨을 내쉬었고, 아우케트가 일어서더 니 노아크의 앞으로 다가갔다.

"군사에게 검을 전해줘도 되겠소, 백작? 염려된다면 내 손에 서 놓지 않게 하겠소."

"……부탁하네."

노아크는 정중히 말하며 검을 내민다. 이번이 두 번째 만남 일 뿐이었지만, 딸과 자신을 구하기 위해 달려와 준 고블린 오 백장이다. 노아크는 이미 한나절 간 그와 고블린들을 보며 어 떤 태도를 취할지 결정한 뒤였다. 아우케트는 파마의 검을 받 아들고 스레이야의 눈앞으로 가져가 다시 검집에서 뽑아 보인 다. 그 침잠하는 검은 빛이 눈이 부신 양, 눈매를 찌푸리며 검신 을 응시하던 스레이야가 말했다.

"예상대로다. 이건 실록의 폐장 중에서도 일부의 일급 전사들 만이 갖고 있던 무장이다. 그냥 검으로서도 훌륭하지만, 파마의 화살과 다르게 이것에 맞은 마법사는 거의 영구적으로 마력을 손상당한다 들었다."

"……실록의 폐장은 또 뭡니까?"

헨릭이 묻는다. 하지만 울리케가 설명하려는 찰나, 도래까마 귀의 몸이 무언가를 들은 듯 흠칫 횃대 위에서 굳는다. 다음 순간 용이 입을 열어 좌중을 향해 말했다.

"에파로부터의 전언이다. 매복이 있었다. 현재 교전 중이다."

"실록의 폐장이다!"

울리케가 외쳤다. 모두가 벌떡 일어났다.

제 10장

　응대한 발트부름 산의 정상으로부터 흘러내리는 듯한 냉기가 골짜기들을 따라 낮게 깔린다. 숨죽인 나무들의 앙상함만이 어둠 속의 무수한 손가락들처럼 짙푸른 밤하늘을 찌르는 가운데, 일단의 무리가 베일 듯이 아린 겨울 밤공기 속을 가르다 한 걸음 멈춰선 직후였다.

　"솔직히 말해서, 난 당신을 전혀 이해할 수가 없소."

　라그나가 말했다. 어둠 속을 대낮인 양 헤치며 앞서가던 에파가 뒤돌아보았다. 성에 자리한 용의 패기 때문일까, 의아할 정도로 고요한 산중만큼 조용한 그의 눈빛이 라그나를 관통했다. 그러나 사내에게서는 아무런 두려움도 스며 나오지 않았다. 노련한 모험가는 재차 말한다.

　"당신과, 당신이 모시는 공작령의 용은 결국 이 사태에 책임이 있는 것 아니오? 만일 내가 피어클리벤의 가신이었다면 당신이 여기에 있는 것을 강력히 반대했을 거요."

"이해해요."

에파는 말했다.

"……하지만 나는 내 입장을 밝혔어요. 나는 이 비극에 동조하지 않아요. 피를 피로 갚는 것은 류그라의 방식이 아니죠."

"아직도 당신이 류그라라고 말할 수 있소? 용의 그림자이면서 드라우그르인 당신이?"

라그나의 말투는 점차 냉랭해지고 있었다. 곁에서 어둠 속을 둘러보며 주위를 경계하던 랄로프가 난처한 낯을 띤다.

에파와 라그나, 랄로프는 크누드 휘하의 단원들 여덟 명과 함께 헨릭으로부터 들은 초소를 향해 가던 중이었다. 발트부름의 중턱을 가로지르는, 폭이 좁은 군용 도로는 충분히 잘 닦여져 있었으나 얼어붙은 눈과 어둠이 행군에 발목을 잡는다. 그럼에도 에파가 모두에게 걸어준 마법 덕택에 시야는 대낮처럼 밝았고, 모두의 발걸음은 상어껍데기 위를 딛는 듯 척척 달라붙어 몹시 빨랐다. 그렇게 날듯이 어둠 속의 행군을 이어가던 와중, 별안간 라그나가 이렇게 시비를 걸기 시작했던 것이다.

"형님, 왜 이러시오? 답지 않게."

랄로프가 눈치를 보며 말할 정도였다. 그러나 라그나는 이 문제 제기가 부적절하다고 생각하지 않는 모양이었다. 역시 상관않는 에파는 대답했다.

"당신에게 이해를 구하지는 않겠어요. 하지만, 빌러디저드 님은 나와 아이비레인 님을 믿어주었습니다."

"내가 믿는 것은 관점과 이해를 공유하는 자들뿐이오. 결국 같은 인간일 수밖에 없지."

"이해해요."

"우리는 당신이나 용과 같은 존재를 이해할 수 없는데, 당신은 계속 우리를 이해한다고 말하는 것이오? 참으로 일방적이군. 오만하다고 생각하지 않소?"

"당신이 '우리'라고 말하는 것은 오만이 아닌가요?"

"적어도 당신보다는 그렇게 말할 자격이 있지."

라그나의 이 말은 살짝 선을 넘은 것이었다.

"당신들은……,"

에파의 어조는 여전히 태평했으나, 문득 그 잠잠한 수면 아래 거대한 어룡의 그림자가 비친 듯 모두에게 섬뜩함을 풍겼다. 그는 라그나를 보며 똑바로 말했다.

"숲을 개간할 때 모든 다람쥐에게 양해를 구하나요?"

라그나의 얼굴에 냉소가 흘렀다. 그는 에파를 노려보며 말한다.

"세상에 어느 개간이 다람쥐 따위에게 이로울까? 당신의 그 비유는, 당신과 당신의 그 무리들이 꾀하는 개간이 얼마나 폭력적인가를 고백하고 있는 게 아니오?"

"나의 무리가 아니죠. 그렇게 말하지 마세요. 그 아이들은 그 아이들의 세상을 위해 움직일 뿐입니다. 당신은 아닌가요?"

"만일 이제부터 우리가 그 체제 전복자들과 싸운다면, 당신은 어느 편이오? 피어클리벤을 돕는 것과 동시에, 그들을 막지 않을 수 있소?"

"어째서 그들이 적이라 단정하지요?"

"허."

기가 찬다는 듯한 이 소리는 랄로프의 입에서 나온 것이었다. 불안스러운 얼굴로 이 대화를 듣고 있던 전사가 한 걸음 앞으로 나온다.

"이보시오, 아가씨. 이거 보이시오? 이게 내가 그놈들에게 얻은 상처인데. 시야가 아니었으면 아직도 다 낫지 않았을 상처지. 나는 매일 이놈들과 다시 마주치면 어떻게 죽여줄까만 생각하고 있는데, 이게 적이 아니오? 화해라도 하라는 거요? 빌야미르라는 놈이었는데, 혹시 알고 있소?"

자신의 얼굴을 가로지르는 큰 흉터를 가리키며 랄로프가 물었다. 에파는 그의 얼굴을 찬찬히 살피더니 대답했다.

"……알고 있어요."

"나는 그놈을 만나면 죽일 생각이오. 그럼 아가씨는 나를 막을 거요?"

"막을 겁니다."

랄로프와 라그나는 입을 다물었다. 당장 에파를 향해 무기를 빼 들진 않았으나 좌중을 둘러싼 공기의 긴장감만은 팽팽해진다. 그들 뒤편에서 무심한 듯 대화를 듣고 있던 까마귀 금고단 단원들도 자신들끼리 슬쩍 눈치를 교환하였다. 하지만 동시에 명백히 난처한 낯빛이었다.

"……대체 어쩌자는 거요?"

라그나가 적대적으로 물었다. 에파는 아무런 표정의 변화 없이 남자들을 둘러보더니 말했다.

"왜 이걸 문제 삼는지 오히려 내가 묻고 싶군요. 여러분이야 말로 피어클리벤을 돕는다는 대의에 불성실한 게 아닌가요? 울리케 아가씨가 명령해도 듣지 않고 개인적 복수를 꾀할 거란 말인가요? 막무가내로 싸움부터 생각하는 분들이라면, 이 야간 '정찰'의 인원 편성이 잘못되었다고 생각할 수밖에 없군요."

에파의 목소리는 그 표정처럼 잔잔했다. 라그나는 조금 기세를 누그러뜨리며 대꾸했다.

"……원론적으로 옳은 말이오만, 만일의 사태에 홀로 우리 모두를 제압할 수 있는 당신이, 우리와 다른 뜻을 갖고 있다면 나는 신뢰를 바탕으로 이 임무를 수행할 수 없소."

"이건 일종의 군무(軍務)죠. 자유로운 모험가들의 의기투합 같은 게 아니랍니다. 그러니 사사로운 신뢰감은 무의미한 게 아닐까요, 라그나?"

라그나는 다시 입을 다문다. 그는 그가 처음 홀로 피어클리벤 성을 방문했을 때부터, 그가 가진 독특한 신분과 입장에 대해 주시하고 있었다. 사실 용과 거의 대등한 존재인 에파에게 있

어 어느 편인가 하는 질문 자체가 우스울지도 모른다. 라그나
는 그가 알고 있는 세계의 상식 안에서 에파를 해석해보려 애
써왔으나, 마침내 더는 이 애매하고 불편하며 미심쩍은 존재를
그저 묻어두지 못하게 된 것이다. 그것은 어쩌면 라그나가 숨
겨왔던 신분이 드러나고, 오늘 하루 동안 내내 마주 본 뉘른스
에크의 참상이 그의 가슴에 동요를 일으킨 까닭이었을지도 모
른다. 그리고 마치 이러한 라그나의 속내를 읽듯이, 에파의 말
은 이어졌다.

"내가 불가해하고 애매해 보이는 존재란 걸 이해해요. 하지만
라그나도 그건 좀 마찬가지죠. 당신은 피어클리벤의 가신이 아
니잖아요. 계약된 용병조차도 아니죠."

"……나는 시그리드의 친구요."

"지극히 사사롭군요? 그렇다면 이 임무를 수행함에 있어, 당
신의 지위나 권한은 애매하기 짝이 없죠. 어떤 자격으로 내게
이와 같은 의혹을 제기하고 있는 거죠?"

라그나는 묵묵히 선 채 고민에 빠진 듯 보였다. 애초에 용과
울리케가 그를 신뢰하는 이상, 피어클리벤의 식객에 불과한 그
가 이렇게 나서는 것은 도리에 맞지 않다. 여느 때와 같은 라그
나였다면 결코 저지르지 않았을 경계의 침범이었다. 한동안 눈
앞의 에파 대신 스스로의 내면으로 시선을 돌리고 있던 라그나
가 마침내 입을 뗐다.

"당신이 확실히 피어클리벤의 우군이라면, 나도 더 상관하지

않겠소."

"고맙군요."

안 꺼내느니만 못한 이야기가 되어버렸다. 라그나는 그런 자책의 빛을 살짝 비쳤으나 여전히 가슴은 개운치 않다. 일행은 다시 출발을 서둘렀고, 이내 어둠 속으로 신속히 스며든다.

"멈춰요."

그런 그들의 발에 다시 제동이 걸린 것은 한참이나 산속을 내달린 이후였다. 에파를 선두로 움직이던 행렬은 절벽 위에 꺾어 들어가는 군용도로의 한복판에서 멈추었다. 그들의 왼편으로 달빛을 받아 푸르게 빛나는 설야가 까마득히 내려다보이는 가운데, 양분된 두 군영의 불빛들이 별바다처럼 내려다보인다. 물론 이와 같은 경치를 감상하고자 멈춘 것은 결코 아니었다.

"아래에서 한 무리가 이쪽을 향해 올라오고 있어요. 성하촌으로 빠지는 샛길에서요. 여기가 합류 지점입니다."

"어느 쪽이겠소?"

라그나의 물음이다. 에파는 즉시 대답했다.

"조명 없이 빠르게 움직이고 있어요. 마법을 쓰고 있는 거죠."

"그러면 아우스뉘르 측 병력일까."

"하지만 분명해야 할 마기가 제대로 감지되지 않아요. 이상한 점이죠."

"……초계는 그다지 장기가 아니오?"

라그나가 약간의 조심스러움을 담아 묻는다. 언제나 정찰과 상황 파악에 상당한 재주를 보였던 시그리드를 의식한 탓이었다. 하지만 에파는 전혀 언짢아하지 않으며 차분히 대답했다.

"누구라도 마찬가지일걸요. 저들이 미지의 재주를 피우고 있는 게 아니라면, 생각해볼 수 있는 결론은 저들이 전적으로 마도구의 도움을 받고 있으리라는 것이죠."

"……과연."

라그나는 즉시 이해한다. 잠시 등 뒤에 매어진 쌍단창의 무게를 의식하며 생각하던 그가 입을 열었다.

"그렇다면 좀 더 확실하게 아우스뉘르 측 병력이리란 생각이오. 마법사를 포함하지 않은 것은, 혹시라도 여기서 미스미르드 측의 파마술과 마주칠 가능성을 경계한 것이겠지."

"파마술은 본래 미스미르드가 아니라 폐장의 아이들이 전문이죠."

라그나는 에파의 말을 들으며 다시 얼굴에 살짝 불편한 기색을 비쳤지만 끝내 별다른 대꾸는 하지 않았다.

출발 전 라그나가 들었던 헨릭의 말에 따르자면, 그 초소에서 발생했던 소요는 드레스바르프 후작 휘하의 가신들과 정체불명의 무장집단 사이에 벌어진 충돌이었다. 당시 야간 순찰을 돌고 있던 후작의 기사들이 그 수상한 자들을 발견하였고, 그들 사이에서 싸움이 벌어졌다는 것이다. 만일 지금 아래에서 올라오는 저 인원들이 후작 측의 병력이라면, 필시 그 일에 관해 알고 있을 것이다. 그렇게 판단한 라그나는 에파에게 물었다.

"기습 당일 밤의 그 충돌에서, 후작 측의 무사들과 충돌한 자들이 혹시 실록의 폐장 아니오?"

"그럴 수도 있겠지요."

이들은 아직 헨릭이 내보였던 파마의 검에 관해 알지 못한다. 라그나는 에파가 이렇게 말하자 미간을 좁히고 만다. 그는 물었다.

"당신은 정말로 그들의 계획에 대해 모르는 거요?"

"몰라요."

도무지 믿을 수가 없다. 라그나는 어쩔 수 없이 순간 그렇게 생각했다. 하지만 계속 그 의혹에 대해 따질 시간은 없었다. 에파의 인도에 의해 도로에서 벗어나 나무들 사이에 자리한 그들은 곧 그의 마법 덕택에 밤과 그림자의 완전한 일부로 숨어들었다. 이따금 길잃은 바람 소리만이 뒤척일 뿐, 기괴하도록 적막하던 산중에 한결 밤의 한기가 두터이 깔린다. 그러나 어느 순간 홀연히, 아래쪽 산길로부터 한 무리의 전사들이 나타났다.

그것은 그 자체로 무구이기도 한, 든든한 방한구를 꼼꼼하게 뒤집어쓴 전사 스무 명이었다. 전원이 한결같이 쇠뇌와 장검으로 무장하였고, 크고 둥근 방패를 등에 메고 있었다. 그 모두가 도보로 빠르게 눈길 위를 달린다.

"저런 제식은 본 적 없는데. 병과의 정체를 모르겠군."

은형의 술에 묵음의 너울까지 둘렀기에, 라그나는 마음 놓고 이렇게 소리 내 중얼거렸다. 그러자 까마귀 금고단원 가운데 하나인 게디르가 예의 그 날카로운 눈으로 그들을 훑어보며 말했다.

"나도 구경한 적 없는 유형인데……, 소문만 들어본 드레스바르프의 특수전대가 아닐까 하는 생각이 드오."

"특수전대?"

랄로프가 물었다. 게디르는 슬쩍 고개를 돌려 다른 단원들을 살피더니 라그나를 향해 입을 열었다.

"뭐 자기들끼리 부르는 명칭은 따로 있긴 하다던데 그것까진 모르오. 자세한 건……."

게디르의 말은 끝까지 이어지지 못했다. 별안간 얌전히 전방을 주시하고 있던 에파가 움찔했고, 그와 동시에 스무 걸음쯤 앞에서 올라오던 저들의 무리가 딱 멈추어 섰다. 라그나가 에파의 입에서 나직한 탄식이 흘러나왔다고 느낀 순간, 전혀 예상치 못했던 방향으로부터 무시무시한 살기가 뿜어져 나왔다. 그리고 그것은 방금 도착한 저 '특수전대'들도 동시에 감지한 바였다.

"쥐새끼들이 숨어있을 거라고 내가 말했잖아, 란미르!"

"……송구합니다, 시라예그 경!"

"모두 흩어져!"

드레스바르프의 특수전대원들이 모두 산개하며 방패를 앞세운 다음 순간, 어둠 속으로부터 일제히 수십 발의 검은 화살이 날아들었다. 가죽을 덧댄 방패들에 짧은 화살들이 박히며, 추운

날씨로 인해 옥죄어든 경화 가죽들 일부가 깨지는 소리를 낸다. 그리고 마치 그것이 개전의 호령인 양, 특수전대 전원은 방패를 앞세우며 그대로 돌격해 들어갔다. 명백히 인간의 근육에 허락된 이상의 도움닫기가 얼어붙은 도로 위에 파괴적인 발자국들을 찍었고, 단숨에 날듯이 거리를 좁힌 드레스바르프의 전사들로부터 고함이 터져나간다. 시라예그 경이라 불린 지휘관이 최선두에서 맹폭하게 검을 휘두르자마자 도처에서 날붙이들이 격돌하는 소리가 시간 차를 두고 메아리처럼 따라붙었다. 검은 장포를 온몸에 두른 무사들이 일제히 수풀로부터 뛰쳐나와 이 거침없는 돌격을 사양 않고 마중했던 것이다.

그리고 이 짧은 순간의 격돌을, 한쪽의 어둠 속에 숨어있는 에파와 피어클리벤 측 병력들은 몸을 반쯤 일으킨 채 똑똑히 지켜보고 있었다. 라그나는 창백해진 얼굴의 에파를 확인하고 급히 물었다.

"실록의 폐장……? 어째서 저들의 접근에 대해 말해주지 않았소?"

"몰랐으니까요."

"그게 가능하오?"

하지만 에파는 라그나의 추궁에 대답해주는 것보다 이 예상치 못한 싸움의 추이에 훨씬 더 신경을 쓰고 있었다. 평소의 평온한 표정이 무너진 에파가 살짝 입술을 깨물며 대꾸했다.

"파마의 술은 초계와 색적에도 대응할 수 있죠. 작정하고 매복하고 있는 그들은 설령 린트부름의 눈이라 해도 발견할 수 없어요."

특수전대원들과 실록의 폐장이 맞붙은 그 싸움은 초반부터 노도와 같이 전개되고 있었다. 그들 모두 이 어둠과 추위, 바닥의 눈들이 아무런 방해가 되지 않는 듯 움직인다. 후작의 정예임이 분명해 보이는 특수전대원들의 움직임은 때때로 비상식적인 빠르기와 파괴력을 보여주어, 이를 숨어서 지켜보고 있던 라그나 이하 피어클리벤 측 인원들에게 그들이 모종의 마법력을 이용하고 있음을 눈치채게 한다. 그들 발치에 얼어붙은 얼음들이 흙과 함께 자그락거리며 깨어져 튀어 오르고, 휘두른 방패에 얻어맞은 겨울나무들이 애꿎게 터져나간다. 하지만 이를 상대하는 실록의 폐장들 역시 순수한 인간의 용력만으로 맞서고 있지는 않았다. 마력이 덧대어져 맹렬한 관성에 이끌리는 검격들이 공허의 틈과 같이 새카만 검들에 막힐 때마다 맥없이 뒤척이고 마는 것이다. 드레스바르프 후작가의 가신, 벨레토르 시라예그가 소리 질렀다.

"맞추지 못하면 소용이 없어! 합격해라!"

어둠 속에 어지러이 흔들리던 검은 무사들의 수는 채 열이 되지 않았다. 하지만 최초 화살이 수십 발 날아왔다는 것은 최소한 그만큼의 인원이 존재함을 의미한다. 전위에서 특수전대의 공격을 흩어내던 실록의 폐장들이 벨레토르의 외침을 들은 순간 뒤로 빠졌고, 그사이 장전된 화살 열 대가 숲 안쪽으로부터 날아왔다. 벨레토르와 그 부관 란미르의 합격이 적 하나의 어깨를 베어내고, 파마의 화살 하나가 특수전대원 둘에게 직격한 것은 거의 동시였다.

"멈춰요!"

눈을 부릅뜨고 관전하던 에파가 마침내 피를 보자 벌떡 일어나며 소리 질렀다. 피어클리벤 측 전사들에게 씌워졌던 마력이 걷히는 것과 동시에 울려 퍼진 에파의 목소리가 막대한 기세를 담은 파공성으로 이 난전의 한중간을 가로질렀다. 앙상한 나무들이 부르르 떨며 이고 있던 눈들을 뿌리치고, 모두의 사위로 칼바람이 너울진다. 기겁한 라그나와 랄로프가 벌떡 일어서 에파의 좌우를 재빠르게 따르는 가운데, 수풀을 빠져나온 그는 이 갑작스러운 난입에 일순 정지한 그들 무리에게로 거침없이 걸어갔다. 그가 재차 소리친다.

"린트부름의 이름으로 바로 어제 이 땅 위의 싸움이 금지되었음을, 드레스바르프는 모르나요? 아니면 감히 이를 무시하기로 한 것인가요?"

"누구냐!"

벨레토르 시라예그가 에파에게 검을 겨누고 눈을 희번덕거리며 사납게 외쳤다. 그의 부관 란미르는 화살을 맞고 쓰러진 두 병사에게 재빨리 다가갔다. 에파는 그를 슬쩍 쳐다보고 선언했다.

"나는 피어클리벤과 동맹의 서약을 한, 라핀다시르의 사자이며 용의 대리인입니다! 양측은 당장 무기를 거두세요!"

어둠 속이었지만 땀에 젖어 창백히 빛나는 벨레토르의 얼굴은 그 오만함을 선명하게 드러낸다. 그는 에파의 가느다란 체구와 대비되어 뿜어져 오는 기세를 감지하고 눈살을 찌푸렸다. 에파가 억눌려있던 본연의 패기를 완전히 개방한 순간, 발트부름의 서쪽 산 중턱 일대의 공기가 눅눅하게 가라앉으며 엷은 박무를 품기 시작했다. 기괴한 고요는 음습함에 젖고, 그들 모두가 묘지에 발을 디딘 양 불길한 낭패감에 사로잡혔다.

"……저게 뭐야, 헤르미르?"

이미 싸우던 실록의 폐장들이 열 걸음 이상 떨어져 있었다. 그들 역시 방금 부상 당한 동료를 부축하여 물러난 것이다. 부관 란미르는 살피고 있는 그들의 부상자 둘 중 하나가 심상치 않은 상황임을 보고했고, 이에 짜증 난 벨레토르 시라예그가 칼끝을 떨구며 위와 같이 누군가에게 물었다. 그러자 그들 무리 가운데 한 무사가 그의 곁으로 다가와 말했다. 여성이었다.

"사실이라 여겨집니다, 시라예그 경. 라핀다시르의 용 아이비레인이 오래전부터 그 대리자로 류그라 여성을 두어왔다는 첩보가 있습니다."

"류그라야?"

벨레토르 시라예그의 이 질문이 어느 쪽을 향했는지는 모호했다. 하지만 에파는 두건을 내려 그 긴 귀를 드러내며 대답했다.

"맞아요. 나는 류그라입니다."

"그런데 지팡이도 없이 이 수상쩍은 수작은 뭐지? 속임수인가?"

"그것까진 모르겠습니다."

헤르미르가 대답했고, 에파는 거기에 대해 설명할 생각이 없다. 다만 그는 쓰러진 그들의 부상자를 향해 눈길을 주며 말했다.

"류그네라스의 권능으로, 나는 상처를 치료해줄 수 있어요. 이대로 퇴각한다는 조건이지요."

"집어치워라."

벨레토르는 싸늘하게 말했다.

"소속도 불분명한 류그라 따위와 흥정하지 않는다. 그리고 싸움은 저놈들이 먼저 걸었지, 아닌가? 너는 어느 편인가?"

"드레스바르프야말로 기어코 어느 편입니까?"

에파가 되물었다. 사방에 흐르는 축축한 어둠을 뿌리치기라도 하려는 듯, 벨레토르는 앞머리를 쓸어올리고는 그를 노려보며 으르렁거리듯 말했다.

"너……, 뭘 알고 있는 거냐, 류그라?"

"흥정하지 않는다면서요?"

아무래도 질문에 질문으로 응수하는 것은 에파의 습관인듯하다. 이는 친우이거나 아군이라면 몰라도, 적대하는 입장에서라면 한없이 짜증을 돋우는 수작이었다. 벨레토르의 이빨 사이로 독사가 쉭쉭거리듯 다음과 같은 말이 뿜어져 나왔다.

"방해하지 마라! 여기서 라핀다시르가 왜 끼어드는가? 쓸모

없는 공작령의 겁쟁이 용이 이제 와서 제국에 훈수를 두려 해?"

"혀를 단속하세요, 드레스바르프의 개!"

에파로부터 일갈이 터지자 희뿌옇게 내려앉던 안개들 사이로 불길한 녹색 불빛이 피어올랐다. 그것은 숲 저편에서 새어 나오는 도깨비불 무리들처럼 어른거리며 수백 수십의 앙상한 나무들이 춤추듯, 해골 같은 그림자를 드리우게 만든다. 순간 누구 하나 빠짐없이, 인간이 숲의 밤에 대해 가지는 본질적인 공포가 한없이 증폭되기 시작했다. 이는 그 스스로의 손에 피를 많이 적신 이들일수록 강력한 감정의 수렁이었다. 망자의 원혼이 모두의 발뒤꿈치를 오소리처럼 물고 늘어지며, 언젠가 도래하고 말 생의 끝에 더는 어떤 영광도 없으리라는 엄포가 주문처럼 속삭인다. 모든 전사의 얼굴에서 순식간에 핏기가 빠져나갔다.

"이 무슨……, 개수작 집어치워!"

벨레토르 시라예그가 쥐어짜듯 고함을 지르며 에파에게로 돌격한 다음 순간, 그의 한 발 뒤에 있던 랄로프가 튀어나와 방패를 들어 그의 검을 막아 세웠다. 둔탁한 파열음이 빈 숲에 울려 퍼졌다.

"물러나세요, 드레스바르프의 기사. 오늘 이 자리에서 피를 볼 계획은 없습니다."

에파가 말하자, 벨레토르는 악을 썼다.

"나는 있다! 피어클리벤은 여기서 정녕 무슨 일이 벌어지고 있는지 모르는가?"

"그것은 피어클리벤과 저들 사이의 일이지요. 드레스바르프가 신경 쓸 일인가요?"

순간 창을 빼 들고 듣고 있던 라그나가 끼어든다. 그는 벨레토르와 에파를 번갈아 보며 물었다.

"여기서 무슨 일이 벌어지고 있는 거요? 에파, 당신은 알고 있소?"

"모른다고 했을 텐데요."

"하!"

벨레토르가 비웃었다. 그는 검을 떨구며 자신에게 흉험한 눈길을 거두지 않는 랄로프에게서 떨어졌다. 그는 다시 말한다.

"라핀다시르의 무능함은 끝이 없군? 동맹이라니, 피어클리벤도 결국 마찬가지인가? 아니면, 양 영지는 저 역적 패당과 붙어먹기라도 했단 말인가!"

벨레토르의 칼이 먼발치의 어둠을 가리켰다. 에파의 난입 이후 실록의 폐장들은 물러나 이쪽을 주시할 뿐 딱히 어떤 움직임도 보이지 않고 있었다. 드레스바르프의 기사는 다시 외친다.

"저놈들이 무얼 했고, 또한 하려고 하는지 알고 있느냐 말이다!"

"무엇이오? 말해주시오. 나는 피어클리벤 측 병사요."

라그나가 한발 나서며 물었다. 그는 일부러 에파에게 시선을 주지 않고 있었다. 벨레토르는 라그나를 아래위로 훑어보더니 말했다.

"그 교활한 파마의 결계를 완성하려 하지! 이 발트부름 산 전역에 걸쳐서 말이다! 뉘른스에크 성과 그 일대 모두가 마법 불가의 지대로 묶이게 된다! 이것이 용들에게, 마법사들에게, 그리고 저 북부 야만인들에게 각자 어떤 의미가 있을지 생각해봐라! 제국의 한 조각을 영영 잃을 생각이 아니라면 우릴 막아서지 마라! 용의 엄포가 중요하다면 용 스스로가 이리로 오라고 해! 알겠으면 비켜!"

하지만 이렇게 외치며 한 발을 뗀 벨레토르는 그 직후 꼿꼿하게 멈추고 말았다. 심상치 않음을 감지한 뒤편의 특수전대들이 이쪽으로 쇄도하려는 순간, 에파가 짤막하게 내뱉었다.

"멈추어라."

그것은 에파가 아닌, 백룡 아이비레인의 음성이었다. 일대를 지배하던 무덤의 음습한 기운은 일순 맹렬한 기귀로 뒤바뀌어 소용돌이친다. 다시 백룡의 패기 어린 음성이 울려 퍼졌다.

"이 자의 말이 사실이냐?"

하지만 대답은 없었다. 에파, 아이비레인의 눈길이 옆으로 흐르며 어둠 건너편에 뭉쳐 있던 무사들에게 가 닿는다. 그는 다시 외쳤다.

"사실이냐고 물었다!"

"……사실입니다, 어머니."

천천히 다가오며 대답한 것은 장신의 그림자였다. 그 체구와 목소리를 듣는 순간 라그나의 눈썹이 꿈틀거렸고, 랄로프의 눈이 치켜떠진다. 빌야미르였다.

"너……!"

하지만 아무리 앞뒤 없는 이들이라도 용이 드러낸 패기 앞에 날뛰기는 힘든 것이다. 몸이 딱딱히 굳어 시선만이 허우적대는 벨레토르를 기둥처럼 세워둔 채, 아이비레인은 빌야미르에게 물었다.

"어쩔 셈이지?"

"어머니 두 분께는 물론 알려드릴 예정이었습니다."

"내가 그것을 걱정하고 있겠느냐!"

아이비레인이 짜증 내며 소리 질렀다. 이제 떨굴 눈조차 없는 나무들만이 스산히 몸을 떨었다. 그가 다시 외친다.

"빌러디저드는 어찌할 셈이었느냐?"

"……그분이 우리의 아군입니까?"

"아니라면, 이 땅에 처박을 생각이었느냐?"

"아닙니다."

대답하는 빌야미르의 음성은 지극히 음울했다. 그는 조금 머뭇거리더니 입을 열었다.

"그분은……, 어머니와는 다르십니다. 파마의 계가 그분을 구속하거나 생명을 앗지는 못하지요……. 어쩔 수 없었습니다. 아주 오래 계획된 일들이란 말입니다."

"저자들은 왜 공격했지?"

"우리의 일을 알고 막으려 하니까요. 그리고……,"

나직하고 공손하던 빌야미르의 목소리에 순간적으로 분연한 격노가 실렸다. 그가 나무토막처럼 꼿꼿한 벨레토르 시라예그를 향해 말했다.

"저자가 다라드를 죽였습니다."

아이비레인은 바로 대답하지 못했다. 뱀처럼 그들 사이를 미끄러지던 한 줄기 바람만이 점차 예리해지고, 멍하니 빌야미르를 쳐다보던 그의 눈에 시퍼런 불꽃이 일었다. 석관의 뚜껑이 닫히듯 무거운 침묵이 좌중을 짓누르는 가운데, 아이비레인은 말한다.

"오냐, 그럼 마땅히 죽여야지."

드레스바르프의 특수전대원들은 에파가 나섰을 때만 하더라도 각자 표정과 자세에 아직 여유가 있었다. 하지만 그의 목소리가 돌변하고, 벨레토르의 사지가 구속됨과 동시에 용의 신위가 해방되니 모두들 잔뜩 긴장하여 주시하던 참이다. 그런 와중에 아이비레인의 목소리가 선고처럼 떨어졌던 것이다.

특수전대의 전사들은 그 즉시 숨을 들이켜며 쏜살같이 달려들었다. 드레스바르프가 몇 대에 걸쳐 고안해온 호신부들이 그들 전원의 근육과 감각을 순간적으로 강화하여, 어둠 속에 번쩍이는 병기들이 단 하나의 목표를 향해 쇄도한다. 하지만 에파의 좁은 어깨가 살짝 긴장한 다음 순간, 막대한 마력은 해방된 신위의 권능을 실어 일대의 공기를 폭발시켰다. 모두의 영혼에 직격한 듯한 충격이 싸늘하게 관통하는가 싶더니, 좌중에 팽배해있던 도깨비불들이 유성처럼 날아와 열아홉 검의 앞에 사자(死者)의 형상으로 돌변해 막아섰다.

"라핀다시르는 금기를 범했는가!"

눈앞에 검을 들이대고 나타난 형상을 보고 창백해진 란미르가 고함을 질렀다. 아이비레인은 말한다.

"금기? 똑똑히 보아라! 한때 헤르펠의 이름 아래 복무하던 원혼들이니라! 너희의 가련한 연좌(緣坐)를 단속할, 나의 권속들이다!"

묻히지 못한 대지로부터 뛰쳐나온 원령들이 무형의 칼을 휘두르며 일 합을 겨룰 때마다, 마주 선 각자의 적들에게 죽음의 기시감을 때려 넣는다. 그 불길한 증오의 방향으로부터 완전히 비켜선 채 바라보는 라그나와 랄로프조차 모골이 송연해 미칠 지경이었다. 용의 신위를 업은 드라우그르가 불러낸 원한의 망자들. 유계(幽界)의 검이 휘둘러지며 응보의 충격이 전의를 갉아먹는다. 기세와 파괴의 마법으로는 도무지 어찌해볼 도리가 나질 않는 것이다. 이 모든 격전으로부터 비켜서 여전히 말뚝처럼 멈춰선 벨레토르의 얼굴엔 진땀이 가득했고, 어떻게든 전신을 속박한 힘으로부터 벗어나기 위해 연신 끙끙거린다. 아이비레인은 차가운 얼굴로 그를 바라보더니 말했다.

"혀를 놓아주마! 마지막에 지껄일 말이라도 있느냐?"

겨우 입을 움직일 수 있게 된 벨레토르가 소리친다.

"이게 공작가의 진의인가! 반란이다!"

"발리위그 드레스바르프는 그 보고를 듣지 못하리라!"

아이비레인은 그렇게 소리치더니 이쪽을 향해 서 있던 빌야미르를 향해 묻는다.

"다라드가 어떻게 죽었느냐?"

"……저들이 여관에 불을 질렀습니다."

순간 아이비레인의 눈빛에 동요가 어린다. 소사체에 대해 그가 가진 정신적 외상이, 익히 연상되는 다라드의 죽음과 결합하며 나타난 공황이었다. 그리고 이를 재빠르게 간파한 빌야미르가 재차 말을 이었다.

"어머니께서 손을 쓰실 것 없습니다. 제가 베지요."

"이게 도대체 무슨 짓들이오?"

라그나가 소리쳤다. 또한 랄로프 이하, 까마귀 금고단의 용병들 전원 발검하여 전투태세를 취하고 있다. 모두의 얼굴에 긴장과 각오가 가득하였으나 한편으로는 지금의 이 상황을 이해하지 못해 스며 나오는 혼란이 그 기세를 흐리게 하였다. 라그나가 재차 외쳤다.

"여기서 피를 볼 생각이오? 저 기사의 말처럼 이게 라핀다시르의 진의요?"

"나는 다만 아이비레인이다!"

빙의한 백룡은 노하여 소리 질렀다.

"여기에는 라핀다시르도, 어떠한 너희의 규칙도 없다! 빌러디저드가 이 땅을 무어라 선포했는지 벌써 잊었느냐? 이 드레스바르프의 개들은 린트부름의 신성한 경계를 무단침범한 순간 모두 목을 내어놓은 것이다!"

"그렇다면 그야말로 빌러디저드가 결정할 사안이 아니오?"

라그나는 지지 않고 되받아쳤다. 그의 눈길이 한차례 랄로프에게 가 머물렀고, 라그나는 다시 아이비레인에게 말한다.

"외람되지만, 그렇게 말씀하실 수가 있소? 다만이라니? 라핀 다시르의 배려와 한 류그라 일족의 희생 위에 숨 쉬는 분이 아니오? 어찌 인간의 규칙이 없다고 말씀하시오?"

사방에 빗발치는 녹색 귀기 때문에 라그나의 이 말은 실로 초인적인 용기를 짜내 겨우 뱉어낸 것이었다. 그는 턱이 부서져라 이를 악물고 있었고, 이마엔 진땀이 흥건했다.

그리고 그의 이 말에, 황금색으로 번들거리던 에파의 안광이 차게 식는다. 그와 동시에 묵묵히 검을 세운 채 서 있던 빌야미르가 입을 열었다.

"……말을 조심해라."

"너는 닥치고 있어!"

랄로프가 그에게 검을 겨누며 소리 질렀다. 이런 실랑이의 와중에도 드라우그르의 소혼망자(召魂亡者)들과 특수전대원들의 검격은 쉬지 않고 교환되며 어지러이 이어지고 있었다. 벌써 몇 명은 전의를 상실하고 바닥에 쓰러진 상태였으나, 그나마 다행히 큰 외상을 보이지는 않는다. 이 술수는 실제로 물리적인 위해를 가하는 것보다 상대의 의지와 용기를 파훼하는 마법이었던 것이다. 빌야미르는 랄로프를 신경 쓰지 않고 아이비레인을 향해 다음과 같이 말하며 대검을 세워 들었다.

"제가 베겠습니다, 어머니."

"멈춰, 이 새끼야!"

랄로프가 치고 나간 것은 그 즉시였다. 마치 방패 언저리로 목이라도 베어버리겠다는 듯, 랄로프의 짐승 같은 돌격이 빌야미르의 거구를 순간적으로 집어삼켰다. 그러나 어렵지 않게 그 일격을 옆으로 물리며, 빌야미르가 내뱉었다.

"신목의 가지가 없는 데서 내게 만용을 부려도 되나?"

랄로프는 대답하지 않고 할 일을 했다. 이어진 연격이 빌야미르의 중심을 연이어 파고 들었던 것이다. 하지만 랄로프보다 머리 하나는 더 큰 빌야미르다. 체구의 차이에서 오는 불공평함이 이 일방적인 분노를 맥없이 흘려보내는 가운데, 이 어지럽고 난처한 상황을 어떻게든 정리해보려 애쓰는 라그나가 아이비레인에게 소리쳤다.

"이 개판을 멈추게 하시오! 에파! 그 안에 있소?"

라그나는 짧은 순간 아이비레인의 눈빛 너머 에파의 기척을 읽었다고 생각했다. 그리고 라그나는 일전 뉘르뉴와의 소동에서 에파가 아이비레인을 억제했음을 안다. 그러니 이 상황을 해결할 방법은 아이비레인이 아니라 에파를 설득하는 것이다. 그렇게 생각한 라그나는 그의 눈을 똑바로 보며 소리쳤다.

"멈추게 하시오! 이게 피어클리벤을 돕는 거요? 라핀다시르가 이 문제를 감당케 할 생각이오? 에파!"

"소용없다."

아이비레인이 비웃듯 말했다.

"우리에게 사사로움과 공무란 전혀 구별되는 일이 아니지! 내가 여기서 저 한 줌의 목숨들을 거두는 게 피어클리벤에 누가 되리라 보느냐? 아우스뉘르의 권신들이 빌러디저드와 피어클리벤을 신중히 여겼다면 협상을 통해 이 문제를 해결하려 했으리라! 먼저 대화의 가능성을 차단한 것은 어느 쪽이냐? 내가 그럼에도 자비를 보여야 하느냐? 그것이 도대체 합리인가 굴욕인가!"

라그나는 입술을 깨물었다. 눈앞에 선 존재가 지닌 본질적 특이성 때문에라도 여간한 논리는 먹히지 않는다. 라그나가 이해하기에, 대화의 필요성이란 위계의 전복성에 근거한다. 애초부터 평등하지 않은 존재에게 호소할 방법은 차라리 합리를 들먹이는 게 아니라 감정을 건드리는 것이리라. 지금 이 현장은 명백히 분노와 복수심에 날뛰고 있는 백룡이 일으킨 것이다. 합리를 걸고넘어지는 것 자체가 잘못된 접근이었다.

그때쯤 빌야미르와 격전을 벌이고 있던 랄로프가 한순간 휘청거렸다. 다행히 빌야미르의 검은 거기서 딱 멈추었고, 오로지 우두커니 선 벨레토르의 수급을 거두기 위해 움직였다. 마침내 더 이상의 설득이 불가함을 깨달은 라그나가 쌍창을 내밀며 날듯이 막아섬과 동시에, 여태 정황을 노려보고 있던 까마귀 금 고단원 여덟 명도 일제히 달려들었다. 그러자 마치 기다렸다는 듯 어둠 속에서 대기하던 실록의 폐장들이 나타나 머릿수를 맞춘다. 순식간에 형성된 새로운 싸움판이 연격의 불꽃들을 튀기며 들불처럼 일어났다.

하지만 기세는 결코 이쪽에 유리하지 않았다. 에퐈가 이제껏 걸어주었던 마법이 해제된 지금, 라그나와 랄로프를 비롯한 까마귀 단원들은 순전히 오감과 육체에 의해서만 검을 휘둘러야 했기 때문이다. 그에 맞서는 실록의 폐장들은 빌야미르가 아니더라도 하나하나가 대단한 고수들이었다. 비록 이제 거의 와해되어가는 드레스바르프의 특전대들처럼 마법 호신부를 이용하고 있지는 않았지만 또 어떤 비책을 감춰두었을지 모르는 일이었다. 실록의 폐장들이 지극한 어둠 속에서 검은 옷과 검은 칼을 휘둘러대니 도무지 제대로 보이지도 않았다. 순식간에 까마귀 단원 둘이 상처를 입으며 나가떨어졌다. 그때였다.

"멈추……세요!"

그때까지 아이비레인의 분노에 동조되어 외면하고 있던 에퐈의 의식이 강력한 빙의의 술에 저항하며 터져 나왔다. 하지만 아이비레인 또한 명백히 눈앞의 적을 둔 상태라 그의 의지에 반하여 고집을 부린다. 순간적으로 통제력이 뒤엉킨 에퐈의 몸이 휘청이며 비틀거렸다. 다시 쥐어짜듯 그의 입에서 나온 목소리는 아이비레인의 것이었다.

"방해하지 말거라! 이번엔 안 된다! 저놈을 죽이고 말겠다!"

— 그만두세요!

그에게 일어난 이 의지와 마법의 싸움은 일대에 횡행하던 귀기의 돌풍을 더욱 거세게 했다. 이제 도깨비불들은 피아를 가리지 않고 날뛰며 모든 살아있는 존재들에게 공포를 흩뿌려대기 시작했다. 나무뿌리와 돌 틈 사이에 숨죽이고 있던 작은 동물들마저 공포에 질려 법석을 피우기 시작했고, 그루터기에서 동면하던 벌레들마저 깨어나 튀어나오다 철 이른 한겨울의 냉기에 얼어붙어 떨어진다. 실록의 폐장들조차 당황하여 흠칫한 기색이 감지되었다. 랄로프와 함께 빌야미르의 맹격을 분쇄하느라 허리가 빠질 지경이던 라그나가 목이 쉬도록 고함을 질렀다.

"모두 모여! 시라예그 경을 보호한다!"

"물러서라, 이 나약한 놈들!"

하지만 라그나의 외침에 모두가 채 반응하기도 직전, 다시금 황금색으로 불타오르는 아이비레인의 안광이 작렬했다. 그의 가느다란 손이 벨레토르의 목에 닿는가 싶더니 그 다음 순간 그의 목이 맥없이 돌아가 버렸다. 모두가 숨죽인 가운데 기사의 몸이 허물어지며 언 땅바닥에 쓰러졌다.

"시라예그 경……!"

흙이라도 집어 먹은 것처럼 꽉 막힌 목소리로 란미르가 소리쳤다. 여태껏 그들과 싸우던 소혼망자들은 도깨비불들이 날뛰기 시작한 시점에 모두 사라지고 없었다. 하지만 특수전대들 가운데 간신히 두 발로 서 있는 것은 란미르를 비롯한 몇 명이 채 되지 않았다. 나머지는 모두 바닥에 웅크린 채 각자의 악몽들과 싸우느라 반쯤 미쳐 있었다. 상관의 어이없는 죽음을 목격한 란미르의 비통한 부름이 좌중 한가운데 떨어지자, 사위를 할퀴던 귀기와 도깨비불들이 숨죽이며 사라졌다. 오로지 끝장과 같은 적막과 어둠만이 헐떡이는 생존자들 위로 거적처럼 덮어 씌워진다.

"……안 돼!"

라그나와 랄로프가 소리치며 달려와 살폈으나 벨레토르의 숨은 이미 확실하게 끊어진 직후였다. 라그나가 고개를 번쩍 들더니 조용히 서 있는 에파를 향해 외쳤다.

"에파! 이 자를 살리시오!"

"무리예요."

기이할 정도로 차분한 음성은 에파의 것이었다. 그의 눈에 어리던 황금빛은 간데없었다. 백룡은 만족했던 것일까. 그는 다시 말한다.

"……그는 죽었어요. 그리고 내가 다시 살린다 한들, 아이비레인 님이 다시 오시겠죠. 막을 수 있나요?"

"이게 도대체 뭐 하자는 수작이야!"

라그나가 악을 썼다. 그는 벌떡 일어나 창끝으로 그를 가리키며 외쳤다.

"그래서? 이제 저들을 다 죽일 셈인가? 피어클리벤이 무엇을 앞두고 있는지 조금도 관심이 없는 거요? 드레스바르프와 무조건 척질 셈인가? 라핀다시르라 그래도 되는 것이오?"

"피어클리벤은 이 일과 상관이 없어요. 내가 없게 하겠습니다. 나는 떠나죠."

"⋯⋯뭐요?"

에파는 조용히 고개를 돌려 싸움이 끝난 주변을 둘러보았다. 드레스바르프의 특수전대들은 공포와 증오가 뒤섞여 이쪽을 노려보고 있었고, 실록의 폐장들은 여전히 어둠 속에 고요히 서 있을 따름이다. 다시 눈을 돌린 그는 바닥에 구겨진 기사의 시신을 한동안 쳐다보고 입을 뗐다.

"피어클리벤은 이 상황을 원하지 않았죠. 싸우기까지 했으니 저들도 믿어줄 거예요."

"왜 아이비레인을 막지 못한 거요!"

"⋯⋯막고 싶지 않았으니까요!"

에파가 여전히 나직하지만 울컥한 목소리로 라그나에게 말했다.

"나 또한 저자가 죽길 바랐으니까요! 생각하기를 그만뒀으니까요! 합리적이고 싶지 않았으니까요! 그럴 힘이 있었으니까요! 알겠나요, 라그나 아트뤼드, 아니, 뉘른스에크?"

"내게 허락된 이름이 아니오!"

에파는 한숨을 내쉬며 고개를 숙였다. 그리고 잠시 실록의 폐장들 쪽을 보던 그가 말을 이었다.

"……나는 이제부터 피어클리벤과 함께하지 않겠어요. 그편이 이제부터 있을 교섭에서 피어클리벤에 누가 되지 않을 테니까요. 우릴 막을 기회를 드리죠."

"도대체 이게 무슨 말이오!"

라그나가 짜증을 내며 소리쳤다. 하지만 에파는 묵묵히 그를 바라보았다. 마치 그의 인격과 영혼 그 자체를 굽어보는듯한 시선이었다. 라그나가 끝내 그의 입가에서 희미한 미소를 보았다고 착각한 순간, 에파가 말했다.

"알 수 있는 날이 와요. 그때 뵙겠어요. 시야프리테에게 인사를 전해줘요."

제 11장

에파는 그 직후 실록의 폐장들과 함께 사라졌다. 울리케가 일단의 병사들을 대동하고 현장에 도착한 것은 그로부터 얼마 지나지 않아서였다. 우선은 선발대로서 아우케트의 기병대가 까마귀 울리케와 함께 먼저 도착해 상황을 파악했고, 그때까지 물러나지 않고 있던 드레스바르프의 특수전대들을 무장해제시키는 한편 다시 후발대로 뒤따르고 있던 병력들에 상황을 전해 그중 일부를 되돌려보내게 했다. 만일에 대비해 스레이야 휘하의 미스미르드 측 병력들을 이백가량 붙였던 터라, 더 이상 교전의 여지가 없다고 판단했기에 취한 조치였다.

"……무슨 생각이지?"

라그나로부터 모든 보고를 들은 울리케가 아우케트의 어깨 위에서 말했다. 그들은 언 땅바닥에 쓰러진, 이미 차게 굳은 벨레토르의 시신을 바라보고 있었다. 그 곁에서, 고블린들에 섞여 말을 타고 달려온 크누드는 부하 단원들의 상처를 살피며 얼굴을 찌푸리고 있다.

"어느 쪽에 대해 묻는 건가?"

아우케트가 물었다. 그와 늑대 기수들은 무장 해제한 특수전 대원들을 바닥에 무릎 꿇려 포위하는 중이었다. 울리케가 그 포로들 가운데 섞인 중상자들을 보며 한동안 침묵하더니, 열렬한 눈으로 자신을 똑바로 쳐다보고 있던 부관 란미르에게 소리쳤다.

"할 말이 있느냐? 네가 이 무리의 지휘관인가!"

"우리는 이제 지휘관이 없소."

란미르는 딱딱하고 침울한 목소리로 말했다. 순간 모두의 시선이 약속이나 한 듯 다시 한번 벨레토르의 주검으로 옮겨갔다 흩어진다.

드레스바르프의 특수전대들은 이미 이곳에 도착한 울리케의 정체와 고블린들에 대해 들은 직후였다. 말하는 도래까마귀의 지휘를 받는 고블린 기수들이란 갖가지 상황을 상정해 훈련해온 그들에게조차 지나치게 기이한 광경이었지만, 피어클리벤에 대한 사전 지식을 갖고 있었기에 그나마 빠르게 받아들일 수 있었다. 여기에는 그들이 드라우그르의 사술에 얽혀 직면했던 공황으로부터 빠져나온 직후라는 것도 영향을 주었다. 아우케트가 늑대 위에서 란미르를 내려다보며 말했다.

"관등성명을 대라. 어느 오랑캐의 예법이냐?"

졸지에 고블린 앞에서 예법을 모르는 오랑캐 처지가 된 란미르는 피로와 비통함에 절어있으면서도 끝내 어이없다는 얼굴을 감추지 못했다.

"예종사(藝從士) 란미르요. 드레스바르프의 녹을 먹소."

"예종사?"

울리케가 물었다. 적어도 그가 아는 범주 안에서 존재하지 않는 편제 직함이다. 이때쯤 다친 부하들의 몸을 다 살편 크누드가 고개를 치켜들며 말했다.

"드레스바르프의 비밀 특수전대원들이군요. 뭐……, 제가 알고 있다는 점에서 이미 비밀이 아니긴 하지만."

란미르의 눈이 날카로워지며 크누드에게 꽂혔다. 그리고 어둠 속이었지만 빠르게 그의 가슴에 장식된 표장들을 알아본다. 그가 한숨을 내쉬며 말했다.

"라르그문드의 까마귀들이군. 별로 놀랍지 않소."

"정보는 돈이니까."

크누드는 어깨를 으쓱하더니 울리케와 아우케트에게 말했다.

"저들은 조금 특수하고 강도 높은 훈련을 받을 뿐, 기본적으로는 일반 무사입니다. 하지만 드레스바르프의 심혈이 들어간 마법 호신부들을 다루고, 병기술 자체가 거기에 최적화되어 있지요. 한 십 년 전부터 양성해 왔다고 들었습니다."

"……대단하시군."

란미르가 허탈한 듯, 순순히 인정하며 말했다. 크누드가 그를 향해 날카로운 시선을 주며 묻는다.

"난 한 가지 가설을 갖고 있었죠. 모름지기 모든 병과나 무기는 그것이 상대할 적을 명확히 하는 법입니다. 그러니 드레스바르프가 이와 같은 병과를 고안한 이유는, 전적으로 파마의 술에 대한 대응책이었다고 생각하거든요. 저들을 상대하는 데 있어 실제로 마법사가 전면에 나서는 것은 지극히 위험하니까요."

"맞소."

란미르가 말했다. 그가 울리케를 올려다보며 말을 이었다.

"행정관님, 우리는 피어클리벤에 그 어떤 위해도 가할 생각이 없소. 용이 말한 인두세까지 착실히 걷어놓았습니다. 처녀까지 말이오!"

도대체 그 처녀가 누구야! 울리케는 그렇게 소리치고 싶었지만 지금 이 순간 적절한 화제가 아니기에 가까스로 참는다. 그러나 용의 생각은 또 다른가 보다.

— 도대체 그 처녀가 누구인지 물어봐라, 울리케.

'……정녕 하문하실 것이 그것뿐입니까? 아이비레인에 관해 하실 말씀이 없으신가요?'

지난 새벽, 울리케가 도착하기 전 이미 빌러디저드와 긴 이야기를 나누었던 아이비레인이다. 그것이 정확히 무엇에 관한 대화였는지, 용이 이 사태를 예견하지 못했을지 의혹이 드는 것이다.

— 아니, 우리는 어떤 구체적인 이야기도 나누지 않았다. 다만 선명히 각자의 길을 가기로 한 것이지. 너 또한 그러면 된다.

눈앞의 문제를 두고 용과 심중의 대화를 병행하는 것은 번잡한 일이다. 울리케는 할 말이 많았으나 꾹 눌러두고 다시 무릎 꿇린 드레스바르프의 병사들을 보았다. 그들 가운데 유일한 여성인 헤르미르가 부상자들을 살피던 중 이쪽을 향해 호소했다.

"조치가 필요한 이들이 있어요! 피어클리벤은 이들을 방치할 생각입니까?"

"피어클리벤이라."

울리케가 비웃듯이 말했다. 그의 말이 이어졌다.

"그렇다면 너희는 과연 드레스바르프의 이름으로 이 작전에 임한 것인가?"

"시급한 작전이었소! 이런 걸 따질 시간이 없단 말입니다! 당장 대응하지 않으면 내일 날이 밝기 전에 발트부름 일대가 파마의 결계로 묶일 것이오! 이게 무얼 의미하는지 모르시겠습니까?"

란미르가 목놓아 소리쳤다. 울리케는 그의 말이 품은 진실됨과 다급함을 본다. 라그나가 그에게 말했다.

"저들과 마주치기 전, 에파와 다소간의 언쟁이 있었습니다. 그는 실록의 폐장들이 어떤 계획을 가졌는지 모른다고 하더군요."

이어지는 그의 이야기는 해당 언쟁에 대한 나름의 요약이었다. 울리케는 묵묵히 아우케트의 어깨 위에서 그의 말을 들었다. 그 역시 이 순간 에파-아이비레인을 이해하기 힘든 것은 마찬가지였다. 하지만 이 가운데, 아니 어쩌면 이 대륙 전체에서 용에 관해 가장 해박한 것은 바로 울리케였다. 사십 년 전 내전으로부터 입은 마음의 상처와, 불완전한 용으로서 스스로 지니던 아이비레인의 자격지심은 빌러디저드를 목전에 두고 질투로 변했을 가능성이 크다. 그가 자신의 아이들을 해한 자에게 끝끝내 감정을 억누르지 못했다는 것은, 그만큼 아이비레인이 세속적인 정신을 갖고 있다는 뜻이기도 하지 않을까? 그런 점에서 오히려 에파-아이비레인의 동기는 빌러디저드보다 명약관화한 데가 있겠다.

― 이제는 내 눈치를 조금도 볼 생각이 없는 것이냐?

'애초, 제 사유에 침탈해 계시는 것부터가 잘못입니다.'

― 이 점에 있어서만은 나도 피해자다.

'린트부름의 올바른 적생자이자 선험의 군주이시며 지고의 포식자께서는 우는 소릴 하지 않으십니다.'

이제는 용의 딴죽과 각주 달기에도 그다지 흔들림 없이 사고를 전개할 수 있게 된 울리케. 용의 칭얼거림을 머릿속 저편으로 치워버린 그는 잠시 생각하다 란미르에게 물었다.

"너희는 그 사실을 어찌 알았는가? 혹여, 십구 일 전의 기습날 새벽에 발생했던 소요로부터인가?"

"그렇소! 당시 저 역적패당 놈들에 대한 첩보를 입수하고 보낸 순찰대가 있었소!"

"첩보는 어디서 어떻게 얻었는가?"

울리케는 다시 날카롭게 묻는다. 란미르는 지금 여기서 이런 문답을 해야 한다는 데 대해 지극한 조바심을 느끼는 듯했으나 도리없이 대꾸한다.

"그건 모릅니다. 후작 각하께서 하달하신 것이오."

사실이다. 진위를 판별하는 눈은 이럴 때 여지없이 편리했다. 울리케는 즉각 용을 부른다.

'빌러디저드 님, 실록의 폐장을 쫓아야 하지 않겠습니까?'

— 파마의 술과 드라우그르의 마왕을 상대하겠다는 말이냐? 현명한 일이 아니다.

울리케는 멈칫했다. 맞는 말이다. 시야프리테의 지팡이가 깨진 현재, 지금 피어클리벤이 이 자리에 동원할 수 있는 마법사는 저 살짝 미친 나글펜렐 기주르뿐이다. 그나마 파마의 술이 있는 한 마법사가 많다 하더라도 저들을 상대로 이 야밤에 제대로 된 작전을 펼치기란 정말 어려우리라. 그렇다고 무턱대고 대규모 병력을 동원할 일은 더더욱 아니겠다. 울리케는 다시 묻는다.

'내버려 두면 저들 말대로 뉘른스에크 전역이 파마의 술로 갇히고 맙니다!'

— ……잊고 있는 게로군?

머릿속에 울리는 용의 음성이 어딘지 묘하게 놀리는 투였다.

게다가 이건 울리케가 가장 싫어하는 종류의 놀림이다. 잊고 있다거나 뭘 모른다거나 하는 말! 다른 말이었다면 가볍게 짜증이 올라왔겠으나 오히려 그 점 때문에 도래까마귀의 머리는 차게 식었다. 그리고 순간 기억이 번득인다.

'안그라네스의 종궤요?'

— 그렇다. 저들이 발트부름을 파마의 결계로 묶는 순간, 그 석실은 열릴 것이다.

'이것이 저들의 계획이었습니까?'

— 저들이란 누구를 이름이냐? 실록의 폐장이냐? 에파, 혹은 아이비레인을 이름이냐? 그도 아니면 그들의 또 다른 협력자일까? 나도 다만 의심만을 할 뿐이다.

이럴 수가 있을까? 이게 우연일까? 발트부름을 파마의 결계로 묶는 것은, 그것이 가능하다는 전제하에 전략적인 이유에서 꽤나 합당해 보인다. 적어도 앗슈레드의 진술에 의하면 미스미르드 인들은 뉘른스에크 지하유적의 비밀을 모르고 있었다. 만일 파마의 결계가 성공적으로 발동한다면 무슨 일이 벌어질까? 안그라네스의 묘목을 구할 수 있다면 당장 미스미르드를 이 땅에서 되돌려보낼 수 있게 된다. 하지만 동시에, 이 땅에 대한 아우스뉘르 제국의 영향력은 심각하게 떨어지고 만다. 만일 이 땅에 파마의 결계를 무시하는 서리심이 머문다면? 제국은 사실상 이 땅을 영구적으로 잃게 되지 않을까?

— 그 결론에 동의한다. 그래서 내가 이 땅에 대한 권리를 선

포했던 것이다. 그리고 우리는 최강의 서리심과 차기 군주가 될 고블린 대장을 하나씩 알고 있지.

'……하지만 파마의 결계입니다! 빌러디저드 님은 그 안에서……!'

— 한낱 도마뱀이 되지.

'도대체 그럴 가치가 있다고 보십니까?'

— 너희는 '필사적'이라는 단어의 뜻을 알고 있는 존재이다. 나도 알고자 한다.

도래까마귀의 작은 머릿속을 장악하듯 울려 퍼진 용의 음성은 한없이 진지하였다. 울리케는 처음으로 빌러디저드에게서 어떤 강력한 의지와 각오를 느낀다. 잠시 소름이 돋아 생각과 말을 멈춘 울리케에게, 용의 음성이 다시 들렸다.

— 에파는 떠나기 직전 구태여 내게 이 소동을 알려왔다. 나는 그 아이가 신의 있게 행동했다고 생각한다. 그리고 어쩌면, 모종의 결심을 했으리라고 여긴다.

'무슨 결심 말입니까?'

— 만일 에파가 이 파마의 결계 안으로 들어온다면, 어떤 일이 벌어지겠느냐?

울리케는 불식간에 눈을 크게 떴다.

'……제게 일어난 일이 똑같이 일어나지 않겠습니까?'

— 그렇다. 에파와 아이비레인의 빙의 계약을 영구적으로 깨질 것이며, 에파는 여전히 드라우그르의 마왕이되 유한생의 굴

레에 들어서리라.

'그런 짓을 에파가 왜 하겠습니까?'

— 오히려, 왜 그가 영원히 아이비레인의 종주(宗主)됨을 허락
하리라 생각하느냐? 밀파네스의 생존자로서 그가 가진 원한은
아이비레인보다 깊다. 너희는 실감하지 못하고 있는 부분이나,
명백히 그 둘의 관계에서 실제 위계는 대등하며, 오히려 에파
가 아이비레인보다 강력하지. 나는 작금의 이 흐름에서 밀파네
스의 마지막 생존자가 아이비레인과의 분리를 결행하리라 여
긴다.

할 수 있다면 울리케는 양손을 들어 머리를 싸매고 싶다. 도대
체 일이 이렇게까지 복잡해질 수 있을까? 왜 그냥 단 하나의 적
이나 거래 대상을 놓고 임할 수가 없는 것일까? 울리케는 문득
고개를 돌려 아우케트를 보았다. 어둠 속에 빛나는 고블린 오백
장의 침착한 눈이 위로하듯 그에게 마주쳐왔다. 그가 묻는다.

"왜 그러나? 결정한 게 있나?"

"우리가 염소를 두고 교섭하던 때가 너무 그리워졌어."

"……넌 정말이지 이상하다."

기억 속에 있는 말이다. 울리케는 속으로 웃음을 흘렸다. 그
의 한숨과 웃음을 조용히 듣고 있던 용이 다시 말했다.

— 어쩔 수 없는 일이다. 가능한 한 많은 선택권과, 그리고 올
바른 선택을 위해 임할 뿐이다.

'끊임없이 선택하지 않는 것을 선택해오신 분들이 아닙니

까?'

― 하지만 나는 선택하였다.

'인과의 눈입니까?'

― 그렇다. 일어날 일이다. 하지만 아이비레인은 그 아이의 이 결심을 모를 것이다.

이건 또 무슨 말이야. 한 박자 짧게 침음을 흘린 울리케가 물었다.

'아이비레인은 그러면 아무것도 모른 채 에파와 단절될 거란 말씀입니까?'

― 그럴 것이다. 알면 결코 용납하지 않을 테니까.

자칫하면 분노로 미친 용을 상대하게 된다. 울리케는 비로소 그 사실을 깨달았다. 라핀다시르 공작가는 이 일을 어떻게 받아들일까? 자칫하다간 그들과의 관계마저 파탄지경에 이를 수 있으리라. 울리케는 이미 로릭스테가 에파나 아이비레인에 얼마나 각별한 감정을 갖고 있는지 알고 있다. 물론 그 사실을 배제하더라도, 이미 수 대째 이어져 온 그들 가문의 진정한 정신적 가주에게 중대한 문제가 일어나는 것이다. 이것이 피어클리벤의 잘못은 결코 아니겠지만, 울리케는 이제 이런 문제들이 얼마나 단순하지 않은지를 안다.

울리케는 다시 자신을 애타게 쳐다보는 란미르에게 눈길을 주었다. 그는 다친 동료들에 대한 걱정과 사망한 상관에 대한 애도로 얼룩져 있으면서도 맡은 바 임무에 대한 절박함으로 충실해 보였다. 울리케는 아주 짧은 한순간이었지만 죽은 기사가 그리 좋은 상관이 아니었고, 따라서 란미르를 비롯한 예종사들이 지극히 보편적인 감정에 따라 안타까움을 비치고 있을 뿐, 개인적으로 심화된 비감에는 이르지 못함을 간파하고 소스라쳤다. 아니, 도대체 용의 눈은 이런 것들까지 알아볼 수 있단 말이야?

— 그렇다. 하지만 그건 아주 일각의…….

우쭐거리는 용의 발화는 무시한다. 여전히 자신을 향해 초조한 눈길을 쏘아대는 란미르에게 아주 약간의 미안함을 느끼며, 울리케는 아우케트에게 일러 한쪽 구석으로 물러났다. 곁에 따르도록 허락한 것은 크누드와 라그나뿐이었다.

"다친 이들은 어떻죠?"

울리케가 물었다. 크누드는 대답한다.

"경상입니다. 심각한 자는 없습니다."

"다행이군요."

"이제 어쩌실 생각입니까?"

크누드가 물었다. 당연한 말이지만, 울리케가 방금까지 용과 나눈 대화는 누구에게도 들리지 않았다. 그 모든 정보를 다른 이들과 공유할 필요는 결코 없겠지만, 울리케는 이제 공개될 것들을 선택해야 하는 입장이다. 어쩐지 점점 비밀이 많아지고 있는 느낌이다. 도래까마귀는 고블린 오백장을 슬쩍 바라보다 부리를 열었다.

"빌러디저드 님과 이야기했어요."

이어지는 울리케의 말은 실록의 폐장이 하고자 하는 일이 어떻게 뉘른스에크 지하 유적의 열쇠가 되는가 하는 이야기였다. 그리고 여기에 이르러서야, 울리케는 그 석실 너머에 있는 것이 안그라네스의 묘종임을 밝혔다. 라그나와 크누드, 아우케트 모두가 눈이 휘둥그레진 가운데, 울리케는 말했다.

"……안그라네스를 손에 넣게 되면 미스미르드 측에 대해 확실한 거래를 제안할 수 있게 되지."

"하지만 발트부름이 파마의 영역으로 묶이는 게 과연 우리에게 좋은 일이겠습니까?"

라그나의 물음이다. 도래까마귀는 말한다.

"후작이 용의 언령을 무시해가면서까지 저지하려 한 일이니까, 그만큼 그에게 불리한 일이라는 거지. 아까 저 란미르라는 자의 말도 그렇고 그들은 이걸 제국 전체의 문제로 확장시켜 다루려 하고 있지만, 글쎄, 이건 결국 정치력을 가진 마법 귀족들에게나 불리한 이야기 아니야? 게다가 우리에겐 서리심이 있지. 마법이 봉인된다면, 제국의 재래식 전력으로는 이 산성을 공략할 수가 없어. 안 그런가요, 서리엇 경?"

마지막 질문은 눈을 빛내며 듣고 있던 크누드에게 던져진 것이다. 그가 움찔하더니 잠시 생각 끝에 대답했다.

"탁견입니다, 행정관님. 오히려 저들이 무슨 수작을 부리지 못하도록 묶는 데는 이보다 좋은 방법이 없겠지요. 다만……,

파마의 술 자체가 우리의 기술이 아닌 까닭에 나중에 이걸 필요에 따라 해제하거나 하기 어렵다는 게 문제입니다. 이건 아주 심각한 문제가 될 수 있습니다."

통제할 수 없는 전술적 요소란 자연재해와 본질적으로 같다. 크누드의 지적을 이해한 울리케는 고개를 틀어 아우케트를 보았다. 여전히 그의 어깨 위라 얼굴은 지척이었다.

"내 의견을 구하는 것인가?"

"의견이 없다면 할 수 없고."

"……용이 전한 이야기는 그게 다인가?"

울리케는 움찔하는 티를 내지 않으려 애쓰며 그를 본다. 그는 에파에 관한 용의 예지를 아직 한마디도 전하지 않은 상태였다. 울리케가 이 정보를 털어놓는 게 바람직할까를 고민하자마자, 그의 생각을 방해하듯 이지를 품은 상쾌한 냉기가 그들 전부를 휘감으며 뉘르뉴가 나타났다. 소녀는 늑대 위의 고블린과 그 어깨 위의 도래까마귀를 향해 나직이 말했다.

"진작에 다 듣고 보고 있었다."

"……아까부터?"

"그래."

그러자 크누드가 헛기침을 하더니 다소 희극적인 태도를 살짝 보태며 서리심에게 묻는다.

"소장이 여쭙지요. 어찌하여 나서지 않으셨습니까?"

지금 이 자리에서 그 이유를 짐작하지 못할 사람은 아무도 없다. 질문을 던지는 크누드조차 뉘르뉴가 나서지 않은 이유를 알고 있었으니까. 뉘르뉴는 그를 살짝 흘겨보며 대꾸한다.

"무지는 네놈에게 그리 어울리지 않는 껍데기다."

"그리 보아주시니 영광입니다."

하지만 설명할 필요는 있다. 크누드 역시 각자가 지레짐작으로 오해할 가능성을 보았기에 이 역할을 자처한 것이었으며, 아울러 뉘르뉴 스스로가 정리할 필요도 있었다. 서리심은 모두에게 말하기 시작했다.

"나는 일전에 그 용의 대리인과 마찰이 있었다. 내가 나서는 것은 사태를 자극해 악화시킬 가능성이 크다고 판단했다. 또한, 아직까지는 내가 너희의 전력이라는 것이 셰이위르의 신하들에게 알려질 필요가 없다고 여긴다. 눈치는 채고 있을지 모르지만, 구체적인 관계나 위계까지 드러낼 필요가 없지."

안 그래도 울리케 역시 유사한 점을 염려해 출발 직전 아우케트에게 혹시 에파가 보이거든 전면에 나서지 말라고 충고했었다. 라그나의 진술로 미루어 판단컨대 이번엔 에파나 아이비레인 모두 이 사태를 장악하고 뜻을 꺾지 않았을 테니 만일 아우케트나 뉘르뉴가 나서 그들과 엮였다면 오늘 밤의 사상자는 저 하나로 그치지 못했으리라. 뉘르뉴는 계속 말했다.

"그리고 또……, 나는 그 시커먼 녀석과 이야기했다."

— 저 오래된 소녀에게 내 이름을 제대로 일러주지 않겠느냐?

빌러디저드가 참지 못하고 울리케의 머릿속으로 끼어든다.

울리케는 도리질을 하였다.

'이토록 아득한 신위 간의 긴장 국면에 가엾은 필멸자를 껴넣지 말아 주시오소서. 직접 해결하소서.'

이를 알 리 없는 뉘르뉴는 계속 말한다.

"저들이 하고자 하는 바가 녀석의 뜻과 일치하는 데가 있다고. 이용할 가치가 있다는 식으로 말하더군. 나는 그러한 셈법이 지극히 마음에 차지 않지만……, 일단 수긍은 하였다. 네 뜻은 어떻지, 울리케?"

용의 예지를 신뢰한다고 하더라도 이는 쉬운 판단이 아니다. 말하자면 겉으로 보기에, 피어클리벤이 알 수 없는 어떤 이유로 자국의 군대 대신 반체제자들의 일을 돕는 것이나 마찬가지니까. 현재의 피어클리벤에게 후작을 위시한 권신가의 개입을 차단할 명분이 있을까? 그래, 일종의 불가피함이 필요하다.

"이러고 있을 때가 아니란 말이오!"

마침내 더 참지 못하게 된 란미르가 바닥에서 일어나며 고함을 질렀다. 그러자 빙 둘러서 그들을 감시하던 고블린 기수들 일부가 앞으로 나섰고, 숲흑늑대들이 으르렁거리기 시작했다. 특수전대원들의 낯빛이 대번에 안 좋아졌으며, 일부는 란미르에게 눈총을 보내기도 하였으나 그는 굴하지 않고 다시 외쳤다.

"저놈들의 작업은 날이 밝기 전에 끝날 것입니다!"

"그래서? 드레스바르프의 병사들은 승산이 없는 싸움에 투신하도록 훈련받아 왔는가? 그것이 무사의 올바른 맹위라 가르치는가? 아니면 죽은 저자가 이들 무리에서 유일하게 머리가 도는 인간이었던 게냐?"

아우케트를 태운 늑대 칸이 몸을 돌림과 동시에 고블린 어깨 위의 도래까마귀는 이렇게 소리쳤다. 입을 달싹이는 란미르를 무시하고 울리케가 재차 호통을 이어간다.

"이제 상대는 그저 파마의 술을 사용하는 무사들에 국한되지 않는다! 용의 맹위와 드라우그르의 술을 지닌 자가 저들 무리에 더해진 것이다! 애초에 그와 같은 적을 상정했음에도, 너희의 주군은 현재의 편성대로 작전을 승인할 만큼 멍청이인가?"

여러모로 짜증이 나 있던 울리케인지라 즉석에서 생각해낸 것인데도 혀가 매끄럽게 돌아간다. 란미르는 당황하여 황급히 대답했다.

"아니……, 아니오! 그건……."

"그러니 돌아가 네 주군과 작전권자들에게 작전의 중지를 상고해라! 현재의 피어클리벤으로서도 저 전력을 상대할 마땅한 방책이 없다! 그리고 또 하나, 드레스바르프가 용의 언령을 어기고 이 경계 안에 침투 중이라는 사실에 대해서도 명백히 항의의 뜻을 전한다! 이상의 사안에 대해 내일 오전 중 회담을 가지고자 한다! 돌아가라!"

기사도 아닌 일개 종사에게는 꽤 터무니없이 막중한 사안들이다. 일전에 소발을 상대하면서 체득했던 기술이 여기서도 발휘된다. 저와 같이 충직한 임무 지상주의자들에게 있어서 가장

난해한 국면은, 이와 같이 변화된 현장의 변수를 각인시키고 그의 책임 소관을 상회하는 무게의 결정권들을 던져버리는 것이다. 아니나 다를까 란미르뿐만 아니라 헤르미르나, 다른 예종사들 모두 '항의'라던가 '회담'이라는 단어가 나올 때마다 움찔거리며 당황하는 게 선명히 보인다.

"……아까 염소 이야기를 해서 말인데, 네가 그때 지금과 같았다면 나는 본전도 못 찾았을 것 같다."

아우케트가 자신의 어깨 위 도래까마귀에게 푸념처럼 속삭인 말이었다. 울리케는 배시시 웃었지만 도래까마귀는 그렇게 웃을 수가 없기에, 그의 미소는 아무에게도 목격되지 못했다.

결국, 란미르와 헤르미르를 비롯한 특수전대원들은 그대로 물러나야 했다. 울리케가 그들을 통과시켰다 하더라도 이미 에파에게 패배나 다름 없는 꼴을 당했던 터라 어차피 더 이상의 수행은 무리였다. 울리케는 온정을 발휘해 그들 중 부상자들을 신고갈 수 있도록 신속히 들것을 마련해 주었다. 그리고 그들의 무장도 돌려주었으나, 마법 호신부만은 예외로 두었다.

"이는 회담이 이루어지는 대로 되돌려 주겠다."

"……아시겠지만 그건 상당한 훈련 없이 사용이 불가능합니다."

란미르는 체념한 듯 불만스레 말했다. 임무에 실패한 데다 가장 중요한 장비까지 잃었으니 돌아가서 그들이 치를 곤란은 쉽게 상상이 된다. 크누드의 단원들에 의해 수거된 호신부들이 그렇게 갈무리되었고, 또한 앞선 교전에서 실록의 폐장들이 발사했던 파마의 화살 가운데 특수전대원들의 방패에 꽂혀있던 여덟 발이 모두 남김없이 울리케 측으로 회수되었다. 라그나의 말에 의하면, 바닥에 떨어져 있던 것들은 울리케가 도착하기 전 실록의 폐장들이 직접 수거해 갔다고 한다. 란미르는 그것들 또한 입맛을 다시며 안타까이 곁눈질했지만 차마 불만을 말하지는 못했다.

아우케트는 늑대 기수 다섯을 뽑아 그들의 감시 겸 호위로 따르도록 했다. 그들은 성하촌 근방까지만 따를 것이며 특수전대가 본영으로 복귀하는 걸 확인한 뒤 돌아올 것이다. 일을 그렇게 처리한 울리케는 마침내 일행을 이끌고 뉘른스에크 성으로 돌아가기로 했다. 하지만, 그 전에 할 일이 하나 있었다.

"뉘르뉴."

모습을 드러낸 이후 다시 되돌아가지 않고 근처의 거목 너머에 있던 서리심이 울리케의 부름을 듣고 몸을 내밀었다. 울리케는 말한다.

"부탁해도 될까? 오늘 밤 에파 일행을 멀리서나마 감시해 주었으면 해. 만일 어렵다면, 고블린들에게 부탁할 도리밖에 없어."

"내가 하겠다. 어차피 저 검은 녀석 근처에 머무는 건 싫으니. 나로서든 이 산이 아무리 크다 한들 어디나 한달음이다."

"고마워."

"다만……."

뉘르뉴는 주위를 둘러보며 잠시 생각하더니 자리를 내달라 말했다. 셋은 크누드의 지휘 아래 행렬을 출발시킨 뒤 뒤에 남았다. 잠시 뒤, 뉘르뉴가 입을 열었다.

"지금부터 내가 할 말은 이미 아우케트도 알고 있는 사안이다. 일이 여기에 이를 것이라 예상치 못했기에 너에게도 가능한 한 알리지 않으려 했으나, 이제는 알려야겠다."

"무슨 일이야?"

살며시 고개를 끄덕이는 아우케트의 어깨 위에서 도래까마귀가 묻는다. 뉘르뉴는 대답했다.

"나의 심장이 유래된 나무에 관한 것이지. 예상하겠지만 그것은 시우부름 인근의 숲속 깊은 곳에 있고, 지난 천년간 어느 두 발 짐승에게도 목격된 바 없다. 하지만 이젠 아니지. 지난달, 시우부름의 심장들을 장례 지내는 자리에서 나는 그들과 협정을 맺었다. 내가 이들에게 힘을 빌려주는 대신 이들 또한 만일의 사태에서 나의 뿌리를 지켜주기로 말이다."

올리케는 고개를 돌려 아우케트를 보았다. 고블린을 고개를 끄덕이며 보충한다.

"그렇다. 특히 지금처럼 그가 원행을 나와 있는 사이라면 더욱 그 약속이 중요하지. 나의 형제 제장들이 번을 서며 은밀하게 그 지역을 봉쇄하고 있다. 하지만 직접 그 나무를 본 건 나 혼자뿐이다."

"……안 그래도 이렇게 멀리, 오래 나와 있어도 되는 것일까 걱정하고 있었는데, 그런 준비가 있었구나?"

울리케가 감탄하며 말했다. 서리심은 미약하게 고개를 끄덕이다 말했다.

"떠나기 전 피어클리벤 전역의 들짐승들과 날짐승들에게 내 의지를 전해두었다. 그리고 나는 아까 그들로부터 전해진 경고를 들었다. 한 무리의 적개심이 곧장 내 뿌리로 향하고 있다고. 이를 피어클리벤과 시우부름 양편에 경고해 두는 편이 좋지 않겠느냐?"

어두운 시우부름 요새의 연병장, 밝게 빛나는 잉걸들이 가득한 숯화로의 곁에서 가느다란 체구의 한 고블린이 그를 중심으로 둥글게 모여선 어린 고블린들과 어울리고 있었다. 또한 연병장 가장자리에 오십장 두카르와 토우루크가 각각 그들의 십장 몇과 함께 아이들을 지켜보는 중이었는데, 그들은 별 기괴한 것을 다 본다는 얼굴을 하고 있었다. 이는 다음과 같은 까닭이었다.

"후이 ― 후이 ― 하!"

"후이, 후이, 하……."

우이라의 손에는 지난번 피어클리벤으로부터 받은 물자들 가운데 섞여있던, 한 묶음의 종이가 있었다. 울리케의 안배로 특별히 앞뒤에 두꺼운 가죽으로 철하여 전달된 이 물건은 그리 긴 시간이 지나지 않았음에도 우이라의 손때로 가득하다. 숯 화로의 곁에 세워진 미늘창 거치대를 횃대 삼아 앉아있던 너설 지빠귀가 다시 울어 젖혔다.

"하티 — 하티 — 호!"

"뭐? 이건 좀 이상한데……."

우이라는 미간을 찡그리고 고개를 갸웃하였지만 이내 손에 든 종이철에 무언가를 적어넣는다. 그가 선택한 필기구는 예전 부터 시우부름 지하에서 채굴되었지만 그간 딱히 용도가 없었 던 석묵(石墨) 조각이었다.

"왜요? 방금 새가 뭐라 그랬어요?"

한 고블린 소녀가 호기심 가득한 얼굴로 우이라에게 묻는다. 우이라는 피식 웃었다.

"말한 내용이 문제가 아니야. 이건……, 그러니까 사투리야."

"새들도 사투리가 있어요?"

다른 아이가 재빨리 묻는다. 아이들의 이런 질문 덕에 우이라 가 너설지빠귀의 말을 해석하고 쓰는 일은 꽤 오래 걸리는 중 이었다. 하지만 그는 조금도 귀찮아하지 않고 이 일을 해내고 있다. 멍청한 얼굴로 이걸 구경하던 고블린 오십장, 토우루크가 두카르에게 묻는다.

"대체 우이라가 뭘 쓰고 있는 겁니까?"

"그는 서기관이다. 그런 직함이다. 그리고 너는 이제 오십장이다. 내게 공대하지 마라."

두카르가 코를 긁적이며 지적했다. 레겐트 출신의 고블린과 합류하면서 시우부름의 고블린 오십장은 모두 아홉이 되었고, 아우케트를 오백장에 올리기 위해 부족한 오십장 하나를 맞출 필요가 있었다. 그리하여 한 달 전 새로 급히 승격된 토우루크는 때문에 여러모로 아직 미숙하기 이를 데 없었다. 두카르는 다시 말했다.

"지빠귀들은 아주 예전부터 우리들의 전령조였잖은가? 흐로킨의 대기근에 마디콩을 물어온 것도 그들이었고……, 우이라는 겨울 암송의 연속 승자인 만큼 조어(鳥語)에도 탁월하지."

지빠귀들은 도래까마귀와 달리 인간의 언어 대신 고유한 말을 사용하며, 이는 아직 고블린들만이 알고 있는 지식이었다. 때문에 전령조가 잡히더라도 비밀이 새나갈 위험이 없으며, 아울러 도래까마귀보다 눈에 덜 띄고 흔한 새라는 점에서도 유리하다. 토우루크 또한 그 사실을 모르지 않기에 물었다.

"아니, 그런 걸 묻는 게 아냅……, 아니다. 지금 뭘 쓰고 있잖은가? 인간 흉내를 내고 있다고?"

"모른다."

두카르는 마뜩잖은 듯 대꾸했다. 그들로서는 한 달 전 울리케가 다녀가면서 우이라와 어떤 이야길 했고, 무엇을 전해주었는지 전혀 알지 못하는 것이다. 우이라는 그 이후 요새의 제장들이 아닌, 다른 여성들과 아이들을 위주로 '문자'들을 시험하며 연구해왔다. 그들 전래의 전쟁기호 형상을 해체하고 재구성한 뒤, 울리케가 전해준 시무나리 표기법을 본떠 그들의 옛 노래를 거의 완전하게 받아 적을 수 있는 체계를 이뤄냈다. 아직은 실제로 사용하는 대륙 공용어에 적용하기 힘들었으나, 그들의 이름을 표기하거나 지금처럼 조어의 음차에는 문제없이 쓸 수 있었다. 우이라는 아이들에게 지빠귀의 말을 가르치는 한편, 바로 이것을 시험하고 있었다. 그리고 역시나, 호기심이 왕성한 소녀 하나가 걸려든다.

"서기관 선생님, 뭘 그리는 거예요?"

"자, 보렴?"

이러느라 진행이 온통 더딜 수밖에 없는 것이다. 눈앞에서 벌어지는 일의 절반을 이해하지 못하고 있는지라 두카르와 토우루크, 그리고 이하 십장들의 표정은 안 좋을 수밖에 없었다. 이는 또한 빨리 전달을 마치고 쉬러 가고 싶은 늙은 너설지빠귀도 마찬가지였다.

"하루레루루!"

"아 저건 무슨 뜻인지 알아요! '이 염병할⋯⋯.'"

"욕 같은 건 몰라도 돼!"

우이라는 반색하는 꼬마 고블린의 말을 끊고 너설지빠귀를 향해 눈을 부라렸다. 그때, 바르바크 휘하의 십장 하나가 늑대를 타고 연병장 안으로 뛰어 들어왔다.

"두카르, 주크 운트후크 오십장! 산 아래 파수대에서 기별입니다! 피어클리벤 측으로부터 사자가 왔습니다."

"사자?"

두카르가 뜬금없다는 듯 물었다. 이 갑작스러운 일에 우이라와 아이들의 시선도 이쪽으로 향한다. 두카르는 전령 기수에게 묻는다.

"내가 갈 일인가?"

"바르바크 오십장이 그리 청했습니다."

그렇다면 꾸물거릴 것도 없겠다. 두카르는 두말 않고 토우루크와 함께 나머지 십장들을 이끌고 연병장을 빠져나왔다. 어린 고블린들을 위해 밝게 불을 놓았던 연병장과 달리 요새 앞으로부터 내려가는 진입로는 어둡기 짝이 없지만, 숲흑늑대들과 고블린들에게 이 어둠은 오히려 친숙한 방책이다. 두카르는 십장 둘을 제외한 나머지를 대기시키고 토우루크 또한 그리하도록 조언한 뒤 이윽고 빠른 속도로 어둠을 뚫기 시작했다. 그들은 단숨에 파수대에 이른다.

"두카르!"

목책 곁, 나무로 지어진 파수대 위에서 바르바크가 소리쳐 부르자, 두카르는 두말 않고 늑대에서 내려 사다리를 타고 올라갔다. 궁수들이 잔뜩 긴장하여 목책 너머를 노려보고 있었다.

"날 보자고 했나? 왜?"

두카르가 꼭대기에 오르기 무섭게 묻자, 바르바크는 손을 들어 목책 너머 아래를 가리켰다. 불화살 서너 발이 지면에 꽂혀

타오르고 있었고, 한 사람이 그 불빛에 얼굴이 식별될 수 있도록 가까이 다가선 채 두 손을 들어 올리고 있었다. 두카르가 이맛살을 찌푸린 것과 바르바크가 질문을 던진 것은 동시였다.

"아는 자인가?"

"모른다."

처음 보는 사내다. 아무런 무장도 하지 않았지만, 고블린들은 오랜 경험을 통해 저렇게 편한 차림새에 단신으로 훌훌 돌아다니는 자야말로 가장 위험한 종류의 인간임을 안다. 그렇다. 아무래도 마법사로 보였다.

"모른다고? 정말인가?"

바르바크가 물었다. 두카르는 어깨를 으쓱하며 대꾸했다.

"외려, 도대체 내가 왜 알 수 있을 거라 여겼나?"

"그야……."

바르바크는 말을 하려다 말았다. 두카르가 진즉부터 아우케트와 붙어 다니며 가장 크게 감화되었다고 믿는바, 피어클리벤 측 사람에 대해 아는 게 하나라도 더 있지 않을까 싶었기 때문이다. 하지만 이런 이야기를 하다 자칫 두카르의 심기를 건드릴 수 있겠다. 바르바크는 여전히 아우케트와 의견이 맞지 않았지만 서리심이 그들을 돕겠다 했던 날 그 모든 표면상의 불만을 영구히 억누르기로 작정했다. 이제 와서 공연히 두카르를 자극할 이유는 없는 것이다.

"……아니다. 그보다, 오백장이 떠나기 전에 일러둔 암호 문답이 기억나지 않아서 말이다. 이봐라, 인간!"

다행히 두카를 호출할 만한 핑계가 하나 더 있었다. 바르바크는 이렇게 재빨리 말을 돌리며 목책 너머 아래에 여전히 한 자세로 머무는 사내를 불렀다. 신기한 듯이 주변을 둘러보고 있던 그가 이를 드러내며 웃어 보인다.

"하즈바 에써다! 그냥 하즈바라 불러라!"

면식도 없는 인간이 넉살 좋게 말하자, 바르바크는 코를 벌름거리며 불쾌함을 표시하고는 두카르를 쳐다보았다. 두카르가 한심하다는 얼굴로 그를 마주 보며 나직이 물었다.

"바르바크, 지금 군호를 잊었다는 건가?"

"쓸 일이 있을 거라 여기지 않아 기억하지 않았다."

그건 사실이었다. 시우부름 요새 내에서 통용되는 그들 나름의 암구호도 아니고 오로지 비상시의 한 가지 경우를 위해 안배해둔 암호이다. 더구나 그 장난 같은 내용에 어이가 없었던 바르바크는 듣자마자 그냥 기억 속에서 지워버렸던 것이다. 그의 성정을 모르지 않는 두카르이기에 더 추궁은 하지 않고 몸을 돌려 하즈바를 향해 소리쳤다.

"나귀 위의 도래까마귀가 대제의 옛 친구를 만나러 왔는가?"

"답은 울리케 피어클리벤, 그리고 뉘르뉴다!"

아우케트를 제외하면, 시우부름의 아홉 오십장 중 유일하게 두카르만이 그를 따라 뉘르뉴와의 쟁론에 참여한 경험을 갖고 있었다. 따라서 이 문답을 딱히 기억할 필요조차 없던 두카르다. 그리고 이 내용을 알고 있는 자라면 피어클리벤 측이 정식으로 보낸 사자임이 틀림없다. 두카르는 살짝 고개를 끄덕이고 바르바크에게 말했다.

"수하(誰何)에는 문제가 없다. 들여보내도 되지 않겠나?"

"용무가 뭐냐에 달렸지!"

그러자 하즈바가 그때까지 들고 있던 양손을 내리며 잽싸게 소리쳤다.

"아, 나도 들어가 고블린식 대접을 받아보고 싶은 생각이 한가득이지만, 본대와 내일 아가스 마을에서 합류하기로 한 터라 통보만 전하겠다!"

"내가 내려가 접촉하겠다."

두카르가 말했다. 바르바크가 뭐라 말릴 새도 없었다. 아무리 처음 보는, 마법사로 의심되는 인물이지만 지정해둔 수하를 통과했으며 이 시간에 홀로 나타난 걸 보면 긴급한 일임에 틀림없다. 두카르는 순간적으로 그렇게 판단했다.

궁수들이 여전히 조준을 놓지 않는 가운데 창병들이 나서 목책의 한쪽을 개방했다. 두카르는 자신의 숲흑늑대 주크에 올라타고, 기다리던 오십장 토우루크와 나머지 십장 넷을 대동한 채 경계선 밖으로 나갔다. 그때쯤 하즈바의 발치에 꽂혀있던 불화살들이 꺼졌고, 그러자 이 깡마른 중년의 마법사는 그 즉시 백색의 불똥 하나를 지펴 올린다. 갑작스러운 주문 사용이 긴장한 궁수들의 오발로 이어지지 않도록, 그는 일부러 매우 느리고 큰 동작으로 마치 어린아이들에게 마술 연극을 보여주듯 그 일을 해냈다. 주먹만 한 크기의 백열광이 마치 살아있는 반딧불처럼 너울거리며 그의 얼굴 앞, 머리 위에 자리 잡아 비추기 시작했다.

"실례. 나는 밤눈이 어두워서 말이지."

이것만 보더라도 이 마법사는 전투 경험이 있다. 두카르는 그렇게 생각하며 대꾸했다.

"괜찮다. 오십장 두카르다. 통보할 것이 무엇인가?"

하즈바는 흥미로운 얼굴로 두카르와 그의 곁에 선 토우루크를 본다. 아울러 그들의 숲흑늑대 또한. 출발 전 시그리드로부터 피어클리벤과 시우부름 고블린들의 동맹에 관해 듣긴 했지만 직접 이렇게 적대하지 않고 서 있으니 기분이 무척 기묘했던 것이다. 그 역시 라핀다시르 공작령의 마법사로 오래 재직해 온바, 그의 지휘나 주문에 의해 죽어간 고블린들의 수는 어쩔 수 없이 기백을 헤아렸다. 하즈바는 입을 뗐다.

"서리심 뉘르뉴가 파악한 바에 대해, 고블린 대사 울리케가 연통하여 왔다. 아직 정체는 알 수 없지만 적대 세력으로 추정되는 병력이 서리심의 뿌리로 향하고 있다는군. 너희가 그것의 방어를 맡고 있다고 들었다."

두카르는 눈을 크게 떴다. 그들이 안그라네스의 터를 지키고 있다는 사실은 대사 울리케에게조차 곧바로 알리지 않았던 것이다. 그런데 명백히 외인으로 보이는 이 마법사가 그걸 알고 있다니? 사태가 그만큼 다급한 것일까? 두카르는 찌르듯 물었다.

"넌 누군가?"

"아, 소개가 늦었군. 라핀다시르 공작가의 마법사다. 이름은 아까 말한 대로 하즈바이고. 세세한 직함을 대는 것은 무의미하겠지, 두카르?"

두카르는 눈살을 찌푸리며 다시 묻는다.

"라핀다시르? 아……, 일전에 그 대사의 자매에게 내던져져 다리가 부러진 도련님의 그 가문인가?"

"……고블린들에게도 사교계가 있진 않겠지? 이 소문의 유포를 걱정해야 할까?"

이 와중에 농담을 섞고 마는 하즈바다. 두카르는 그를 새삼 아래위로 훑어보며 또 물었다.

"왜 그대가 온 것인가?"

"그야, 피어클리벤 성에서 여기까지 단숨에 올 수 있는 재주를 지닌 자가 나뿐이니까. 경계를 강화하고 비상 체제로 돌릴 것을 권고한다. 대사의 전언에 의하면 전령조를 쓸 수 있다던데? 가능한 한 넓은 지역의 초계가 필요할 것이다."

"……그 '적'들이 접근하는 방향을 아는가?"

"모른다. 다만……, 전략적으로 생각해 볼 때 동쪽 해안선을 따라 선박으로 침투하지 않을까 예상해보고 있지."

울리케는 뉘르뉴의 경고를 듣자마자 피어클리벤으로 연락을 넣었다. 도래까마귀의 몸으로 노아크의 팔찌를 쓸 수는 없었기에 빌러디저드가 일종의 중계역할을 해야만 했다. 여기에 대해 또 용이 무어라 투덜거렸는지는 알 길이 없다. 시그리드는 이 문제가 편성을 마친 후발대의 출발을 미뤄야 할 만큼 심각한 문제라는데 동의했고, 곧 긴급하게 회의를 소집하였다. 축지의 도약을 사용할 수 있는 하즈바가 단신으로 여기까지 온 것은 그런 까닭이었다.

"알겠나? 일단 권역의 경계를 두텁게 하고 내일 정오까지 아 가스 마을로 기랑대들을 보내라. 편제는 그쪽에 맡기지. 피어클 리벤과 라핀다시르에서도 병력을 보낼 것이다."

"……우리는 지금 오백장이 없다. 여러모로 곤란하군."

두카르가 난처하다는 듯 말했다. 그러자 하즈바가 어깨를 으 쓱이며 말했다.

"우리 역시 마찬가지다. 흑룡도, 백룡의 대리인도, 너희의 대 사도, 서리심도 없지. 땀과 피를 흘리는 재주밖에 가진 것 없는 이들끼리 해야 한다."

"알겠다. 형제들과 논의하지."

제 12장

산 중턱에서부터 길도 없는 수풀을 헤치며 내려오는 내내 드레스바르프의 특수전대들은 울적한 침묵에 잠겨있었다. 임무는 실패했고, 싸움은 패배했으며, 무장은 빼앗긴 데다 그들의 지휘관까지 전사했다. 실패할 가능성도 예상하지 못한 것은 아니었지만 너무나 참담한 결과였다. 거기다 그들을 앞뒤로 따르며 감시하는 다섯의 고블린 기수들이 있으니 더더욱 아무도 입을 열지 않았다.

"우린 여기서 돌아가겠다."

마침내 한밤중이 되어 뉘른스에크 성하촌 경계를 빠져나오자, 고블린 기수들은 그렇게 말하며 그들을 놓아주었다. 특수전대들은 그대로 말없이 달빛을 받아 희뿌옇게 빛나는 설원을 가로질렀고, 이내 아우스뉘르 진중의 경계병들에게 발견되었다.

"실패했군요?"

진중에 들어선 그들을 맞이한 것은 드레스바르프 후작의 제자인 청년, 프로드나르였다. 아직 정식으로 서임되지 못해 그의 지위는 향사에 머물며, 이는 종사와 기본적으로 같은 위계의 계급이다. 하지만 향사란 기사를 예비한 지위로 결국 언젠가는 귀족이 되는 자들이다. 아무리 애를 써도 보통 거기가 끝인 종사와는 애초부터 출발점과 종착점이라는 큰 차이가 있는 것이다. 그렇기에 지금처럼 서로 공대하되, 어느 쪽도 서로를 같은 계급으로 여기지는 않는다.

"그렇습니다."

등불을 들고 나타난 그가 들것에 실린 벨레토르 시라예그의 시신을 확인하며 위와 같이 묻자, 란미르가 침통하게 대답했다. 프로드나르는 나머지 들것들의 부상자들도 살피고는 재빨리 치료사들을 불러 그들을 데려가도록 조치했다. 란미르를 위시한 예종사들은 우두커니 정렬해 선 채 시선을 떨구고 있을 따름이었다.

"어디 들어볼까요."

늦은 한밤중에 장시간 산을 오르내리느라 모두 지쳐있었지만 특수전대원들 누구도 앓는 소리 내지 못한다. 후작의 마법사로서의 제자이자 직속 부관이기도 한 프로드나르는 그들에게 있어, 사실상 제대로 서임된 그 어떤 기사보다 높은 존재였다. 특히, 벨레토르가 죽어버린 지금 더욱 그렇다.

"라펜다시르의……, 백룡의 그림자가 나타났습니다."

"기어코?"

프로드나르는 그다지 놀라지 않으며 란미르의 보고를 들었다. 이따금 헤르미르나 다른 예종사들이 끼어들어 그 보고의 정확성을 더했고, 프로드나르는 별다른 표정 변화 없이 그저 다소 피곤한 낯을 한 채 묵묵히 그 보고를 들었다. 그는 미간은 단 두 번, 그러니까 에파가 헤르펠의 소혼망자들을 불러낸 대목과 까마귀 울리케를 위시한 고블린 기수들의 등장 대목에서 한 번씩 움찔했을 뿐 내내 평탄했다.

"처벌을 청합니다. 각하께 상고해 주십시오."

보고가 끝나며 란미르가 메마른 목소리로 이렇게 덧붙이자, 프로드나르는 말없이 한동안 그를 쳐다본다. 문득 그가 들고 있던 등불에서 심지 튀는 소리가 났다.

"알겠습니다. 일단 모두 물러가 쉬시지요."

하지만 프로드나르는 그렇게만 말하며 돌아섰고, 예종사들은 서로 눈치를 보다 어색하게 해산했다. 프로드나르의 시선은 잠시동안 벨레토르의 시신이 운구되어간 방향의 천막에 머물렀지만, 이내 머리를 흔들며 발을 뗀다.

그가 향한 곳은 이 진중에서 가장 커다란 천막이었다. 주야로 교대하는 병사들이 삼엄한 경계를 서는 곳이며, 어제오늘 한나절 만에 동서로 두 개의 나무 망루가 세워져 보호되는, 진중 내의 작은 요새라 할만한 곳이었다. 프로드나르는 경계병들의 묵묵한 눈길을 흘리며 두 겹으로 둘린 목책을 지나 불이 밝혀진 천막 쪽으로 다가갔다. 보초병이 그를 알아보고 비켜선다.

"안 좋은 소식이로군?"

천막의 입구를 젖히며 들어서자 밝은 빛과 온기를 앞세우며 목소리가 날아들었다. 발리위그 드레스바르프 후작이다.

"예. 백룡의 대리인이 나타났습니다."

"듣겠다."

프로드나르는 선 채로 차분히 특수전대의 보고를 옮겼다. 널찍한 탁자에 수북한 서류와 지도, 두루마리 서신, 서책들 사이에 파묻히듯 앉아 조용히 귀를 기울이던 초로의 마법사는 그의 보고가 끝나도 한참 동안 말없이 촛대의 일렁이는 그림자를 쳐다볼 따름이었다. 제자는 참을성 있게 기다렸고, 마침내 후작이 입을 열었다.

"피어클리벤은 파마술의 결과를 이용하기로 한 것이군."

발리위그의 음성은 지친듯했다. 그의 눈앞에 산처럼 쌓인 문서들은 흡사 그가 이 대륙의 모든 행정을 총괄하고 있는 것처럼 보이게 했다. 그는 어깨를 젖혀 앉아있던 의자의 등받이에 기대며 목덜미를 한차례 주물렀다. 잿빛으로 센 그의 짙은 눈썹이 치켜세워졌다.

"어찌 생각하느냐?"

"……시라예그 경에 대해선 말씀이 없으십니까."

"그 녀석은 언제나 정도를 몰랐지. 끝내 배울 기회를 놓치고

만 것은 유감이다."

"……그렇습니까."

프로드나르는 감정 없이 말했다. 그는 마법사의 제자이자 후작의 가신으로 벌써 십 년 넘게 모셔왔지만 단 한 번도 그가 문약한 귀족이라 생각한 적이 없다. 분명 무예를 익힌 바 없음에도, 매사에 임하는 후작의 태도와 인상은 한결같이 엄혹한 무가의 그것이었다. 그나마 때때로 그가 자신 앞에서 보여주는 이 피로한 인상만이, 유일하게 프로드나르에게 있어 이 사제간의 특권이라 할 만한 것이었다. 스승은 다시 말한다.

"어차피 성사 여부를 오 할 안팎으로 보고 단행한 작전이었다. 그 류그라 송장이 개입한 이상, 피어클리벤의 구원을 받았다고 말해야겠지. 오히려 이로써 백룡이 이제부터 라핀다시르의 정치적 짐이 되리라 예상할 수 있다. 아울러 피어클리벤의 행보도 말이지."

"예상이 되십니까?"

"프로드나르."

후작의 입에서 한숨이 반쯤 섞인 호명이 뱉어지자, 청년 제자는 다소 긴장하며 그를 보았다. 후작은 말을 이었다.

"에다의 도리야 노력으로 얻을 수 있는 것이 아니라 해도, 통찰을 미루는 것은 변명의 여지가 없다."

"……죄송합니다, 스승님."

이미 숱한 경험을 통해 그의 공적 지위와 스승으로서의 역할을 구분할 수 있게 된 프로드나르가 대답했다. 거대한 땅의 지주이자 대군의 통수권자이며 강대한 마법사, 발리위그 드레스바르프에게는 좀처럼 자연인으로서의 시간과 입장이 허락되질 않는다. 그나마 이렇게 하나뿐인 제자와 마주하고 있는 시간이 그에게는 가장 개인적인 순간이리라. 후작은 조금 아량을 보이기로 하며 입을 열었다.

"용과 서리심 양측을 보유한 시점에서 피어클리벤은 더 이상 아우스뉘르의 이름 아래 머물 이유가 없고, 머물 방법도 없지. 하지만 그것들이 아무리 강력하다고 해도 그에 걸맞은 기간(基幹)을 보유하지 못한 영지가 외부에 대해 취할 수 있는 태세란 한정적이기 마련이다. 제국이 사백 년 넘게 쌓아 올린 질서와 부를 상대한다는 건 그리 녹록한 일이 아니지. 그리고 다행스럽게도 피어클리벤의 수뇌는 이 부분을 잘 알고 있는듯하군."

"노아크 피어클리벤 백작 말입니까?"

"아니야. 용의 등장 시점부터 이미 그는 더 이상 그 땅의 진짜 주인이라 말하기 어렵게 되었다. 그리고 아까 보았듯, 그의 장자 역시 마찬가지다."

프로드나르는 잠시 생각했다. 그의 눈빛에 의혹이 살짝 깃들며, 그가 묻는다.

"설마하니 그 여덟째 아가씨 말입니까?"

"용과의 첫 대면자이며 그 잠정적 재앙을 우호적 기회로 바꾼 자, 고블린 대사인 동시에 서리심의 친우. 그야말로 영웅 서

사시의 훌륭한 주연이 아니냐?"

"······그런 농담을 좋아하십니까?"

"내가 아니다. 인민들이지."

후작은 엷게 미소지었다. 그는 다시 말한다.

"저 실록의 폐장이 뉘른스에크의 공성과 함께 노린 것은 그 것을 방어하러 올 황가의 용, 스미드레드가 더 이상 존재하지 않는다는 진실의 공표였을 것이다."

"······저조차 몰랐던 그 진실 말입니까."

프로드나르는 조금 기가 찬다는 얼굴로 말했다. 후작은 아무 렇지도 않게 대꾸했다.

"그렇다. 아우스뉘르의 황권은 용으로부터 왔으니, 용이 없 다는 사실이 알려지면 제국은 흔들리지. 하지만 적들이 예상한 반격조차 일절 없었고, 그로 인해 미스미르드는 기대를 상회하 는 전과를 얻어버렸다. 그들 사이에 어떤 약속이 있었건 간에 이제 그 유대는 그다지 튼튼하지 못할 것이다."

"······그래서 그 새벽, 그렇게 무대응으로 일관하며 퇴각하신 것이고요."

"변경백의 숙청이 너무했다고 생각하느냐?"

"······아닙니다."

프로드나르는 나직하게 대답했다. 제자의 눈빛엔 흔들림이 없었다.

"수를 두려면 판을 비워야 하는 법이지요. 변수를 가진 교섭

주체를 남겨둘 수 없었다는 데 동의합니다."

"피어클리벤은 뉘른스에크와 혈맹이라 말할 수 있다. 이 흐름에 양쪽 모두 건제하면 피어클리벤에 부재한 기간망이 뉘른스에크의 유산으로 대체되어 버릴 수 있지. 그래선 안 돼."

프로드나르는 조용히 고개를 끄덕였다. 후작은 다시 목을 주무르며 말한다.

"하지만 한 수를 두면 다시 한 수가 물리는군……. 지금쯤 피어클리벤은 나를 잠정적인 적으로 간주할지도 모른다. 아니, 차라리 그렇게 무지하게 나와주면 고맙겠군."

프로드나르는 뜨악한 눈길로 후작을 보며 물었다.

"……정말로 용과 상대하실 생각입니까?"

"드레스바르프가 지난 백 년간 무얼 해왔다고 생각하느냐?"

막대한 전승을 가진 한 가문의 주인이 그렇게 되물었다. 그의 말이 이어졌다.

"교섭이란 등 뒤의 칼을 두고 임하는 것이다. 아니면 모두의 머리 위에 칼을 두던가. 우리가 비무장으로 서로를 존중할 수 있는 기반은, 순진한 인본주의가 아니라 엄혹한 징치가 따르리라 믿어질 때 이루어지는 것이지. 아우스뉘르가 용의 불길을 두려워한 지주들의 연합에 불과한 것처럼 말이다."

"그렇습니다."

"그러니 그런 순진함은 황실의 몫으로 남겨두도록 하지. 내게는 그들의 정의가 필요 없다. 드레스바르프는 용의 부재를 대체할 체제를 긴 시간 동안 고민해왔어. 이제 와서 새로운 용이 고릿적 질서를 되새길 작정이라면……."

노회한 마법사는 말한다.

"에다의 도리를 제 손으로 움켜쥔 자들의 강대함을 존중하게 되겠지."

"뜻대로 될 것입니다."

사제 간의 대화는 잠시 멈추었다. 프로드나르는 묻지도 않고 화덕으로 향하더니 차를 타기 시작했고, 발리위그 후작은 팔짱을 낀 채 탁자 위의 지도를 내려다보았다. 제자가 일견 투박해 보이는 질주전자에 차를 내오자, 잔을 받아들며 그가 말했다.

"……회담이라. 기대가 되는군."

"진심이십니까?"

프로드나르가 자신의 잔에 차를 따르고 맞은편에 앉으며 묻는다. 마법사는 즐거운 듯이 말했다.

"진심이다. 죽일 수도 있는 상대와의 대화란 각별하지. 피어 클리벤이 무엇을 제안하리라 보느냐?"

곧바로 대답할 수 없는 물음이었다. 프로드나르는 얄팍한 찻잔을 조신하게 홀짝이며 생각에 잠겼다. 용과 고블린, 그리고 서리심에 관해 그가 아는 것들이 머릿속에 뒤엉켜 굴러다녔다. 참고할 정보가 너무 적은 판단이다.

"……오히려 저들이 그렇게 묻지 않겠습니까?"

"선수를 양보한다?"

"제가 피어클리벤 측 인간이라면, 작금의 모든 사태는 그들에게 있어 그저 일방적으로 휘둘려올 수밖에 없었던 흐름입니다. 아무리 잠재적으로 강대한 힘을 가졌다고 해도 최근의 일일 뿐이며, 그 힘조차 그들 뜻대로 휘두를 수 있는 것은 아닙니다. 그리고 제가 알기로 지방 지주들은 성향상 이런 문제에서 주동적으로 임하는 법에 익숙하지 못합니다."

"좋은 답이다."

후작은 하나도 대견하지 않다는 얼굴로 칭찬했다. 그의 말이 이어진다.

"여태껏 수집한 정보들에서도 피어클리벤의 움직임은 네가 말한 맥락으로 해석하기에 무리 없지. 이 상황에 가장 압박을 받는 것은 저들이다. 아마 그 아가씨……, 이름이 뭐였지?"

"울리케 피어클리벤입니다."

후작은 입꼬리를 올렸다.

"좋은 이름이군. 그래, 아마 지금쯤 무척 짜증이 나 있을 것이다. 하지만 매우 영리한 까마귀로군."

그는 마치 울리케가 란미르에게 호통치던 것을 직접 보기라도 한 듯 말했다. 빈 찻잔을 탁자에 내려놓으며, 후작은 말을 이었다.

"뜻한 바는 아니었으나, 주인이 선언되었으니 객의 도리를 다해야지. 아래에 일러 거둔 금궤에 더해 몇 가지 선물을 더 준비해라. 그리고……."

후작의 시선이 천막의 입구께를 향하며, 그가 말했다.

"황녀만큼 용의 제물로 적당한 건 없겠지."

내내 그다지 동요를 보이지 않던 프로드나르의 낯에 처음으로 뚜렷한 꺼림칙함이 떠올랐다. 청년은 그것을 감추지 않으며 스승에게 묻는다.

"……도대체 무슨 생각이십니까? 다른 선생님들이나 기사들도 모두 각하의 의중을 헤아리지 못해 난처해하고 있습니다."

"난처해한다는 것은 꽤 완곡한 평가일 텐데."

자리에서 일어난 발리위그는 이렇게 말했다. 따라 일어서며 그의 입꼬리에 머문 냉소의 끝자락을 본 프로드나르는 입을 열었다.

"여쭙겠습니다. 이실바프에서 시라예그 경을 시켜 도모하고자 하신 핵심이 도대체 어느 부분입니까? 그 역도들의 체포입니까? 아니면 그들의 거점 하나를 없애는 것이었습니까? 삼황녀와 피어클리벤의 장자를 묶어 없애시려던 것입니까? 그도 아니면, 그 도둑 꼬맹이를 회수하고자 하신 것입니까?"

프로드나르는 묵혀왔던 의문을 몽땅 풀어내듯 빠르게 물었다. 매사에 일을 추진함에 있어 좀처럼 수하들과 의견을 나누지 않는 후작인 까닭에, 그의 측근인 제자조차 명령을 따르면서도 알고 있는 것은 언제나 지극히 일부였다. 적어도 그가 보기에 가장 더러운 일들을 맡아온 그 벨레토르조차, 단 한 번도 일이 돌아가는 전모를 알고 있다는 느낌은 풍기지 않았다. 그러나 상황은 이제 용의 목전에서, 모시는 황실의 핏줄을 억류하고 있는 지경에 이르렀다. 프로드나르는 사제의 정에나마 다소 편승해보려 작정하며 이렇게 물은 것이다. 순간 천막의 입구로 향하던 후작의 시선이 그를 할퀸다.

"올바른 질문이 아니다."

"……그렇습니까."

"황녀는 좀 더 그럴싸한 걸 물을지도 모르지. 따라오거라."

후작은 천막의 차양을 펄럭 제치며 말했다. 둘이 모습을 드러내자 어디선가 대기하고 있던 기사 하나와 병사 넷이 조용히 그 뒤를 따라붙었으나, 그들 사이엔 어떤 대화도 흐르지 않았다.

그들의 목적지는 전혀 멀지 않은 곳이었다. 망루와 목책들로 이뤄진 진중 요새의 내부, 북쪽 한 구역에 자리한 천막 하나였던 것이다. 족히 스물 이상의 병사들이 그 천막을 에워싸고 감시하는 중이었다. 부지깽이를 들고 입구께에 지펴진 불을 쬐며 앉아있던 노파 하나가 발리위그와 프로드나르의 접근을 발견하더니 일어나지도 않고 입을 뗀다.

"오셨소, 공?"

후작은 대답하지 않고 잠시 주변을 둘러본다. 그러자 노파가 비웃듯이 말했다.

"염려 놓으시오. 벨레토르 같지는 않을 테니."

"……예종사들이 들렀는가?"

그제야 후작의 눈길이 노파를 향한다. 그는 여전히 구부정하게 앉은 채 모닥불을 후비며 대꾸했다.

"칠 할이 되지 않는 가능성에 투입한 녀석들이오. 벌은 불가하오."

"그런 걸 말하고자 하는 게 아니다, 라르그문드 경."

그러자 백작은 후작을 보았다. 그가 말한다.

"그러면? 드라우그르의 등장을 예상했어야 하오? 아니면 내 동생의 까마귀 떼들이 특수전대에 대해 파악하고 있는 바를 변명해야 하오?"

"추운데 나와 있을 필요가 있나?"

후작은 백작의 말에 조금도 어울리지 않고 이렇게 되물었다. 그것을 일종의 대답으로 알아들은 백작이 말했다.

"공의 속을 모르니, 아우스뉘르나 피어클리벤 어느 쪽의 기억에라도 남기를 꺼리고 있는 것이지. 용무가 있소?"

"잠시 황녀를 만나겠다."

"인제야."

백작은 불평하듯 내뱉으며 들고 있던 부지깽이로 천막의 입구를 가리켰다. 그러자 입구를 지키던 병사 하나가 안쪽으로 몸을 집어넣어 무언가를 알렸고, 잠시 뒤 무장한 인원 대여섯이 밖으로 쏟아져나왔다. 발리위그와 프로드나르는 그들을 스치며 말없이 천막 안으로 들어선다. 불기운이 없어 서늘한 내부는 달랑 하나 매달린 등잔 불빛으로 어둑했고, 별것 없이 휑한 가운데 닐스그림과 아룬드가 각각 재갈을 물린 채 포박되어 꿇려 있었다. 펠윈이나 이그라, 한스, 그리고 브륀힐데는 보이지 않는다.

"발리위그 드레스바르프!"

프로드나르가 재갈을 풀어주자마자 황녀 닐스그림이 눈을 부릅뜨고 후작을 향해 소리 질렀다.

"내 하그비르크는 어디있소!"

프로드나르는 그가 다른 무엇보다 지팡이의 안부를 묻는 것이 꽤 의외라고 생각했다. 자신을 죽일뻔한 데 대한 저주나, 현재의 이 하극상에 대해 가장 먼저 꾸짖으리라 예상했기 때문이다.

"정확히 말해, 그것은 원래 드레스바르프가 아우스뉘르에게 준 것입니다."

후작은 그렇게 말하며 감시병들이 쓰던 의자에 앉았다. 프로드나르는 그 곁에 선 채 긴장한 얼굴로 모두를 살필 따름이다.

"어제저녁 용의 선포를 전하도 들으셨겠지요? 나는 순응코자 합니다. 인두세에 더해, 전하를 용에게 바쳐질 '처녀'로 생각하고 있습니다."

그러자 곁에 있던 아룬드가 눈을 홉떴으나 재갈이 물려있어 별다른 말을 내뱉지는 못한다. 반면 닐스그림은 그다지 충격받지 않은 얼굴이었다. 오히려 정색하고 후작을 쳐다볼 따름이다. 발리위그는 슬쩍 웃음을 띠며 말을 이었다.

"차제에 하그비르크도 들려 보낼까 합니다. 어차피 무장 해제의 차원에서 보관하고 있는 것이니까."

"도대체 무슨 꿍꿍이인가?"

"꿍꿍이라."

후작은 기어이 피식 웃었다. 그는 말한다.

"과연 그렇습니까? 아우스뉘르는 용의 부재를 대체하기 위해 준비해온 지난 세월을 그렇게밖에 인식 못 합니까?"

"황좌를 유명무실하게 만들어온 것이 누구더냐!"

"그 또한 헤르펠의 만용에 의해 일어난 일입니다."

후작은 의자에 앉은 채 몸을 앞으로 수그리더니 양손을 깍지 꼈다. 그는 진지한 얼굴로 닐스그림을 향해 말하기 시작한다.

"들으십시오, 닐스그림 전하. 어차피 제물이 될 거라면, 용에게 바쳐지는 게 제일 낫습니다."

"……계속 말하시오."

닐스그림은 입술을 깨물며 말했다. 아룬드는 눈을 굴리며 이 당황스러운 대화를 쫓아가고 있었고, 후작은 황녀의 태도를 유심히 쳐다보며 흥미로운 기색을 띠었다. 다시 그가 말한다.

"전하가 겪은 일을, 정확히 이해하고 계십니까? 아니 우선, 이황자 전하에 대한 이야기를 하지 않을 수 없겠군요. 황자 전하께서 실록의 폐장의 숨은 후원자라는 사실을 알고 계십니까?"

아룬드는 또다시 눈을 크게 떴으나, 닐스그림의 얼굴은 흙빛이 되었을 뿐 그리 놀란 기색은 아니었다. 그는 말한다.

"……그것이 사실이오?"

"사실입니다. 꽤 여러 해 전에 그들에게 포섭된 것으로 여겨집니다. 그러니까, 황녀 전하께서 겪으신 고초의 일차 원인은 그분께 있지요. 전하는 버려진 패였습니다."

"나와 아룬드를 죽이려 한 것은 그대의 부하였소!"

"아닙니다. 우리가 하려 한 것은 류그네릭 수혜자의 회수와 거점의 소탕이었을 뿐, 전하는 그때도 역시 그저 버려진 패였을 뿐입니다. 왜냐하면, 전하에겐 아무런 가치도 없기 때문입니다."

후작은 놀라울 정도로 담담하게 그런 선고를 내렸다. 아룬드가 끙끙대며 어깨를 뒤틀었으나 그에게 눈길을 주는 이는 아무도 없었다. 황녀의 얼굴이 분노와 낙담으로 떨궈진다. 발리위그는 다시 말했다.

"이황자께서는 이제 명백히 저의 정적이지만, 의지와 자산을 가졌다는 점에서 어떤 경우에든 말을 섞을 가치가 있겠지요. 그러나 닐스그림 시그렐 아우스뉘르 전하, 전하는 아닙니다. 전하는 들고 다니신 하그비르크만큼의 가치도 없습니다."

그 곁에 선 프로드나르가 딱딱한 얼굴로 스승을 내려다본다. 이 이상 불필요하게 황실을 모욕하지 않아 주었으면 하는 것이 솔직한 심정이었다. 후작은 거침없이 말을 이었다.

"나는 황실의 일원을 볼모로 삼거나 협박할 생각이 없습니다. 이실바프에서 전하와 피어클리벤의 상속예정자가 죽었다면, 그것은 실록의 폐장이 범한 우로 더해졌을 것이며 황자 전하와 폐장들 사이에 심리적 균열이 발생하리라 기대해 볼 수도 있었습니다."

"그런 무도한 짓이 용납되었겠는가!"

닐스그림이 더 참지 못하고 돌연 소리 지르자, 후작은 명백히 실망했다는 표정을 드러내며 대꾸했다.

"고작 하실 말씀이 그것입니까? 전하의 죽음은 전하의 오라비인 황자 전하 역시 같은 방식으로 이용하려 했을 것입니다. 요는 전하를 해한 것이 누구인가 하는 공공의 인식이지, 전하 개인의 죽음에 대한 진실이나, 그에 따르는 유감이 아닙니다. 게다가 이제 어차피 시라예그는 죽었습니다. 실제로 피해를 입은 것이 누구입니까? 무도하다 하셨습니까? 전하, 저는 일찍이 매사에 임함에 있어 단 한 순간도 공리(公利)를 잊지 않았습니다. 전하는, 황실의 피를 잇고 계시면서 지금껏 무엇을 획책해 오셨습니까? 전하 개인의 도덕심은 여기서 어떤 근거가 되지 못합니다."

닐스그림은 창백하게 질려 어떤 말도 하지 못했다. 후작은 한동안 마뜩잖은 눈길로 그를 노려보다 덧붙인다.

"시라예그를 죽인 것은 백룡의 그림자입니다. 아우스뉘르에 원한이 있는 자가 전하의 원수를 갚아주었다니 재미있지 않습니까?"

냉소가 섞인 마법사의 말이다.

닐스그림은 고개를 떨구고 생각했다. 둘째 오라버니가 자신에게조차 어떤 표를 내지 않고 그간 그런 무서운 일을 해 왔다. 실록의 폐장들이 황권이 아니라 이 제국의 신권을 해체하려 하는 게 사실이라면, 라프시르그의 선택은 옳을지도 모른다.

"태황녀 전하의 의중은 아십니까? 그분은 현재의 체제에 지극히 만족하십니다. 아우스뉘르의 부와 안녕이 지속되기만 한다면 실권이 어디에 있는가는 그분의 관심이 아니지요."

후작은 다시 이렇게 말했고, 닐스그림은 고개를 들어 그를 보았다. 초로의 마법사는 어떤 적개심도 없이 그저 그의 무지를 안타까워하는 것처럼 보였다. *그렇구나. 큰 언니와 작은 오라버니는 벌써 그들의 정치를 시작했구나.* 닐스그림은 급격히 한없는 무력감을 느꼈다. 자신의 것도 아닌 지팡이를 들고 아룬드의 앞에서 부린 허세들이 떠오르자 낯이 뜨거울 지경이었다. *난 도대체 무엇 하러 여길 왔을까? 내가 뭘 할 수 있다고 생각했을까?*

"프로드나르. 영식의 재갈을 풀어주거라."

내내 할 말이 있다는 듯 낑낑대며 몸을 뒤틀던 아룬드가 마침내 신경 쓰였는지, 후작이 문득 말했다. 프로드나르에 의해 재갈이 풀리자마자, 아룬드는 후작을 향해 일갈한다.

"드레스바르프의 만용이 지나친 게 아닙니까!"

"그건 피어클리벤의 상속예정자로서 하는 말인가, 아니면 황녀의 일개 호위기사로서 하는 말인가?"

마치 예상했다는 듯 곧바로 이런 질문을 던져오는 후작이다.

아룬드는 잠시 말이 막혔고, 후작은 그런 그를 보며 덧붙였다.

"그걸 구분할 줄은 아는가? 일전 뉘른스에크의 만찬에서 본 자네는 이와 같은 장소에 어울리지 않았네."

닐스그림과 아룬드 모두 침묵할 수밖에 없었다. 갑자기 그들의 앞에 평온히 앉아있는 이 사내의 힘과 권력, 그리고 뚜렷한 목표를 향해 일관해온 그 모든 일이 무섭도록 거대하게 느껴졌기 때문이다. 그는 규칙을 추종하는 사람이 아니라, 규칙을 설계하는 사람이었다.

"전하는 내일 피어클리벤 측으로 모셔집니다. '용의 제물'이라곤 하지만, 설마하니 그 검은 용이 전하를 먹기라도 하겠습니까? 안심하십시오."

"이유가 무엇이오? ……가르쳐 주시오."

닐스그림은 풀죽은 목소리로 이를 악물며 물었다. 후작은 답한다.

"아까 말씀드렸습니다. 전하는 이곳에 필요 없습니다. 구태여 여기까지 모험을 하러 오신 분이니 이대로 황성에 돌아가고 싶지는 않으실 테지요. 해서 기회를 드리는 것입니다. 피어클리벤의 장자 또한 돌려보낼 필요가 있으니까요."

"……나는 도대체 공의 의중을 모르겠소."

닐스그림은 순순히 그렇게 말했다. 후작은 잠시 대답하지 않고 고개를 들어 천막 바깥 너머, 보이지 않는 뉘른스에크 성 쪽으로 시선을 둔다. 어쩐지 아련한 표정에 더해, 도전적인 어조를 섞으며 그는 말한다.

"저는 황실의 적이 아닙니다. 다만 용으로부터 비롯했던 황권의 인정이 새로운 시대에 걸맞도록 수정되고, 그것이 체제에 융합하도록 바탕을 까려 노력할 따름입니다. 헤르펠은 그러한 고려를 하지 못하고 너무 섣불렀던 것이지요. 아우스뉘르에, 용은 결코 더 이상 필요하지 않습니다. 아니, 있어서는 안 됩니다."

"하지만 피어클리벤에는 용이 있소."

닐스그림이 말했고, 아룬드 역시 동조하는 눈길로 후작을 노려본다. 마법사는 날카롭게 웃으며 대꾸했다.

"걱정 마십시오. 드레스바르프는 준비해 왔습니다."

'드레스바르프는 준비할 것입니다.'

이 새카만 어둠은 무심코 그 검은 짐승의 가죽을 떠올리게 한다. 천 번의 겨울은 바쳐진 아이의 가슴에 되풀이해 신성을 쌓았고, 더디게 내뻗은 뿌리로부터 착실하게 이 대지에 드리울 권능을 약속받았다. 이제, 의심할 바 없이 이 북녘에서 가장 강대하고 고고한 소녀는 백룡의 그림자가 할퀴고 간 갈림길의 합류 지점으로부터 그 꼿꼿한 눈길을 돌린다. 파닥이는 날갯소리를 들은 까닭이다.

"그들 무리는 칠 부 능선을 돌파하고 있었습니다. 흰 파약의 종이 그들과 같이합니다."

　한동안 사나운 눈으로 모두가 떠난 싸움터를 보고 있던 뉘르뉴에게, 정찰을 마치고 온 너설지빠귀 한 마리가 당도해 알렸다. 서리심은 시우부름의 숲으로부터 그를 따라온 이 충직한 전령에게 넌지시 이른다.

　"그를 일러 파약의 짐승이라 하는 것은 적절치 못하다."

　"그럼 무어라 합니까."

　"이름을 불러라. 에파라 한다."

　이름. 무심코 그렇게 말해놓고도 뉘르뉴는 흠칫한다. 세상의 초목들과 온갖 날짐승, 심지어 마수라 부르는 생물들까지 소통할 수 있는 그이기에 이름이라는 기호로 자신을 구별하는 특징이 온전히 사람의 것임을 아는 까닭이다. 그 또한 안그라네스의 심장을 가지면서 가장 먼저 한 일이 그 사람일 적의 이름을 잊는 것이었다. 셰이위르가 장난처럼 지어준 이름을 그때는 흘려 넘겼건만, 어찌하여 이제 와서 그 이름으로 나를 부르는 이들이 이토록 생긴 것일까. 그리고 나는 어느새 그들의 이름을 부르고 있는가. 서리심은 묻는다.

　"네가 나를 모신 것이 몇 해이냐?"

　"소조(小鳥)가 따님을 모신 것은 이제 일곱 번째 겨울입니다."

　뉘르뉴는 눈을 들어 흰 자작나무 가지 위의 작고 평범한 너설지빠귀를 보았다. 시우부름의 동쪽 함지땅에 면한 개어귀로부터 유래한 일곱 지빠귀 가문의 대표. 그럼에도 이름이 필요치 않았던 그의 종이다. 뉘르뉴는 한동안 고요히 그 새를 보다 말했다.

"이제부터 너를 뤼드라 부르겠다."

"오롯한 빙하의 따님께 만세."

별다른 감정 없이 대답하는 너설지빠귀의 모양새를 보니 어쩐지 웃음이 나왔다. 셰이위르가 뉘르뉴라는 이름을 지어주었을 때 자신 또한 저리 심드렁했던가. 하지만 네 이름과, 그리고 그 이름을 물려주는 가운데 너와 네 족속들은 변할지도 모른다. 마치 내가 그러했듯이.

그러나 용에게 허락된 인과의 눈이 없는 그로서는 이 충동이 가져올 미래를 전혀 알 길이 없다. 용이 미래를 본다면 서리심은 과거를 보는 존재이므로. 그에게는 결코 잊을 수 없는 굴레와 더불어 대지의 기억을 떠올리는 눈이 있었다. 바로 그 눈을 돌려, 서리심은 다시 싸움이 짓이긴 언 땅의 어둠을 본다. 마땅히 흘러야 할 죽음이 병목된 기운. 그 위배된 교리에 저절로 언짢음이 배어 나오고 만다.

잠시 뒤, 아까 전 벌어졌던 싸움의 환영이 솟아올라 뉘르뉴의 주위를 부산히 떠돌기 시작했다. 백룡의 분노. 끝내 숨을 거두는 드레스바르프의 기사. 이 불쾌하고도 생생한 반추를 시작으로, 어느새 그를 둘러싼 모든 풍경들은 과거로 회귀하기 시작했다. 무려 사백 번의 겨울을 넘어. 그리고 마침내 그가 찾던 날짜의 지평선에 도달한다.

"드레스바르프는 준비할 것입니다."

땀방울마냥 불쾌한 여름의 비가 끈적이며 사위에 흩뿌려지는 가운데, 붉은 참나무의 수예가 아로새겨진 장포의 청년은 젖은 머리카락을 쓸어올리며 그렇게 외쳤다. 그리고 그 앞, 훤칠한 키의 기사는 낭랑히 대답한다.

"논공(論功)을 다루기는 이른 때이다."

셰이위르. 대지가 기억하는 그의 모습과 목소리는 어제와 같다. 뉘르뉴는 흔들리는 눈매로 이 환영을 지켜볼 따름이었다. 다시 청년은 말한다.

"결단코 그런 말씀이 아닙니다! 하오나, 이렇게 고하는 것을 용서하소서. 린트부름의 영광이 누대의 언제까지 영원하겠습니까? 신(臣)은, 언젠가 결국 마땅히 반환될 신성의 도래를 믿는 자입니다."

"흐로킨의 이야기렷다. 에그위드, 그대는 고블린 역사에 지나치게 심취한 게 아닌가?"

"필연적으로 도달한 도리일 따름입니다. 부디 인간의 제국을 설계하십시오, 폐하!"

대제는 한숨을 내쉰다. 이 자신만만하고 뛰어난 마법사의 오만은, 그럼에도 결코 파훼 되지 않을 불굴의 지성에 맞닿아 있다. 하지만 지배자의 운명을 타고난 그는 어떤 불가해한 조언이라도 곁에 두고 부릴 줄 아는 통찰을 지녔다. 그는 말한다.

"내 어떤 대계의 구축에서도 경을 빼놓고 이야기하지는 않을

것이네."

"그 말씀만이 제게는 간곡한 행상(行賞)입니다."

말을 마친 젊은 마법사는 물러났다. 그가 한창 축성 중인 검은 성벽 쪽으로 사라지자, 그때까지 한마디도 하지 않고 조용히 대제의 곁을 지키던 기사 하나가 나직이 한숨을 내쉬었다. 얼굴을 가리는 투구 밑으로, 내쉬어지는 숨소리는 남자의 것이 아니다.

"……그렇게 숱하게 등을 맡겨왔음에도, 여전히 저 남자가 두려운 게냐, 프레이가?"

자신의 호위기사를 돌아보는 대제의 목소리엔 절반의 놀림과 절반의 안쓰러움이 뒤섞여있다. 대제의 키에 뒤지지 않을 만큼 훤칠한 체구의 기사는 대답한다.

"……모르겠습니다. 용서하십시오."

"내가 용서할 일이 아니지 않느냐."

셰이위르는 혀를 찬다. 인간의 일신에 허락된 이상의 괴력을 지니고 이 먼 극동의 땅에서 나타나 여태껏 대제의 등 뒤를 지켜온 무장이다. 마땅히 모든 기사들의 경애를 받아마지않을 경지의 무예를 지녔음에도, 저 나서기 싫어하는 성품과 남자를 꺼리는 경향은 어디 가질 않는다.

한편, 여태껏 셰이위르의 모습과 목소리만 쳐다본 듯 바라봐오던 뉘르뉴는 프레이가라 불린 무사가 입을 연 순간부터 눈을 크게 뜨고 그를 보고 있었다. 비단 남자라 생각했던 목소리가 여자의 것이었기 때문만은 아니다. 다시 대제의 환영은 말한다.

"논공의 날이 머지않았다. 그때조차 투구로 얼굴을 가리고, 프레데릭이라 불리며 내 앞에 설 것이냐? 내 마땅한 상이 결코 존재한 적 없는 남자의 이름에게 주어져야겠느냐?"

"……신은 상을 바라지 않습니다, 폐하."

"그래, 하는 꼴을 보아하니 그대가 아이를 가질 것 같지도 않구나. 가계의 영광을 고려할 필요는 없겠지."

짐짓 이렇게 말해보는 세이위르건만, 기사는 그조차 쓰다 달다 말이 없다. 참으로 답답한 노릇이라는 듯, 대제의 눈길은 그를 떠나 산 아래의 평야를 향한다. 그 눈길은 어느덧 아득한 지평선 너머, 지나온 길의 끝을 회상한다.

"이제 여기 뉘른스에크를 경계로 흐리뉼들을 밀어내는 전초가 마련될 것이다. 발트부름은 그 자체로 제국의 첫 번째 방패가 될 테지. 그대, 이 땅의 주인이 될 텐가?"

"감당할 수 없습니다. 거두십시오."

프레이가는 절박하게 대답한다. 그 숙인 투구의 정수리를 한동안 마뜩잖은 눈길로 내려다보던 세이위르가 말했다.

"축성이 완료되면 더 이상 내가 이 땅에 들를 일이 없을 것이다. 아니, 없게 해야 할 것이다. 경의 수완으로 내 호위를 맡을 수 있는 것은 어려한 야전이지, 결코 궁성의 난롯가는 아닐 것이야. 투구를 벗고, 경의 이름과 얼굴을 드러낼 수 있다면 나를 따라 환궁해도 좋다."

움츠러든 기사의 어깨는 얕게 떨린다. 허리춤에서 검 자루를 붙든 그 손에 힘이 들어가는 게 보였다. 대제는 다시 말한다.

"그럴 수 없다면, 경이 지킬 땅 한자리를 골라주겠다."

"……받들겠나이다."

이런 고집불통 같으니! 내려다보는 대제와 지켜보던 뉘르뉴의 감상이 일치했다. 다만 아득한 대지의 기억 한 장면을 되살려 볼 따름인 뉘르뉴로서는 여기에 대한 자세한 내막을 알 도리가 없다. 셰이위르가 붉은 용 스미드레드를 대동하고 나타났을 때에도 분명 저 기사는 대제의 곁을 지키고 있었더랬다. 하지만 그 기사가 여자였다는 것은 뉘르뉴로서도 처음 안 사실이었다. 더구나…….

"강대한 호족들 틈바구니에 그대를 던져넣을 수는 없겠지……. 내 친구의 곁을 빌릴까? 그대도 일전 먼발치에서나마 본 적이 있는 벗이지."

"……서리심 말씀이옵니까?"

"뉘르뉴라네."

대제는 상쾌하게 웃었고, 그 목소리로 발음된 이름을 듣는 순간 지켜보던 서리심의 가슴이 꼭 찌르듯 아파왔다. 미소의 끝에 심술을 붙이며, 대제는 말을 이었다.

"네잎 토끼풀이 아주 많은 땅이었지. 그러니 피어클리벤이라 이를 생각이다. 경의 아이들이 지녀갈 이름인데, 마음에 드는가?"

"……폐하, 저는……."

"린트부름의 아득한 위계가 나를 이끌었다. 그러한 황제가 남자가 아닌데, 그대는 무얼 두려워하지? 경을 속박하는 것은 그대 스스로이다."

짐짓 엄격하게 말하는 셰이위르의 얼굴엔 한편, 사백여 년이란 시간을 넘어 지켜보는 뉘르뉴만이 알아볼 수 있는 슬픔이어려 있었다. 그러나 대지의 기억만을 떠올릴 수 있을 뿐인 뉘르뉴로서는 그들이 공유하는 사연까지 알 도리가 없다. 한동안그렇게 침묵을 지키며 충직한 신하를 보던 셰이위르의 환영이다시 입을 열었다.

"논공에 들며 나는 몇 가지 선포를 할 것이네. 이 싸움을 시작한 이래 생각해온 여러 것들이지. 그리고 방금 그대의 꼴을 보며, 한 가지를 더 추가하기로 하였다."

"……?"

"아버지의 이름은 아들이, 어머니의 이름은 딸이 전하도록 할것이다."

여전히 수그린 프레이가의 투구는 들릴 줄 모른다. 대제의 말이 이어졌다.

"경이나 나 말고도 여자로서 가주의 지위를 득한 이가 이미둘이나 더 있다. 그대가 피어클리벤의 이름을 대대로 딸에게 물려주고자 한다면, 늘그막에라도 투구를 벗고 프레데릭이 아닌프레이가로서 그 이름과 얼굴을 드러내야 할 것이야. 어쩌면 나는 그 귀결을 끝내 보지 못할지 모르지."

"……망극합니다, 폐하."

"그대의 싸움이다. 내 것은 아니니라."

말을 마친 대제는 한숨을 내쉬며 다시 눈을 돌려 남녘 지평선을 바라보았다. 무심코 같은 방향을 바라본 뉘르뉴의 가슴께가 다시 아파져 왔다. 두고 온 그의 뿌리가 머문 땅이다.

그렇게 한동안 말없이 땅끝을 바라보던 대제는 이윽고 프레이가와 함께 앞서 에그위드가 향했던 성 쪽으로 발걸음을 옮겼다. 환상은 거기서 흩어졌고, 사위는 다시금 온통 어둠과 적막, 채 지워지지 않은 피 냄새만이 배회하는 갈림길로 돌아온다. 멍하니 뉘른스에크 본성 쪽을 바라보던 뉘르뉴는 생각했다.

'그럼 그가 정말로 피어클리벤의 시조였단 말인가?'

이웃으로서 서리심은 이후 여덟 대에 달하는 피어클리벤의 장자들을 보아왔다. 그러니 결국, 그는 끝내 프레이가가 아닌 프레데릭으로 죽었던 것이구나. 셰이위르의 충직한 신하는 끝내 투구를 벗지 못했구나.

어떠한 곡절이 일을 그렇게 만든 것인지는 알 수 없다. 그리고 아마 기어코 알아내지는 못할지도 모르지. 하지만 뉘르뉴가 이 원정을 결심하며 고블린들과 숲을 떠나온 데에는 바로 이와 같은 이유가 있었다. 사백 번의 겨울이 묻어둔 셰이위르의 족적을 조금이나마 찾아보려던 것. 서리심의 권능을 이용해 하나뿐인 옛 친구의 모습을 복기하고, 그로 하여금 조금이나마 울리케에게 보탬이 되려 했다. 물론, 단지 셰이위르를 다시 한번 보고 싶다는 욕망도 있었다.

"뤼드가 아룁니다."

여태껏 조용히 나뭇가지 위에서 기다리던 너설지빠귀가 재잘거렸다. 그래도 지어 받은 이름이 맘에 들었던 것일까? 뉘르뉴가 쳐다보자 인간은 결코 해석할 수 없는 그 음절이 다음과 같이 이어진다.

"앞선 정찰의 와중에 한 벼랑의 공터에서 인간의 황제가 남긴 것과 같은 선돌을 또 보았나이다. 소조는 따님께서 하시고자 하는 바를 알 도리가 없으나, 바라신다면 안내하겠나이다."

너설지빠귀들은 그다지 영리하지 않아도 눈치가 뛰어나다. 이 작은 새는 틀림없이 서리심이 추억을 회상하는 모양을 보고 이른 것이리라. 뉘르뉴는 기특해하며 말했다.

"곧바로 향하자."

어차피 울리케가 부탁한 염탐은 이 산 전역의 모든 식생과, 아울러 동면에 들지 않은 짐승들 모두가 돕고 있었다. 용이 공연한 패악이라도 부리지 않는 한 이 일대의 전역이 그 자체로 그의 눈과 귀였다. 그러니 에파와 그 무리들에 대한 추적은 잠시 미루어도 좋다. 뉘르뉴는 포르르 날아오르는 너설지빠귀의 안내를 받아 거대한 설산의 어둠 속을 한동안 바람처럼 흘렀다. 그리고 마침내 당도한 곳은 발트부름의 수목한계선이 시작되는 지점, 피어클리벤에 있었던 셰이위르의 석비와 똑같이 생긴 석비 하나가 놓인 절벽의 위였다. 높이와 지형의 덕에 어둠에 묻힌 산 아래의 양 진영이 아주 잘 내려다보였다.

"확인하소서."

너설지빼귀 뤼드가 말했다. 석비의 모양과 그 풍화된 꼴은 정말로 대제의 것과 거의 같았다. 그렇게 여기자마자, 뉘르뉴는 자신이 인간의 글을 모른다는 걸 깨닫고 약간 낭패감을 느끼고 만다. 하지만 가까이 다가가 보니 석비엔 전혀 아무런 글자도 새겨져 있지 않았다. 그렇다면 이건 뭐지? 단지 어떤 경계를 표시하기 위한 것일까? 한동안 생각하던 뉘르뉴는 마침내 자신만이 할 수 있는 유일한 권능을 다시금 재현한다. 바로 석비가 세워진 그 당시의 기억을 되돌리는 것이다. 다시 사백 번의 겨울이 지나고, 풍경은 어느 한겨울 푸른 새벽의 한때로 되감겼다. 그러자마자 뉘르뉴는 눈앞에 거대한 붉은 용 한 마리가 깨끗하고 흰 석비를 굽어보며 앉아있는 것을 발견했다. 저절로 소녀의 흰 눈썹이 찌푸려지는 순간, 붉은 용은 호박색 눈을 희번덕이며 투덜거리듯 입을 열었다.

"허공에 대고 말하려니 어처구니가 없군. 지금 이게 도대체 뭐 하는 짓이람? 이래서야 미친 것 같잖아?"

하지만 이 과거의 기억 속 풍경에서 존재하는 것은 오로지 이 붉은 용, 스미드레드 혼자였다. 용은 잠시 뭐라뭐라 경박스레 투덜거리며 주변을 슬쩍 돌아보더니 이윽고 다음과 같이 나직하게 말했다. 그 시선은 석비를 향한다.

"사백하고도 딱 오십 번의 겨울 뒤에 여기에 이를, 오직 단 하

나의 존재에게 고한다."

뉘르뉴는 눈을 크게 떴다. 이 석비는 스미드레드가 남긴 것일까? 저 용이 어떤 미래를 보고 자신이 이 과거를 복기할 수 있다는 것을 안 것일까? 그래서 직접 전언을 두기로 한 것일까? 생각이 여기에 미친 뉘르뉴는 한없이 진지한 얼굴로 석비 곁에 서서 붉고 거대한 짐승의 환영을 올려다보았다. 하지만 입을 떼놓고도 한참이나 머뭇거리던 스미드레드는 말한다.

"……이거 정말 되는 걸까?"

한숨. 뉘르뉴는 할 수만 있다면 된다고 대꾸해주고 싶다. 하지만 이미 흘러간, 그리고 그럼에도 결코 바뀌지 않는 과거의 조각이다. 그 터무니없는 일방성이야말로 시간의 폭력이겠다. 붉은 용의 환상은 결심한 듯 입을 다시 떼었다.

"린트부름의 올바른 적생자로서 내게 주어진 권능을 통해 내가 본 흐름을 따르고, 또한 고하여 미래에 전하고자 한다. 부디 겨울과 약속의……"

하지만 붉은 용의 독백은 다시금 자신 없이 웅얼대는 발음들로 뭉개지고 만다. 경청하던 뉘르뉴의 눈살이 재차 찌푸려진 가운데, 스미드레드가 또 중얼거린다.

"……이게 정말 쓸데가 있는 짓일까? 진짜 되는 거야?"

아 된다고! 빨리 할 말 하라고, 이 멍청한 놈아! 뉘르뉴는 속으로 이런 노호성을 터트리고 말았다.

제 13장

지친다. 뉘르뉴를 보내고 일행을 앞세우며 뉘른스에크 본성으로 들어서는 순간 까마귀 울리케는 이렇게 생각했다. 따스하고 건조한 침대에 들어가 온종일 자버리고 싶다. 도대체 어제 오늘 하루 동안 얼마나 많은 일이 있었던 것일까? 미스미르드의 진중에 도착해 앗슈레드와 만나던 순간이 고작 어제 오후란 말이다. 수천의 죽음을 딛고 서서, 산 아래 수만 군대의 대치를 굽어보며 이제 겨우 열일곱의 신임 행정관이 무얼 해야 한단 말인가? 하지만 울리케는 돌아갈 수 없다. 자신의 육신으로부터 떨어진 지 고작 하루째건만, 도래까마귀 그림니르의 기억이 덧대어진 직후라 마치 내리 팔 년을 까마귀로만 살아왔던 듯, 인간의 몸을 하고 살던 감각이 아득하기만 하다.

하지만 어떤 면에서는 그래서 차라리 다행이기도 했다. 이 상황에 의식을 돌려 집으로 돌아갈 수 있다 한들 그쪽에서는 그쪽 나름대로의 업무가 기다리고 있을 테니까. 겨우 쪽잠이나 자고 새벽부터 일어나 움직여야 했겠지. 그러니 별수 없이 뉘른스에크의 일에만 집중해야 하는 지금의 형편이 더 나은 점도 있다. 울리케는 애써 그렇게 여겨본다.

"보고는 들었다."

한발 앞서 귀환한 크누드와 라그나가 노아크 백작에게 정황을 알린 모양이었다. 걱정과 피로감이 팽배한 얼굴로 성의 정문에 나와 있던 아버지를 보자, 울리케는 복잡한 심정이 울컥 치밀었다. 팔을 내밀어 아우케트의 어깨로부터 도래까마귀를 인계받은 노아크는 성 안뜰을 향해 걷기 시작했다.

"드레스바르프는 빌러디저드 님의 언령을 무시하고 움직였어요. 정말 저들이……."

"울리케, 그런 이야기는 지금 일단 됐다."

백작은 딸의 말을 자르며 말했다. 울리케가 의아한 눈을 들어 그를 올려다보자, 차분한 눈길로 팔 안의 딸을 굽어보는 아버지가 있었다. 그가 입을 연다.

"이 모든 게 네게는 너무 이르고 막대한 짐이다. 평생을 한촌 (閑村)의 지주로 지내온 내게도 역시 그렇지."

"아버지가요?"

"영주라고 해도 이미 나는 지극히 고루한 관료에 가깝구나."

스무날의 고독한 구류의 끝에서, 아끼는 가신의 죽음을 목도

한 직후인 노아크의 음성은 지치고 회한에 젖어있었다. 그는 담담히 말을 이어나간다.

"……이런 일에 임해 제대로 판단할 수 있는 자가 이 땅에 얼마나 되겠느냐. 전대미문이라 말해도 부족할 지경이지. 그러니 너무 스스로를 다그칠 필요 없다."

"하지만……."

"이 모든 일들을 시작하고, 또한 시작하게 한 이들이 어느 정도 처리하도록 놔둘 필요가 있지 않겠니."

한발 물러나 울리케가 지휘하는 한나절을 지켜본 노아크이다. 스벤을 비롯해 뉘른스에크 가의 주검들을 운구하고 가매장하는 일을 진행하면서 어느 정도 스스로의 역할을 되새겼던 것일까? 하지만 이 순간 울리케에게 말하는 그는 한 영지의 주인이라기보다는 그저 아버지의 얼굴을 하고 있었다. 울리케는 또다시 울컥했으나 내색하지 않고 침묵했다. 부녀는 성의 안뜰을 지나며 취침 준비에 들어서는 병사들을 보았다. 크누드와 그의 단원들이 종사들과 함께 피어클리벤 측 영지군에게 이것저것 하달하는 소리가 들렸다. 아우케트의 고블린들 진영은 야간 정찰과 경계를 맡을 조 편성이 이미 끝났는지 상대적으로 조용하다.

"저것 보거라. 다들 알아서 잘하고 있다."

"그러네요."

군무란 사실상 정형화된 규칙의 반복이다. 행정관이라는 직함 또한 본래는 그저 관료제의 끄트머리에 위치한, 그다지 변수 없는 직무였어야 했다. 하지만 울리케가 그 직함을 받고 공관에 집무실을 마련한 이후 지금껏, 단 하루도 평범한 사무 따위는 없었다. 울리케가 거쳐온 모든 일이 하나같이 비상하고 상궤를 벗어나는 일들이 아니었던가?

그러니 사실, 울리케는 노아크가 염려하는 것보다 한결 탄력적으로 이 고난을 받아들이고 있었다. 그에게는 정형화된 관성이 깃들 새가 아예 처음부터 없었던 것이니까. 게다가 용의 술수인지 아니면 까마귀가 된 탓인지, 앞서 울리케 스스로 그렇게 푸념 어린 생각을 하긴 했어도 이 모든 일이 그렇게까지 터무니없이 부담스럽게 느껴지는 건 아니다. 때문에 아버지의 목소리에 배인 걱정이 기쁘면서도 울리케는 분명히 말한다.

"하지만 전 괜찮아요. 조금만 투덜거릴 여유가 있으면 되는걸요."

"울리케."

이제 그들은 성 안뜰의 한편, 용의 거체가 도사린 성벽 근처까지 와 있었다. 원래 비어있던 마사엔 까마귀 금고단의 말들이 하나씩 들어차 이따금 숨소리와 꼴을 씹는 소음만이 난다. 도래까마귀의 형상을 한 딸을 내려다보며, 한동안 침묵하던 백작은 입을 열었다.

"피어클리벤에 대대로 전해오는 비밀 가훈이 하나 있단다."

"네? '신발에는 돈을 아끼지 마라.' 말고요?"

노아크의 눈동자가 잠시 흔들렸다. 모든 면에서 근검절약하는 피어클리벤의 가풍에 위배되는 딱 하나의 지출이 바로 신발이었던 바, 농담처럼 이야기하던 이 경구가 정말로 가훈은 아니었으니까. 이 판국에 농담을 던지는 딸의 강심장에 새삼 한숨지으며, 백작은 말한다.

"그것도 후세에 전할 만한 가훈이기는 하지. 하지만 지금 이야기하려는 것은, 오로지 신임 영주로서 양위 받은 피어클리벤의 장자들에게만 은밀히 전해지던 내막이다. 따라서 아셰리드도, 아직은 아룬드 또한 모르는 이야기가 된다."

아마 평소대로의 울리케였다면 이런 이야기에 귀가 번득했을지도 모른다. 하지만 앞뒤로 켜켜이 쌓인 이 난국의 한복판에서 아버지마저 이런 심상찮은 운을 떼니 살며시 치솟는 불안감이 또한 크다. 도래까마귀는 까만 눈을 반짝이며 대꾸했다.

"……그걸 왜 제게 말씀하시려는 거예요?"

"그 내용이 바로 이런 때는 가리키는 것이니까."

백작은 고개를 들어 먼발치에 묵묵한 용의 그림자를 보았다. 어쩌면 이 대화가 아무에게도, 심지어 용에게도 들리지 않길 바라는 것일까? 하지만 울리케의 모든 생각과 이야기는 곧장 빌러디저드에게 전해지고 있다. 울리케는 아버지의 눈치를 보며 이 내막을 밝혀야 하는 게 아닐까 생각하고 말았다. 그 순간, 노아크는 말했다.

"피어클리벤의 시조는 어머니였다."

"⋯⋯네?"

말이 안 된다. 대제의 반포령에 의해, 아우스뉘르의 모든 가문은 시조의 성별을 따라 그 후세의 가주를 세워왔다. 여덟 대를 거쳐온 피어클리벤의 장자들은 무어란 말인가? 하지만 아버지는 말한다.

"시조이신 프레데릭 피어클리벤은 여자였단다. 그 진짜 이름은 프레이가 피어클리벤. 하지만 그분은 평생 얼굴을 가리고 남자 행세를 하셨지. 그리고 기어이 당신의 정체를 밝히지 않고 묻히셨다."

"아니, 어떻게 그게 가능할 수가 있어요? 제가 배우기로 시조의 치세는 쉰세 해에 달해요. 그런데 그게 알려지지 않았다고요? 후손은요? 기록된 바에 따르면⋯⋯."

"기록이 모두 사실은 아니지. 다만, 우리는 그분의 후손이 맞다."

— 이거 정말 흥미로운 이야기로군.

용의 정신적 난입 따위에 대꾸할 때가 아니다. 울리케는 상큼하게 무시하며 이어질 아버지의 다음 말을 기다렸다. 노아크는 말한다.

"그렇기 때문에, 본래대로라면 피어클리벤의 영주 자리는 딸들에게 전해져야 했지. 하지만 시조께서는 죽는 날까지 끝내 진실을 밝히지 못하였다는 자책에, 스스로 그럴 자격이 없다고 여겨 장자로 하여금 피어클리벤의 이름을 잇게 했던 거지. 단,

이러한 내막을 대대로 전하며 한가지 단서를 두셨다. 여의치 않아 딸에게 그 이름을 전할 날이 온다면, 비로소 이러한 가계의 이야기를 밝히고 양위하라고 말이다."

울리케는 아무 말도 하지 않았다. 오로지 대대로 영주에게만 전해져왔다는 이 이야기가 하필 지금, 딸인 자신에게 토로 되고 있다는 사실이 그를 두렵게 하는 까닭이다. 그래서였을까? 울리케는 순간 묘한 지점을 지적하게 된다.

"대제의 반포령에 따르면 모든 가문의 적법한 상속자는 초대 가주의 성별을 따라야 해요. 하신 말씀이 모두 사실이라면, 피어클리벤은 지난 여덟 대에 걸쳐 대제 폐하의 유훈을 모독한 것이나 다름없지 않나요? 그러니 이 이야기를 어떻게 공개할 수가 있어요?"

"⋯⋯오늘 참 여러 번 네게 놀라는구나."

노아크는 기특함을 넘어서 좀 질렸다는 표정에 도달하고 만다. 이건 그가 어렵게 꺼낸 이야기에 대해 기대한 딸의 반응이 결코 아니었으니까. 그 순간 먼발치에 웅크리고 있던 빌러디저드의 거체로부터 우르릉거리는 목 울림이 한차례 뿜어져 나왔다. 그 바람에 부녀는 깜짝 놀라 용을 쳐다보았고, 안뜰 너머에서 첫 번째 불침번을 서기 위해 모닥불 곁에 나와 있던 병사들도 화들짝 놀라 이쪽에 시선을 준다. 하지만 단지 그것뿐, 검은 용은 더 이상 아무 소리도 움직임도 나타내지 않는다. 아버지의 팔 위에서, 도래까마귀는 용을 흘겨보며 속으로 물었다.

'뭐하시는지요?'

— 린트부름의 방식으로 웃어보았다.

'……즐거우십니까?'

— 기특해하였다고 생각해줄 수는 없겠느냐?

'참으로 지극한 망극함이 하해와 같사옵니다.'

— 네 수사가 찬란할수록 무엄하게 들리는 것이, 내내 우리의 막역함을 증명해서야 되겠느냐?

언제든 예고 없이 대화할 수 있는 상대와 교분을 유지하기 위해서는, 역시 언제든 예고 없이 대화를 중단해도 되어야 마땅할 것이다. 그렇게 믿는 울리케는 빌러디저드를 무시하고 다시 아버지를 쳐다보았다. 이런 내막들을 여전히 알 리 없는 그가 말한다.

"미스미르드에 억류되어 있던 지난 스무날 동안, 나는 이러한 가문의 비밀을 아룬드에게 채 전하지 못하고 죽는 게 아닌가 염려하였다. 그래서 누구든 다시 가족을 만나면 전하리라 결심하였지. 하지만……, 단지 그것뿐만은 아니다."

"말씀하세요."

울리케는 어쩐지 반쯤 체념한 목소리로 대꾸했다. 그 태도조차, 오히려 백작에게는 자신의 결심이 틀리지 않았다는 증명처럼 여겨진다. 그는 말했다.

"나는 이제, 네가 피어클리벤의 정당한 상속자가 될 가능성도 있다고……, 아니 무척 크다고 생각하기 시작했다는 말이란다."

울리케는 조금도 놀라지 않고 말했다.

"……솔직히 별로 기쁘지는 않은 말씀이어요."

노아크는 영주 자리에 시큰둥해하는 도래까마귀를 물끄러미 내려다본다. 그는 말했다.

"하긴, 피어클리벤은 이제 네게 너무 좁을지도 모르겠구나."

"그런 말씀이 아니어요!"

울리케는 순간 홰를 치며 발칵 짜증을 내고 말았다. 힘이 들어간 까마귀의 발톱이 백작의 가죽 아대에 파고든다. 하지만 곧장 아버지의 눈매에 어린 노화와 슬픔의 자취를 발견하며 치솟았던 감정은 빠르게 수그러들고 만다. 울리케는 변명하듯 뒤이어 읊조렸다.

"……저는, 그런 것은 한 번도 생각해보지 않았어요. 저는 행정관 직함만으로도 충분히 버겁고, 그럼에도 불구하고 만족한단 말입니다. 영내의 살림을 더 낫게 하고, 근사한 지도나 차근차근 만드는 삶을 생각했어요! 제게 뭘 바라는 거죠?"

"내가 너와 가족들에게 바라는 것은 예나 지금이나 변함이 없다."

노아크는 조용히 말했다. 그러더니 문득, 여기서는 보일 리 없는 성벽 너머 산 아래 전장으로 시선을 주며 말을 이었다.

"출병 전 나의 각오는 지금에 비하자면 순진하고 투미했다고 여겨지는구나. 하지만 이제 나는 아주 분명하게 말할 수 있다. 나는 내 가족과 책임지는 땅의 안녕을 위해서라면, 황실이나 그 어떤 가문과도 분연히 맞설 생각이다."

낮에 이어진 백작의 목소리는 묵직한 힘이 실려 맷돌 갈리는 소리처럼 거칠게 이어졌다.

"울리케, 단지 용을 던져넣기만 했을 뿐인데 벌어진 이 모든 일을 보거라. 물론 어떤 일들은 이미 계획된 일들이기도 했지. 서른 해 전의 중부 내전 때만 하더라도 피어클리벤 같은 변방은 남의 일인 양 여긴 싸움이었다. 하지만 이젠 피할 수 없는 일이지 않느냐? 지금 여기서, 그 가진 재능이 어떠하든 용과 서리심의 지지를 받고 고블린 오백장과 나란히 이 대국을 논하며, 미스미르드의 제후 하나를 쥐고 흔들어버린 너 말고 도대체 누가 이 난국의 이상적인 조율자일까?"

"아니, 아버지가 계시잖아요? 정신 차리세요, 피어클리벤 백작 각하!"

순간 백작은 웃었다. 소리 없이. 다시 그가 말한다.

"내가 그나마 무난히 반평생 영지를 가꿀 수 있었던 비결이 뭔지 아느냐, 울리케? 그건 내가 잘 못하는 것을 믿고 맡기는 능력 하나 때문이었다. 난 그저 어제가 오늘 같고 오늘이 내일 같을 호젓한 장원의 지주로서나 알맞은 자다. 이와 같은 난국에서는 오히려 아셰리드가 훨씬 나은 행정가이지. 그리고 너는, 알게 모르게 이미 어머니에게 배워오지 않았느냐?"

울리케는 침묵했다. 그 스스로 또한 아우케트에게 왕이 되라고 등 떠밀던 참인데 아버지에게 이런 이야길 들으니 어쩐지 억울하면서도 할 말이 없다. 도래까마귀의 눈에 비친 백작의 말과 태도엔 신념 어린 진심이 담뿍 배어있었다. 저항의 여지는 없다.

그 순간, 또다시 산의 그늘인 양 웅크리고 있던 용으로부터 우르릉하는 목 울림이 뿜어져 나왔다. 낄낄거림이렷다.

마침내 결코 올 것 같지 않던 이튿날이 밝았다. 옅게 잠드는 날짐승의 특성상 자는 둥 마는 둥 한 횃대 위에서의 하룻밤이었지만, 울리케는 신기할 정도로 가뿐한 몸뚱이에 살짝 어이가 없으면서도 만족감을 느꼈다. 도래까마귀의 몸에 갇히고 맞이한 두 번째의 밤이며, 온전한 그림니르의 기억을 갖고 임한 수면으로서는 첫 번째였다. 조식을 추진하기 위해 부지런히 움직이는 병사들의 소음과 밤새 지펴진 곳곳의 불들로 인해 매캐한 연기의 냄새가 울리케의 기상을 촉구한다.

"일어나, 시야프리테."

"……."

"일어나라니까?"

"……ㅇㅇㅇ."

울리케는 밤을 보낸 횃대 위에서 아래를 쳐다보며 시야프리테를 깨웠다. 이맘때의 북부, 더구나 산 위의 야영이란 결코 호락호락한 게 아니다. 모포 두어 장으로는 터무니없다며 앗슈레드가 주었던 방한 외투를 뒤집어쓰고도 모자라 털가죽 세 장을 뒤집어쓰고, 달군 돌멩이까지 안고 잔 류그라 소녀였다. 때문에 시야프리테의 신음 소리는 마치 거대한 짐승의 사체 속에서 흘러 나오는 것처럼 보였다. 그 털가죽 덩어리가 잠시 꿈틀거리다 조용해지자, 한동안 인내심을 갖고 내려다보며 기다리던 도래까마귀는 말한다.

"제국의 영토는 신성한 린트부름의 권위에 의해 그 등극의 근거를 획득한, 아우스뉘르의 이름 아래 복속된 모든 영지의 합이며, 원천적으로 지엄한 황실은 그 모든 땅의 지주이다. 다만 이는 명목상의 불하권에 더해 조세의 근거로서 다루어지며, 거주와 개간, 그리고 그 모든 소출의 소유권은 각 영지의 자치적 권한으로 인정되어 영속적인 세습을 인정한다. 그러나……."

"아아아악."

마침내 류그라 소녀는 털가죽 무덤으로부터 비어져 나온 내장처럼 오른팔을 쑥 내밀며 소리 지르고 만다. 도래까마귀가 새침하게 내려다보는 가운데, 그렇게 내민 팔을 두어 차례 흔들어대던 시야프리테는 결국 몸을 내민다. 식은 돌멩이를 재무덤에 얹으며, 다시금 모포로 어깨를 둘러싼 소녀는 게슴츠레한 눈으로 성 안뜰의 풍경을 둘러보았다.

"꿈을 꿨어요."

부지깽이를 들고 시무룩해져 가던 불기운을 북돋우며, 시야프리테가 잠긴 목소리로 중얼거렸다.

"뭐 먹었어?"

"먹는 꿈이 아닌데요……. 류그네라스를 봤어요. 그러니까……, 아직 살아있을 적에요."

"……실제로 신목을 본 적이 있어?"

"당연히 없지요. 옛 류그른의 땅은 이 대륙에서 알려진 가운데 가장 마경일 걸요? 수많은 마수가 바글바글하니까요."

"나도 그렇게 들었어."

때문에 이따금, 간 큰 모험가들에 의한 류그른 공략이 시도되기도 한다는 이야기가 있다. 그들의 목적은 다름 아닌 류그네라스의 가지로, 오래전부터 지팡이의 가능성에 주목한 마법사들의 후원 아래 이루어지는 일이었다. 길가네스와 같이 이미 전승되는 계보인장으로서의 지팡이가 결코 다른 인간을 받아들이지 않는다는 사실이 알려지면서부터 시도된 일이라 한다. 신목 자체는 이미 고사했지만, 어쩌면 남아있을지도 모를 주인 없는 가지를 찾기 위해서 말이다. 물론 성공한 자들이 존재하는지는 전혀 알려지지 않았다. 다만 수많은 실패와 희생의 소문만이 떠도는 이야기다.

"……아니, 에파는요?"

주위를 둘러보던 시야프리테가 묻는다. 이 배짱 좋은 소녀는 어젯밤 울리케와 행렬들이 귀환했을 때 이미 혼자 잠자리를 잡고 드러누운 후라 아무런 이야기를 듣지 못한 것이다. 울리케는 차분히 어제 벌어진 전투와, 이후 에파가 떠났다는 사실에 대해 설명했다. 심각한 얼굴로 듣고 있던 시야프리테는 한숨을 푹 내쉰다.

"……제가 뭐라 할 말은 없지만, 그래요……, 에파니까요."

시야프리테의 뜻 모를 소리에, 울리케는 문득 접어두었던 의문 하나를 떠올린다.

"그러고 보니, 에파는 무슨 뜻이야? 너희의 가운데 이름이 가족관계를 뜻한다는 건 이미 알고 있는데."

시야프리테는 아랫입술을 깨물며 공연히 부지깽이 질을 두어 번 하다 말했다.

"에파는 조금 특수한 거예요. 엘라와 마찬가지로 의미 자체는 독생녀를 뜻하지만, 거기에는 한 가계의 완전한 최후를 증거한다는 의미가 담겨 있죠. 할아버지가 뭐라고 했더라……? 더 자세히는 말씀드리기 어려운데, 아무튼 조금, 아니 많이 드물고 신성하며 무서운……, 그러니까 멋진 거예요."

울리케가 혼란을 느끼며 묻게 된다.

"……멋진 거라고?"

"제 감상이 그렇다는 말씀이어요. 안 그러면 제가 이따위 걸 기억이나 하고 있겠어요?"

울리케는 목깃을 살짝 부풀리며 시야프리테의 말을 되씹었다. 그러다 쪼개진 길가네스에 관한 생각으로 옮아간다. 그것에 대해 에파가 했던 이야기 또한. 울리케는 조심스럽게 묻는다.

"가지를 잃어버리면……, 가계가 끊어진다고 들었어."

"맞아요."

여상스럽게 대꾸하는 시야프리테다. 도래까마귀의 눈으로 그 태연한 기세가 읽히자 오히려 조금 당황하고마는 울리케였다. 그는 다시 묻는다.

"아무렇지 않은 거야?"

"어쩔 수 없잖아요? 그런다고 제 삶은 별로 달라질 것 같지 않은걸요. 오히려 이제 달거리를 안 할 테니까 좋은 점도 있다고요? 아가씨에겐 차마 할 수 없지만, 나중에 랄로프가 달거리 할 때는 옆에서 실컷 놀려줄 거라고요."

울리케는 잠시동안 이 류그라 소녀가 무슨 말을 하는지 이해하지 못해 공백을 가졌다. 뒤이어, 한가지 깨달음과 더불어 시야프리테의 말이 거짓 없는 진심이었다는 걸 깨닫자 황망함이 밀어닥친다. 기대한 반응이 뒤따르지 않아서였을까? 내내 까마귀를 등지고 모닥불만 헤집던 소녀가 이 묘한 침묵에 고개를 돌리며 묻는다.

"왜 그러세요?"

랄로프와 라그나는 여명이 맴돌던 시간 일찌감치 일어나 주변 정찰을 돌고 왔다. 물론 사실 정찰이라 봐야 그들보다 한결 뛰어난 고블린 병사와 기수들이 번을 서고 있었고, 거기에 더해 이미르의 군대 또한 독자적인 정찰망을 돌리고 있었기에 군인이 아닌 그들 모험가들이 나설 필요는 없다고 할 수 있었다. 하지만 검은 용의 지척에서 단꿈을 꿀 수 있는 것은 약간 정신이 나간 시야프리테나, 이미 범인의 범주에서 벗어나기 시작한 울리케 아가씨에게나 가능한 노릇이렷다. 때문에 그들의 정찰은 사실상 아침 산책이나 다름없었다.

"그럼 이제 이 성은 어찌 되오? 누가 성주요?"

남서쪽 성벽 위, 브륀힐데에 대한 걱정을 담아 산 아래 아우스뉘르 진중 쪽을 쳐다보다 시선을 물린 랄로프가 고개를 돌려 라그나에게 물었다. 라그나는 랄로프와 달리 전장을 등지고 뉘른스에크 성의 본관 쪽을 보고 있었다. 그가 탁한 목소리로 대꾸했다.

"그걸 왜 내게 물어?"

"그야……."

"나랑 관계없는 일이라고 했잖아."

라그나가 잘라내듯 말했다. 변경백의 서출이란 사실을 오랫동안 잘 감춰왔건만, 정말로 예기치 않게 들켜버려 그는 많이 짜증 난 상태였다. 랄로프는 그의 눈치를 보면서도 입을 다물지 못한다.

"혹여, 애초에 피어클리벤 행을 추천했던 것도 이래서였소?"

"……아가씨나 발프리드 도련님이나 나랑 아무 혈연이 아니라니까? 그게 그렇게 이해가 안 돼?"

"알았소, 알았소."

랄로프는 라그나의 음성에 깃들기 시작한 노여움을 감지하고 서둘러 대화를 봉합한다. 하지만 그의 뻣뻣한 머리로도, 이런 마당에 라그나가 정말 뉘른스에크와 일절 관계없지는 않다는 걸 안다. 황도에 변경백의 자녀들이 있다지만, 과연 그들이 이 땅을 이어받으려 할까? 아니, 그럴 의지가 있더라도 그게 가능할까? 어쩌면 이미 그들 모두 다른 권신가나 황실에 의해 억류되었을 수 있잖을까? 이토록 참혹한 대패의 이유에 내부적인 음모들이 결부된 게 사실이라면, 뉘른스에크의 적통이 순순히 이어질지 의문이다.

라그나는 골똘히 이런 생각에 잠긴 랄로프를 쳐다보고 한숨을 내쉬었다. 랄로프조차 이렇게 생각하니, 다른 사람들이 어디까지 생각하고 있을지는 안 봐도 뻔하다. 그는 우울한 얼굴로 시그리드의 일행에서 자신이 떠날 때가 된 게 아닐까 생각하기 시작한다.

"아니, 왜 저래……?"

그렇게 침묵 속에서 걸음을 옮기다 마침내 본성 안뜰 성벽까지 도착한 그들 앞에 약간 의외의 장면이 내려다보인다. 검은 용이 드러누운 꼬리 쪽, 마사(馬舍)가 끝나는 지점의 공터에서 시야프리테가 장작개비들을 성벽에 마구 집어 던지고 있었기 때문이다. 랄로프가 영문을 몰라 위와 같이 중얼거렸고, 역시나 내막을 알 길이 없는 라그나와 함께 서둘러 성벽 아래로 이어진 계단을 탔다. 멀찍이서 본 시야프리테의 뒷모습은 딱히 까마귀의 눈을 빌리지 않더라도 누구나 알 수 있는, 이루 말할 수 없이 선명한 분노와 짜증으로 점철되어 있었다. 애꿎은 장작들만 성벽에 내던져져 깡깡 울리는 가운데, 이따금 시야프리테의 걸쭉한 욕설들마저 들려왔으나 차마 옮겨쓸 수 없다.

"쟤는 또 아침 댓바람부터 왜 저런답니까?"

라그나와 랄로프는 안뜰의 중앙, 큰불을 지펴놓고 서 있던 크누드에게 다가갔다. 라그나가 위와 같이 묻자, 크누드는 그저 낄낄거렸고, 불가 너머 숲흑늑대 칸의 옆구리에 기대 앉아 있던 아우케트의 입가 또한 실룩였다. 크누드의 앞으로 옮겨 바가진 횟대 위에서, 도래까마귀는 말한다.

"글쎄……, 내리 몇 년을 감쪽같이 속아온 데 대한 분노? 세상의 불공평함에 대한 원망? 가족에 대한 배신감?"

"……네?"

"저 바보는."

크누드가 웃음을 참지 못하며 끼어들고 만다.

"여태 남자들도 달거리를 하는 줄 알아 왔다는군요."

라그나의 표정이 말할 수 없이 괴상해진 동시에, 별안간 랄로프가 장쾌한 발걸음으로 땅을 박차며 시야프리테에게 달려가기 시작했다. 뒤이어, 랄로프의 고함 소리가 들려왔다.

"야, 시야프리테! 너 엄청난 바보라며!"

순간 울리케는 한심한 듯 중얼거렸다.

"……가서 말려줘, 라그나."

"······그러죠."

안 그래도 그럴 심산이었던 라그나는 차분히 발걸음을 옮긴다. 시야프리테가 악을 쓰며 랄로프에게 막대기를 휘둘러대나, 숙련된 무사는 그걸 피하거나 대충 맞아가면서도 이 절호의 놀림을 멈추지 않는 게 보인다. 이 모든 소동에도 그저 사물인 양, 성벽 옆에 웅크리고 있던 검은 용의 한쪽 눈이 살짝 떠진 건 그때였다.

— 안 좋은 소식이다, 울리케.

'도대체 언제쯤 좋은 소식을 들을 수 있겠습니까?'

울리케는 놀라지도 않으며 먼발치의 용을 힐끔 쳐다보고 속으로 대꾸하였다. 빌러디저드 역시 울리케의 투덜거림에 어울리지 않고 본론으로 넘어간다.

— 미스미르드 진중에서 약간의 내분이 있는 듯하다. 유혈 사태가 감지되었다.

"뭐라고요?"

울리케는 놀라 그만 육성으로 내뱉고 만다. 그 직후, 의아해하는 크누드를 뒤로한 채 도래까마귀는 날개를 펼쳐 용에게로 퍼덕이며 날아갔다.

"내분이라뇨?"

용의 턱 아래, 전날 걸어두었던 커다란 솥의 가장자리에 앉은 울리케가 독촉하듯 묻는다. 검은 용은 그제야 양쪽 눈을 다 뜨고 머리를 살짝 움직여 대면하며 입을 열었다.

"자세한 정황은 알 수 없으나, 두 류그라가 중심에 있군. 그리고 그들 제후 가운데 한 병단이 소요를 일으킨듯하다."

앗슈레드와 이솔다, 그리고 육왕을 말함일까? 이 난데없는 용의 고지는 모두의 주의를 끌어, 꼬리 밟힌 살쾡이처럼 랄로프에게 대들던 시야프리테마저 멈춰서 귀를 쫑긋거리게 했다. 뒤이어 라그나와 크누드, 아우케트까지 이쪽을 향해 다가온다.

"아니, 잠시만요! 그런데 이걸 어떻게 아셨습니까? 파마의 결계 내부를 보실 수 있습니까?"

울리케가 날카롭게 외친다. 검은 용은 대답했다.

"그 계가 방금 깨어졌다. 역시 어떤 내막인지 자세한 것은 알 도리가 없다."

울리케는 자문을 구하듯 뒤를 돌아본다. 이미 신속한 걸음걸이로 지척에 다가와 듣고 있던 크누드와 아우케트의 심각한 표정이 보였다. 하지만 누구도 섣불리 입을 열진 않는다.

"더 자세한 정보가 필요합니다!"

시야프리테의 얼굴에서 모종의 걱정스러움을 읽어낸 울리케가 소리쳤다. 필시 동족 앗슈레드에 관한 감정일 테지.

"어렵다. 결계가 파한 직후 윤나의 무녀 하나가 그들 진중을 장악하기 시작했다. 나는 아주 짧은 시간 응시할 수 있었을 따름이다."

울리케는 없는 입술을 깨문다. 이는 필시 그 육왕이란 자가 일으킨 일일 테다. 상서령의 호위가 정예라 해도 서리심에 맞설 노릇은 없으리라. 단지 하루의 대면이었지만 울리케는 앗슈레드에 대해 분명한 호감을 갖고 있었다. 그는 분명 이 사태에 책임이 있는 적의 중핵이지만, 동시에 이 사태를 대화로 풀어 갈 수 있게 하는 희망이다. 만일 그가 미스미르드로부터 처분되거나 혹은 영향력을 잃는다면, 앞으로 남은 것은 교섭이 아니라 그저 무력 충돌이 될 가능성이 컸다.

"개입해야겠습니다!"

"나는 규칙을 어길 수 없다. 윤나의 무녀는 아무리 약하더라도 내게 있어 대적할 상대로 고려되지 않는다."

"뉘르뉴는 어디 있지?"

용의 엄숙한 선언이 여운을 갖기도 전, 도래까마귀는 고개를 쳐들며 날카롭게 외친다. 하지만 간밤에 그의 청을 듣고 나간 서리심은 여태 아무 소식이 없다. 울리케는 초조함을 이기지 못하고 솥을 박차며 날아올랐다. 도래까마귀가 성벽 위의 성가퀴에 내려앉자, 그때까지 수그리고 있던 빌러디저드 역시 몸을 일으켜 울리케와 눈높이를 맞췄다. 크누드를 비롯한 다른 이들 역시, 질세라 서둘러 성벽 위로 뛰어 올라왔다.

"이미 서리심이 장악했군요……. 육왕의 소행일까요?"

먼 거리의 풍광을 조금이라도 선명히 보려는 의도였는지, 아니면 이 상황이 그저 언짢았던 것인지 미간을 찌푸리며 묻는 크누드였다. 그의 말대로, 모두의 눈에 들어온 동쪽 진영은 서서히 피어오르는 눈구름에 휩싸여있었다. 그들이 떠나던 어제까지만 해도 시야를 차단하기 위해 아우스뉘르 진중 쪽을 향한 서쪽 면에만 장벽처럼 세워져 있던 눈구름들이 이제는 그들 진중 전역을 뒤덮고 있는 것이다. 그 불길한 광경을 지켜보며 침묵하던 울리케가 고개를 돌리고 아우케트를 찾는다.

"오백장, 군사 스레이야에게 알려 이쪽으로 오도록 청해줘! 팔제주를 대동할 수 있다면 그렇게 하고!"

"……뉘르뉴를 기다리지 않을 건가?"

아우케트는 지체하지 않고 안뜰을 향해 손짓해 십장 하나를 불러올리곤 이렇게 물었다. 하지만 울리케는 그의 질문을 듣자마자 대답 대신 용을 쳐다본다. 그 시선의 의미를 아는 용이 즉각 대답했다.

"헤아려지지 않는다. 윤나의 무녀는 본래 에다의 도리로서 수색할 수 있는 대상이 아니다. 내가 처음 시우부름에 거하던 그를, 거의 감지하지 못했음을 기억해라."

"현재 미스미르드 측이 보유한 서리심은 육제주뿐이죠?"

크누드가 확인하듯 물었다. 울리케는 대답한다.

"그렇다고 알고 있어요. 다른 제후들의 부대가 없는 것은 아니지만, 이번 원정에 따른 서리심은 육왕과 팔왕뿐이었다고 해요. 물론, 어디까지나 상서령의 말이었지만요."

저들 진중에 머물던 어제 하루 동안 도래까마귀의 간파가 발동하지 못한 관계로 앗슈레드가 전한 이야기를 모두 신뢰할 수는 없다. 하지만 울리케는 이미 그를 상당히 믿고 있었다. 더구나 뉘르뉴 역시 저들 진영에 머문 서리심이 둘뿐이라고 여겼으니 확실할 것이다.

울리케를 비롯한, 이른바 '수뇌'들이 이렇게 긴박하게 움직이고 용까지 머리를 치켜들자, 안뜰의 분위기는 그에 따라 빠르게 변하는 중이었다. 성벽 위에서 전장을 감시하던 초병들이 달려와 미스미르드 측 진중의 변화를 알리고, 다시 이 사실을 각 진영에 알리기 위해 병사들과 기수들이 달리기 시작한다. 종사장 아드손과 다른 종사들, 그리고 때맞춰 성 본관에서 나오던 노아크와 뉘른스에크의 두 기사도 이쪽으로 향하는 게 보였다. 아무런 직함도 자격도 없지만 엉겁결에 따라붙어 올라와버린 시야프리테의 한 손에는 여전히 랄로프를 패던 막대기 하나가 부질없이 들려있다.

"육왕의 소행이 분명하다."

아우케트가 보낸 전령에 의해 곧바로 도착한 스레이야가 성벽 너머 전장을 바라보며 이를 갈았다. 이미르의 서리심인 팔제주는 빌러디저드를 꺼려 끝내 이 자리에 오는 것을 거부한 모양이었다. 그랬기에 두 명의 호위만을 대동하고 온 그가 성벽에 올라서자, 뉘른스에크의 기사들과 피어클리벤의 종사들은 반사적으로 한 발짝 물러나 칼자루에 손을 얹으며 그를 노려보았다. 이러한 분위기에 혀를 차며, 여전히 성가퀴의 위에 앉아있던 울리케가 곧바로 묻는다.

"그는 무슨 생각이지? 너희의 내부 사정은 대체 어떻게 된 것인가, 군사?"

"길고 복잡하며, 그럼에도 불구하고 어디에나 있는 이야기가 아니겠는가? 육제후의 덧없는 야심이다. 그의 서열을 올리려는 수작이지."

도래까마귀는 도무지 이해가 가지 않는다는 듯 다시 묻는다.

"저리 공공연히 같은 편을 공격해서 말인가? 너희의 황실에 선 아무런 조치도 취하지 않는가? 그는 향후가 두렵지 않은 건가?"

그러자 이번에는 스레이야가 이해되지 않는다는 표정을 한다. 주위를 둘러보며 잠시 생각하던 그가 말했다.

"……그렇군. 같은 제국이라 해도 너희와 우리는 이토록 다르지. 황실이라 해도 제후국 간의 분쟁에는 어떠한 관여도 하지 않는다. 각국의 전권은 왕에게 있으며, 제주들조차 일단 왕위를 인가한 이후에는 그 뜻을 따로 세우지 않는다."

"그게 무슨 말인가? 그렇다면, 서리심은 제후에 대해 아무런 통제권이 없다는 것인가?"

울리케가 쏘아붙이듯 묻자, 스레이야는 설명하기 어렵다는 듯 미간을 찌푸렸다. 그러고는 여전히 자신을 노려보는 그리그와 헨릭을 향해 한차례 눈을 흘기고 대꾸한다.

"그것은 각 왕실의 문제일 뿐이다. 예로부터 제주와 제후의 관계는 왕가마다 그 가풍이 판이했지. 여기서 몇 마디로 쉽게 설명될 수 있는 게 아니란 말이다! 단지, 지금 육왕을 저지할 수단은 같은 크기의 무력이지 무슨 법도가 아니다. 즉, 옳고 그름의 문제가 아니다!"

한 세대 전의 중부 내전을 제외하고는, 지난 이백여 년간 안정기에 들어서 영지 간 무력 충돌이 전무했던 제국인으로서 울리케는 스레이야의 설명을 쉽게 납득할 수 없다. 눈을 돌려보니 아나나 다를까, '그럼 그렇지, 미개한 놈들' 같은 표정을 짓고 있던 기사 그리그의 표정이 울리케에게 딱 걸린다. 도래까마귀는 말한다.

"그로써 그가 도모할 수 있는 것은? 아힌달에게 들었지만 너희 십일 국의 서열은 그 옥좌의 관리자인 무녀들의 서열로서 정해져 있다 들었다. 육왕이 아힌달을 암살하거나 상서령을 억류해서 뭘 얻어낼 수 있지?"

"……나는 그것에 대답할 권한이 없다. 있다 하더라도 거부한다."

스레이야가 말했다. 도래까마귀의 눈에 그 결연한 진심이 포착되자, 울리케는 더 추궁할 생각을 접는다. 아힌달에게 더 많은 이야기를 들었더라면 좋았을 것을, 이쯤에서야 울리케는 그에게 괜히 술을 먹였던 게 아닐까 살짝 후회하기 시작했다. 하지만 자책은 이 긴급하고 난망한 사태 앞에서 머물 짬이 없다.

스레이야의 이야기는 울리케가 지금껏 들어 이해하고 있던 미스미르드에 관한 사실들과 충돌하는 부분이 있었다. 서리심들 간에 서열이 엄격하고 일방적으로 권한을 몰아준다고 하지 않았던가? 그렇다면 왕국 간 분쟁이 발발하는 게 애초에 불가능해야 맞지 않는가? 하지만 스레이야의 태도로 미루어보건대, 그들 제후국 간의 분쟁은 전혀 상궤에서 벗어나지 않은 일인 듯하다.

"이미르의 군사."

그때까지 조용히 있던 아우케트가 스레이야를 불렀다. 피어클리벤의 종사들이나 뉘른스에크의 기사들과 달리, 그에게는 한결 분위기를 누그러뜨리며 그가 답했다.

"말해라."

"묻겠다. 미스미르드의 일제주(一祭主)는, 금년 연차가 어떻게 되는가?"

순간 이 뜬금없게 들리는 질문은 대부분의 사람들을 의아하게 했다. 하지만 스레이야는 정곡을 찔린 듯 입술을 깨문다. 짧은 침묵 뒤에 그는 대답했다.

"……아시르의 일제주는 이백 해를 넘기셨다. 더 자세해야 하는가?"

"아니. 됐다……. 울리케."

"무슨 말을 하려는지 알 것 같다, 오백장."

아우케트의 부름에 곧바로 도래까마귀가 이렇게 대답하자, 좌중은 어안이 벙벙하여 울리케를 보았다. 아우케트조차 살짝 놀라 눈을 치켜뜬 가운데, 울리케는 크누드가 뒤늦게나마 쓴웃음을 지으며 고개를 끄덕이는 걸 보고는 순간 참지 못하며 냉랭하게 부리를 열고 만다.

"서리엇 경은 이게 무슨 이야긴지 알겠나요?"

그러자 크누드는 어깨를 으쓱이며 대꾸했다.

"보통 제가 끼어드는 걸 싫어하시지 않습니까, 행정관님?"

"하지만 경이 틀려서 비웃을 기회를 최대한 확보하고 싶은걸요?"

"……제가 맞으면요?"

"우수한 기사를 발탁한 나의 식견에 자찬하겠어요."

크누드는 한숨을 쉬며 허탈하게 말했다.

"……전 이렇게 생각합니다. 가장 서열이 높은 서리심조차 고작 이백 해 남짓이라면, 저들이 대제에게 패퇴해 물러난 지 사백육십여 년이 지난 지금까지 수많은 내흉이 있었다는 반증이라고요. 즉, 서리심 간의 그토록 딱 부러지는 서열이라는 것은 어쩌면, 얼마든지 우회하여 전복될 수 있는 경로가 있는 게 아닌가 생각합니다. 다시 말해, 저들이 결코 불가침적 존재는 아니라는 거죠."

스레이야의 이글거리는 눈이 크누드의 주둥이를 향했으나, 군사는 끝내 '이 무엄한 놈, 입을 다물라!' 같은 호통을 끄집어내지 못한다. 그 태도가 크누드의 말에 대한 긍정임을 아는 도래까마귀가 대단히 실망스럽다는 듯, 한숨을 쉬며 선언했다.

"역시 본관의 인재 발탁은……, 유감스러울 정도로 뛰어나요."

"실로 그러합니다. 경탄합니다, 좌하."

크누드가 약식의 군례까지 올려붙이며 대응한다. 이 짧은 촌극을 잠자코 구경하던 고블린 오백장의 입이 열린다.

"끝났는가? 이제 어쩔 생각인가, 행정관? 서리심의 가호 없이 저 눈 폭풍 안으로 내 병사들을 집어넣고자 한다면, 나는 반대한다."

"이해해. 그리고 당연한 이야기다."

울리케는 수긍했다. 그러고는 다시 고개를 돌려 그새 완전히 짙어진 눈구름 덩어리를 보았다. 상서령 앗슈레드가 섣부르게 굴었을 리는 없을 테고, 육왕이 밤새 선수를 쳤던 것일까? 피어클리벤이 천년 제주의 신위를 업고 미스미르드에 육왕에 대한 심판을 요구하겠다 말했으니, 육왕이 그 이야기를 어떻게든 미리 알아냈다면 움직이지 않을 수 없었을 테다. 다만 그들이 뉘르뉴에게 너무나 절대적인 경배를 보였던 탓에 울리케 또한 이 문제를 다소 쉽게 생각했던 것도 있었다.

— 너는 정말 쉴새 없이 자책하는구나.

성벽 위로 머릴 내민 채 좌중을 내려다보고 있던 용의 음성이 머릿속에 울린다. 울리케는 시선을 전장 쪽에 준 채 대답했다.

'……실수하는 존재이기 때문입니다.'

— 그러한가? 모든 것을 인과의 흐름으로 인식하는 데 익숙한 우리에겐 실수란 개념이 피상적이다.

'제가 그 경지에 도달할 방도가 있겠습니까?'

— 그럴 필요도 없다. 어떤 숙달이든 연습을 요구하며, 연습이란 결국 안전하게 허락된 실수의 반복이지 않느냐?

"안전하다고요? 제 실수로 누군가가 죽을 수 있습니다!"

이어지던 침묵의 대화 끝에, 울리케가 별안간 고개를 돌리며 용을 향해 이렇게 외치자 내막을 알 도리가 없는 좌중은 흠칫 놀랐다. 검은 용은 고개를 살짝 기울였고, 자주색 눈은 선명히 빛났다. 용이 턱이 열린다.

"그것은 오만이다, 울리케."

"*자책은 오만에 기반할 수도 있어요.*"

울리케는 아우셸바프에서 부상당한 시그리드가 했던 말을 순간 떠올렸다. 도래까마귀의 눈길이 좌중을 향해 경황없이 뿌려졌고, 여전히 이 갑작스러운 대화의 영문을 모르는 이들의 표정이 하나하나 그의 눈에 들어와 박혔다.

맞는 말이다. 그는 결코 모든 것을 통제할 수 없다. 또한 곁에 선 이 모두가, 그와 책임을 나누어 지닌 사람들이다. 그렇게 인식하기 시작하자 여태껏 차올라있던 초조함이 조금 내려앉으며 동시에 부끄러움이 밀려왔다. 도래까마귀는 말한다.

"용서하소서. 우쭐거렸습니다."

"용서한다."

짧게 응수한 용은 다음 순간 몸을 일으켰다. 그 거대한 몸뚱이가 성벽 너머로 뒤척이는가 싶더니 여태껏 성벽과 비슷한 높이로 자리하던 빌러디저드의 눈높이가 훌쩍 솟아오른다. 그렇게 한결 높은 위치에서 전장을 굽어보던 용이 말했다.

"아우케트 칸 아디우크."

"듣고 있소."

고블린 오백장이 대답하자, 지척에서 용의 거체를 보고 살짝 주눅 들어 있던 스레이야와 뉘른스에크의 두 기사는 그 심드렁하기까지 한 당당한 태도에 놀란 얼굴이 되고 만다. 용은 말했다.

"기억하는가? 일전 피어클리벤의 재판 자리에서 그대는 내게 셰이위르와 스미드레드가 어떻게 당시의 서리심을 위시한, 흐리늄-미스미르드 인들을 격퇴했는가 물었던 적 있지."

"그렇소. 그리고 대답을 듣지 못했던 것까지 기억하오."

"이제 그 대답을 해주겠다."

용의 말이 떨어짐과 동시에, 대기의 기세는 변하기 시작한다.

제 14장

헤르미르는 지난밤의 그 귀기 어린 산중 전투를 악몽으로 되감다가 퍼뜩 잠에서 깨어났다. 동이 트려면 한참 남은 새벽. 그는 잠시 뒤척이다 일어나 어두운 천막 안을 보았다. 드레스바르프의 특수전대는 남녀 종사를 나누지 않고 한 막사 안에 두는, 제국의 관습으로 보자면 기이한 기풍을 가진 턱에 그의 침구 주위엔 온통 사내들의 체취로 자욱하다. 행여 누군가를 깨우지 않을까, 조심히 움직인 헤르미르는 비틀비틀 천막 밖으로 나서 터무니없이 냉담한 새벽 기온 속으로 파고들었다. 한숨을 내쉬자 흰 입김이 폭포처럼 쏟아진다.

벨레토르 시라예그가 죽었다.

단지 그것뿐이었다면 평소 오만하고 재수 없기만 했던 상관의 죽음이 딱히 이들에게 슬픈 일은 아니었으리라. 하지만 이건 특수전대가 겪은 최초의 완벽한 패배였다. 헤르미르는 다시금 아까 꾸었던 악몽을 떠올렸다. 녹색 인광이 인간의 형상을 하던 그 순간들을. 시라예그 경의 목이 겨울 민수숫대마냥 부러지던 순간을. 분노한 백룡의 음성을.

드레스바르프의 특수전 예종사들은 애초부터 저, '실록의 폐장'이라는 무장집단에 맞서 창안된 병과였다. 그로서는 어떤 기준인지 알 도리가 없었으나, 특수전대는 전원 분명 어떤 엄격한 근거에 의해 선발된 평민 무사들로 채워졌다. 그리고 발리위그 후작이 직접 고안한 호신부들로 무장되었고, 모든 훈련은 전적으로 그것에 맞춰 이루어졌다. 예종사의 신분을 단 이래 한 번도 몸에서 떼어놓지 않고 패용하던 호신부가 없는 지금, 그에게 보이고 느껴지는 모든 것이 꽤 낯설다. 인간에게 허락된 이상의 완력과 감각, 날램을 보조해주는 그 마법 호신부들은 예종사들의 정체성이자 자신감의 근원이었다. 때문에 그것을 잃고 귀환한 특수전대원들은 모두 죄인의 표정이었고, 어떤 형벌도 달게 받겠다는 심정이었다. 하지만 후작은 딱히 어떤 처분도 내리지 않았다. 단지 잠시간의 유예일지도 모르지만.

"누구냐?"

생각에 잠겨 넋을 놓고 있던 헤르미르는 이 목소리에 흠칫하여 고개를 돌렸다. 어둠 속에서 다가오는 그림자는 구부정했으나 반면 그 성큼성큼 한 보폭이 남달라 그림자만으로도 누군지 알 수 있었다. 그는 즉시 몸을 꼿꼿이 하고 군례를 올려붙인다.

"라르그문드 각하."

"헤르미르로군."

가까이 다가온 노인은 헤르미르를 알아보고 말했다.

"들어가 쉬어라. 휴식은 의무다."

"……잘 수 있을 것 같지 않습니다."

백작은 대답하지 않았다. 헤르미르로부터 시선을 물려 어둠에 파묻힌 발트부름 산등성이를 한동안 바라보던 그가 말했다.

"후작과 이야기했다. 너희에게 따로 벌은 내려지지 않을 것이다. 벨레토르가 그렇게 갔으니 대속한 셈 치지. 열 받는 상관이었으니 마지막엔 그 정도쯤 해도 되지 않겠느냐?"

"저희 누구도 벌을 두려워하지 않습니다."

"알고 있다. 하지만 멸시와 불명예만으로 충분해."

헤르미르의 어금니에 힘이 들어간다. 파마의 술에 대응하기 위해 만들어진 그들 병과는 독특하고 전례 없는 집단인 만큼 늘 겉돌았다. 기사들은 그들의 낮은 신분을 비웃었고, 모든 무사들에겐 속임수로 힘을 얻은 자들이라 경멸당했으며, 마법사들에겐 사냥개 취급을 당했다. 드레스바르프 후작에 의해 임명되어 여태 그들을 이끈 시라예그가 가장 대표적인 혐오자라 할 수 있었다.

"억울하냐?"

"……아닙니다."

"억울할 테지."

상대방이 내뱉는 액면의 말보다 그 태도와 기색으로 미루어 판단하는데 익숙할 만큼 나이를 먹은 백작이 무시하듯 대꾸했다.

"너희는 과도기의 병과다. 파마의 술이 저 잘난 마법사들을 막고, 다시 그 파마의 술을 너희가 뚫고, 그리고 너희는 마법사들로부터 그 힘을 얻지. 이 맞물림이 정교해질수록 머릿수와 육탄전에 끌려다니던 싸움의 법칙은 흐려질 거야. 지금 너희가 받는 멸시는, 본능적으로 그 미래를 두려워하는 이들이 짖어대는 패색일 따름이다."

"송구합니다. 하지만……, 저희는 졌습니다."

"애초에 너희의 적은 용도, 드라우그르도 아니다. 상정되지 않은 적에 패한 것은 병사의 탓이 아니라 지휘관의 탓이지. 드레스바르프 후작이 그걸 모를 것 같으냐?"

백작은 잠시 한숨을 내쉬었다. 이미 오래 바깥바람을 쐬어 몸이 차가워졌는지 그의 날숨은 거의 보이지 않았다.

"……하지만 도대체 후작이 뭘 생각하고 있는지 모르겠군. 그 양반은 누구와도 속셈을 공유하지 않아. 말해보아라 헤르미르, 저들과 직접 대면한 건 너희니까. 무언가 느낀 건 없느냐?"

헤르미르는 할 말을 찾지 못해 잠시 눈만 굴렸다. 무엇에 관해 이야기해야 할까? 그는 아직 이 특수전대의 대장인, 눈앞의 라르그문드 백작만큼 현철하지 못하다.

그렐카 라르그문드는 드레스바르프 후작가의 봉신이다. 헤르미르가 속한 이 특수전대는 바로 라르그문드 백작이 발리위그의 명령에 의해 지난 십 년간 육성해온 집단이었다. 그 스스로는 결코 마법사가 아니었음에도 거의 마법사로 착각될 만큼 이 분야에 조예가 깊었고, 그런즉 특수전대를 꾸리고 훈련함에 있어 내내 후작의 신임을 받아왔다. 하지만 후작은 동시에 특수전대를 경계하고 있었고, 그가 자신의 충신인 벨레토르 시라예 그를 야전 지휘관으로 구태여 붙인 것은 그런 까닭이었다. 하지만 그렐카 라르그문드는 그 눈을 피해 예종사들에게 '허락되지 않은' 훈련을 시켜왔다. 그들 사이가 신분의 간격이 무색도록 내밀할 수밖에 없는 이유이다.

"……송구하나 모르겠습니다, 각하. 저는 솔직히 지금 상황이 제대로 이해되지도 않습니다. 출전할 때 저희는 분명 그 검은 패당들을 상대하는 것만 생각했습니다. 백룡이나 흑룡이나……, 피어클리벤까지. ……이 사태를 정리할 머리가 제게는 없습니다."

"피어클리벤은 어때 보이더냐?"

헤르미르의 말꼬리를 낚아채듯 백작은 물었다. 헤르미르가 잠시 머뭇거리더니 대답했다.

"뭐라고 말씀드리겠습니까? 고블린에 흐리뉼에……, 용과 더불어, 확실친 않지만 서리심도 그들의 진영에 있겠지요."

이미 프로드나르를 통해 올렸던 보고였으나, 헤르미르는 자신의 눈으로 보았던 당시의 상황을 읊었다. 흥분인지 고뇌인지알 길 없는 표정에 잠겨 묵묵히 듣고 있던 백작이 문득 어느 대목에서 비웃듯 말했다.

"라르그문드의 까마귀들이라."

헤르미르는 움찔한다. 하지만 개의치 않는 그렐카였다.

"그리젤이 그리 재빠르게 피어클리벤에 붙었다는 걸 알았을 때만 해도, 나는 그게 악수라고 생각했지. 녀석에게는 그런 혜안이 없으리라 여겼거든. 하지만 눈치 좋은 부하라도 있었던 것일까? 어떻게 생각하느냐, 헤르미르?"

헤르미르로서는 알 길이 없다. 그저 간신히 이렇게 대꾸할 따름이다.

"……각하의 자매 되시는 분이 아닙니까. 자칫하면 적으로 두실 수 있는 상황입니다."

"용병 대장의 길을 선택한 것은 그 애야. 그러면 이런 일도 각오는 해 뒀겠지. 한날한시에 태어나 생김까지 빼다 박은 쌍둥이지만 이미 오래전……, 헤르펠 내전에서 시작된 갈림이다."

헤르미르는 묵묵히 들었다. 개인적인 이야기를 거의 하지 않는 주군이 모처럼 입을 열고 있다. 백작의 말이 이어졌다.

"후작이 하는 양을 보니, 저 검은 용조차도 별 개의치 않는 모양이야. 처음 너희를 편성하고 훈련하던 몇 년 전까지만 해도, 나는 특수전대가 드레스바르프의 가장 치명적인 비밀무기라고 생각했었다. 하지만 결국 틀린 생각이었던 모양이야."

"……네?"

헤르미르가 알아듣지 못하고 어리둥절해 묻자, 백작은 별안간 정색하고 그를 쳐다보았다. 그리고 묻는다.

"생각해보아라, 헤르미르. 만일 후작이 저 용이나 서리심조차 제압할 어떤 수단을 갖고 있다면, 이 전장이 그것을 내어 보일 절호의 기회가 아니겠느냐? 다소의 손해를 감수하더라도 말이다."

예종사 헤르미르는 이게 무슨 말인지 안다. 그는 끈적이듯 힘겹게 턱을 열어 말했다.

"병기가 억지력을 갖추기 위해서는, 시연이나 성과가 필요하다. 그런 말씀을 하시는 것입니까?"

백작은 어둠 속에서 눈을 빛내며 고개를 끄덕였다.

"바로 그렇다. 그래서 나는 피어클리벤 측이 제안한 그 회담이 별 의미가 없으리라 생각한다. 특히나 저들이 파마의 술에 대응할 도리가 없다면 더욱 그렇겠지. 용이라! 백 년 전이라면 모를까, 너무 늦게 나타났어."

"하지만 그래도 용입니다, 각하. 용이 점유를 선언하고 전투를 금했습니다. 설마하니, 후작 각하께서……."

순간 백작은 헤르미르의 말을 잡아채며 대꾸했다.

"마땅히, 흐리늄 따위보다 용을 상대로 한 일격이 훨씬 인상적일 거라 생각하지 않겠느냐?"

헤르미르의 얼굴이 알기 쉽게 창백해졌다. 하지만 곧, 그는 빠르게 그 가능성을 검토하게 된다. 그 자신만 하더라도 일반에는 거의 알려지지 않은, 말하자면 마검사가 아니던가? 비록 생각지도 못한 에파를 만나 저지당하긴 했어도 그들 병과에 대해 사전지식 없이 나서는 적이라면, 헤르미르와 그 동료 예종사들은 어떤 대단한 병력을 상대로도 임무를 수행할 자신이 있었다. 만일 그렐카의 말마따나 드레스바르프가 준비한 무기가 자신들 말고 더 있다면, 어쩌면 정말로 용을 상대해볼 만할지 모른다.

"일전 벨레토르에 접촉해온 그 상단을 기억하지?"

헤르미르의 표정을 읽고 있던 백작이 문득 물었다. 헤르미르는 즉각 대답했다.

"물론입니다, 각하. 예툰드 상회 말씀이시죠?"

"그래. 그자들은 여태껏 폐장과 손잡고 파마의 병기들을 밀수해왔지. 내 소관이 아니라 정확히는 모르지만, 이 진중에도 틀림없이 '충분한 양'의 파마의 화살이 있으리라 짐작한다. 몇몇 드레스바르프의 가신들은 자신들에게 치명적인 그 무기가 근처에 있다는 것만으로도 불쾌한 모양이더라만……, 하여튼 후작은 필요하다면 뭐든 거리낌 없이 자신의 도구로 쓰는 양반이니까."

라르그문드 백작의 어조는 칭찬인지 경멸인지 알기 어려웠다. 하지만 이는 그만큼 기묘한 이야기였다. 백작은 드레스바르프가 오래도록 지향하고 설계해온 체제에 대해 어느 정도 알고 있었고, 따라서 그 추진의 정점에 있는 후작이 다른 무엇도 아닌 파마의 술을 은닉 패로 사용할 수 있을까 하는 의문을 가지고 있었으니까. 하지만 그가 아는 한, 저 회활한 후작은 기어코 하고자 하는 바를 위해서라면 끝내 무엇도 거리끼지 않을 것이다. 발리위그 드레스바르프는 지극한 합리가 어떻게 악이 될 수 있는가를 증명하는, 아주 훌륭한 표본이었다.

"그런데, 각하……, 한낱 소관에게 이런 말씀을 하시는 이유가 있습니까? 저는 그저 내려온 명령에 복무합니다."

"이제야 그걸 묻는 걸 보니 그래도 이야기가 꽤 재밌었던 게로군."

백작이 흡족한 듯 날카롭게 웃으며 어리둥절한 헤르미르의 질문을 받았다. 이어서 그가 말했다.

"누구더러 들으라고 한 소리가 아니겠느냐? 하지만 기어 나올 용기가 있을지는 모르겠구나."

새벽공기는 이토록 추웠음에도, 펠윈은 먼 데서 나직이 울린 백작의 이 한마디에 식은땀을 빼지 않을 수 없었다. 그는 천천히 고개를 돌려, 세 발짝 떨어진 곳에서 몸을 수그리고 망을 보고 있던 이그라에게 속삭였다.

"들켰어요, 경."

"뭐? 어떻게?"

뉘른스에크의 기사 이그라 아트뤼드가 어리둥절해 묻는다. 하지만 펠윈 역시 알 도리가 없다. 지난 저녁 후작의 휘하들이

들이닥쳐 황녀 닐스그림과 아룬드를 포박해 갔다. 체념한 황녀는 저항조차 하지 않았고, 후작의 휘하들은 그 둘을 제외하고 나머지는 완전히 무시한 채 그들의 가짜 상단을 떠나버렸다. 이후 망연자실해 뒤에 남은 그들은 지금껏 제대로 먹거나 잘 생각도 못 한 채 여기에 이르렀다. 황녀와 피어클리벤의 장자가 억류된 천막 쪽은 도저히 뚫어볼 엄두가 나지 않았기에, 주위를 빙빙 돌며 헤매던 끝에 얻어걸린 엿듣기다. 그나마도 펠윈의 귀가 아니었다면 시도조차 못 해 봤을 노릇이었다.

"……제 존재를 눈치챈 것 같아요. 이대로 물러날까요?"

"들켰다면 차라리 정공법이 낫지 않겠느냐."

이그라가 어금니를 깨물며 칼자루에 손을 올리고 말했다. 펠윈은 한심하다는 기색을 감추지 않는다.

"정공법이요? 그게 어떻게 정공법이죠? 도대체 기사님들은 뭘 배우고 되시는 거래요?"

이그라가 평민 출신의 서임 기사임을 아는 펠윈은 별로 말을 가리지 않는다. 하지만 아니었더라도 마찬가지였으리라. 황녀와 피어클리벤의 장자라는, 이 가운데서 유일하게 가치 있다고 말할 수 있는 이들이 사라진 현재 이들 무리의 동지애는 딱할 정도로 희미했다. 펠윈이 보기에 이 이그라라는 기사는 언제든 죽을 자리를 찾지 못해 환장한 인간 같았고, 한스는 거의 죽어가는 데다 홀게르손은 겁에 질려있었다. 그나마 펠윈 이상으로 정신을 차리고 있는 존재는 브륀힐데가 유일했다. 멀찍이서 저

격 지점을 확보하고 있던 그가 상황 변화를 눈치채고 재빠르게 야음을 뚫으며 다가온다. 그의 등 뒤를 지키던 흰이리개 사우트도 함께.

"무슨 일이죠?"

"들켰어요."

이곳은 병참상단 구역이 아니라 엄연히 군영의 심부였고, 따라서 경계도 삼엄했다. 하지만 진중의 규칙을 아는 이그라의 조언과, 펠윈의 초월적인 청력, 그리고 브륀힐데의 노련한 은신 기술 덕에 셋은 누구에게도 들키지 않고 진중의 한복판까지 도달할 수 있었다. 유일한 문제는 마법적 초계로부터의 은신이었는데, 그건 상단의 천막 외피를 오려내 외투처럼 뒤집어쓰는 것으로 해결했다. 이는 결코 주먹구구식으로 저지른 일이 아니라, 마법사 시그리드의 조언이었다.

"들켰다고?"

그리고 그 조언을 던졌던 마법사, 시그리드 유세트는 간이 축사의 한 칸에서 말인 척하고 있던 나귀 유슬리스의 긴 귀를 파닥이며 천연덕스럽게 되묻는다. 아직도 이 광경이 영 익숙지 않은 펠윈이다. 떨떠름한 표정으로, 그는 대꾸했다.

"그래요. 마법사일까요?"

"너희가 뭘 뒤집어쓰고 있다고 생각하는 거야? 초계술로는 절대 잡아낼 수 없어. 너처럼 귀가 밝은 게 아니라면."

"……류그라는 아닌걸요? 장담해요."

"그럼 뭐 어떤 마법 도구겠지."

시그리드는 별일도 아니라는 듯 말했다. 듣고 있던 이그라가 참지 못하고 끼어든다.

"갑시다! 나는 이제 이런 도둑놀이에 질렸습니다. 나는 정정당당히 나서지 못할 이유가 없단 말입니다. 도대체 우리가 여기서 뭐 하고 있는 겁니까?"

"그걸 모르나요? 대체 기사들은 뭘 배우고 되는 거죠?"

나귀가 펠윈이 했던 말을 반복하며 그를 놀리자, 이그라는 얼굴이 벌게졌다. 닐스그림과 아룬드가 잡혀간 이후, 내내 분노를 참느라 기력을 쏟고 있던 그였다. 잠시 샐쭉한 표정으로 그를 보던 펠윈이 속삭였다.

"저와 경을 위한 희소식이 있어요. 시라예그 경이란 자가 죽었대요."

"……별로 좋은 소식이 아니군."

자기 손으로 죽이지 못해서란 말이겠지. 펠윈은 그렇게 알아듣는다. 나귀식으로 한심하게 그를 쳐다보던 시그리드가 말한다.

"들은 이야기를 다 해봐, 펠윈. 판단은 그 뒤에 하지."

그러자 펠윈은 기다렸다는 듯, 백작과 헤르미르가 나눈 대화를 옮겼다. 이그라도 방해하지 않고 조용히 들었으나, 어느 대목에서 나귀는 흠칫하여 입을 열지 않을 수 없었다.

"라르그문드? 라르그문드라고?"

"네. 자매가 피어클리벤에 붙었다고요. 이게 무슨 이야기죠?"

"……군무관께 물을 게 생겼군. 아아, 이게 나쁜 소식이 아니었으면 좋겠는데."

하지만 이 놀라움은 다른 이야기들에 비하자면 별 게 아니었다. 드레스바르프가 용을 상대로 무력을 행사할지도 모른다는, 그렐카의 예측은 시그리드조차 아연케 했다. 하지만 뒤이어, 그는 정신을 차리며 냉담하게 내뱉는다.

"이게 다 들려주려고 한 이야기라면, 액면 그대로 신뢰할 수 없지."

"맞는 말씀입니다."

이 목소리는 전혀 엉뚱한 곳에서 튀어나왔고, 그 순간 모두가 몸을 뒤틀며 각자의 무기에 손가락을 얹었다. 심지어 펠윈조차 땅바닥의 돌멩이 하나를 집어 들며 자신을 노려보자, 어둠 속에서 흐르듯 몸을 드러낸 그 낯선 여자는 조금 기가 막힌다는 표정으로 모두를 둘러본다. 그러고는 매우 재밌다는 듯, 다음과 같이 말했다.

"이대로 속닥이다 물러나시겠습니까? 아니면 자리를 옮길까요? 차 한잔 내드릴 용의가 있습니다. 나귀는 어렵겠지만요."

그렇게 말하며 이동식 파견형 시그리드를 보는 그의 눈엔 기묘한 호승심이 어렸다. 나이 또한 시그리드처럼 서른이나 되었을까? 젊다.

"누구냐?"

이그라가 으르렁거리듯 묻자, 여자는 대꾸했다.

"라르그문드의 마법 고문, 패스트리드 다닐카입니다. 그리고 저와 제 주군은, 아직 여러분의 적이 될 것을 선택하지 않았습니다."

마법사가 말했다.

검은 용의 거대한 턱이 까마귀를 집어삼켰다.

에인달케 피어클리벤은 소스라치며 깨어났다. 꿈이다. 동생의 침실을 이틀째 꼬박 새우며 지키다 기절하듯 빠져든 선잠이었다. 하지만 그마저도 죄책감을 느끼며, 자매는 벌떡 일어나 침대로 다가갔다. 평온히 잠든듯한 울리케의 낯빛은 아무렇지 않아 보였고, 느긋하게 오르내리는 가슴은 숨이 붙어있다는 증명이었다. 그럼에도 불구하고, 북쪽으로부터 날아든 소식을 전한 시그리드는 울리케가 사실상 죽은 것이라 했다. 물론 넌지시, 어떤 마법적 수단이 없는 것은 아니라 첨언했지만 말이다.

검은 용이 까마귀를 집어삼켰다.

물론 이건 다만 꿈이다. 이 비보를 들은 이후 에인달케는 그가 알고 있는 모든 지식들을 총동원해 이것이 어쩔 수 없는 사고였음을, 결코 반드시 용의 탓이라고만 할 수는 없는 일임을, 스스로에게 납득시키고자 했다. 그리고 그건 꽤 성공적이었다. 용이 어떻게든 해줄 것이고, 시그리드조차 방법을 생각해둔 눈치였으니 별일 없을 것이다.

하지만 검은 용은 까마귀를 집어삼켰다. 꿈은 그토록 정직하게 에인달케의 내면에 웅크리고 있던 인식을 끄집어내 펼쳐 보였다. 딱히 무언가를 향해서라고 말하기 어려운 한숨이 내쉬어졌다. 지금 울리케는 도대체 어떤 심정일까? 아버지와 영지군 대부분이 무사함은 낭보였지만, 종사 몇 명과 스벤의 죽음은 에인달케에게도 충격이었다. 그럼에도 에인달케의 아주 냉정한 부분들은, 그것이 마땅한 책임과 직무 범위 안에서 있을 수 있는 재난이라고 생각한다.

하지만 울리케는 아니다. 이 모든 게, 이제 겨우 열여덟 살이 될 동생이 겪을 난관이라고는 결코 생각되지 않는다. 진흥행정관이라는, 본래라면 허울뿐이어야 할 직함과 더불어 고블린 대사라는 농담 같은 직함 어디에 이만한 직무상 재해가 예상되어 있단 말인가? 차라리 공작가의 사서인 그가 보다 재난에 가까운 직함이 아니었을까? 그래, 예를 들면 끝없이 서가에 창궐하는 좀벌레들이라던가.

느닷없이 거대한 좀벌레의 허리를 신나게 꺾던 에인달케는 불현듯 자신이 두 번째로 졸았음을 깨달았다. 안 되겠다. 잠을 쫓아야겠다.

"아뇨. 잠을 자도록 해요. 아가씬 벌써 이틀째 깨어있잖아요?"

차를 마시기 위해 성의 부엌에 내려가자, 정확히 에인달케와 똑같은 이유로 내려와 있던 마법사가 에인달케의 핏발선 눈을 보며 던진 말이었다. 하지만 시그리드의 꼴도 결코 만만치 않다. 에인달케는 대들듯 물었다.

"경은 이 시간에 왜 깨어 계시는데요?"

"유슬리스요."

시그리드는 귀찮다는 듯 그렇게만 대꾸하며 찻주전자를 화덕에 올린다. 누적된 피로와 울컥한 마음에 머리가 느려져 있던 에인달케는 시그리드의 대답을 이해하는 데 조금 시간이 걸려버렸다. 그가 다시 묻는다.

"이 새벽에요? 그쪽 진영에 무슨 일 있나요?"

"그걸 아가씨께 말해도 될지 모르겠군요."

냉담하게 쳐내는 듯한 시그리드의 말이다. 그 또한 연이은 사태에 임하느라 충분히 죽을 만큼 피로했고, 또한 날카로워져 있었다. 시그리드는 지난 저녁 후작의 휘하들에게 황녀와 아룬드가 잡혀간 일을 아직 아무에게도 이야기하지 않고 있다. 원래대로라면 날이 밝는 대로 곧장 출발해야 할 후발대는 뉘르뉴의 뿌리로 향한다는 그 미지의 적들 때문에 발이 묶여버렸다. 북방의 일만 해도 성가셔 죽겠건만, 도무지 신경 쓸 일이 한두 개가 아니다. 때문에 시그리드는 '비교적 덜 중요한' 그 문제에 대해 일단 입을 다물고 있었다. 황녀야 솔직히 시그리드로서는 그다지 알 바 아니었고, 아룬드까지 잡혀가긴 했지만 이 판국에 피어클리벤의 장자 같은 건 꿔다 놓은 보릿자루 같은 것일 테다. 솔직한 심정으로, 시그리드에게 있어서 그 둘은 브륀힐데는 물론이거니와 나귀 유슬리스보다도 덜 중요한 존재들이었으니까. 개는 말할 것도 없고.

에인달케는 아랫입술을 깨물며 말한다.

"왜요? 저도 피어클리벤 사람이에요."

"라핀다시르의 사람이기도 하죠."

시그리드는 일부러 이렇게 말하며 눈앞의 에인달케를 본다. 단지 가족일 뿐, 어떤 자격도 갖추지 못한 그는 여태껏 성안의 모든 회의 자리에서 배제되어왔고, 따라서 에인달케는 피어클리벤을 둘러싼 상황들을 제대로 알지 못했다. 시그리드는 시시각각 변하는 외부의 상황과 정보들의 전권을 쥐고 있었기에 입이 무거울 수밖에 없다. 하지만 시그리드는 에인달케가 울리케의 본체를 돌보고 걱정하며 지켜온 것을 모르지 않았다. 그걸 생각하며, 마법사는 이렇게 덧붙인다.

"나는 아가씨가 후발대에 참여하겠다는 이야길 잘 이해할 수 없군요. 행렬에 짐이 될 거라는 생각은 안 해봤나요?"

"어디까지나 사관(史官)으로 가는 겁니다. 그리고 여행에는 저도 잔뼈가 굵어요. 호위도 필요하지 않고요. 울리케는 로젤에게 부탁해놨어요. 발프리드도 있잖아요."

사실 그를 성안에 놔뒀다간 계속 울리케를 간호한답시고 붙어있다가 기어코 환자 하나를 늘리고 말 것 같다. 시그리드는 짐짓 미심쩍은 눈초리로 에인달케의 아래위를 훑어보며 물었다.

"전력을 다해 누굴 때려본 적이 있나요?"

그러자 순간 에인달케는 무척 수치스러운 질문을 들었다는 듯 얼굴이 빨개졌다. 고개를 떨구고 한동안 마법사의 발치를 노려보던 그가 대꾸한다.

"그럴 기회는……, 없었어요. 필요도 없었죠."

"나는 언제나, 내가 속한 집단 구성원 각자의 역량을 정확히 파악하는 데서 일의 성패를 가늠해요. 아가씨의 남다른 내력에 대해서는 나도 알고 있지만, 그게 어느 정도인지는 모르죠. 아가씨는 무예를 익혔나요?"

물론 익히지 못했을 것이다. 에인달케의 휘청휘청하는 몸놀림만 보아도 그 여부가 바로 간파되는 시그리드의 눈썰미다. 하지만 이어진 에인달케의 대답은 조금 뜻밖이었다.

"……에파와 어울려 다니던 시절에 그에게 주먹질을 조금 배웠어요. 아시겠지만 '보통'의 무술사범은 제 대련 상대가 될 수 없었으니까요……. 뭘 걱정하시는지는 알겠지만, 음……,"

에인달케는 모기만 한 목소리로 이렇게 덧붙인다.

"……저는 트롤을 두들겨 팰 수 있어요. 그래도 부족할까요?"

시그리드는 치솟을뻔한 광대를 얼른 눌러 죽이느라 한순간 바빴다. 자신의 용력을 고백하는 에인달케의 목소리와 태도는 무슨 죽을죄라도 고백하는 양 풀이 죽어 있었다. 그 바람에 일부러 냉담함을 가장하려던 시그리드의 계획은 여기서 무너지고 만다. 그 또한 특이한 재능으로 인해 고통받았던 시절이 있었으므로.

에인달케가 주먹질이라고 말한 것은 분명 어느 정도의 겸양일 테다. 숲트롤을 두들겨 팰 수 있다면 그의 완력은 눈트롤에 필적할 테고, 그쯤 되면 무술의 정교함을 논하는 게 거의 의미가 없어진다. 전력으로 습보해 달려드는 중무장 기사의 돌격을 저지해 메다꽂을 수 있다는 이야기다. 새삼, 정강이가 부러지는 데서 그친 로릭스데의 행운에 감탄하지 않을 수 없었다.

"그렇군요. 하지만 그렇게 부끄러워해서야, 결정적인 순간에 힘쓰기를 꺼린다면 아무 소용이 없지 않겠어요? 병장기는 다루나요?"

"⋯⋯그냥 유, 육척봉을⋯⋯."

"하나 준비해두죠."

강철보다 단단한 막대기를 준비해주지. 시그리드는 그렇게 생각한다. 겉보기에 전혀 무사로 보이지 않는 만큼 에인달케는 유사시 충분한 전력감이 될 것이다. 그에게 뜻이 있었다면 이미 일찌감치 무명(武名)을 날릴 수 있었을 테지. 하지만 사람의 재능과 뜻이 언제나 맞물리는 것은 아니다.

"⋯⋯아가씨, 에파는 피어클리벤으로부터 이탈했어요."

에인달케가 눈치채지 못할 만큼 빠르고 유려하게 묵음의 너울을 부엌의 입구에 친 뒤, 마법사는 담담하게 어젯밤 산중 전투를 간략히 복기하며 전한다. 에인달케는 놀라움과 당혹을 담고 그 이야기를 들었다. 이야기의 끝에, 시그리드는 말한다.

"아가씨와 에파는 어떤 사이죠? 나는 원래 이런 개인사에는 결코 관심 두지 않지만, 이제 아가씨와 에파의 과거는 피어클리벤이 참고해야 하는 공무의 영역에 해당해요."

오늘은 에파가 피어클리벤을 방문한 날로부터 열흘째이다. 그간 시그리드는 에인달케와 에파의 과거에 대해 단 한 마디도 묻지 않았다. 그랬기에 마법사의 이 말은 설득력을 가진다.

"그렇군요."

에인달케는 신음처럼 말했다. 다시금 무언가를 떠올리며 얼굴을 붉힌 그가 말을 잇는다.

"……저는 일찌감치, 그러니까 지금 울리케의 나이쯤에 집을 박차고 나갔어요. 가출이었어요. 보통은 생각하기 힘든 이야기가 되겠지만, 저야……, 아시다시피 뭐 그러니까요. 별로 겁날 것은 없었어요. 한동안 떠돌다가 에파를 만났죠. 그도 저처럼 떠돌이였고……, 혼자 다니는 류그라 여성이라니, 꽤 굉장하잖아요? 전 에파에게서 정말 많은 것을 배웠어요."

"주먹질을 포함해서 말입니까?"

끓어오른 찻물을 내리며 마법사가 짓궂게 묻는다.

"맞아요."

에인달케가 설핏 웃으며 체념처럼 말했다. 이야기는 다시 이어진다.

"라핀다시르의 사서 자리를 추천해준 것도 에파였어요. 저는 참 많은 것을 그에게 배우고 받았어요. 책밖에 몰랐던 제게 바깥세상의 진면목을 보여준 벗이죠. 그는……, 결코 나쁜……,

아니, 아닙니다. 제가 실언을 했군요."

마법사는 물끄러미 에인달케를 보다 뜨거운 찻잔을 내밀며 묻는다.

"에파가 백룡의 종이라는 사실이나, 공작가와 관계있다는 건 전혀 몰랐던 거군요?"

"네. 다만 어디서나 워낙 요령이 좋은 사람이어서, 공작가에 연줄 하나쯤은 있었겠거니 생각했던 것뿐이었어요. 그와 함께 여행한 시간이 그리 길지도 않았죠. 대략 반년 정도였어요."

"여행의 벗이란, 보통 정주(定住)된 삶에서의 관계보다 훨씬 압축된 이해를 공유할 수 있죠. 믿으세요. 전직 모험가의 말입니다."

그리고 둘은 말없이 차를 마셨다. 잠시 후면 동이 틀 것이고, 아가스 마을로 출발할 병력이 집합할 것이다. 정오가 되기 전에 먼저 가 있는 하즈바와 합류할 수 있을 것이며, 이후 고블린들의 병력과 접촉하겠지. 그리고 오늘은 또한, 모두가 내색은 별로 안 했지만 고대하던 새끼 그리핀이 처음으로 저 철옹성 같던 아그니르의 방문 밖을 나서게 되는 날이다. 시그리드는 진심으로 그보다 더 놀라운 일이 오늘 하루 없길 바랐다.

"아니, 세상에 이럴 수가 있나⋯⋯."

누구 입에서 나온 말인지 알 수 없었다. 그러나 성벽 위에 몰려서 있던 모두가 한결같은 감상이었으니 딱히 발화자를 한정할 것도 없었으리라. 검은 용의 기세가 변했다고 느낀 순간, 모두가 귀를 먹먹하게 하는 기압의 변화에 당황해 두리번거리길 잠시, 이윽고 발트부름 산 정상에 여름철에나 볼법한 뭉게구름들이 모여들었다.

"아! 나 이거 알아! 훈기의 방패요! 그렇지 않소, 형님?"

랄로프가 모처럼 아는 척을 한다. 하지만 정작 질문받은 라그나는 미간을 온통 찡그리고 이 마법의 규모를 헤아리느라 신경을 곤두세우고 있었다. 랄로프의 말처럼, 이제 성 전역의 공기는 부드럽게 습기를 머금고 따뜻하게 데워진다. 앗슈레드에게서 받은 방한복을 한사코 단단히 여미고 있던 시야프리테는 털 달린 두건을 젖히며 반색한 얼굴을 드러내었으나, 이런 것을 한 번도 구경한 적 없는 다른 이들 모두의 낯짝이 참으로 볼만해졌다.

"……이런 게 가능하다니?"

스레이야는 숫제 약간 겁에 질린 모양이다. 그리그 역시 그처럼 놀라지 않았다면, 이때를 틈타 빈정거릴 기회를 결코 놓치지 않았으리라. 하지만 그건 불가능했다. 용의 마법은 뉘른스에크 성은 물론이고, 아예 거대한 발트부름 산 전역, 산 아래 성하촌에까지 미치고 있었다. 일전 울리케가 아우셀바프에서 목격했던 훈기의 방패만 해도 이미 인간 마법사의 수준을 아득히 넘어선 것이었다. 그러니 이쯤 되면 아예 말도 안 된다. 이 자리에 마법사가 없어 그 진면목을 알아주지 못한다는 게 안타까울 지경이다.

"이게 뭐야! 이게 뭐람! 에그머니나!"

아니다. 마법사가 하나 있긴 있었다. 성 본관에서 뒤늦게 나오다 이 기상변화를 감지한 나글핀넬 기주르가 이쪽을 보더니 구르듯 달려오며 소리치기 시작했던 것이다. 그리그의 표정이 대번에 썩어들어갔다. 하지만 소란은 여기서 그치지 않는다.

"이게 뭐 하는 짓거리냐! 그만두지 못할까!"

마침내 견디지 못하고 성 안뜰의 중앙에 돌연 몸을 드러낸, 이미르의 팔제주, 서리심이 소리쳤다. 녹아내리기 시작하는 눈밭의 한가운데서, 홀로 질세라 전신에 서릿발을 두른 소녀의 노호성을 듣자마자 스레이야가 맞이하기 위해 계단 아래로 달려 내려갔다. 검은 용의 목이 뒤를 돌아보았으나 그가 뭐라 말하기도 전, 나글핀넬이 용을 향해 소리 지른다.

"폭풍이오? 폭풍을 잉태하시려는 게요? 이 정도 규모의 훈기를 장시간 유지……, 아니 그게 어떻게 가능하지? 아니 가능하시겠지! 가능하다고 보면, 당장은 경계의 응결만이 문제가 되나 종래엔 그 막대한 잠열(潛熱)이 큰일이오! 참 상극이로다! 하지만 너무나 효율 떨어지는 일인데? 린트부름은 일을 이딴 식으로 하오?"

"제가 저자의 입을 닥치게 하겠습니다!"

그리그가 소리 지르며 스레이야의 뒤를 따라 아래로 달려 내려갔다. 울리케는 이 한순간 조성된 북새통에 진저리를 치며 구원을 청하듯, 성가퀴 앞에 서 있던 아우케트를 보았다. 그러나 고블린 오백장은 그저 급변한 기온에만 신경 쓰듯 하늘을 보고 있다가 다음과 같은 염려를 입 밖으로 내어 울리케의 희망을 배신한다.

"이렇게 따뜻해지면 말들의 사체가 상하기 시작할 텐데. 그렇게 되면 당장 늑대들의 군량이 문제가 된다."

"……들으셨습니까, 빌러디저드 님? 온기는 고기가 썩지 않을 정도로만 부탁드립니다."

도래까마귀의 종알거림에, 검은 용이 머리를 돌리며 탄식하듯 말했다.

"내가 나의 위용과 권능을 드러내는 데 있어 한낱 늑대 먹이의 보존까지 신경 써야 한단 말이냐?"

"현재까지도 그 가치가 유효한 옛 병서에 이르기를, 보급에 실패한 군대는 필패라 하였습니다."

이들이 자신을 무시하고 태평스럽게 이런 화제를 논하고 있자, 소외당하는 데 전혀 익숙지 않은 이미르의 서리심은 그야말로 격노하고 말았다. 자신을 맞이하러 달려온 스레이야가 민망하게도, 이미르의 서리심은 곧장 한줄기 삭풍처럼 돌변하여 성벽 위에 내리꽂히듯 달려들었다. 그가 내디딘 돌바닥과 성가퀴에 서릿발이 고슴도치 가시마냥 솟아오르며, 서리심의 분노를 선명하게 형상화한다. 그가 소리쳤다.

"이 흉악하고 더러운 온기를 거두어라! 지금은 약속된 나의 계절이니라!"

그의 고함과 함께 성벽 위에 있던 모두에게 일순 찬바람이 덮쳐들었다. 그러나 다음 순간, 어떤 보이지 않는 장벽에 의해 이 세빙들은 이슬처럼 녹아내려 그저 축축한 분무가 되고 만다. 용의 음성이 서리심을 밀어내듯 떨어졌다.

"그러나 여기는 약속된 너의 땅이 아니지. 그대의 뿌리가 뻗지 않은 이역이다. 너희의 모든 권능은, 단지 약속된 대지에 한해 불가침인 것으로 허락되지 않았더냐?"

빙하의 딸은 한순간 흠칫하였으나 재차 음성에 권위를 실으며 외쳤다.

"무치(無恥)한 파약의 짐승은 그 더러운 입을 다물라!"

"시우부름의 오백장 아우케트 칸 아디우크가 염려를 토로하였다. 마침, 그대가 있으니 늑대 먹이의 보존을 위해 손을 거들지 않겠는가? 그에게 요청하면 빙고(氷庫)를 파도록 병력을 떼어줄 것이다."

이 가운데서 용의 이 말이 정말 좋은 생각이라고 여긴 것은 안타깝게도 아우케트와 울리케뿐이었다. 나머지 사람들은 이 두 초월적 존재가 뿜어내는 팽팽한 기운이 연신 피부를 찔러대기라도 한다는 듯, 주춤주춤 물러나고 있어 이러한 용의 농담에 깔린 합리를 따져 수용할 여력이 없었던 것이다. 그리고 한낱 냉동고 역할을 제안받은, 이미르의 서리심은 마침내 그 분노가 머리끝까지 폭발하고야 말았다.

"닥쳐라! 내게는 약속된 신위가 있다!"

"이미르 예하!"

거대한 빙산이 깨지듯 쩡하게 울려 퍼진 서리심의 외침 뒤로, 뒤늦게 다시 성벽 위로 달려 올라온 스레이야가 그 앞을 막아서며 재빠르게 부복했다. 사납게 치솟은 서릿발과 고드름이 맨살을 찔러 올리는 것에도 아랑곳하지 않고, 그는 엎드린 채 재차 외쳤다.

"노여움을 거두소서! 신위를 보존하소서!"

"네 권속의 말을 따르라."

용이 평온하게 말했다. 서리심은 이미 자신의 주변 공기에 한가득 성난 세빙을 채우고 언제든 용을 향해 일격을 내지를 준비를 마치고 있었으나, 내심은 스레이야가 말려주길 기대하고 있었다. 도래까마귀의 눈은 정확히 그것을 간파해낸다. 울리케는 조금 기가 막혀서 묻게 된다.

'……그는 사람이 아닌데도, 제가 이런 것을 읽어낼 수 있단 말입니까?'

― 그 아이의 금년 연차가 어떨 것 같으냐? 뉘르뉴에 비하자면 한없이 사람에 가까운 존재다.

가장 나이가 많은 일제주가 고작 이백여 세라 했으니, 한참 서열이 낮은 팔제주는 몇십 년에 불과할지도 모른다. 울리케는 그걸 생각하며 떨떠름하게 다시 묻는다.

'그래도 서리심이 아닙니까? 대적하실 수 없다고 하시지 않았습니까?'

그러자 용은 모두가 들을 수 있게 입을 열어 말했다.

"겨울과 약속의 신은 그들의 약속된 영역 안에서 무소불위의 위계를 허락하였다. 그러나 경계의 바깥에서는 아니지. 이와 같은 이역에서, 우리는 나란한 존재가 된다. 일찍이 셰이위르는 이 점을 이용해 인력과 마력으로 그들의 땅을 에워싸고, 동토의 지주를 도발해 이끌어내거나 고사시켰다. 너희는 그 패퇴의 내막을 전하지 않고 있는가?"

"전하고 있소! 어떻게 그걸 잊겠소! 우리가 왜 파마의 병기를 가져왔다고 생각하는가!"

스레이야가 벌떡 일어나 용을 향해 외쳤다. 하지만 그 거대한 머리가 우뚝 솟아 자신을 내려다보는 걸 새삼 대면하자니, 기세가 말을 따르지 못한다. 그는 용케 쥐어짜듯 말을 이었다. 하지만 이번에는 도래까마귀를 향한 외침이다.

"이 이상 이미르를 욕보이지 말라, 대사! 권좌의 주인께 마땅한 존중을 보여라!"

"나도 그러고 싶다, 군사."

도래까마귀는 피곤한 듯 말했다. 상대가 뉘르뉴라면 훨씬 더 말이 통했겠건만, 저 어린 서리심은 앞뒤가 꽉 막힌 데다 농담을 걸만한 사이도 아니다. 그나저나 여태껏 뉘르뉴는 왜 나타나지 않는 것일까? 그러면 이 산 전역을 충분히 감시할 수 있다고 말하지 않았던가?

그때였다. 울리케의 이런 답답함을 읽기라도 한 듯, 서북쪽 하늘로부터 작은 그림자 하나가 포르르 날아드는 게 보였다. 이 존재는 너무나 작고 하찮아서, 한참 목을 빳빳이 세우고 권위의 눈싸움을 하던 용과 서리심은 미처 그 접근을 발견하는 게 늦고 말았다. 이 두 초월적인 존재가 뿜어대는 패기는 보통의 짐승들로 하여금 그들로부터 멀찌감치 달아나게 만드는 것이다. 때문에 저 작은 새는 뭔가 특이한 존재임이 분명하다. 울리케는 그렇게 생각하며 살짝 긴장했다.

"인간의 대제를 추억하시는 빙하의 따님께 만세. 소조는 그분께서 뤼드라 이르시는, 극동 일곱 지빠귀 가문의 대표이자 하찮은 사자입니다."

하지만 도래까마귀의 건너편 성가퀴 위에 내려앉은 너설지빠귀가 이렇게 예상치 못한 격식을 갖추어 인사를 하자, 울리케는 순간 웃음이 새어 나왔다.

"내가 방금 제대로 들은 것인가?"

여전히 울리케의 곁에 서 있던 아우케트가 미간을 좁히며 물었다. 지금 이 가운데 너설지빠귀의 울음소리를 그대로 알아들을 수 있는 것은 서리심과 용, 그리고 도래까마귀 그 자체가 되어버린 울리케뿐이다. 다만 아우케트는 고블린인 관계로 그들 조어에 어느 정도 식견이 있었고, 그래서 번역에 시간이 걸리긴 했지만 알아들을 수는 있었던 것이다. 울리케는 웃음기 어린 목소리로 대답했다.

"뤼드래. 뉘르뉴가 보낸 모양이야."

"나도 그렇게 들었다."

너설지빠귀는 고개를 까닥거리며 그들의 대화가 끝나길 기다리더니, 뒤편의 서리심을 힐끔 쳐다보고 부리를 열었다.

"전합니다. 백룡의 그림자와 그 아이들은, 모든 준비를 끝냈으나 결행을 미루고 있사옵니다. 아울러, 라프시르그 황자가 그들과 함께하고 있는 것이 목격되었습니다."

"아니, 그게 무슨 소리야?"

울리케는 놀라 외쳤다. 그리고 너설지빠귀의 지저귐을 이해 못 해 영문을 모르는 주변 사람들이 다가오자, 도래까마귀는 인간의 말로 번역해주는 수고를 마다하지 않았다. 다들 크게 놀랐으나, 묵묵히 이 모든 사태를 관망하고 있던 노아크 피어클리벤 백작의 놀라움이야말로 가장 컸다. 그가 말했다.

"황자 전하께서……? 분명 나와 함께 그 요새에 갇혀계셨는데……? 그럼 저들은 공작가의 백룡과 더불어 황실의 지원조차 받고 있다는 말인가!"

"아니, 그게 말이 됩니까?"

기사 헨릭이 내뱉듯 물었다. 모두가 지극히 혼란함을 느끼는 가운데, 냉소를 띠며 찌푸리고 있던 크누드가 말했다.

"황실이라 퉁치시는 건 무리가 아니겠습니까? 이황자시라면 아우스뉘르의 제위에 영 가망이 없으신 만큼, 별도의 이상을 품으실 수 있지요. 황실에 더 이상 용이 없고, 드레스바르프가 쌓아온 마법의 권위를 이용해 새로운 체제를 설계하려는 마당이라면 더욱 그렇지 않겠습니까? 저라도 그렇게 가만히 있을 것 같지는 않은데요."

"경은 왜 꼭 마지막 문장 같은 걸 다는 거요?"

라그나가 짜증을 숨기지 않으며 이렇게 쏘아붙이자, 크누드는 웃으며 말했다.

"겸양처럼 들리지 않습니까?"

라그나가 다시 뭐라 말을 하려는 찰나, 울리케가 홰를 치며 가로막는다.

"됐어요! 그나저나 뤼드, 뉘르뉴는 계속 거기 있겠대?"

작은 너설지빠귀는 자신보다 훨씬 큰 도래까마귀가 부리를 열어 인간의 말을 한 순간부터 약간 얼이 빠져있다가, 급기야 이렇게 친근히 물어오자 당황하고 말았다. 그 가엾도록 작은 머리는 한동안 '뉘르뉴'가 누굴 말하는 건지 몰라 허우적댔고, 도래까마귀의 통찰력이 늦지 않게 그를 구원한다.

"네 주인 말이야."

"오, 오롯한 빙하의 따님께 만세! 그렇습니다. 끝까지 감시하시겠다 하셨으며, 아울러……, '린트부름의 올바른 적생자'께서 발현하시는 권능에 누가 될까 봐서도 잠시간 거리를 두시겠다 하셨습니다. 이편의 상황은 모두 알고 계시옵니다."

"그가 직접 '그런 표현'을 썼을 리 없지. 참 좋은 사자로다."

검은 용이 투덜거리듯 기특해했다. 여전히 너설지빠귀의 말을 알아들을 수 없는 모두가 잔뜩 긴장한 얼굴로 용을 올려다본다. 한편, 뤼드의 말을 해석하기 위해 신경을 곤두세우고 있던 아우케트가 답답한 듯 불평한다.

"말을 정말 어렵게 하는 녀석이군……, 군의 전령조는 결코 이런 수사를 섞지 않는다. 좀 더 간명하게 말할 수 없는 건가?"

"내 말이! 이제 좀 제 심정을 아시겠나요!"

라그나와 랄프의 사이에서 여태껏 얌전히 있던 시야프리테가 불쑥 튀어나와 아우케트를 향해 막대기를 휘둘러 보인다.

이러느라 이미르의 서리심은 마저 화를 낼 짬을 놓쳐버렸다. 관성적으로 움직여버리긴 했으나, 이들이 천년 제주와 용의 비호 아래 있는 이들임을 새삼 되새기고 나니 앞서 한 행동이 만용이었음을 깨닫게 된다. 그러나 화를 내는 데도, 그것을 물리는 데도 일일이 명분이 필요한 것이 바로 이런 초월자들이다. 그 사실을 이 자리에서 그 누구보다 잘 아는 울리케는 차분히 엣헴 거리며 소외된 팔제주를 향해 부리를 열었다.

"작금의 상황이 마음에 들지는 않겠으나 이미르의 팔제주여, 천년 제주께서도 린트부름의 권능에 일일이 신경 쓰시지는 않으며, 협력을 굴욕이라 여기지도 않으시지. 지금 여기 있는 우리는 그 무엇보다 모두의 희생을 최소화하며, 아힌달 전하의 안전한 귀환과, 아울러 그를 적대한 이들에 대해 마땅한 심판을 하고자 노력하고 있다. 미스미르드 위퀄 십일 옥좌의 주인

가운데 하나인 그대가 저 무엄한 육왕보다는 나은 처세를 했으면 하는데, 무리일까?"

이미르의 서리심은 말없이 검은 용을 쳐다보고 다시 고블린 오백장을 보았다. 그러더니 못 이기는 척, 소녀는 말했다.

"알겠다. 어차피 이따위 흉험한 마법이 내게 누가 되지는 않는다!"

"그런 김에 빙고도 좀 어떻게 해주면 안 될까?"

서리심이 또 화를 내면 어쩌나 싶으면서도, 기어이 이 쓸모를 놓치고 싶지 않은 울리케다. 흰머리 소녀는 어이없는 표정으로 도래까마귀를 쳐다보다가, 그 옆에 서서 역시 간절한 표정을 짓고 있는 고블린을 보고 말았다. 다음 순간, 여태껏 그 앞에 부복해 있던 스레이야는 서리심이 터트린 웃음소리에 경악하여 거의 펄쩍 뛰어오르고 말았다. 이미르의 팔제주는 명랑히 외친다.

"알겠다! 하지만 이 내가 얼음 창고 노릇이라니! 터무니없이 옹색하고도 용렬하지만 받아주마!"

"인감도장 노릇보다는 나을 것이다."

빌러디저드가 왠지 우울하게 말했다. 그러자마자 용건이 끝난 서리심은 잽싸게 성벽 위에 한바탕의 서릿발들만 남기고 사라져버렸다. 두 손이 새파래지도록 그 위에 엎드려있던 스레이야가 일어나 고블린과 까마귀에게 투덜거린다.

"들어주셨기에 망정이지만, 어쩌자고 끝내 그런 요청을 한단 말인가!"

"군사는 적재적소라는 말을 모르는가?"

도래까마귀가 말했고, 고블린도 다음과 같이 말했다.

"능력이 있으면 써야 한다."

스레이야는 이해할 수 없다는 표정으로 그 둘을 보았지만 더이상 입씨름할 기력은 없는 듯했다. 너무나 열정적으로 엎으려있던 탓에 손이 말 그대로 얼어 터져 있었던 것이다. 한바탕의 소동은 그렇게 정리되었고, 성벽 아래로 내려갔던 그리그 역시 나글핀넬을 붙들어 더 이상 난동부리지 못하도록 길핀의 순찰대들에게 넘겨버렸다. 그리고 그즈음, 완연히 포근해진 하늘에서 부슬비가 떨어지기 시작했다.

"허."

랄로프가 감탄하며 잿빛 하늘을 쳐다본다. 광대한 훈기의 영역 경계에서 급격한 온도 차의 괴리에 몸부림치듯, 구름들이 소용돌이친다. 도래까마귀는 날짐승의 본능으로 곧 한바탕 비와 우박이 쏟아질 것임을, 따라서 날기에 조금도 좋은 하늘이 아니게 될 것임을 깨닫는다. 도래까마귀는 물었다.

"계획을 알려주소서! 어쩌려고 그러십니까?"

"그보다는."

어느새 산 아래 전장을 굽어보는 검은 용이 말했다.

"아우스뉘르의 진중에서도 미스미르드의 이 변화를 눈치챘을 가능성이 있다. 적들이 내분과 혼란에 휩싸여있다면 공격하기에 가장 좋은 기회이겠지. 어제 내가 저 양편에 사자를 보내라 했었음을 기억하느냐?"

기억한다. 다만 실록의 폐장과 드레스바르프의 특수전대가 맞붙은 그 싸움 탓에 추진할 기회를 놓쳐버렸을 뿐이다. 빌러 디저드는 다시 말했다.

"여전히, 나는 결코 저들의 영역 안으로 들어갈 수 없다. 저 겨울의 경계를 뚫고 물리적이고 구체적인 개입을 대리할 권속, 사도(使徒)들이 필요하다."

"그건 어떤 것입니까?"

울리케가 묻자, 검은 용은 진중한 목소리로 선언하듯 말한다.

"이는 유색(渝色)시대의 오래된 계약이다. 그들은 나의 가신이자 봉신이 된다. 우리의 과거가 패악을 일삼던 시절의 전유물이지. 그리고 이는 현재 린트부름의 계회에서 금지되었다."

"가만."

묵묵히 듣고 있던 고블린 오백장이 그 시선을 용에게로 올려다보며, 그가 묻는다.

"그거 혹시 파종사(播種士) 이야기요?"

"너희는 그렇게 부르는가?"

용은 되묻는다. 이 낯선 단어의 울림은 모두의 주의를 끌었으며, 동시에 그들의 시선을 고블린 오백장과 까마귀에게 향하도록 만들었다. 하지만 울리케 또한 모두와 같은 심정으로 아우케트를 쳐다보지 않을 수 없었다. 고블린은 까마귀의 눈길을 느끼고 어깨를 으쓱하며 말한다.

"왜, 너희는 모르는가?"

이 금단의 말을 하고도 역성을 듣지 않을 수 있는 것은 아우케트가 유일하겠다. 울리케는 순수한 호기심만이 가득한 목소리로 물었다.

"유색 시대라니? 파종사라니? 너희의 구전에는 그런 게 있어?"

그들 가운데서 용에 관해 가장 박식할 울리케조차 모른다. 순간 아우케트는 명백히 조금 딱하다는 표정으로 눈을 돌려 그들에게 집중하고 있는 인간들의 무리를 쳐다보았다. 하지만 경험과 통찰력을 지닌 울리케를 제외하고는 고블린의 표정을 읽어내는 데 조예가 없는 위인들이었기에 다행히 이 도발은 아무 외교적 문제도 일으키지 못했다. 이를 깨달은 아우케트는 송곳니를 드러내며 천연덕스럽게 설명을 시작한다.

"그렇다. 린트부름의 선조들이 세상에 불과 말을 전하던 아득한 이야기지. 당시의 용들은 위임한 사도들을 통해 인계에 적극적으로 개입하였다고 알려진다."

"위임이라는 표현은 부정확하다. 비가역적인 권능의 분배에 가깝지."

침착하게 이 대화를 내려다보던 검은 용이 말했다. 좌중은 다시 용에게 주목했고, 그는 말을 이었다.

"바로 그렇기에 우리의 계회에서 금지된 것이다. 그 무엇보다 명백한 개입의 증명이며, 돌이킬 수 없기에. 하지만 현재는 우리의 권능을 약화하는 측면에서 더 주의되는 경향이 있다."

"어차피 금지된 것이라면 이 이야기를 왜 꺼내셨습니까?"

도래까마귀의 당돌한 물음이었다. 그러자 빌러디저드는 그 거대한 고개를 살짝 틀며 되묻는다.

"내가 그것을 신경 쓰리라 보느냐? 이토록 내내 나는 너희에게 개입하였다. 그리고 엄밀히 말하자면 너 또한 이미 거의 그 사도에 가깝다."

날개로 목덜미를 잡을 수 없었기 때문만은 아니었다. 이미 용의 이러한 선언들에 놀라울 정도로 익숙해져 버린 울리케는 무한한 인내심을 발휘하며 차분하지만 냉랭하게 말했다.

"……그런 것을 하기 전에 양해를 구해야겠다는 생각은 도통 안 드십니까?"

"능력 밖이다."

무능을 고백하는 용을 구경하기란 모두에게 유쾌한 일이었 겠지만 성벽 너머로 보이는 산 아래의 상황은 시시각각 나빠지고 있었다. 적의를 품은 눈구름이 미스미르드의 진영 위로 쏟아지듯 모여들며, 그 경계에 도달한 검은 용의 훈기를 향해 이를 갈듯 우박을 흩뿌리는 소리가 자각자각 들려왔다. 아울러 흰 장막의 너머에서 찌르레기 떼처럼 군무를 휘몰아치며 나는 와이번의 그림자들이 모두에게 불길한 공포를 던져준다. 울리케는 슬쩍 고개를 돌리다 피어클리벤의 종사들과 징집병들이 올라가 있는 성벽 쪽을 무심코 보게 되었다. 꽤 떨어진 거리였음에도, 디드리크를 위시한 종사들 모두가 증오와 분노를 담은 표정으로 산 아래를 노려보는 게 읽혔다.

문득, 울리케는 자신이 그들의 감정에 동조하지 못하고 있다는 데 대해 혼란과 죄책감을 느꼈다. 종사들이나 징집병들에게 있어서 그들의 적은 명확하게 미스미르드와 그 서리심들이리라. 하지만 여기까지 이르며 울리케가 느낀 바는 다르다. 울리케 또한 저들 가운데 있었거나, 아니면 피어클리벤 성의 따듯한 벽난로 가에 앉아있었더라면 이 문제를 훨씬 단순하게 받아들였을 것이다. 하지만 그래도 될까? 울리케가 하게 될 결정의 여파를 온몸으로 받아낼 것은 저들이 아니던가? 이런 위치에서 어떤 판단과 선택을 하는 것이 과연 가당한 일일까?

— 이제 내 고뇌의 일부를 들춰 보았느냐?

'귀여워 해주시렵니까?'

용과 까마귀는 누구도 들을 수 없는 침묵 속에서 짧게 서로를 응시한다. 용은 소리 없이 전언했다.

— 아니, 다만 서글플 따름이지.

"시간이 없습니다. 뭔가 하려면 더 늦어서는 안 될 겁니다."

크누드가 말했다. 그의 의견을 응원하듯, 성벽 가까이에서 다시 우박 쏟아지는 소리가 한차례 거세게 인다. 이제 미스미르드의 진영은 아무리 멀리서 보더라도 뭔가 심상치 않은 조짐의 근원부로 보일만 했다. 울리케가 지금 이 순간 가장 궁금한 것은 아우스뉘르 진영의 생각과 대응이었다. 초조한 얼굴의 아버지를 보자, 묻지 않아도 아룬드를 걱정하고 있음이 읽혔다.

"정말로 시간이 없군."

검은 용이 산 아래를 굽어보며 말했다. 그러나 그 말투는 태평하기 짝이 없었다.

제 15장

　분명 그가 오랜 은둔을 파하고 나선 이유이기는 했어도, 뉘르뉴가 실록의 폐장들을 추적해 발트부름의 정상에 이르러 근방 봉화대에 도착하고서 깨달은 사실은 조금 예상 밖이었다. 비단 사백여 년을 어제처럼 기억하는 탓만은 아니리라. 하지만 강퍅한 새벽의 추위와 어둠을 뚫고 그가 셰이위르의 먼 후예를 마주한 순간, 천년 제주는 대제가 남긴 추억이 그토록 강렬했음을 인정하지 않을 수 없었던 것이다.

　"……제가 생각하는 그분입니까?"

　스스로 흩어졌던 형태를 그러모아 그들 무리 앞에 모습을 드러내어 서 있었다는 사실조차 자각하지 못하고 있던 뉘르뉴는 문득, 이렇게 조심히 물어오는 청년 하나를 보았다. 한발 앞서 그가 홀린 듯 쳐다보고 있던 여자와 같은 느낌을 공유하는. 그래, 너 또한 셰이워르의 핏줄이로구나.

"너희가 나를 아느냐?"

뉘르뉴는 가라앉은 목소리로 되물었다. 여태껏 고요와 추위 속에서 간신히 식지 않는 데만 급급한 잿불 가에 웅크린 채 그와 시선을 주고받으며 앉아있던 아이슐리드가 대답했다.

"아우스뉘르의 아이들은 모두 알고 있지요. 다만 스스로 나서시기 전까지는 어떤 관여도 기록도 하지 말라 하셨습니다. 새로운 용이 나타난 이때에, 정주하신 땅을 벗어나신 것이 우연입니까?"

아이슐리드의 목소리는 이 겨울 새벽의 공기처럼 차가웠으나 또한 정중하였다. 그제야, 뉘르뉴는 여태껏 자신이 그의 얼굴 어딘가 남아있는 셰이워르의 흔적을 찾고자 열심이었다는 것을 깨닫는다. 아이슐리드의 얼굴과 목소리는 분명 대제를 연상케 하는 구석이 별로 없었건만, 서리심은 한순간 오히려 그것을 다행이라 여기며 스스로 의아해졌다. *나는 무얼 기대했던 것이며 동시에 안심한 것일까?*

뉘르뉴는 눈을 들어 그들 너머의 봉화대를 보았다. 검은 옷을 둘러 그림자처럼 보이는 무사들이 봉화대의 주변에 머문 채 그저 아무런 불기운 없이 이 추위를 견디고 있었다. 모두가 이쪽과 자신에게 주의를 집중하고 있는 게 느껴졌으나 딱히 거슬리게 하는 공격성은 엿보이지 않는다. 오히려 그들의 경계심은 숲 너머의 바깥을 더 향해 있었다.

"너희가 도모코자 하는 바가 무엇이냐?"

"대제는 어떤 분이셨습니까?"

짐짓 꾸짖듯 말을 꺼냈던 뉘르뉴에게 이처럼 난데없는 아이슐리드의 질문이 되돌아오자, 서리심은 속마음을 들킨 것처럼 당황하여 그를 쳐다보게 된다. 그의 곁, 한결 긴장했음이 역력해 보이는 황자 라프시르그마저 뜻밖이라는 얼굴로 그를 돌아본다.

"네 조상의 일을 내게 묻느냐?"

"그분과 잠시나마 벗하였던 바를 여쭈는 것입니다."

"네게 그럴 권리가 있느냐?"

또다시, 뉘르뉴는 스스로 뱉어낸 말에 흠칫하게 된다. 그가 언제부터 개체의 권리를 따져왔던가? 자신의 뿌리가 미치지 않은 이역에서, 그가 입에 올릴만한 단어가 아니었다. 하지만 아이슐리드는 천천히 자리에서 일어나며 대답했다.

"저는 대제의 누이 헤르펠 일가의 생존자이나 충신을 참칭한 무리들에 의해 지워진 이름을 계승합니다. 옛 벗의 아이들에게 해주실 것이 정녕 없으십니까?"

"내 앞에서 함부로 셰이위르를 운운하지 마라!"

마침내 뉘르뉴는 성을 내고 말았다. 그와 동시에 너무나 자연스럽게 밀려든 삭풍이 숨 가빠하던 잿불을 짓누르며 그 뒤편의 무사들에게까지 찌르는듯한 냉기를 전한다. 일시에 모두의 경계와 주목이 한 점에 모여들었다.

이 지점에서 뉘르뉴는 울리케를 떠올리지 않을 수 없었다. 시우부름의 터전을 두고 다투던 그때, 울리케 또한 비석의 글귀를 두고 대제가 어떠한 사람이었는가를 물어왔었다. 지금의 이 대면은 당시와 유사한 데가 분명 있었지만, 뉘르뉴의 빙하색 눈에 비치는 아이슐리드의 모습에선 어느새 서서히, 보았다고 여겼던 셰이위르의 흔적이 탈색되어가고 있었다. 분명 한 조각도 닮지 않고 혈통 또한 관계없는 울리케가 훨씬 더 당시의 셰이위르를 떠올리게 하는 것이다. 그 사실을 깨닫는 순간 뉘르뉴는 이 어쩔 수 없는 시간의 간격에 가슴 아프면서도 동시에 두근거림을 느꼈다. 아니, 사실은 이미 처음부터 알고 있었다. 그랬기에 그에게 당부하지 않았던가.

"너는 부디 셰이위르의 길을 걷지 말아라."

서리심은 냉랭한 한숨을 토하듯 말했다.

"나와 그가 나눈 것에 대해서는 아우스뉘르가 아니라 피어클리벤이 관여할 바이다! 내가 이 자리에 온 것은 너희가 불러일으킨 이 소요에 관해 주의를 주고, 아울러 하나의 전언을 주기 위해서니라!"

"어떠한 전언입니까?"

아이슐리드가 침착하게 묻는다.

마침내 붉은 용의 환상은 결심한 듯 말했다.

"내게 주어진 이 가엾은 권능에 의지해 말하는 바를 용서해라, 빙하의 딸. 아마도 이미 그대가 보기에 나는, 그대가 익히 알고 있을 이웃에 비추어 린트부름의 위엄에 미치지 못할 테지. 하지만 나는 그와 같이 말하고 행동하는 법을 배우지 못하였다. 그렇기에 아직 태어나지 않은 내 딸에게도 전할 것이 없다."

잠시 말을 멈춘 환영은 슬프고 그리운 표정으로 한동안 서쪽을 보았다.

"……나는 그 아이가 황실의 용으로 묶이길 바라지 않는다. 셰이위르와 나의 언약이 그 아이의 운명을 박탈하지 않길 바란다. 그러니 그 아이의 실수쯤은 너그러이 용서해주게."

그리고 놀랍게도 용의 환상은 고개를 숙여 보였다. 그것은 명백히 용의 예법이 아닌 인간의 예법이었다. 이것이 인간들의 틈에서 오랜 시간을 살아온 용일까? 아니면 그의 말마따나 린트부름으로부터 비롯하지 않은 용이기에 가능한 일일까? 뉘르뉴는 묻고 싶은 것들이 있었지만 과거의 환영은 그저 일방적으로 재생될 뿐이었다.

"내가 아는 바대로라면 바로 이날, 이 자리에 이 대륙의 많은 향방이 결정될 일들과 그 일을 가능케 할 모두가 모여있을 것이다. 과거의 존재인 내가 그대에게 무엇을 고하거나 청한들, 물론 그대는 이에 따를 의무가 없지. 그럼에도 나는 하나를 청하고자 한다."

이건 너무 불공평한데. 뉘르뉴는 생각했다. 이쪽은 질문조차

할 수 없건만 저쪽은 일방적으로 말하고 부탁까지 하다니. 미래를 볼 수 있다는 것은 정말 치사한 일이야. 그렇게 생각한 순간, 뉘르뉴는 어떤 가정 하나를 떠올렸다. 그러고는 스스로도 조금 멋쩍은 가운데 실체 없는 그 환상을 향해 입을 열었다.

"가만……, 우선 묻고 싶은 게 있다."

"……기꺼이 대답하도록 하지."

어색한 질문에 역시 어색하게 대답하는 붉은 용의 환상이었다. 그러니까 스미드레드는 뉘르뉴가 질문하는 지금 이 장면까지 내다본 것이다. 그럼에도 여전히 스스로 확신은 갖지 못하는지, 붉은 용의 호박색 눈은 연신 흔들거리고 있었다. 하지만 지나간 과거의 환상에 대해 배려심을 가질 필요는 없겠다. 뉘르뉴는 거침없이 물었다.

"왜 하필 그대의 이 시간이었지? 사백오십 해 전이라면 그대의 말년도, 셰이위르의 말년도 아니다."

"내 인과의 눈은 불완전하기 때문이다. 나는 내가 셰이위르를 만날 것과, 지금 이 순간, 그리고 셰이위르와 나의 마지막밖에 알지 못한다."

"어째서 불완전했는가?"

"그것은 내 가계의 비극이다. 간단히 말해, 나는 린트부름으로부터 비롯하지 않았다. 나는 배척된 후예이며, 언약을 통해 겨우 나머지 권능을 보장받았다. 그러니 실상 셰이위르가 나를 도운 것이다."

"듣는 귀가 없는 것이 아쉬운지 다행인지 모르겠군."

"질문만을 하거라 빙하의 딸. 시간이 없다."

스미드레드는 초조해 보였다. 하지만 뉘르뉴는 아니었다. 천년을 살아온 소녀에게 목전의 이 모든 사태가 아무리 폭풍 같은들, 언제나 여느 때와 같은 것이다. 때문에 그는 오로지 당면한 관심사만을 물었다.

"셰이위르는 이 미래를 알고 있는가?"

붉은 용은 정말로 의외라는 표정을 지어 보인다. 잠시 침묵하던 그가 말했다.

"……아직은. 하지만 그의 마지막 날 내가 전하게 된다."

"……그가 무어라던가?"

"아직은 미래의 일이다, 빙하의 딸. 그는……, 그저 밝게 웃었다."

그래. 그렇다면 셰이위르. 뉘르뉴는 생각했다. 나를 보러 오지 못한 것 정도는 용서해주지.

"아군 진중으로부터 사람이 옵니다!"

울리케를 비롯한 이들은 여전히 전장이 내려다보이는 성벽 위에서 검은 용과 함께 있었다. 용이 만들어낸 광대한 훈기가 질척하게 녹아내리는 눈들로 진창이 되어가는 성 안뜰에 가득 찬 지 오래였으나, 아직까지는 그 외에 어떤 결정도 떨어지지 않고 있던 참에 이런 외침이 성의 정문으로부터 들려왔다. 고블린 초병의 보고를 받고 달려온, 피어클리벤의 병사 롯트였다. 울리케는 '아군'이라는 표현이 적당하지 않다고 여겼지만 앞뒤의 사정을 모르는 피어클리벤 영지군들에게 있어 아우스뉘르 제국의 중앙군은 마땅히 아군이어야 했으니 구태여 정정해줄 필요는 없겠다.

이런 생각을 마침과 동시에 울리케는 충동적으로 날개를 펼쳐 날아올랐고, 덩달아 작은 너설지빠귀 뤼드 역시 어찌할 바 모르다가 뒤늦게 같이 날기 시작했다. 모두의 머리 위를 한 바퀴 돈 울리케는 곧장 고도를 높여 눅눅한 하늘을 향해 솟아올랐다.

— 난다는 건 꽤 편리하지 않느냐?

빌러디저드는 어딜 가냐는 질문 대신 이렇게 묻는다.

'포기하소서. 결코 감사드릴 일 없을 것입니다.'

울리케는 속으로 쏘아붙이며 양 눈에 들어오는 설원을 까마득히 내려다본다. 좌편엔 여전히 눈 폭풍에 에워싸여 보이지 않는 미스미르드의 진영이, 이따금씩 폭풍 밖으로 아우성치는 와이번들의 그림자들만을 을씨년스럽게 드리우며 자리했다. 그리고 용의 불길이 만들어낸 검은 얼음의 선 너머 우편으로, 별다른 바 없다 못해 평온해 보이기까지 하는 아우스뉘르 진영이 내려다보인다. 거기에 롯트의 보고대로 한 무리의 사람들이 말을 탄 채 빠르게 설원을 가로질러 뉘른스에크 성하촌의 진입로로 접근하는 게 보였다.

— 멋대로 혼자 접촉하지 마라, 울리케.

'그만한 여력도 없으십니까?'

용의 보호 영역 안에 있음을 믿는 울리케의 물음이었다. 그러자 빌러디저드는 한숨 쉬듯 말했다.

— 여기 너를 걱정하는 이들이 몇이라 생각하느냐?

이렇게까지 말하는 데야 망동하기는 머쓱해진다. 고대하던, 저 익숙한 얼굴들을 보고 치솟은 반가움을 삭히며 울리케는 할 수 없이 떠나온 성벽 위로 방향을 틀었다. 너설지빠귀 뤼드 역시 하릴없이 파닥거리며 다시 그 뒤를 따른다.

"아버지, 오라버니가 와요! 라그나, 브륀힐데도 오고 있어!"

다시 돌아와 성가퀴 위에 내려앉은 도래까마귀가 이렇게 외치자마자, 모두의 표정이 제각각 변하며 분위기는 활기를 띠기 시작했다. 노아크는 안도의 한숨을 내쉬며 기사들과 함께 그들을 맞이하기 위해 안뜰로 내려갔으나, 반면 라그나는 꽤나 입이 쓰다는 얼굴로 산 아래, 아직 여기서는 보이지 않는 그 행렬들의 방향으로 눈길을 던진다. 브륀힐데가 온다는 이야기에 그저 반색하던 랄로프가 그런 그의 표정을 보며 주춤한다.

"……형님?"

라그나는 대답하지 않았다. 순간 울리케는 행렬에 섞여 있던 낯선 기사의 얼굴을 기억해내고 그가 무엇을 마음에 걸려 하는지 깨달았다. 잠시 잊고 있던 사실이었다.

"나는 아무 말도 안 할 거야, 라그나. 불편한 일이 없도록 하지."

"······감사합니다, 아가씨."

그러나 표정이 떨떠름한 이는 하나 더 있었다. 여전히 랄로프를 쥐어패던 장작개비를 류그네라스의 가지인 양 들고 있던 시야프리테다. 그가 나서며 묻는다.

"하던 이야기는 멈추는 건가요? 저쪽 진영은 여전히 난리법석인데요?"

"상서령이 걱정되는 거야?"

울리케가 되묻는다. 그 역시 가능하다면 저 사태를 멈추고 싶었고, 그랬기에 개입하겠다고 천명했던 것이지만 아우스뉘르 측의 대응을 고려하지 않을 수 없는 일이었는 데다, 피어클리벤의 종사들과 생존자들의 눈치 또한 봐야 하는 일이었다. 도래까마귀는 곁눈질로 묵묵한 검은 용을 쳐다보았고, 뭐라 말해야 할지 몰라 우물쭈물하는 시야프리테 대신 빌러디저드가 입을 열게 된다.

"저쪽 역시 처음의 기세와 같지는 않다. 섣부른 행동은 하지 않을 것이다."

"그것은 아득한 위계로부터의 선견입니까, 아니면······, 저와 같은 필멸자들이 가지는, 소망 어린 낙관적 예상입니까?"

"여전히 네가 필멸자라고 생각하느냐?"

"······네?"

이젠 더 놀랄 일이 없으리라 자만했던 도래까마귀가 이리 황망한 목소리로 되묻는 순간, 아래쪽 안뜰로 노아크와 함께 내려갔던 크누드가 이쪽을 향해 소리쳤다.

"행정관님! 이쪽으로 오시지요!"

이를 무시하며, 울리케는 '방금 들었어?' 같은 표정으로 경악한 채 주변이들에게 눈길을 뿌려보았으나 라그나와 시야프리테는 여전히 자신들의 걱정에 사로잡혀있어 용이 내뱉은 말에 주의를 기울이지 못하고 있었다. 그나마 제대로 들었을 랄로프에겐 알다시피 기대할 것이 없고, 아우케트는 유감스럽게도 울리케가 날아오를 때 일찌감치 성벽을 떠나고 이 자리에 없다.

"저, 소조는 들었습니다."

작은 너설지빠귀만이 기특하게 도래까마귀의 공황에 응답한다. 하지만 그뿐이었다. 여전히 이편의 상황은 알 리 없는 크누드가 재차 외쳐 부른다.

"행정관님!"

"가요!"

여기서 모든 걸 멈춰 세우고 한바탕 용과 드잡이질을 하고 싶은 심정이었으나, 역시 상황이 여의치 않다. 울리케는 꾹 참고 날개를 펼쳐 날아올라 용의 거대한 머리 옆을 스쳐 가며 그 심원한 자줏빛 눈동자를 향해 한차례 눈총을 주는 것으로 이 일을 미뤄둔다.

용의 술수로 불안정해진 뉘른스에크 성의 하늘은 이따금씩 으르렁댔다. 안뜰을 가로질러 크누드의 어깨에 천연덕스레 내려앉은 울리케는 두리번거리며 물었다.

"오백장은?"

"먼저 내려갔습니다. 여기까지 인솔을 자처하더군요."

"그래요?"

그와 휘하의 고블린들은 선발대의 호위로서 여기까지 왔고, 엄밀히 말해 울리케나 노아크의 명령을 받는 입장이라 할 수 없다. 거기다 이미 오백장의 판단력을 신뢰하는 울리케로서는 그가 먼저 움직인 데 대해 아무런 불만이 없었다. 그러나 뉘른스에크의 기사들과 피어클리벤의 생존자들은 결코 여기에 동조하는 기색이 아니었다. 울리케는 미스미르드 진영의 소요가 관측된 순간부터 그들로부터 느껴지던 어떤 불편함이 점차 증폭되고 있는 것을 깨달았다.

"서리엇 경."

"말씀하십시오."

도래까마귀가 나직하게 부리를 열자 크누드 역시 입술을 거의 달싹이지 않으며 대답했다. 그러면서 그는 자연스러운 걸음걸이로 자신의 말을 향해 다가가는 척하며 주변이들로부터 거리를 둔다. 귀신같은 눈치다.

"나는 짐작하기 어려워서 그래요. 보름 가까이 성의 지하에서 항전하며 구원군을 기다려온 이들에게, 이 작금의 상황이 어떻게 다가올까요? 피어클리벤이나 용, 혹은 제국의 구원군이 오기만을 기다리며 피를 흘린 이들이잖아요?"

"잘 알고 계시군요. 그런데 무얼 짐작하기 어려우시다는 겁니까?"

"그저 사실에 근거해서 알겠다는 것뿐이잖아요. 나는 저들의 분노와 적개심, 고통에 완전히 동조할 수 없어요."

"애초에, 왜 그래야 합니까?"

"……나는 그게 좋은 목민관의 자질이라고 배워왔다고요."

"안타깝지만 틀렸습니다, 행정관님. 그리고 아가씨는 배우셨다고 말씀하시지만, 제 생각엔 아무도 그렇게 가르치지 않았을 겁니다."

크누드는 '행정관님'이라는 직함과, '아가씨'라는 호칭을 절묘히 바꿔가며 울리케가 화를 낼 지점을 흔들어버린다. 부리를 살짝 벌린 채 침묵하던 도래까마귀가 묻는다.

"내가 넘겨짚었다고요?"

"피어클리벤은 깡촌이었으니까요."

이건 화를 내도 될 것 같은데? 하지만 울리케는 문득 이러한 스스로의 감정조차 자신이 거리를 두고 조감하고 있다는데 소스라친다. 언제든 귀를 쪼일 각오를 마친 크누드가 다시 입을 열었다.

"상반된 이해에서, 분쟁의 조정자는 어느 쪽에 치우치지 않을수록 공리에 이를 겁니다. 제가 아는 한, 양편 모두 만족스러운 협상이라는 것은 보통 착시더군요. 그리고 우리는 결코 모든 걸 계산할 수 없죠. 그래서 선동이 주효하는 것 아니겠습니까? 물론 이 재난의 한복판에서 뉘른스에크와 피어클리벤은 희생자입니다만, 그 입장에 매몰되어 보상에만 집중한다면 결국 가장 적은 것들만을 얻게 될 겁니다."

"……나는 냉혈한이 되고 싶지 않아요."

"그러라는 게 아닙니다. 위에서 내려다보십시오. 마침 날개가 있으시잖습니까."

말 참 잘하네. 울리케는 미뤄두었던 평가를 내린다.

룻트가 중앙군을 '아군'이라 부른 것이 다시 떠올랐다. 물론, 여전히 뉘른스에크와 피어클리벤은 아우스뉘르 제국의 영지인만큼 결코 틀렸다고 할 수 없는 표현일 테다. 하지만 울리케나 노아크, 그리고 다른 기사들은 이미 저들을 이끄는 드레스바르프 후작과, 그를 위시한 권신가의 의중이 심상치 않다는 것을 안다. 그리고 명령에 의해 움직일 뿐인 종사들과 징집병들이 싸울 대상을 고르지는 않는 법이다. 문득 울리케는 그 사실이 무척 괴상하다고 여겼다. 이전에는 한 번도 생각해보지 않은 이야기였다.

— 정말이지 번다하군. 내게 언제나 네 생각이 다 들리고 있다는 걸 잊지 말거라.

'저라면 그렇게 투덜거릴 시간에 조언을 해 보겠습니다.'

— 그것만큼은 내가 인간에게 조언할 수 없는 두 가지 가운데 하나이다. 너희는 모두가 두루 얽힌 사리 가운데서 행동하

고, 일의 동기와 목적이 빈번하게 틀어지지 않느냐?

'……저들은 그저 자신들의 가족과 재산을 지키기 위해 피를 흘리는 것입니다. 지난 싸움과 앞으로 있을 싸움이 정말로 그 결의에 맞다고, 제가 저들을 속일 수 있겠습니까?'

— 호로킨의 법도로군. 차라리 오백장과 논해 보거라.

정말이다. 울리케의 생각은 어느새 고블린식의 의결체제에 감화되고 있었다. 그 깨달음에 스스로 놀라면서도, 그는 이 생각에 무리가 없다는 확신을 동시에 갖는다. 피어클리벤 일가의 운명이 어떻게 영민 전체의 운명이라 말할 수 있을까? 염소를 치고 밀을 가꾸는 이들의 삶을 어떻게 용의 턱 아래 으스대는 자신이 결정하는가? 자신에게 설령 그럴 힘이 있다고 해도.

묵묵히 크누드의 어깨 위에서 성 안뜰의 병사들을 바라보던 도래까마귀는 고개를 돌려 용을 보았다. 동시에, 그는 묻는다.

'그날, 어찌 저를 먹지 않겠다 선언하실 수 있으셨습니까?'

순간, 까마귀는 눈은 검은 용이 웃었다고 생각했다. 비록 그 거대한 표정엔 아무런 가시적인 변화가 스치지 않았지만 말이다. 잠시 먼 거리에서 까마귀와 시선을 겨루던 검은 용이 대답했다.

— 그것은 나의 깨달음이었다. 이제 너의 차례다, 울리케 피어클리벤.

아무도 들을 수 없는 용의 음성이 울리케의 머릿속에 울림과 동시에, 선명한 여름의 빗줄기가 뉘른스에크 성 전역에 흩뿌려지기 시작했다. 이미 움직이고 있던 병사들의 소란이 한층 거세게 일었고, 그를 방해하지 않으며 조용히 서 있던 크누드마저 움찔하며 얼굴을 돌렸다.

"……아, 뤼드."

뭔가 말을 하려던 울리케는 그동안 어쩔 줄 모르고 여기저기 옮겨 다니던 작은 녀석지빠귀가 그들 근처의 마구간 처마로 날아드는 걸 발견하여 무심코 중얼거렸다. 그러자 크누드가 묻는다.

"생각은 좀 정리하셨습니까?"

"……이 판국에요? 이 쉴 새 없는 법석을 좀 보라고요."

"원래 그런 법입니다."

남의 일인 양 말하건만, 묘하게도 이 말이 울리케의 빈정을 건드리지 않는다. 그는 이제 기억 속에 단단히 박힌 도래까마귀 그림니르의 기억에 머릴 내저으며 대꾸했다.

"요 며칠간 내게 일어난 모든 일들은 개별적으로 족히 한 달씩 요구되는 고민거리라고요. 상황은 쉽지 않고 복잡해지는데, 더 어이없는 것은 나 자신 또한 그에 못지않게 복잡해지고 있다는 거죠."

"언제든 말씀하십시오. 저라도 상관없다면."

혹시 이 사내는 눈치채고 있는 걸까? 이제 울리케와 그림니르가 같은 존재라는 것을. 그리고 어쩌면 영원히 분리되지 못할지도 모른다는 것을. 하지만 크누드는 늘 그렇듯 모든 걸 알고 있다는 듯한 표정과 그럼에도 짐짓 모른 척해주겠다는 듯한 표정을 지으며 서 있을 따름이다. 이해할 수 없는 지점에서 집요하게 치고 들어 오는가 하면, 이럴 때는 또 도통 뭘 묻지 않는 법을 안다. 울리케는 새삼스레 그런 크누드의 옆얼굴을 바라보다 물었다.

"경이 아무리 잘났어도 이 난국까진 예상하지 못했겠죠? 그래, 이 수렁 속에서 건질 이권과 보화가 아직도 머릿속에 그려지나요?"

그러자 크누드는 비에 젖어 드는 머리카락을 쓸어 올린다.

"계획대로 되었냐고 물으신다면, 모든 게 엉망이 되었다고 답하겠습니다만, 아직 해 볼만해 보이냐고 물으시는 거라면……, 물론입니다, 아가씨. 저는 한 번도 그걸 의심한 적이 없습니다."

미소로 흰 이를 드러내며, 그가 답했다. 울리케는 멍하니 그 낯짝을 들여다보다가 속으로 용을 불렀다.

'빌러디저드 님.'

— 이 비는 금방 그칠 것이다.

'인간에게 조언할 수 없는 두 가지 가운데, 또 다른 하나는 무엇입니까?'

— 연애다.

피어클리벤 령, 아가스 마을의 촌장이 고블린 병대를 목격하는 것은 이번이 두 번째였다. 영주의 딸이 고블린 기수 스물의 호위를 받으며 나귀를 타고 나타났던 바로 그날로부터 한 달하고도 보름 남짓, 촌장은 그때보다 훨씬 많은 고블린 기수와 창병들이 마을 인근의 개활지에 집결하는 것을 새벽부터 청년들과 함께 지켜보면서도 겉으로 꽤 태연해 보임으로서 주변의 감탄을 샀다. 물론 이미 피어클리벤이 시우부름의 고블린들과 어떤 관계인가는 피어클리벤 령의 일곱 마을 모든 촌장들이 잘 아는 사실이었다. 하지만 영지에 용이 나타났다는 소문이 채 사그라들기도 전에 징집령이 떨어졌고, 드리츠 마을엔 오우거가 나타나 날뛰었으며, 아우셸바프 자유도시가 예방단을 보냈다는 소문이 퍼지기가 무섭게 웬 용병들이 영내의 도로를 순찰하며 군기를 잡아대지 않았던가. 그러니 더러 분별력 없는 노인들은 수십 년 전의 전쟁 이야기를 꺼내며 젊은이들의 심기를 사납게 했고, 사람들은 모일 때마다 도대체 이 땅의 미래가 어찌 될지 걱정하느라 바빴다. 비교적 젊은 나이에 속하는 아가스의 촌장은 스스로 자신의 지혜를 그다지 신뢰하지 않았지만, 어쩔 수 없이 피어클리벤이 격변하리라는 것 정도는 예상하고 있었다. 지난밤 웬 사내 하나가 문을 두드리며 자신을 마법사 하즈바라 소개하고, 오늘 아침에 아가스로 병력의 집결이 있으리라 예고한 것 역시 그런 격변의 한 징후이겠다.

"저기, 저게 대체 뭡니까, 촌장……?"

하지만 그런 그 역시 이번에는 다른 마을 사람들과 다름없이 얼이 빠질 수밖에 없었다. 마법사가 예고한 대로 성으로부터 한 무리의 무장 병력이 말을 타고 나타났을 때, 그들을 맞이하기 위해 나와 있던 촌장과 마을 청년들은 무리의 맨 앞을 치고 달려오던 기수와 그가 앞세운 짐승 하나를 목격했기 때문이다.

"……독수리야?"

"네 발로 뛰는데요."

"……날개가 있는데?"

"어……, 하지만 네 발로 뛰는데요."

안타깝게도 이 촌부들로서는 그들을 향해 달려오고 있는 저 짐승이 새끼 그리핀이라는 것을 짐작할 견문이 부족했다. 아니, 설령 알고 있었다 하더라도 이렇게 의외의 장소에서 의외의 순간에 저 희귀한 그리핀을 보게 된다면 누구든 쉽사리 떠올리지 못할 것이다.

"이트레케르! 멈춰!"

"아니! 아직 멈추라고 하지 마세요!"

촌장과 마을 청년들이 보기에 그리핀은 마치 염소 떼를 모는 번견처럼, 기수들이 탄 말들의 무리로부터 일정 거리를 두고 있었다. 그러다 선두에서 말을 달리던 아그니르가 이렇게 소리쳐 부르자 바로 뒤따르던 이조옌이 비명처럼 고함을 질렀다. 하지만 새끼 그리핀은 아그니르의 부름에 충실하고도 즉각적으로 반응하며 무리를 향해 몸을 돌렸고, 그러면서 그 작은 날개가 제동을 걸기 위해 펼쳐지자마자 기수들의 대형은 심각할 정도로 어그러지기 시작했다. 말들이 자신들의 천적인 그리핀에게 본능적으로 공포를 느낀 까닭이었다. 순간 아그니르는 날듯이 말 위에서 몸을 던져내려 눈 쌓인 바닥 위로 착지했고, 그대로 쏘듯이 새끼 그리핀을 향해 달려갔다. 그리핀은 마치 술래잡기라도 하는 양, 다시 신이 나서 속도를 내며 앞서 달려나간다.

"내가 출발 전에 말했듯이, 이건 정말 안 좋은 생각이었습니다."

까마귀 금고단의 부단장 구드위르가 여전히 몸을 떠는 자신의 말을 달래며, 피로한 듯 한숨 섞어 말했다. 피어클리벤 성으로부터 여기까지, 꼭두새벽의 출정에 따른 피로만은 아니었다. 그들이 탄 말들 전부가 이제 기껏해야 조금 큰 개만 한 저 한마리 짐승 때문에 오는 내내 도무지 제대로 말을 들어 먹지 않았던 탓이다.

"그걸 누가 부정하던가요? 별수 없었지요."

그의 체구만큼이나 거대한 말에 올라타 있는 이조엔 에바니르가 찍어누르듯 대꾸했다. 구드위르는 마을 쪽으로 달려가는 아그니르의 뒷모습을 노려보며 불평하듯 중얼댄다.

"정말이지……, 내 후임의 후배란 말입니다."

"경의 고용주의 직계이기도 하죠."

그러자 구드위르를 비롯한 까마귀 금고단의 단원들 전부가 약속한 듯 한숨을 내쉰다. 그들은 여전히 피어클리벤의 가신이 아니라 계약된 용병이었고, 때문에 '가내서임'이라는 일종의 편법에 의해 갓 임관된 아그니르를 결코 제대로 통제할 위치에 있지 못했다. 구드위르는 도대체 단장 그리젤이나 영주 대리 아셰리드가 어째서 미지의 외적에 대응하는 이 긴급 파견에 이제 갓 임관된 기사와 그 '애완동물'의 편성을 허락했는지 이해가 되지 않았다. 새끼 그리핀은 봄날 망아지와 눈밭 위의 개를 뒤섞어 놓은 듯 날뛰었으며, 기마의 난이도를 다섯 배쯤 어렵게 만드는 괴물이었다. 물론 그런 만큼 그걸 전략적으로 이용할 방법도 있겠지만, 반나절 가량 이를 악물며 말을 달린 후유증은 선뜻 그 태평한 평가를 가로막는다.

"그래도, 역시 듣던 대로군요. 아직 어린데도 이 정도라니. 다 자란 그리핀과 그 기수가 어째서 기마대를 일당백으로 상대할 수 있는지 알겠어요."

거친 숨을 내쉬면서도 이렇게 말하는 걸 보면 이조옌은 보이는 것처럼 강골인 모양이었다. 구드위르는 감탄과 허탈함을 반씩 섞어 말을 받는다.

"난 알고 싶지 않았습니다. 충분히 과잉 전력이란 말입니다."

일행들의 이런 마음도 모른 채 그저 새끼 그리핀을 뒤쫓아 마을 쪽으로 사라지는 아그니르의 뒷모습을 보며, 동생과 달리 자신의 입장에 대해 충분히 자각하고 있는 에인달케가 조심스레 둘의 눈치를 살피며 입을 열었다.

"물론 저는 그 전력에 포함되지 않겠지요……?"

"공식적으로는, 그렇습니다."

구드위르는 조금 떨떠름한 표정으로 대답했다. 그러고는 고개를 돌려 뒤따라오던 무리의 면면을 재확인하며 정말 알 수 없다고 생각했다.

지금 아가스 마을로 차출된 병력의 면면은 이랬다. 우선 라핀다시르 예방단의 주축 병력인 기마대 삼십과 그 수에 맞춰 차출된 까마귀 금고단의 기마대 삼십을 필두로, 각각 그들을 지휘할 이조엔 에바니르와 구드위르 브루니가 '공식적인' 병력이었다. 따라붙은 아그니르 피어클리벤까지는 그래도 어느 정도 이해해볼 여지가 있겠다. 하지만 에인달케라니? 물론 그 역시 일전 그의 괴력에 대해 간접적으로나마 체험했던바, 마냥 짐이 되리라고 여기지는 않았으나 문제는 그의 불분명한 지위와 역할이었다. 그는 그저 사서였으니까.

"그는 발목을 잡지 않을 겁니다. 이래 봬도 같이 중부 대륙을 횡단했으니까요."

혹덩이는 더 있다. 이렇게 에인달케를 두둔하며 나서는 라핀다시르의 장남 로릭스데 말이다. 그러니 마땅히 그의 호위이자 가신인 마법사 케틸 아문세트까지 이 자리에 따라 나온 상태였다. 구드위르는 별다른 대꾸 없이 그저 그 둘에게 눈인사를 해 보이고 말을 채근했다. 군무와 작전에 관한 한, 어떤 경우에도 맺고 끊는 것이 철저하며 공사에 딱 부러지는 그리젤이 이 조합의 편성을 승인한 게 영 마음에 걸렸다. 애초에 손발을 맞춰

보지 않은 공작가의 병력과 함께 투입된 일이며, 더구나 고블린 부대들과의 연계까지 생각해야 한다. 이런 마당에 구드위르가 보기엔, 지금 이 편성엔 너무나 불순물이 많았다. 그러나 그 생각을 입밖에는 내지 않는다. 출발 전 새벽, 시그리드가 그를 따로 불러 은밀히 전한 말 때문이었다.

"브루니 경."

"말씀하십시오, 유세트 경."

자신보다 몇 살은 어리건만, 구드위르는 시그리드를 대할 때면 언제나 한 수 접어주는 태도로 공대했다. 그건 그의 거침없는 성격이나 마법사라는 사실 때문이 아니라 순전히, 그가 저 단장 그리젤과 친해진 속도에서 비롯된 일종의 공포심이었다. 물론 더러 사람들은 정반대의 유형끼리 끌림을 느낀다고 하지만 이 경우는 결단코 아니었다. 저 둘은 동류인 것이다.

"내가 경을 믿을 수 있을까요?"

아니나 다를까 피로에 충혈된 눈으로 대뜸 이런 질문을 던져오지 않는가. 구드위르는 침을 삼키고 대답했다.

"……솔직히 저희가 함께 한 시간이 길지는 않지요."

"그래요? 하지만 저는 이미 군무관님을 꽤 신뢰하는걸요."

"……제가 그분만큼 미더울 리가 있겠습니까."

"그래요? 하지만 울리케 아가씨는 서리엇 경을 질색하면서도 일에서만큼은 믿어주는 것 같던걸요?"

크누드보다 못해서야 되겠냐는 말이겠다. 구드위르는 심사가 뒤틀렸지만 결국 이렇게 백기를 들 수밖에 없었다.

"……믿어주십시오."

"하즈바 에써 경을 주의하세요."

시그리드가 기다렸다는 듯 대뜸 본론을 꺼내버리자 구드위르는 아연한 표정으로 그를 보았다. 시그리드는 피곤하다는 듯 눈가를 손으로 문지르며 말했다.

"그가 뭔가 다른 생각을 하고 있을 수 있어요."

"좀 더……, 자세히 알 수는 없습니까?"

"그가 지난밤 따로 공관에 갇혀있는 소로드와 넬핀에게 접촉했더군요."

구드위르는 그 이름이 누구의 것인지 잠시 헷갈렸으나, 이윽고 그저께 불러내 심문했던 실록의 폐장 포로들임을 깨달았다. 삽시간에 표정이 심각해지며, 구드위르는 물었다.

"무단으로 말입니까?"

"네. 그들에게 고블린과 서리심에 관한 걸 좀 더 집중적으로 물었다더라고요."

"……그걸 어찌 아셨습니까?"

그러자 시그리드는 피식 웃었다.

하즈바 에써가 자신의 마법을 믿고 시그리드의 눈을 피해 공관에 잠입할 수 있으리라 여긴 것은 그의 만용이라 하기도 어려운 일이었다. 통상 고문으로 마법사를 둘 정도의 규모가 되는 영지라면 마땅히 성도 훨씬 크고, 따라서 마법사가 성의 모든 영역에 대해 감시의 눈을 펴기란 쉽지 않기 때문이다. 하지만 피어클리벤은 다행히 성의 규모가 협소했으며, 평소 감시와 초계, 색적에 관한 한 비정상적으로 신경 쓰는 시그리드인 덕에 하즈바의 이 만행은 시도하자마자 그의 선잠을 깨웠더랬다. 하지만 그는 곧바로 그를 잡아내거나 들이닥쳐 소동을 피우는 대신 일의 추이를 살폈다. 그러다 뜻밖에도, 소로드로부터의 호출을 받았다. 그는 하즈바가 자신과 접촉했음을, 그리고 무엇에 관해 물었는지를 있는 그대로 고백했다. 시그리드로서도 상당히 의외라 여긴 부분이었다. 그래서 그는 소로드에게 물었다.

"……왜 이런 사실을 털어놓지? 너희가 라핀다시르의 사람은 아니라 하더라도, 에파나 아이비레인은 라핀다시르에 속할 텐데?"

"오히려 그렇기 때문이오. 아무래도 에써 경은 용이 서리심에 대적할 수 없다는 그 절대적 상성에 무척 신경 쓰는 눈치였소. 만일 그가 어떤 그릇된 판단으로 서리심에 위해를 가하려 들고, 일이 꼬인다면 우리와 어머니는 예기치 못한 적을 늘릴 수 있소."

"왜? 그가 성공할 수도 있지 않나? 너희 역시 서리심이 없는 편이 일이 수월하지 않을까?"

그러자 소로드는 비웃는 얼굴로 잘린 왼손을 들어 보이며 내뱉었다.

"나는 교훈이란 걸 새길 줄 알지."

시그리드가 전한 이야기는 그게 다였다. 구드위르는 다시 한 번 몸을 돌려 뒤따르는 행렬을 돌아보고 한숨을 내쉬었다. 오는 내내 로릭스데나 케틸, 아그니르와 에인달케의 낯을 살펴봤으나 그들이 뭔가 다른 생각을 하는 것 같지는 않았다. 하지만 구드위르는 시그리드가 이 중 오직 자신에게만 이 사실을 전했으리라고 생각할 수 없었다. 최소한 그리젤과 하루에 세 번 이상 차를 같이 마시는 사람은 절대 그럴 리가 없다.

'그렇다고 뭐라고 물어볼 수도 없고, 미치겠군.'

에인달케는 뭔가 주눅이 들어 보였고, 아그니르는 새끼 그리핀에게 온통 신경 쓰느라 이것이 엄연히 군사 작전이라는 것도 잊어버린 모양새였다. 로릭스데나 케틸이야 원래 라핀다시르 쪽 사람들이니 일단 결코 믿을 수 없는 상대다. 때문에 구드위르의 중압감은 꽤 대단했다. 특히, 자신보다 머리 하나가 더 큰 기사가 저들 소속에 있지 않은가?

"겨우 다 왔군요. 에써 경은 어디 있지?"

바로 그 거구의 기사 이조엔이 이렇게 중얼거리자, 구드위르는 오싹함마저 느꼈다. 만일 여기서 하즈바 에써를 적대하는 마법사로서 고려하게 된다면, 일이 잘못될 경우 이조엔은 물론이고 로릭스데나 마법사 케틸까지도 상대해야 할지 모른다. 수적으로도 우위라고 하기 어려운데 저쪽에 마법사가 둘이나 있단 말이지. 유세트 경은 도대체 무슨 생각으로 이 편성을 짠 것일까? 물론 로릭스데 라핀다시르가 이들 모두의 차기 주군이며, 그는 구드위르를 비롯한 까마귀 금고단이 피어클리벤에 완전 합류하기 이전부터 손님으로 와 있던 사람인만큼 모종의 깊은 관계를 피어클리벤 수녀들과 이루었을 수도 있다. 구드위르는 그들이 피어클리벤을 처음 방문하던 날 아우셸바프 예방단의 호위대로서 함께 여행했기 때문에 그들의 면면에 대해 어느 정도는 알고 있었다. *정말로 시그리드나 영주 대행 백작부인은 저들을 믿고 있는 것일까?* 설령 그렇다 하더라도 이미 피어클리벤의 개가 되기를 자처한 그는 용병이다. 그리고 충실한 번견은 주인의 느슨함을 결코 방만의 허락으로 해석하지 않는다.

"아, 아가스에 어서 오십시오."

멀찍이 나와 있던 촌장이 다가와 행렬을 맞이했다. 먼저 그들과 접촉했던 아그니르는 새끼 그리핀과 함께 마을 중앙의 우물가에서 꼬마들을 상대로 이트레케르의 위용을 전시하느라 여념이 없었다. 머리가 복잡한 구드위르로서는 그의 그런 직무방기가 오히려 달갑다.

"에써 경은?"

이조엔이 말 위에서 내리꽂듯 묻자, 촌장은 그 거구와 성별을 그제야 깨닫고 흠칫했다. 그걸 무례함이라 해석하지 않기로 한 이조엔이 부연한다.

"마법사 말이다."

"아……, 먼저 숲에 정찰을 나가 계시겠다 했습니다. 고블린 수색대들에게 위치를 알리며 움직일 테니, 그들과 합류하시면 될 거라 했습니다."

"그렇군. 알겠다."

하지만 일단은 약간이나마 쉬어야 한다. 케틸의 마법 덕에 성에서 여기까지 쾌속으로 달려오긴 했어도 피로와 허기짐은 어디 가지 않으니까. 이조엔과 구드위르는 이런 내용에 합의하고 행렬을 물려 그들을 기다리고 있던 고블린 병단 측으로 다가갔다. 아그니르는 뒤에 남아 정황을 살피더니 촌장에게 뭐라 말을 건넸고, 잠시 뒤 촌장을 필두로 한 청년 한 무리가 먹을 것을 가져오는 게 보였다. 하는 눈치가 아무래도 미리 준비해두었던 모양이다. 아그니르는 새끼 그리핀이 말들을 자극하지 않도록 일부러 숲 쪽으로 돌아 멀찍이 호를 그리며 고블린들에게 다가갔다.

"두카르……, 였던가?"

"오십장이다, 피어클리벤의 딸."

이 서로 다른 두 종족 가운데 접점과 안면이 있다고 할 수 있는 것은 이 둘이 유일했다. 그러니 싫어도 각자 맡은 역할이 있겠다. 아그니르는 애써 어색하게 꺼낸 말에 두카르가 이리 퉁명스레 나오자, 미간을 뒤틀며 말을 받는다.

"오십장이 너뿐인가? 나 또한 유일한 피어클리벤의 딸이 아니다."

두카르는 난처한 듯 좌중을 둘러보았으나 그와 함께 나와 있던 다른 두 오십장, 바르바크와 소우라케는 일절 관여할 마음이 없어 보인다. 그는 결국 평생 결코 할 일이 없으리라 여겼던 일인, 인간 여자와의 통성명을 시도할 수밖에 없었다.

"……두카르 주크 운트후크다."

"아그니르 피어클리벤이다. 참고로 이제 피어클리벤의 기사이다."

아그니르는 네잎 토끼풀의 백동 장식이 붙은 흉갑을 손으로 쳐 보이며 말했다. 두카르는 잠자코 고개를 끄덕였고, 이내 그 시선은 어쩔 수 없이 아그니르의 앞에 앉아있던 새끼 그리핀에게 향한다. 무리는 아니었다. 이미 이 자리에 모인 백오십 고블린 모두가 진작부터 이 진귀한 생물에게 눈을 빼앗기고 있었으니까.

"멋지지? 이트레케르다."

멋지다. 두카르는 아그니르의 이 평가에 동의하며 불식간에 다시 고개를 끄덕였다. 아직은 새끼라 그 크기가 약간 큰 개에 불과해 그들이 타고 있는 숲흑늑대에 비할 바는 아니었지만 눈처럼 새하얀 깃털로 뒤덮인 수리의 머리와 앞다리, 한 쌍의 흰 날개는 이미 이 생물이 태생적으로 예약된 창공의 패자임을 증명하고 있었다. 숲과 산에 친숙한 고블린들이라 하더라도 야생에서는 평생 한 번 보기 힘들다는 그 그리핀이다. 용이 불가항력적 공포와 절대적인 힘의 존재라면, 그리핀은 신성한 명예를 아는 무사도의 상징 같은 것이었다. 쉽사리 눈을 떼지 못하게 하는 매력이 있다. 두카르는 물었다.

"날 수 있는가?"

"아직은 무리지. 반년은 걸린다. 사람을 태우려면 일 년은 더 걸리고."

묻지 않는 부분까지 말하는 아그니르의 목소리엔 자랑스러움과 애정이 넘쳐난다. 공포에 날뛰던 말들과 달리 숲흑늑대들은 그리핀을 보고도 그저 진지하게 주시할 뿐, 딱히 겁에 질려하지 않았다. 성에서 출발할 때부터 오는 내내 그 점 때문에 천덕꾸러기 느낌을 받아왔기 때문일까, 이 순간 아그니르는 고블린과 그들의 늑대들이 무척이나 기꺼웠다.

"말고기를 먹지 않나? 건마육을 싸 온 게 있다."

게다가 두카르가 이렇게 권하기까지 하자, 아그니르는 그들에 대한 평가를 한 단계 더 높이고 만다.

"기꺼이 받지. 신세를 진다, 오십장."

이트레케르가 태생적으로 육식임은 결코 그 자신의 탓이 아니건만, 아그니르는 그간 이 녀석의 이유식을 충당하기 위해 적지 않은 눈칫밥을 먹어야 했다. 사람 먹을 것을 양보해야 하는 가축이란 건 그만큼 덜 매력적이며, 그래서 염소나 말이 그토록 위대한 것이니까. 하지만 그 구두쇠 에이드리크조차, 오늘 새벽 처음으로 모두의 앞에서 이트레케르가 선보여지자 이렇게 말했다.

"……잘 먹여 키운 보람은 있군요."

바로 그거다. 여태껏 아무에게도 보여주지 않고 고기만 축내던 애물단지가 경탄할 만한 매력과 가능성을 지닌 영물임을 인정받는 순간이었다. 황족들에게만 그 소유와 기승이 허락되어 왔던 만큼 이런 시골 영지에서 그리핀의 가치를 알아볼 사람이 얼마나 되겠는가? 아그니르는 고블린들이 내어온 육포를 꿀떡꿀떡 삼키는 새끼 그리핀을 보며, 녀석의 처지가 가엾다는 생각을 한다. *네가 황성에 바쳐졌다면 분명 이보다는 호사를 누렸겠지.*

"숲흑늑대의 군량을 조달하는 일은 꽤 어렵겠어."

기묘한 데서 동질감을 느끼며, 아그니르가 이렇게 말했다. 두카르는 잠시 당황한 얼굴로 그를 보더니 대답했다.

"그렇다. ……뜻밖이로군."

서리심 뉘르뉴의 역할이 있긴 했지만, 애초에 그가 그리핀을 알을 받은 것도 이 고블린들 덕택이다. 그리고 이들 역시 육식을 하는 기승물을 길들인다. 이트레케르를 바라보는 고블린들의 시선에서 경외와 친애를 읽어낸 아그니르는 어쩌면 그리핀의 양육에 있어서 고블린들이야말로 이상적인 조련의 보조자이자 이해자가 될 수 있지 않을까 생각했다. 그만큼, 여기까지 오는 길에서 그가 받은 눈칫밥은 상당했던 것이다.

"에써 경으로부터 전갈은 없는가, 고블린?"

"아직 별다른 건 없다. 쉬어갈 여유는 있다고 판단된다, 인간."

구드위르의 물음에 대답한 건 오십장 바르바크였다. 그는 파견대의 절반을 차지하고 있는 라핀다시르의 기병대를 향해 경고와 도전을 담은 시선을 내내 던지고 있었는데, 이미 출발 전이 특수한 동맹에 대해 언질을 들은 바 있긴 했어도 막상 직접 대면하니 당황스러운 것은 어쩔 수 없었던 그들에게 있어 그 시선은 꽤 거슬리는 것이었다. 하지만 그들의 지휘관인 이조옌이 잠자코 있는 데다 차기 주군이 될 로릭스데마저 자못 무심한 기색이라 별수가 없다. 이조옌은 바르바크가 구드위르를 향해 구태여 '인간'이라 호칭한 것을 깨닫고 쓴웃음을 지으며 말했다.

"라핀다시르에 종신의 충성을 상고한 이조옌 에바니르이다. 객장(客將)의 휘하들이 폐를 끼치겠다."

그러자 꽤 여러 사람이 놀란 얼굴로 그를 본다. 구드위르는 자신이 먼저 했어야 할 인사를 그가 대신한 데 대해 민망해졌고, 로릭스데 또한 그건 마찬가지였다. 아그니르는 그가 이토록 유연한 태도를 보이자, 내심 앞서 두카르와 인사를 트며 크게 잘못한 부분이 없었다는데 안도하고 만다. 하지만 이조옌의 휘하 기수들은 조금 다른 생각인 모양이다. 그의 부장인 듯한 기사 하나가 투구 사이로 이렇게 중얼거렸다.

"……에바니르 경, 그렇게까지 갖추어 말씀하실 필요가 있습니까? 고블린이란 말입니다."

"여기 뭐하러 왔지?"

이조옌은 단지 이렇게 짤막하게 말하는 것으로 그들의 불만을 조기에 압살해버렸다. 그를 만난 지 이제 이틀째에 불과했지만, 아그니르에게 있어 이조엔의 모든 말과 행동은 이미 하나의 완전한 전범(典範)이었다. 비록 그 타고난 신체조건은 어떻게 흉내 낼 수 없겠지만, 대신 아그니르에게는 그걸 메워주고도 남을 그리핀이 있다. 아그니르는 그렇게 생각하며 이트레케르를 보고, 다시 이조엔을 보았다. 여태껏 흐릿하게 머릿속으로만 그려왔던 기사의 완성형이 바로 거기 있었다. 그를 가르친 스벤이나 크누드와는 또 다른.

"그래서, 누가 지휘하는가?"

파견대 모두가 말에서 내려 불을 피우고 간단한 아침을 들며 휴식을 취하던 중이었다. 멀찍이 떨어져 숲 쪽을 응시하던 고블린 오십장 소우라케가 두카르에게 뭔가 말을 전하자, 두카르가 곧장 일동에게 다가와 아그니르에게 던진 질문이었다.

"에바니르 경과 브루니 경이다. 각각 절반씩 지휘하지."

두카르는 양 부대의 수와 무장상태를 확인하며 고개를 끄덕이다 거기에 속하지 않는 셋을 발견하고 다시 묻는다.

"그렇군. 나머지는?"

"마법사와 도련님, 사서와 그리핀의 주인."

아마 다른 고블린이었다면 해괴하다는 표정을 숨기지 못했을 것이다. 하지만 그 역시 그간 아우케트를 따르며 익힌 것들이 있다. 때문에 단지 고개를 살짝 갸웃거리기만 하며, 그는 묻는다.

"……이건 군사 작전이 아니었나?"

"그럼, 저기 저건 누구지?"

아그니르가 손을 뻗어 가리킨 방향으로 시선을 돌린 두카르가 답했다.

"아, 우리의 서기관이다. 지금 정찰조(鳥)의 보고를 듣고 있다."

그건 우이라였다. 아그니르는 다른 고블린 무사들과 확연히 다른 차림새인 그를 보고 지목했던 것이다. 그러고 보니 울리케가 뭐라 했더라? 하지만 아그니르가 기억을 떠올리는 것보다, 그때까지 내내 주눅든 듯 불 가에 앉아있던 에인달케의 반응이 더 빨랐다.

"서기관이라고요? 어디?"

시그리드가 준비해준 육척봉을 지팡이 삼아 벌떡 일어난 에인달케는 떨떠름한 표정의 아그니르가 가리키는 방향을 본다. 그러고는 곧장 반색하며 말했다.

"정말이네! 뭘 쓰고 있어! 울리케 이야기대로 되었나 봐?"

"여기 견학하러 온 거 아니잖아?"

"자랑하러 온 것도 아니잖니?"

에인달케는 말똥하게 앉아있는 이트레케르를 곁눈질하며 그렇게 말하고는 성큼성큼 우이라에게 다가가기 시작했다. 아그니르 역시 잠시 생각하더니 그를 따른다. 한편, 그들을 물끄러미 보고 있던 로릭스데가 중얼거렸다.

"저도 가볼까요? 아무래도 호위가……."

"호위? 한 명은 가내서임이긴 하지만 그리핀의 예약된 기수이고, 다른 한 명은 도련님의 정강이 파괴요. 무엇보다, 라핀다시르의 차기 가주가 자처할 일이라고 생각되지 않소."

터무니없다는 듯, 케틸이 말했다. 그러자 로릭스데는 조용히 볼멘소리를 한다.

"제가 여길 왜 온 겁니까? 지휘는 어차피 에바니르 경 소관입니다. 아문세트 경이야 마법사지만……, 제가 여기서 칼이나 뽑겠습니까?"

"그럼 더욱 큰일이지."

그러더니 케틸은 말이 없다. 같이 한동안 침묵하던 로릭스데가 입을 열었다.

"생각해보면 별로 그럴 일도 아닌데……, 이상하게 자리가 불편하군요."

"초조함이겠지."

"……뉘른스에크 쪽의 이야기는 들은 것 없습니까? 에파……, 아이비레인은요?"

"없소."

그건 사실이었다. 아직 에파가 피어클리벤 측으로부터 이탈한 것은 아직 이들에게 알려지지 않았던 것이다. 물론 시그리드는 모든 정황을 파악하고 있었으나, 정보 공유의 권한 역시 그의 것이었으니까. 로릭스데나 케틸이 파악하고 있는 사실은 이틀 전 소로드를 심문하던 당시의 정보에 그대로 머문 상태였다. 본래 계획대로라면 지금쯤 아힌달을 압송해 북쪽으로 길을 잡아 떠났어야 한다. 로릭스데는 자신과 케틸만이라도 뉘른스에크에 가는 게 어떨까 하는 의견을 강하게 피력했으나, 그의 곁에 앉은 이 완고한 마법사는 차기 영주의 책임감을 운운하며 그것을 거절했다. 공작가의 장남으로서, 로릭스데는 여태껏 이토록 난처하고 답답하며 동시에 무력한 입장에 놓여본 적이 없었다. 그는 다시 중얼거린다.

"에인달케와 출발한 이 여정에서 무엇 하나 계획대로 구한 게 없군요."

"마음을 넉넉히 드시오. 피어클리벤과 척지지 않는 것만 해내도 충분할 테니."

"제 다리로 부족했을까요?"

"자의식 과잉이오."

그때였다. 우이라에게 모여있던 여자들 틈바구니에서 약간의 소란이 들려왔고, 재빨리 그쪽으로 달려간 십장 하나가 되돌아와 세 오십장에게 뭔가를 보고했다. 뒤이어 심각한 얼굴의 두카르가 다가와 구드위르와 이조엔에게 말했다.

"그 마법사가 사라졌다."

〈5권에서 계속〉

피어클리벤의 금화 4

1판 1쇄 찍음 2020년 8월 21일
1판 1쇄 펴냄 2020년 8월 28일

지은이 | 신서로
발행인 | 박근섭
편집인 | 김준혁
펴낸곳 | 황금가지

출판등록 | 2009. 10. 8 (제2009-000273호)
주소 | 06027 서울 강남구 도산대로 1길 62 강남출판문화센터 5층
전화 | 영업부 515-2000 편집부 3446-8774 팩시밀리 515-2007
홈페이지 | www.goldenbough.co.kr

도서 파본 등의 이유로 반송이 필요할 경우에는 구매처에서 교환하시고
출판사 교환이 필요할 경우에는 아래 주소로 반송 사유를 적어 도서와 함께 보내주세요.
06027 서울 강남구 도산대로 1길 62 강남출판문화센터 6층 민음인 마케팅부

ISBN 979-11-5888-708-7 04810(4권)
      979-11-5888-545-8 04810(세트)

㈜민음인은 민음사 출판 그룹의 자회사입니다.
황금가지는 ㈜민음인의 픽션 전문 출간 브랜드입니다.